Du même auteur

L'OGRE, août 2019.

TOUT EST MAL QUI FINIT PIRE, février 2021.

LE SECRET DE H.P. LOVECRAFT, mars 2021

L'OGRE, Partie II, juin 2021.

L'OGRE, Partie III, décembre 2021.

L'OGRE, Partie IV, juillet 2022.

L'OGRE, Partie V, mars 2023.

L'OGRE, Partie VI, juillet 2023.

Louis de Mauboy

L'OGRE

Partie I

ÉDITION DE LUXE

J-31

Chapitre I : La toile sombre

Dimanche 15 juillet

Il était une fois une paire de jambes. Elles n'étaient pas très grandes à vrai dire, et au bout de celles-ci, deux petits pieds s'agitaient. Un ignorant aurait pu croire que les jambes dansaient ou bien qu'elles marchaient. C'eût été la preuve de son innocence, vraiment ! En réalité, il n'y avait que du vide sous les sandales bleues. Progressivement, cependant, les guibolles cessèrent de battre l'air. Le petit corps se tendit une dernière fois avant de s'immobiliser complètement. Voilà, c'était fini ! L'Ogre relâcha son étreinte. Il n'avait eu besoin que d'une main. Il n'était pas orgueilleux, mais il savait que ce n'était pas à la portée de n'importe quel novice. Seul un savoir-faire consommé permettait de faire durer une agonie toute une nuit. En se félicitant des raffinements de sa technique de strangulation, il rangea soigneusement son espace de travail, fit son lit au carré, puis sortit acheter du pain.

« Bonjour ! Comment allez-vous aujourd'hui ? Bien ? Alors votre baguette, comme d'habitude ? Pas trop cuite ? »

Ça, c'était Martine qui, sans attendre de réponse, tendit à son client favori un pain aussi chaud et rustique que son sourire. L'Ogre avait mauvaise mine et les traits un peu tirés à cause de sa nuit blanche, mais Martine était trop polie pour le lui faire remarquer. Tous les plaisirs prélèvent leur tribut, pensa-t-il amèrement en croisant son reflet fatigué dans la vitrine de la boulangerie.

En quittant la boutique, tandis que la porte finissait d'émettre son tintement musical, l'Ogre rencontra M. Berthé, accompagné de son fils. Quand le père le salua, un sourire gêné persista sur ses lèvres rougies par le vin : « Dis bonjour à Monsieur Jacques ! » Intimidé par le grand gaillard, qui devait mesurer plus de deux mètres, le petit garçon se cacha derrière son papa. « Il ne faut pas le forcer, ce pauvre petit, commenta le géant d'une voix douce.

— Tu es gentil, Jacky ! Mais tout de même, on doit bien enseigner la politesse à nos enfants, non ? Autrement, où ira le monde, hein ? Nous sommes à la campagne ici et je ne voudrais pas en faire une racaille de banlieue de ce drôle, hein ? »

L'homme émit un petit rire nerveux, puis reprit : « C'est mon rôle de père, de mettre ce petit bonhomme sur le droit chemin... Enfin bref ! J'aurais besoin des services de ta petite Zaza, demain soir, mon ordinateur fait encore des siennes, ça t'embêterait de...

— Mais non ! » répondit l'Ogre fermement.

Son interlocuteur se tassa devant le géant qu'il crut avoir offensé : « Désolé, je comprends, bredouilla-t-il.

— Mais non, voyons ! Cela ne m'embête pas du tout ! poursuivit l'Ogre dans un gros rire. Je lui dirai de passer te voir à l'heure qui t'arrangera... à moins que tu préfères venir la chercher ?

— C'est vraiment sympa de ta part ! Et pour le paiement... je...

— Comme d'habitude...

— Tu ne refuseras pas une petite bouteille de ma cave, quand même ! Si, si, Jacky, j'insiste... »

L'homme fit un signe discret à l'intention du géant qui acquiesça. Puis il se tourna vers son fils : « Allez ! Jojo ! C'est l'heure de dire au revoir... Tu vas vexer notre ami, si tu t'obstines à refuser de le saluer... Fais un bisou à Monsieur Jacques ! » Le garçonnet secoua la tête. Le père eut beau le tirer par la main, le petit garçon s'obstina dans son refus. À force d'insistance cependant, et en échange de la promesse d'une glace au chocolat, M. Berthé finit par le faire obéir. En s'excusant de l'avoir retardé, le maire de la commune laissa M. Jacques s'éloigner à grands pas de la boulangerie. Alors qu'il s'apprêtait à regagner sa voiture, il fut intercepté par Mme Bourliguet. « Hé ! Ho ! Bonjour, Jacques ! le héla-t-elle de l'autre bout de la Place du Marché, tout en marchant dans sa direction à vive allure. Tu as un moment, s'il te plaît ? »

Après les interminables politesses d'usage, elle en vint finalement au fait : « Je voulais te demander si notre petite Élisa était libre vendredi soir. C'est notre dixième anniversaire de mariage et Jean-Christophe m'a promis une surprise inoubliable... J'aurais besoin de ses services pour garder Marie-Caroline et Anne-Charlotte...

— Hum... vendredi soir... je pense que ce sera possible...

— Vraiment ! C'est fantastique ! J'étais tellement inquiète ! D'habitude, je t'avertis suffisamment tôt, mais là, c'est une surprise pour moi aussi, je n'ai pas eu le temps de m'organiser... et tu sais à quel point je déteste ça ! Tu es sûr que ça ne te dérange pas, hein ?

— Mais non ! Ce n'est rien ! Si on ne fête pas ce genre d'occasions, qu'est-ce qu'il nous reste ?

— Ah ! Ah ! Ah ! C'est bien vrai, ça ! Tu es adorable, Jacques ! Bon, allez ! Je ne t'embête pas plus longtemps... et mille mercis !

Le sourire aux lèvres, Mme Bourliguet s'éloigna de la voiture afin de laisser Jacques se faufiler dans son pick-up. Elle se félicita de le compter parmi ses amis, car la serviabilité de cet homme était proverbiale. En rentrant chez lui, l'Ogre descendit au sous-sol en sifflotant gaiement le *Requiem* de Mozart. Passant devant son studio, il se dirigea vers la salle où se trouvaient ses ordinateurs. Soucieux de la modernité de son installation, il disposait d'une connexion à très haut débit. Grâce au réseau Internet, il pouvait ainsi rester en contact avec des personnes partageant ses centres d'intérêt, et ce, nuit et jour.

Malheureusement pour lui, son passe-temps favori n'était pas vu d'un très bon œil par le grand public. C'est la raison pour laquelle le site où l'on pouvait consulter sa filmographie n'était pas répertorié sur le réseau commun. Son œuvre se dissimulait dans les profondeurs de la toile sombre et on ne pouvait y accéder que sur invitation. Après avoir entré ses identifiants, l'Ogre pénétra dans son domaine virtuel :

LE CINÉMA D'ART ET DÉCÈS
LA MORT COMME SI VOUS Y ÉTIEZ !

Comme chaque matin, il consulta sa boîte aux lettres électronique. Sa messagerie ultrasécurisée comptait 20 messages non lus. Le premier lui avait été envoyé par « Crame ma Zone », un site marchand clandestin où il proposait ses œuvres les plus abordables :

Cher partenaire, vous venez de recevoir un nouvel avis d'un client. Vous pouvez consulter sa chronique en suivant le lien ci-dessous.

L'Ogre fronça les sourcils. La teneur de cette critique lui était encore inconnue. Si elle s'avérait mauvaise, son statut de revendeur *premium* pourrait chuter, de même que son chiffre d'affaires. Dans son domaine, comme tous les autres d'ailleurs, la concurrence était rude, voire impitoyable. Les mâchoires serrées, il cliqua sur le lien et tomba sur cette critique.

5* : UN ARTISTE DE PREMIER ORDRE !

J'ai fait appel aux services de l'Ogre et j'en ai eu pour mon argent. Ses productions font preuve de beaucoup d'inventivité et de savoir-faire. Il a su exécuter... mes désirs afin de me contenter au mieux. J'ai été livré en temps et en heure et ma satisfaction fut optimum ! Bref ! Un fournisseur hautement recommandable !

L'Ogre lut cette critique élogieuse sans bouder ! Ce genre d'avis le ferait monter dans le classement des meilleurs vendeurs du Darkweb et ce consommateur satisfait reviendrait sans doute bientôt. Ses productions n'étaient peut-être pas programmées dans les grandes salles, mais l'Ogre du Darknet pouvait se vanter d'avoir suscité l'intérêt d'esthètes véritables. Il n'était pas peu fier d'avoir su fidéliser ses clients au point de pouvoir vivre de sa passion. Ce sentiment n'apparaissait certes pas sur son large visage, mais, intérieurement, il souriait, car il venait de recevoir une demande de contact d'un nouveau prospect. Quand il cliqua, ses yeux tombèrent sur les mots suivants :

« Monsieur, j'ai eu le plaisir d'échanger avec vous sur le forum du site « Jeux d'enfants ». Je ne sais pas si vous vous en souvenez, mais mon pseudo était « l'Ours brun ». La raison de ce mail est simple : j'aimerais avoir accès au catalogue que vous évoquiez lors de notre conversation privée. »

En réponse, les gros doigts de l'Ogre pianotèrent :

« Monsieur, je me souviens parfaitement de vous. Avant d'entamer toute relation commerciale, je dois m'assurer de votre sérieux. Vous n'ignorez pas que mes productions sont loin d'être destinées au « gras public ». Les quelques fuites ayant eu lieu récemment dans notre cercle me contraignent à mettre en place des protocoles de sécurité renforcée. C'est pourquoi je vous prie de m'envoyer une photographie liée à votre centre d'intérêt. J'insiste sur le fait que celle-ci doit être explicite. Je vous joins une application de sténographie ainsi qu'une clef qui vous permettra d'encoder votre message et de dissimuler votre image derrière celle qui apparaîtra en guise de leurre. C'est un procédé courant, mais efficace. Il va sans dire que la confidentialité de nos échanges doit être absolue. Tout écart de votre part serait sévèrement sanctionné.

Cordiablement,

L'Ogre »

Expéditeur : l'Ours brun

« Monsieur, vous m'avez été chaleureusement recommandé par des amis et clients communs. Tous louent votre professionnalisme et votre discrétion. Comprenant et partageant votre prudence, je vous joins ce que vous m'avez demandé.

Mielleusement,

L'Ours brun »

Expéditeur : l'Ogre.

« Monsieur, pour vous remercier de votre compréhension, je vous propose un lien temporaire qui vous conduira vers mes dernières productions. Vous y trouverez des extraits qui ne manqueront pas d'exciter votre intérêt.

P.S : Les fichiers ne peuvent être téléchargés et s'autodétruiront dès la fin du visionnage. »

L'Ogre jubilait. Ce prospect promettait. Ses manières trahissaient le novice, mais une fois qu'il aurait mis un doigt dans l'engrenage, le bras suivrait obligatoirement ! L'Ogre savait que ses œuvres agissaient comme une drogue à haut degré d'accoutumance. Leur qualité aurait tôt fait de le convertir en client régulier...

Expéditeur : l'Ours brun.

« *Monsieur, je suis impressionné par votre catalogue et j'aimerais connaître vos conditions.* »

Expéditeur : l'Ogre

« *Action, aventure, romance, tragédie, horreur... Je dispose d'un catalogue fourni dans des genres variés allant du rose le plus tendre au rouge vif et saignant. Je fonctionne aussi sur commande. Dans ce dernier cas, dès lors que vous faites appel à mes services, vous n'avez plus rien à faire. Je me charge de tout. Je recrute les acteurs, m'occupe de la mise en scène, de l'éclairage, de la prise de son, et VOUS écrivez le scénario. Tout peut être représenté et il n'y a ni limite ni tabou. Bien entendu, si vous souhaitez écrire le scénario, c'est plus cher. Concernant le prix de mes prestations, les tarifs commencent à 10 k€ et montent jusqu'à 50 k€ pour les extravagances les plus dangereuses. Le règlement s'effectue en Bitcoins. La première moitié au moment de la commande et le reliquat lors de la livraison. Vous n'ignorez pas qu'en recourant à une cryptomonnaie, notre transaction demeure intraçable et nous restons tous à l'abri.* »

Expéditeur : l'Ours brun

« *Merci pour toutes ces précisions. Je vais réfléchir et reviendrai prochainement vers vous une fois mon choix fait...* »

L'Ogre mordit sa lèvre supérieure où surgit une petite perle rouge. Ce prospect était-il en train de lui glisser entre les doigts ? S'il avait été effrayé par les tarifs, ils ne pourraient pas travailler ensemble sur des projets vraiment intéressants et créatifs. C'est pourquoi il hésitait. Devait-il lui envoyer un lien vers les financements collectifs ou le laisser réfléchir sans le presser ? Penchant vers la seconde option, l'Ogre éteignit son ordinateur avant de descendre à la cave rendre visite à ses petits invités...

Chapitre II : Les enfants d'Ormal

Il était une fois une ville sur le point de s'enflammer. En effet, depuis plusieurs semaines, la ville d'Ormal souffrait de la canicule qui accablait le pays. Les toits des bâtiments de la Cité du Toboggan bleu n'étaient pas épargnés. Sous l'influence du soleil, pour la première fois depuis leur érection, ses murs douteux paraissaient d'une blancheur parfaite. À certaines heures cependant, ses hautes tours de béton prodiguaient une ombre salvatrice. C'était là que le petit Suleïman aimait jouer. Il s'entraînait en compagnie de son meilleur ami : le mur de son immeuble. En effet, contrairement à la plupart de ses camarades, celui-ci ne se lassait jamais de lui renvoyer la balle. Néanmoins, le garçon ne s'acharnait pas sur cette malheureuse surface sans raison, mais afin d'affiner la précision de ses tirs, et de parfaire également son répertoire de contrôles et d'amortis.

Malheureusement, même à l'ombre, la chaleur était difficilement supportable et la sueur eut tôt fait de tremper le front du jeune athlète. Après un dernier shoot, magistral, il bloqua le ballon sous son pied pour s'accorder une pause bien méritée. Tandis qu'il s'épongeait à l'aide de sa casquette à l'effigie du Sporting Club d'Ormal, une clameur hostile parvint à ses oreilles.

« C'est pas bientôt fini, ce boucan ! On ne s'entend plus penser ! » se plaignit la vieille bique du troisième, qui profitait du silence pour établir la liste de ses doléances. Ce fut comme un signal. Les stores se levèrent dans un ensemble presque parfait et plusieurs fenêtres s'ouvrirent pour invectiver le pauvre garçon. « C'est pas bientôt fini, répéta-t-elle ! Ça fait deux heures que tu m'obliges à beugler ! Mais t'entends rien à cause de ton foutu ballon !

— Y en a marre, maintenant, Suleïman ! reprit une autre

voix. C'est tous les jours pareil !

— Et à l'heure de la sieste en plus !

— Pourquoi tu vas pas t'entraîner au stade ?

— Oui ! À quoi ça sert qu'on vous construise un beau terrain tout neuf, si c'est pour nous casser les oreilles toute la journée à taper comme des sourds contre ce mur ?

— C'est qu'il fait trop chaud, là-bas ! Y a pas d'ombre, se défendit Suleïman. En plus, ma mère m'a demandé de rester à l'abri du soleil pour éviter les insolations !

— Un noir qui craint le soleil ? C'est comme un poisson qui aurait peur de l'eau ! » commenta une voix sarcastique qu'il n'eut guère de peine à identifier.

De rage, Suleïman prit le ballon entre ses mains et, à la manière d'un gardien de but, tira de toutes ses forces dans la direction de la tête de celui qui avait osé le comparer à un animal. Au grand regret de l'expéditeur, l'homme esquiva le projectile de cuir qui monta jusqu'au septième étage avant d'amorcer son inéluctable descente. Le jeune garçon le réceptionna au rebond, puis s'empressa de faire le tour du bâtiment, tandis que les voisins continuaient leur esclandre. Il s'apprêtait à s'engouffrer dans l'entrée quand il croisa Rachid, l'entraîneur de l'équipe officielle de la Cité du Toboggan bleu. « J'espère que tu n'es pas encore en train de faire des bêtises, mon petit Soleil !

— Non, non, t'inquiète ! le rassura le garçon en essuyant son visage en sueur contre son maillot.

— Tu viens ce soir à l'entraînement, hein ? On commence à dix-neuf heures, le temps que le soleil s'apaise un peu...

— C'est moi, le soleil et je me calme jamais ! » s'écria l'enfant en se ruant vers l'entrée.

Il poussa la porte déjà endommagée et, balle au pied, emprunta les escaliers en se lançant le défi de ne pas laisser le ballon toucher terre. Cet exercice périlleux lui permettrait de développer son toucher de balle et surtout son contrôle. Malheureusement, gravir les marches en jonglant était loin d'être évident. Chaque erreur se voyait sévèrement sanctionnée par les

14

rebonds bruyants du ballon suivis de jurons – non moins sonores – émis par les voisins excédés. Grossièretés et injures diverses lui parvenaient ensuite accompagnées de promesses de confiscation – et parfois de mort. Nullement inquiet, Suleïman souriait. Toutes ces menaces étaient comme son ballon : en l'air. Pieds, genoux, tête, genoux, pieds, et c'était reparti pour une nouvelle séquence ! Le garçon avait fait des progrès fulgurants depuis cet été. La preuve ? La balle n'était tombée que trois fois durant l'ascension des sept premiers paliers.

À l'étage fatidique toutefois, le ballon qui semblait aimanté à ses vieilles tennis s'en détacha pour rouler mollement sur le sol du couloir. Il n'hésita pas longtemps devant la lourde porte. Suleïman prit un élan vindicatif et shoota de toutes ses forces. La balle rencontra la porte sur laquelle celle-ci s'écrasa lourdement. Elle ne s'arrêta pas là, évidemment ! Avant que Suleïman n'eût le temps de le saisir au vol, le projectile, en rebondissant était revenu heurter celle d'en face. Le double impact résonnait dans tout l'immeuble. Bien à l'abri, l'homme qui l'avait comparé à un animal émit un grognement où Suleïman crut déceler le mot « police ». La voisine de palier n'osa pas sortir le houspiller, mais il entendit distinctement l'enclenchement de la chaîne de sécurité. Derrière le judas, un œil inquiet apparut. Se plaquant contre un mur, le garçon se replia dans la pénombre afin d'échapper au regard inquisiteur.

Il attendit que la vindicte populaire se fût calmée avant de monter à pas de loup jusqu'à l'étage suivant et de poursuivre l'ascension de l'immeuble. Il patienta quelques minutes encore, afin de pouvoir nier toute implication dans le raffut, puis il toqua doucement à la porte.

*

Kader travaillait dans sa chambre sous la supervision de Soumyya. Le visage penché sur le cahier d'exercices, il s'appliquait à résoudre un problème de mathématiques particulièrement ardu. Mais son attention n'était pas entièrement tournée vers le monde des nombres... Dès que la vigilance de son aînée se relâchait, le regard du petit garçon commençait à errer. Parfois, il s'absorbait dans la contemplation des posters de footballeurs ornant les murs, d'autre fois, ses grands yeux noirs se perdaient dans le vide. Les stores baissés, afin de conserver un peu de fraîcheur, seul un rai de lumière rachitique était autorisé à pénétrer dans la pièce. «J'ai l'impression d'être en prison ! se plaignit-il. Qu'est-ce que j'ai fait de mal pour qu'on me condamne à rester dans ma chambre ?

— Ce n'est pas une condamnation, Kader ! Il fait trop chaud pour sortir... Il fait 40° dehors ! Veux-tu attraper une insolation ?

— J'ai pas peur du soleil, moi !

— Et tu devrais pourtant t'en méfier ! Cette chaleur est dangereuse. Tu ne te rends pas compte qu'il n'y a personne dehors...

— Si ! Il y a Suleïman !

— C'est parce qu'il n'est pas conscient du danger qu'il court à faire des efforts physiques par une chaleur pareille !

— Il n'est pas fou ! Il reste à l'ombre !

— Il fait 35° à l'ombre, tu te rends compte ? Si tu fais des efforts, ton corps peut vite surchauffer et c'est la mort assurée !

— Suleïman survit bien, lui !

— Ça le regarde ! Moi, j'ai été chargée par Maman de veiller sur toi et je compte bien m'acquitter de cette mission...

— Mais j'en ai marre d'étudier !

— C'est pour ton bien, Kader ! Si notre mère m'a demandé de te faire étudier, c'est parce qu'elle se soucie de ton bien et de ton avenir. Et elle a raison, tu sais. Il est très important que tu réussisses tes études. Avec ton potentiel, tu peux choisir n'importe quelle voie...

— Même celle de footballeur ?

— Quelle idée ! Un adulte ne doit pas jouer au ballon ! Tu serais plus utile à la société si tu devenais un chirurgien qui sauve des vies, un chercheur combattant les maladies ou un avocat qui protège les innocents... ou encore mieux : un procureur qui accable les criminels...

— Mais je veux être footballeur, moi, le foot n'est pas un jeu, c'est un sport, c'est sérieux ! On peut devenir des modèles pour les jeunes et les empêcher de se transformer en racailles... regarde !

C'est ce que fait le grand Yussef : il montre l'exemple !

— Ah ! Ah ! Tu vois que tu sais plaider ta cause ! Tu pourrais faire un très bon avocat ! Allez, Maître Kader ! l'encouragea Soumyya avec un doux sourire, tu peux y arriver... Il te suffit de réutiliser la règle que tu viens d'appliquer...

— Laisse-moi tranquille, Soumyya ! Il fait trop chaud et j'ai envie de sortir... »

Sous le bureau, l'agitation des jambes du petit garçon approuvait silencieusement ses dires. Inflexible, toutefois, sa sœur n'était pas encore prête à le laisser s'échapper. « Dès que tu auras résolu ce problème, je ne t'embêterai plus...

— Promis ? »

Dès que sa professeure eut confirmé sa promesse, Kader plissa le front et tira la langue avant d'écrire quelque chose sur le cahier. Les yeux de sa sœur s'agrandirent : « Pourquoi traînais-tu comme ça, si tu connaissais déjà la réponse ?

— Je viens de la trouver... »

À ce moment-là, un grand bruit les fit sursauter. Ils échangèrent un regard éloquent. Celui de la jeune femme était empli d'anxiété tandis que celui de son frère manifestait une excitation à peine contenue. Était-ce un coup de feu ? La déflagration semblait provenir des parties communes de l'immeuble. La curiosité qu'éprouvait Kader le fit se dresser d'un bond et il s'apprêtait à courir voir ce qui se passait dehors, quand sa grande sœur s'interposa, le visage très pâle. « Minute papillon ! Tu ne bouges pas d'ici !

— Encore ? Mais tu avais promis de me libérer !

— Je te demande juste de patienter un peu... On ne sait jamais ce qui peut arriver dans cette cité malade... La chaleur rend fous les plus fragiles et ici, malheureusement, certains sont armés... et ce ne sont pas les plus équilibrés...

— Mais je veux voir ce qui se passe !

— Tu veux finir comme le père de Suleïman ? »

Calmé, Kader se rassit de mauvaise grâce : « Est-ce que je

peux regarder au moins une vidéo sur l'ordi ?

— Oui ! Mais pas des trucs stupides !

— Mais j'en ai marre des histoires d'intello ! On peut bien rigoler un peu de temps en temps, quand même ! Déjà que tu as mis le contrôle parental, alors si, en plus, je dois regarder des programmes éducatifs pour m'amuser, c'est la fin pour moi...

— Et pourquoi est-ce qu'un épisode de *C'est pas sorcier* annoncerait ta fin ?

— Parce que... je vais finir ma *life* tout seul, comme un intello de merd...

— Tss ! Pas de grossièretés ! On n'est pas chez les racailles, ici... Être un intellectuel ? C'est ça qui te fait peur ? C'est pour ça que tu ne réussis pas certains contrôles ?

— Non...

— Tu ne ferais pas volontairement des erreurs, par hasard ? » lança-t-elle, suspicieuse.

Le garçon se frotta le bras, comme chaque fois qu'il se sentait nerveux. Il n'aimait pas ce genre de conversation. Heureusement pour lui, trois coups frappés doucement à la porte le sauvèrent d'aveux forcés. Déjouant la surveillance de Soumyya, Kader se dressa d'un bond et se précipita pour regarder par le judas. Il ne vit personne. Il aurait bien voulu ouvrir, mais c'était sa sœur qui détenait la clef. Trois coups se refirent entendre, un peu plus fort cette fois.

« C'est moi : Suleïman ! Kader est là ? »

Soumyya regarda son frère. La tête inclinée sur le côté, paupières battantes, il avait joint ses petites mains dans une prière muette. Attendrie, Soumyya sourit et céda. Elle sortit la clef de sa poche et ouvrit la porte. Le nouveau venu salua poliment la belle jeune femme avant de fixer ses tennis. Kader, bouillonnant d'énergie, questionna son ami : « Qu'est-ce qui s'est passé en bas ? Il y a eu un règlement de compte ou quoi ?

— De quoi tu parles ?

— Tu n'as pas entendu un grand bruit tout à l'heure ?

18

— Euh ! Non ! Je viens juste d'arriver... j'étais au bâtiment C en train de m'entraîner, mentit Suleïman. Dis Soumyya, est-ce que Kader peut descendre jouer au foot avec moi ?

— Allez ! Soumyya, dis oui ! Il n'y a pas que les études dans la vie... Qu'est-ce que tu répètes toujours, déjà ? Mince amas et corpo chais plus quoi ?

— *Mens sana in corpore sano* !

— Qu'est-ce que ça veut dire ? demanda Suleïman.

— C'est du latin ! répondit Kader.

— Ça ne répond pas trop à ma question...

— Ça veut dire : « un esprit sain dans un corps sain »...

— Exactement », confirma Suleïman.

Soumyya se tourna curieusement vers ce dernier : « Comment tu comprends cette phrase, toi ?

— Bah ! Je sais pas... Si on fait pas de sport, on devient fou, ou quelque chose comme ça !

— Il y a de l'idée, mais ce n'est pas exactement ça ! Il s'agit d'équilibre et d'harmonie... Cet adage signifie que le corps et l'esprit sont liés et qu'il ne faut pas privilégier l'un aux dépens de l'autre... L'excès de sport est aussi nuisible que l'absence d'activité physique...

— Waouh ! Soumyya ! Tu parles bien... je ne comprends rien, mais tu t'exprimes tellement bien... Pourquoi mes parents... »

Le garçon fit une pause et le bref silence qui suivit était lourd de non-dits, et ce fut Suleïman qui le rompit en se reprenant : « Pourquoi ma mère ne t'a pas engagée comme avocate ?

— Allez ! On descend, intervint Kader, en voyant le visage de sa sœur s'assombrir. Salut Soumyya ! À tout à l'heure... je reviendrai vers dix-neuf heures... »

Après le départ de son frère, Soumyya se dirigea vers sa chambre. Elle ouvrit un placard et en sortit un exemplaire du Code civil. Elle le parcourut rapidement en hochant la tête, puis le remit dans un carton qu'elle rangea tout au fond. Elle prit une profonde inspiration, soupira, puis reprit les manuels de préparation au concours de professeur des écoles. Au bout d'une minute, elle bâillait déjà...

Alors que Kader se dirigeait vers l'ascenseur, Suleïman suivait le chemin des escaliers, secouant la tête obstinément tandis que son ami le hélait : « Non ! Pas question que je rentre dans cette boîte !

— Allez ! Sissou ! Il fait trop chaud pour descendre les marches !

— Tu crois que c'est en te laissant porter que tu progresseras ! J'ai lu dans l'*Équipe* que Neymar ne montait jamais dans l'ascenseur !

— Ah ouais ? Pourquoi ?

— Parce qu'il profite de chaque occasion pour s'entraîner, tiens ! Pour lui, prendre les escaliers, c'est comme... euh...

— Les marches de la gloire ? » compléta Kader.

La mention de son héros le captivant, il délaissait déjà le bouton de l'ascenseur. « Exactement ! répartit son ami. T'as vu mes mollets ?

— Waouh ! Ils sont super musclés... À côté, les miens ressemblent à des allumettes... »

Suleïman se décontracta légèrement pour reprendre son souffle et répondit : « Si t'as des mollets de fragile, c'est parce que tu passes trop de temps assis !

— Mais, c'est qu'on me force...

— C'est à cause de Soumyya, c'est ça ? »

Une porte s'ouvrit et un grand passa la tête dans l'entrebâillement : « Vous allez fermer vos gueules les petits ou je vous plume ! » Le visage grimaçant du grand fit son effet et les petits s'enfuirent sans demander leur reste. Ils dégringolèrent les escaliers et ne reprirent leur souffle qu'une fois parvenus au rez-de-chaussée. « Qu'est-ce qu'on fait maintenant ? demanda Suleïman en jonglant.

— On va voir Stouf ? proposa Kader en donnant un coup de pied dans un mégot suspect.

— Oh ! Non ! Pas lui ! Il bouge jamais son gros derche de

son canapé celui-là !

— Bah ! Si ! Quand il va chercher des chips !

— Ah ! Ah ! Ah ! Ou quand il change de jeu sur sa console ! D'ailleurs ! C'est vrai qu'il a eu la P.S.4 pour son anniv' ?

— Ouais ! C'est vrai ! Et devine le jeu qu'il a eu avec ?

— Non ?!!!

— Si, si ! »

Les deux garçons coururent jusqu'au bâtiment voisin et poussèrent la porte qui céda facilement.

*

Stéphane se lava les mains et les sécha soigneusement avant de tourner la page du précieux cahier. Ce livre était unique et irremplaçable, c'est pourquoi il le manipulait avec d'infinies précautions. Ses sourcils se fronçaient, faisant naître un pli soucieux entre eux tandis qu'il étudiait la dernière phase de la recette. Sur la page se trouvaient des photos prises il y avait près de quinze années de cela à l'aide d'un instantané. Sa maman avait vraiment fait preuve de méthode en confectionnant ce livre de recettes.

Le jeune garçon alluma le four, régla le thermostat sur 180° puis enfourna la tarte. Avant de nettoyer le plat où il avait confectionné la mousse au chocolat, il prit bien soin de le racler longuement afin de ne pas perdre un milligramme de la précieuse substance. Levant les yeux au ciel, il émit un soupir gourmand : « Je suis sûr que Papa va l'adorer ! »

Il finissait de nettoyer le plat en se pourléchant les doigts quand des coups vigoureusement frappés contre sa porte le firent avaler de travers. « Qui est-ce ? s'enquit-il entre deux quintes de toux.

— C'est Kader... Je suis avec Suleïman... Tu nous ouvres, steup' ?

— Deux secondes ! » réclama-t-il en se lavant les mains.

Stéphane régla la minuterie du four, ferma la porte de la cuisine derrière lui avant de rejoindre l'entrée au bout du couloir : « Alors, les gars ? Quoi de neuf ?

« — Pas grand-chose... on traîne, toujours dans le *game*... ça te dirait de descendre taper la balle sur le terrain ?

— Euh ! Ouais... j'aimerais bien, mais j'ai quelque chose à faire, ici...

— Quoi ? s'enquit Suleïman.

— Quelque chose pour mon daron...

— Putain ! T'es exploité, mon pauvre !

— Non ! Pas vraiment...

— Arrête ! Chaque fois qu'on te voit, t'es toujours en train de faire le ménage ou la cuisine, t'es la femme de ton père ou quoi ? »

Kader donna un coup de coude discret dans les côtes de Suleïman. Ce dernier lut la tristesse dans le regard du garçon qui s'essuyait nerveusement les mains contre son tablier. Suleïman venait de comprendre à quel point sa plaisanterie était cruelle : « Je te tanne », lâcha-t-il en guise d'excuse. Kader jugea bon d'intervenir pour changer de sujet et alléger l'atmosphère : « Hey ! Stouf ! C'est vrai que tu as eu la P.S.4[1] pour ton anniv' ? » Un sourire illumina le visage poupin du garçon : « Carrément ! Mon daron est tombé sur une bonne occase ! Vous voulez faire une partie, j'ai P.E.S 2018[2]... »

La proposition fut accueillie par des exclamations joyeuses et les préados se retrouvèrent dans le salon à s'extasier devant l'écran. Ils s'émerveillèrent de la qualité des graphismes et de l'animation du jeu vidéo. Les clameurs des supporters les plongeaient dans le match qu'ils disputaient avec toute l'ardeur de la jeunesse ! Cependant, Suleïman, dont l'appétit avait été excité par son activité physique intense, ouvrit grand les narines en s'exclamant : « Wesh ! Ça sent trop le chocolat... tu serais pas en train de nous cacher quelque chose ?

— Non ! Qu'est-ce que vous allez imaginer, les gars ?

— Euh ! Rien ! » mentit Kader, qui ne pouvait s'empêcher de fixer la bouche maculée de cacao de son copain.

---

1   Sony Playstation 4 : console de jeux vidéo.
2   Pro evolution soccer 2018 : jeu de football sur console Playstation.

Gêné par l'insistance du regard de ses coéquipiers virtuels, Stéphane passa le dos de sa main sur ses lèvres et ne put que déplorer les traces de l'incriminante substance : « Bougez pas, les gars ! Faites un match tous les deux, et je prends le gagnant à mon retour...

— Mais où vas-tu ? »

En entendant la question de son compagnon, Suleïman se tourna vers Kader pour le réprimander : « "Où vas-tu ?" le singea-t-il en prenant une voix pincée. Ça se dit pas ! » Puis il se tourna vers Stéphane qui s'apprêtait à quitter la pièce : « Où tu vas ? C'est comme ça qu'on pose des questions.

— J'ai quelque chose à faire », rétorqua leur hôte dont les narines s'inquiétaient d'une odeur annonciatrice d'un gâteau brûlé.

Il quitta la pièce avec une précipitation qui fit rire ces deux amis. Après avoir échangé des regards entendus, les deux compères suspendirent leur partie afin de suivre Stouf tandis qu'il sortait son gâteau du four. Quelle tentation ! L'odeur du cacao mêlée à la noix de coco embaumait la cuisine. C'était une fragrance irrésistible pour les enfants. Suleïman entra en bombant le torse : « Oh ! Oh ! J'en étais sûr ! Tu voulais nous cacher ça... Qu'est-ce qui t'arrive ?

— Ton gâteau ! Il a l'air trop bon... ma bouche déborde... je vais me noyer dans ma salive... tu pourrais nous en donner une part, Steup' ?

— Je peux pas...

— Allez ! Steup'

— Non ! J'peux pas ! Demain, promis...

— Pourquoi pas aujourd'hui ? J'en veux, maintenant ! insista Suleïman.

— Non ! je peux pas, s'obstina le pâtissier en herbe, je dois l'entamer ce soir, avec mon père...

— Oh ! T'es sans pitié ! Ton gâteau, on dirait qu'il sort d'une émission télé ! Donne-m'en un peu... juste une part... une micro part, une miette, *please*...

— Je peux pas... Demain, je te le jure sur la tête de mon

père...

— Vas-y ! Fais pas le radin ! Juste un petit bout... je crève la dalle ! Jouer au foot, ça creuse !

— Je peux pas, je t'ai dit... c'est une surprise pour mon daron...

— En quel honneur ?

— C'est mon anniversaire... »

Surpris par cet aveu, Kader et Suleïman poussèrent des exclamations et félicitèrent leur ami en chantonnant « joyeux anniversaire », etc. puis Suleïman fronça les sourcils : « Mais y a un truc bizarre, si c'est ton anniversaire, pourquoi c'est toi qui fais le gâteau ?

— Parce que mon daron n'a pas le temps, il est sur les chantiers et il travaille tard... Du coup, à l'heure où il débauche, les pâtissiers sont fermés....

— Il travaille trop, ton daron !

— Oui, c'est pour ça que je me charge de la maison... et...

— Ça te dérange pas de faire le boulot d'une femme ?

— Pas du tout ! Les plus grands chefs pâtissiers sont des hommes et puis j'aime bien cuisiner et puis... qui s'occuperait de mon daron si j'étais pas là ?

— Mais pourquoi tu pleures ?

— Tu m'as pris pour qui ? Je pleure pas...

— Ah ! Ouais ? Ça y ressemble en tous cas... Qu'est-ce qui t'arrive ? T'as peur qu'on te mette ton gâteau à l'amende[3] ?

— Mais non ! J'ai juste une miette dans l'œil...

— Dans les deux en même temps ? C'est bizarre quand même !

— Non ! C'est juste une allergie...

— Ah ! Ouais ? T'es allergique à quoi ?

— Aux questions, conclut-il en séchant ses larmes... bref !

---

3   Mettre à l'amende : racketter.

Lâchez l'affaire pour le gâteau, j'ai encore mieux... j'ai un truc qui tue... un truc pour les hommes !

— Quoi ? Des bonbecs ? demanda Kader qui souhaitait lui venir en aide et mettre un terme à cette situation gênante.

— Oui ! répondit Stéphane en sortant un sac de bonbons. Mais j'ai mieux encore !

— Qu'est-ce qu'il pourrait y avoir de meilleur que des bonbecs ? le relança Kader qui en enfournait déjà une poignée dans sa bouche gloutonne.

— Internet !

— Ah ! Ouais ? Et le contrôle parental ? questionna Suleïman, sceptique.

— Mon daron ne sait même pas ce que c'est ! »

L'instant suivant, Suleïman oubliait le gâteau en se goinfrant de confiseries devant la PlayStation 4. À l'aide de sa manette, Stéphane pénétra dans la toile. Dans son moteur de recherche, il tapa courageusement le mot « porno » et, sans autre préambule, se trouva là où il voulait.

Dans les yeux éblouis des garçons se reflétaient les lumières lascives de l'écran. L'émotion était si intense qu'elle leur coupait la parole.

Chapitre III : Éveil forcé

Nuit du 15 au 16 juillet

Dans son lit, Suleïman ne pouvait trouver le sommeil. Il avait beau se tourner dans tous les sens, changer de position, il était incapable d'échapper aux visions qui passaient en boucle sous ses paupières. Sur l'écran de son imaginaire, des femmes s'incrustaient en trois dimensions. L'impudeur avec laquelle ces démoniaques beautés exhibaient leur chair dénudée, leurs formes, et par-dessus tout, les poses qu'elles prenaient, lui causaient un trouble qu'il n'avait jamais ressenti auparavant. Du moins, pas avec une telle intensité. Trop excité pour dormir, son corps bougeait de lui-même. Il se retrouva bientôt sur le ventre et y demeura. Cela lui sembla naturel. Il essaya de penser au foot pour se changer les idées, mais les actrices envahissaient le terrain, s'allongeaient sur le gazon et remplissaient les cages du gardien... nues et si tentantes qu'il en oublia aussitôt le ballon...

Sans trop savoir pourquoi - ni comment -, il se rendit compte qu'il se frottait contre les draps. Bien qu'instinctifs, ses mouvements ne lui apportaient qu'un maigre soulagement et il sentit que son corps lui réclamait quelque chose de plus, mais, quoi ? Ce dont il était sûr, c'était que la position était devenue intenable. « Suleïman ! » L'appel se renouvela trois fois, de plus en plus pressant, si bien que le jeune garçon fut contraint de s'interrompre : « Quoi ? demanda-t-il, franchement agacé.

— Qu'est-ce que tu fais ? s'enquit son petit frère.

— Rien !

— T'es sûr ?

— Bah ! Oui ! Qu'est-ce qu'il y a ?

— J'arrive pas à dormir... Y a le lit qui vibre... Tu crois qu'il y a un tremblement de terre ?

— Non ! T'inquiète ! C'est rien...

— Si, si ! Je vais aller voir Maman, j'ai peur... et s'il y a un tremblement de terre, on va mourir... »

Sachant que sa mère comprendrait bien vite ce qui faisait vibrer le lit, Suleïman ajourna sa séance d'autogratification, un peu honteux de s'être laissé aller à sa volupté solitaire. « Tu vois ? C'est fini ! fit-il remarquer à son compagnon de chambrée.

— Ah ! Oui ! Qu'est-ce que c'était ? Un séisme ?

— Mais non, c'est la vieille machine à laver des voisins... elle fait toujours ça pendant l'essorage... »

Bien sûr, son petit frère dans le lit superposé, en bas, ne se doutait de rien, le pauvre ! Il ignorait dans quels tourments son pauvre aîné se trouvait plongé. Suleïman suait. La chaleur était accablante et il avait beau « attendre que ça passe », les images revenaient sans arrêt. Le pantalon de pyjama déformé par le désir, il finit par descendre les barreaux de l'échelle du lit superposé, priant pour ne croiser personne.

Heureusement, tout le monde dormait à cette heure avancée. Dans l'obscurité, il se dirigea vers les toilettes. Arrivé là, il referma derrière lui et s'activa. Quelques minutes plus tard, quelqu'un frappa doucement à la porte. Au début, Suleïman crut que son imagination lui jouait des tours, mais il entendit une voix chuchoter : « Qui est là-dedans ? J'en peux plus... » C'était sa sœur, Ama. « C'est moi ! J'ai mal au ventre, geignit-il.

— Toi aussi ? Laisse-moi la place ! J'en ai pour une minute... il faut que je me soulage ou je vais me faire dessus... »

Suleïman remonta son pantalon en hâte, tira la chasse et vaporisa un peu de désodorisant pour donner le change. Ceci fait, il déverrouilla en prenant soin d'éteindre la lumière afin de dissimuler sa culpabilité. « Pourquoi t'éteins ?

— Chais pas... juste un réflexe...

— Qu'est-ce que tu fais ? Retourne te coucher...

— J'ai pas fini...

— Reste pas là ! Tu vas me bloquer... Tu veux que j'te

défrise à sec ou quoi ? »

Ama, qui commençait à s'impatienter cessa de chuchoter, ce qui pouvait avoir de fâcheuses conséquences. Suleïman feignit donc de partir et se réfugia derrière la porte de sa chambre. Mais il n'était pas à l'abri, même là, les images le poursuivaient encore...

*

Kader, quant à lui, vivait une situation similaire. Les yeux fermés, il cherchait à chasser les tableaux dérangeants qui ne cessaient de fulgurer dans son esprit. Des fragments d'anatomie, des couleurs charnelles avaient pris d'assaut sa petite psyché.

Qu'est-ce qui se passe ? Pourquoi je n'arrive pas à penser à autre chose ?

C'en était trop pour lui. Le pire, c'était que ces flashback revenaient avec une netteté effrayante. Les visages déformés de ces femmes et les instruments qu'elles utilisaient pour se transpercer en grognant comme des bêtes. Tout ça était à vomir. Leur bouche, leurs lèvres rouges brillantes de salive...

Elles les posaient à des endroits destinés à faire des besoins...

Quel dégoût ! Et leurs cris d'agonie ! Elles criaient tellement que Kader aurait juré qu'elles étaient torturées.

Pourquoi ne s'échappaient-elles pas ?

Tout ce qu'on lui avait appris à cacher avait été exposé dans cette simple scène. Tout se passait à quatre pattes et ces gens se comportaient comme des animaux...

Suis-je malade ? Pourquoi je n'arrive pas à penser à autre chose ?

Et Suleïman et Stouf ? Qu'est-ce qui pouvait bien leur plaire là-dedans ? Ses amis l'avaient rembarré quand il avait proposé une autre partie de P.E.S. Loin d'être dégoûtés, les deux garçons s'étaient extasiés devant cette boucherie bizarre. « Waouh ! Les lolos qu'elle a ! Mate-moi cette paire de ouf, Stouf ! »

À ce moment-là, dans la vidéo, les femmes s'étaient dénudées depuis longtemps et faisaient des trucs cochons entre elles...

Merde ! Qu'est-ce qui m'arrive ? Mon... putain de...
Pourquoi il est comme ça ? Il est... C'est quoi, cette enflure ? Est-ce
que je suis malade de la teub ? C'est à cause d'Internet. J'ai
entendu dire qu'on pouvait attraper des virus sur les sites cochons.
Et si c'était l'effet d'un de ces virus informatiques ? Les machines
peuvent-elles contaminer les humains avec leurs maladies
numériques ? Et je ne peux même pas aller voir sur Internet pour
en avoir le cœur net ! Qu'est-ce que je dois faire ? Maman ? Non...
Je ne peux pas lui en parler... Soumyya ? C'est pareil. Si je lui
montre, elle va m'accabler de questions et je serai obligé de
balancer Stouf ! Et alors, je serai consigné à vie ! Oh ! Non ! Tout,
mais pas ça ! Ah ! Là ! là ! Putain ! Je suis foutu ! Ma vie est finie !
Comment je vais faire si j'ai envie de faire pipi ?

J-30

Chapitre IV : Nouvelle commande

Lundi 16 juillet

Après avoir achevé l'enfant d'un geste élégant, L'Ogre plaça ce qui restait de son petit corps dans un sac plastique. Il éteignit ensuite la caméra, puis les éclairages avant de quitter son studio pour se débarrasser du cadavre. Sa besogne accomplie, il alluma l'ordinateur qu'il vouait au montage de ses œuvres. Il s'apprêtait à s'occuper du montage lorsqu'il reçut une notification sur la machine réservée à l'aspect commercial de son entreprise.

Nouveau message

Le 16/07/2018

Expéditeur : Les Bottes de Non-lieu

« Bonjour, nous comptons organiser une petite soirée gastronomique un peu saignante. Nous avons pu recruter quelques traiteurs pour l'occasion, mais trois plats n'ont pas encore été attribués. Si je vous écris, c'est afin de savoir si vous pouviez vous charger des ingrédients et de la livraison des victuailles. »

Expéditeur : L'Ogre

« Bonjour, j'assure les livraisons avec un supplément proportionnel au déplacement. J'ai simplement besoin des coordonnées G.P.S. du point de collecte. Le règlement s'effectue d'avance en cryptomonnaie (Bitcoins de préférence). »

Expéditeur : Les Bottes de Non-lieu.

« Parfait. J'ai besoin de produits frais pour une soirée très importante qui aura lieu dans la nuit du 14 au 15 août :

1— Un couscous accompagné d'un vin de moins de 13 ans.

2 — Un mafé assorti d'un vin de moins de 15 ans, minimum 12 ans.

3 — Une choucroute sublimée par un vin blanc liquoreux de moins de 13 ans.

Nous souhaitons des produits sains et pauvres en matière grasse. J'insiste sur le fait que la livraison doit être de première fraîcheur et être effectuée au plus tard le 14 août. Vous savez à quel point ce genre de produit se gâte vite. Quant au paiement, nous réglons comptant, 10 k€ par plat. »

Expéditeur : L'Ogre

Re :

« Pour la livraison, le tarif est double. 20 k€ par plat. Le supplément comprend une prime de risque. Le paiement se fait d'avance par Bitcoins. Pour ce qui est de la fraîcheur, elle est garantie. »

Expéditeur : Les Bottes de Non-lieu.

Re :

« Marché conclu. Je reste dans l'attente de vos nouvelles. »

Expéditeur : L'Ogre.

Re :

« Elles ne tarderont pas... »

Le sourire aux lèvres, l'Ogre déclara que la chasse était ouverte...

Chapitre V : Facebook.com

La nuit passa et les deux garçons finirent par s'endormir peu avant l'aube. Le lendemain, dès qu'ils purent se libérer de leurs obligations respectives, ils rendirent visite à Stouf. C'était le seul à qui ils pouvaient se confier. Entre deux parties de P.E.S. 2018, Kader, à bout de patience, finit par évoquer la source de son angoisse nocturne. « Ah ! Ah ! Ah ! T'étais pas malade, pauvre puceau de la vie ! » se moqua Suleïman, entre deux éclats de rire.

Stouf et lui étaient pliés en deux, comme deux compères, ils se payaient sa tête. Leurs rires étaient vraiment vexants. Kader avait l'impression d'être nu devant eux, complètement exposé. Suleïman s'interrompit et, entre deux hoquets moqueurs, prenant un air supérieur : « T'es vraiment un gamin ! On t'a rien appris à l'école ? Et les cours d'éducation sexuelle, alors ?

— J'ai pas vu ça...

— Comment ça ? Tu passes en troisième, non ?... Moi, j'ai fait la reproduction l'an dernier... et je suis... enfin... j'étais en sixième !

— J'ai sauté le CM1 et le CM2... et ma mère m'a fait manquer le programme en sixième parce qu'elle pensait que j'étais trop jeune...

— Ah ! D'accord ! Mais c'est vraiment un truc de dingue, commenta Stouf, incrédule.

— Comment ça, trop jeune ? demanda Suleïman, perplexe.

— Bah ! J'avais que neuf ans en sixième... Pour mes parents, c'était trop tôt pour entendre parler de... »

Kader s'interrompit brusquement, rougissant, et Stéphane acheva sa phrase à sa place : « Sexe ! S.E.X.E, le cul, le boule, le zobe, la chatte, la foufoune, putain ! Dis-le ! Allez ! dis-le : sexe !

— Je fais ce que je veux !

— T'as même peur de prononcer un putain de mot ? commenta Stouf, c'est quoi ton problème, mec ?

— J'ai pas de problème !

— Mais si ! Tu sais même pas ce que c'est que d'avoir la gaule ?

— La Gaule ? Comme Vercingetorix ? »

Cette réplique fut accueillie avec une absence totale de sérieux. Les deux potes hilares n'en pouvaient plus. Ils semblaient sur le point de s'étouffer et littéralement de mourir de rire ! Quand il reprit son souffle, Stouf poursuivit : « Ouais ! Exactement, la Gaule comme le grand Vercingetorix !

— Mais, c'est quoi ? Les symptômes d'une maladie ? C'est de ça qu'est mort Vercingetorix ?

— Putain ! Mais arrête ! Faut que tu fasses un procès à tes parents, si tu sais même pas ce qu'est une érection à ton âge...

— J'ai que onze ans, les mecs, arrêtez !

— Putain, c'est vrai ! s'exclama Suleïman. J'oublie toujours que t'es qu'un gamin !

— Je suis pas un gamin...

— Ah ! Ah ! Ah ! T'es peut-être le cerveau de la classe, mais t'es vraiment à la masse au niveau de ta *life*... Faut qu'on fasse ton éducation... Tu veux mater la suite du film d'hier ?

— Allez ! s'écria Suleïman en faisant sursauter le pauvre Kader.

— Je sais pas trop, les gars...

— On n'a maté que le début... quand les filles se chauffent entre elles... Voir la suite, ça t'aiderait à comprendre que si la gaule est une maladie, tous les hommes bien portants sont des grands malades !

— Je sais pas trop...

— Pourquoi ?

— Franchement... j'ai trouvé la vidéo... dégueu...

— T'as raison !

— Toi aussi, tu l'as trouvée écœurante ? »

Kader sentit enfin un peu de complicité revenir, mais ce sentiment s'estompa rapidement quand Stéphane s'exclama : « Écœurante ? Mais t'es fou ? Je parlais de la définition de l'image qui était dégueu : du 720 p, ça ne passe pas sur un écran de 52 pouces...

— Pourquoi t'as pas aimé ? demanda Suleïman, sincèrement surpris.

— Je sais pas... C'était trop crade et agressif ! Ça m'a filé la gerbe...

— Ouais ! Ouais ! Agressif ! C'est ça qui est bon ! Le sexe, c'est comme le foot, il faut de l'action et du rentre dedans ! commenta Suleïman en mimant de dribbler des joueurs imaginaires...

— Putain ! L'autre, c'est un obsédé ! Il va finir par le faire avec son ballon... Et toi, Kader, si t'as pas aimé, pourquoi ça t'a donné la gaule ?

— Mais c'est quoi, la gaule ?

— Putain ! Mais t'es sérieux ? T'es trop à l'ouest, mec ! Tu connais rien à la vie ou quoi ? Tu sais même pas comment on fait des gosses ? »

Kader se tut, horriblement gêné. Les joues cramoisies, il se dressa d'un bond, prêt à s'en aller.

« Vas-y, pars pas ! Je plaisante... c'était pour te teaser ! La gaule, c'est quand une fille t'excite ! T'as la teub qui double ou triple de volume et elle devient dure, presque douloureuse... »

Kader s'immobilisa devant la porte, attentif, attendant la suite...

« Et ça peut pas se contrôler ?

— Non ! reprit Suleïman. Ça se contrôle pas... Moi, ça m'est arrivé hier et c'était horrible... Je savais ce que c'était, mais ça m'était jamais arrivé... Enfin, pas comme ça... Du coup, je... euh...

c'était trop dur... Ah ! Ah ! Ah ! il fallait que je me soulage...

— Noooon ! Tu t'es branlé, ou quoi ? s'enquit Stouf.

— Je voulais le faire... parce que ça m'empêchait de dormir... mais après, il y a eu mon petit frère qui s'est mis à pleurnicher et il faisait ouin-ouin... y a le lit qui vibre... ouin-ouin, j'arrive pas à dormir... et après, ouin-ouin, j'ai peur... y a un tremblement de terre... ouin-ouin, je vais appeler Maman...

— Non !

— Si, frère ! Alors je suis allé aux toilettes... mais c'était la galère... Comme on a qu'un chiotte pour sept, mes sœurs sont venues l'une après l'autre... C'était un putain de défilé de chemises de nuit...

— Tes sœurs en chemise de nuit, hum... c'était une bonne source d'inspiration, non ?

— Non, mais ta gueule, gros pervers, c'est dégueulasse...

— Tes sœurs ? » se moqua Stouf.

Suleïman serra la mâchoire et montra son poing : « Tu veux que je t'en colle une ou quoi ?

— Pourquoi ? Je comprends pas... J'ai pas de sœurs, moi...

— Parce que ça se fait pas... beurk... ça me dégoûte... tu me comprends, toi, hein, Kad ?

— Ouais, bien sûr », mentit Kader, qui avait perdu le fil de cette conversation depuis un moment déjà. « Alors ? On se fait la belle ? hasarda-t-il.

— Y a pas de belle, ici ! On est entre poilus ! Alors ? T'as pu te soulager, finalement ?

— Pfff ! Carrément pas ! J'en avais trop marre et ça faisait trop suspect de rester aussi longtemps aux chiottes... même si j'avais mitonné une histoire de gastro comme alibi... Et du coup, c'est passé crème parce qu'Ama était vraiment malade. Elle m'a grave embaumé les chiottes... C'en était une infection et...

— Et alors, tu as pu finir ?

— Bien sûr que non, avec cette puanteur, l'envie m'est

passée...

— Ah ! Ah ! Ah ! Tu m'étonnes !

— Tu rigoles, ça redescendait pas, j'étais mal ! J'avais trop peur que ça reste pour toujours... La honte !

— La honte ! Vous êtes vraiment deux puceaux physiques et mentaux, les gars ! Ah ! Ah ! Ah !

— Tu fais le beau ! Mais t'es comme nous ! Un puceau de plus...

— C'est ce que tu penses, mais ça fait longtemps que je suis dépucelé...

— Ce mytho ! Comme si on allait te croire sur parole !

— C'est pourtant vrai !

— Ah ouais ? Balance tes preuves alors !

— Hé ! Les mecs ! » intervint Kader que la conversation ne passionnait guère. « On se refait une partie ! Je suis sûr que je peux mettre une branlée à n'importe lequel d'entre vous. »

L'ignorant complètement, Stéphane alluma l'ordinateur pour rejoindre Facebook.com. Il se cacha pour éviter que Suleïman pût lire son code d'accès. « Qu'est-ce tu fais ? T'as peur qu'on copie sur toi ou quoi ? s'emporta ce dernier.

— Un code, ça doit rester secret... c'est quelque chose d'intime ! C'est comme ma teub...

— Ouais, personne ne l'a jamais vue... parce que t'es rien qu'un petit puceau de la vie, gros ! » se moqua Suleïman en accompagnant sa saillie d'un clin d'œil qui fit ricaner Kader.

À peine connecté, Stéphane vit l'icône « demande de contact » qui clignotait. Quand il cliqua dessus, la photo de trois jeunes filles surgit sur l'écran géant. Trois paires d'yeux s'écarquillèrent de concert. « Aouououuouh ! hurla Stouf.

— Qu'est-ce que c'était, ça ? demanda Kader.

— C'était le loup en moi qui se réveillait...

— Ah ouais ? Pourquoi ?

— Parce que je vais me faire les trois petites cochonnes !

— T'es un putain de cannibale ou quoi ?

— Putain ! Kader ! Mets ton cerveau à jour ! Pour ton anniv', je vais t'offrir *La Vie pour les nuls*, si tu continues comme ça. »

Vexé, Kader s'enferma dans le mutisme, afin de ne plus rien révéler de son ignorance des choses de la vie. Il ouvrit de grands yeux, bien décidé à comprendre ce qui pouvait bien mettre ses amis dans un tel état d'excitation.

Les trois jeunes filles n'étaient pas frileuses, ça, c'était certain ! Pour Kader, cela ne faisait aucun doute. Elles dévoilaient beaucoup de peau sans prendre de précautions. En cela, elles se distinguaient de sa sœur ainsi que de la plupart des filles du collège.

« Elles s'habillent comme des Ricaines, ces meufs ! constata Stéphane.

— Ouais, T'as vu ça, Kader ? Les minishorts ultramoulants, les hauts transparents, les bretelles du soutif qui dépassent et elle tisent[4] leur race... C'est des oufs[5], ces meufs ! »

Elles levaient justement leurs verres au moment où la photo avait été prise, Dieu seul savait où et quand.

« Si elles viennent habillées comme ça par ici, je ne garantis pas leur sécurité[6], tous les crevards et les queutards[6] du quartier vont leur tourner autour comme des mouches autour d'une fraîche...

— Vas-y ! OSEF[7] ! Accepte-les ! le supplia Suleïman, en transe.

— Attends, je vais d'abord checker leurs profils...

---

4   Tiser : argot pour consommer de l'alcool.
5   Ouf : fou, folle. (verlan de « fou »).
6   Queutard : obsédé sexuel.
7   On s'en fout.

J-19

Chapitre VI : L'hameçon

Quand Stéphane se rendit sur Facebook ce jour-là, il pria pour qu'une certaine personne s'y trouvât. Son cœur fit la ola dans sa poitrine quand son espoir se vit confirmé...

LYDIA

Salut !

STOUF

Salut !

LYDIA

Je te dérange ?

STOUF

Pas du tout, je traîne...

LYDIA

Ah ! Cool ! Qu'est-ce qu'un beau gosse comme toi fait tout seul devant son ordinateur ?

C'est au moment où ces mots enflammaient les joues du garçon que la sonnette retentit. Il comptait jouer les absents, mais les gêneurs s'obstinaient et leur acharnement le contraignit à quitter son fauteuil. À contrecœur, il hasarda un coup d'œil à travers le judas. Comme il ne voyait personne, il conclut qu'il s'agissait d'une mauvaise blague, mais la sonnerie retentit de nouveau alors qu'il n'avait fait qu'un pas en direction de son clavier. Peu rassuré, il s'empara d'une batte de baseball tout en hélant ses visiteurs. Les voix de ses amis lui répondirent, aussi posa-t-il son arme improvisée pour ouvrir la porte. C'était Kader et Suleïman qui lui souriaient sur le seuil.

« On se fait une partie ? » proposa ce dernier.

Sans attendre de réponse, le jeune garçon était déjà dans le salon en train de siffler entre ses dents tandis qu'il lisait la conversation de son ami. Quand Stéphane l'eut rejoint devant l'écran, Suleïman saisit les poignets d'amour de son hôte en s'esclaffant : « Wooooh ! Toi ? Un beau gosse ? T'es sûr qu'elle se fout pas un peu de ta gueule, cette meuf ?

— Carrément pas ! Tu sais, il y a des femmes qui aiment les mecs bien portants...

— C'est vrai ! confirma Kader. Ma sœur m'a dit qu'en Afrique, c'est un signe de richesse et donc de respectabilité...

— On n'est pas au bled, là ! Ici, les femmes aiment les riches et les muscles... » puis Suleïman s'interrompit et reprit : « Hey ! Minute ! Attends, mais c'est pas toi sur ta photo de profil !

— Bien sûr que si !

— Ooooooh ! Le beau gosse ! Mate-le comme il est tracé ! T'aurais pas truqué ta photo, frérot ? Ça pue le Photoshop ou le filtre arnaqueur, ton truc !

— Ouais ! Je l'ai un peu arrangée à ma sauce, c'est normal, tout le monde fait ça, sur Internet ! »

En effet, toute trace d'embonpoint avait disparu sur sa photo de profil et Stouf y affichait une silhouette athlétique : « J'ai vu ça dans une vidéo de coaching sur YouTube... Cette photo me sert d'objectif ! C'est moi... plus tard ! Bref ! Je ne mens pas, j'anticipe !

— Plus tard ? Dans une autre vie, tu veux dire ! Quel gros mytho !

— Non, vraiment ! Je suis en train de m'y mettre...

— Ah ouais ? Alors, descends ! Viens t'entraîner avec nous sur le nouveau terrain ! Tu vas voir ce que c'est que de courir pour de vrai... C'est pas pareil que de faire cavaler des joueurs avec une manette...

— Il fait trop chaud ! Je vais crever, c'est la canicule dehors... Aux informations, ils ont dit qu'il fallait éviter les efforts trop intenses avec cette chaleur... Mec, on peut faire cuire des pâtisseries sur le toit, t'imagines un peu ?

— J'en étais sûr ! De quoi t'as peur ?

— J'ai pas peur... C'est juste que je veux pas me rendre malade pour rien...

— Moi, je sais que t'as peur. Je vais t'apprendre quelque chose. Retiens-le bien ! C'est ce que m'a appris mon daron. »

Il était rare que Suleïman évoquât feu son père. Kader lui prêta donc une oreille attentive tandis que son ami poursuivait avec assurance et gravité : « Tu sais qu'il y a trois sortes de corps pour un homme ?

— Non ! Lesquels ? s'enquit Kader.

— Je vais te le dire : il y a le corps du héros, le corps du lâche et le corps du traître...

— C'est quoi, la différence ?

— C'est simple ! Le corps du lâche est maigre et léger, ça lui permet de courir vite en cas de danger. Le corps du héros est solide et musclé, c'est grâce à lui qu'il peut affronter les dangers comme un bonhomme. »

En évoquant la plastique du « héros », Suleïman croisa les bras, glissant ses poings sous ses biceps de manière à les faire saillir. Kader avait l'air impressionné quand il demanda à quoi ressemblait la dernière catégorie de corps. Suleïman regarda Stouf avec dégoût et lâcha : « Le corps du traître est gras et lourd. Il est comme le lâche, il veut courir et s'enfuir, mais, comme il est trop lent, il se fait prendre et, dès qu'on le cuisine un peu, il balance ses potos...

— N'importe quoi ! Je suis bien portant, mais jamais je ne trahirai mes potos... la preuve ? J'ai dit que je te montrerais les conversations et je tiendrai parole, mais ça s'arrête là... J'irai les voir tout seul ! Tiens, puisque tu ne me crois pas : lis la suite ! »

*

Après les avoir laissés contempler les photos de Lydia à leur guise, Stouf demanda aux deux compères de partir. Suleïman eut bien du mal à obtempérer. Il était incapable de détacher ses yeux de la silhouette gracile de l'adolescente. La jeune fille était déjà bien formée et le garçon sentit que le bas de son jogging était en train de se déformer...

Kader regarda tristement Stouf en partant. Son ami devait être vexé parce que Suleïman avait osé le traiter de traître. Le jeune garçon aurait aimé trouver quelque chose à dire pour le réconforter, mais rien ne lui venait. Pour éviter une bataille oculaire, sur le seuil, Suleïman et Stouf fixaient la jolie fille qui bronzait en prenant des poses de starlette au bord d'une piscine privée.

« Allez ! Arrêtez de baver, les gars ! Barrez-vous ! Le traître a rendez-vous avec Lydia, maintenant... »

J-18

Chapitre VII : Mise en garde

Samedi 28 juillet

Sur le terrain de football tout neuf, Kader et Suleïman s'entraînaient dur. Sous leurs chaussures, le gazon synthétique exhalait le trop plein de chaleur accumulé durant la journée. Kader avait l'impression étrange que le sol collait à ses semelles. Ça le ralentissait drôlement, ce qui était embêtant, vu que Rachid avait apporté sa caméra. Le grand Rachid filmait les champions en herbe tout en leur donnant des instructions et des encouragements : « Kader ? Tu penses que c'est le moment d'ausculter tes pompes ? Tu crois que Lionel est devenu le Messi que tu connais sans rien faire ?

— Non, Rachid !

— Alors, montre-moi que t'en veux ! »

Après s'être donnés à fond, les deux jeunes garçons profitaient d'une pause pour reprendre leur souffle à l'ombre. « Hé ! Truc de ouf ! Regarde ça ! » s'exclama Suleïman en tordant son T-shirt pour l'essorer. Kader l'imita et des gouttes de sueur tombèrent sur le bitume brûlant où elles séchèrent presque instantanément. Rachid leur fit un clin d'œil et leur conseilla de se reposer encore un peu. Après son départ, les garçons explosèrent.

« T'as vu, Soleil ? Il nous filme... tu crois qu'il va montrer nos vidéos à des recruteurs ?

— Bien sûr ! C'est pas pour rien que je me défonce...

— T'imagines, si on est recrutés par le F.C.O[8] ? Il est trop cool, ce Rachid...

— Pfff ! Tu crois que c'est pour nos beaux yeux qu'il se déplace ? Il fait ça pour toucher une prime, qu'est-ce que tu crois ?

---

8   Football club d'Ormal.

— Ce serait le rêve ! Le F.C.O !!! T'imagines ?

— C'est rien le F.C.O ! L'an dernier, j'ai vu des tas de types prendre des photos...

— Des photos ? Pour quoi faire ?

— J'en sais rien, mais il paraît qu'ils signent ensuite des contrats avec nos parents... C'est un pote de ma classe qui m'a dit ça !

— C'est qui, ces types ? D'où ils viennent ?

— Pas de la cité, en tout cas ! Je suis sûr que ce sont des recruteurs ! Ils doivent bosser pour le P.S.G, le Real Madrid, le Bayern de Munich, le F.C Barcelona... bref ! Tous les grands clubs européens, frère !

— Mais pourquoi est-ce qu'ils viendraient nous voir ?

— Parce qu'on est l'avenir des grands clubs européens, tu saisis ? »

Les yeux des garçons s'illuminèrent comme les réverbères surpuissants qui éclairaient les stades, les soirs de grands matchs. Kader s'y voyait déjà ; puis il pensa à Stouf qui ne les accompagnait jamais sur le terrain. Son sourire s'évanouit quand il regarda Suleïman dans le fond des yeux : « Tu n'aurais pas dû dire des choses comme ça, tout à l'heure... Stouf, c'est un mec cool... le meilleur pote de ma classe...

— Ah ! Ouais ? Tu devrais être plus sélectif ! Je supporte pas les mecs comme lui...

— Comment ça ?

— Les gros... j'aime pas...

— Pourquoi ça ?

— Parce qu'ils me dégoûtent... C'est des déchets...

— C'est faux !

— Si ! C'est vrai, c'est un déchet ! Toi, tu travailles tous les jours avec ta sœur, et si c'est pas par le foot, tu vas t'en sortir par les études... Moi, je m'entraîne dur pour passer pro et lui, qu'est-ce qu'il fait de ses journées, ton pote Stouf ? Il bouffe et il joue aux jeux vidéo... C'est une vie de gras... Il porte bien son nom "Stéphane Degraass", d'ailleurs... Ce serait un noble que ça m'étonnerait pas...

— N'importe quoi ! Si c'était un aristo, il ne vivrait pas à la cité avec nous... Ta tête a tapé trop fort sur le ballon, ou quoi ?

— Ouais ! Peut-être qu'il est pas noble, mais il a pas le mental de la cité... Tu sais c'est quoi son problème ? Il veut pas devenir plus fort pour s'en sortir...

— Bien sûr que si ! Il veut s'en sortir, lui aussi !

— Ah ! Ouais ? Pourtant, chaque fois qu'on lui propose de s'entraîner en bas avec nous, il trouve des excuses pour rien foutre... Il préfère le foot de console... C'est juste un porc de plus...

— C'est faux ! Il est sympa ! Il partage tout ce qu'il a avec nous... Tu t'es pas fait prier pour jouer avec lui à P.E.S, hein ? Et on n'a pas dû te supplier non plus pour manger son gâteau d'anniversaire... Et même s'il est pas sportif, qu'est-ce que ça peut faire ? Il pourra toujours s'occuper de nos ravitaillements quand on sera passés pros ! Il l'a dit lui-même, pour sortir de la cité, il compte devenir cuistot ! Chacun son chemin, vrai ? »

Suleïman écoutait avec de petits tics au niveau des lèvres qui trahissaient son irritation. Kader se demanda ce qu'il devait encore ajouter pour réconcilier ses deux amis quand le visage de Suleïman s'apaisa soudainement. « Vrai ! lâcha-t-il à regret. Il est doué pour les gâteaux.

— Il pourra nous concocter des pâtisseries de la victoire !

— Ouais ! C'est vrai ! Des pièces montées au chocolat et des fraisiers sculptés en forme de trophées !

— Ouais ! Exactement ! Des coupes des coupes au chocolat fourrées à l'abricot !

— Truc de ouf !

— Demain, on ira s'excuser », proposa Kader et comme il remarquait que les épaules de son ami se tendaient, il ajouta : « Je suis sûr qu'il nous laissera chater avec ses meufs... T'as vu comme elle était chaude l'autre, en maillot de bain ?

— Noooooooooon ! Kader ? Kader ? C'est bien toi ?

— Bien sûr !

— Qu'est-ce qui t'arrive ? Tu t'es fait contaminer, toi aussi ? T'as chopé le virus des femmes ?

— Je suis plus un gamin... J'ai onze ans, maintenant... je suis prêt à aller jusqu'au bout avec ces meufs... elles m'ont trop chauffé, pas toi ?

— Si, si ! Carrément ! En plus, elles sont trois... chacun la sienne.

— Une qui kiffe les blacks et l'autre les rebeus et une pour Stouf aussi ! C'est pas trop beau, ça ?

— Si, si ! On peut pas manquer cette occasion de marquer ! Elles m'ont rendu fou ! T'as raison ! J'arrête pas d'y penser... leurs photos... Hou ! Là là ! Elles ont des corps de déesses...

— Ou de diablesses !

— S'il y a des diablesses comme elles, je les suivrai jusqu'en enfer !

C'est à ce moment qu'arriva le grand Yussef. Sa profession de footballeur en faisait quelqu'un de respecté à la cité. Bien sûr, certains parmi les plus grands se moquaient de lui parce qu'il ne jouait qu'en troisième division, mais les petits l'adoraient. Il vivait leur rêve : être payé à faire du sport. « De qui vous parlez, les gars ? » demanda-t-il en faisant la passe à Kader. « Ne réponds pas ! » s'apprêtait à lui dire Suleïman, mais il était trop tard, Kader l'avait devancé.

« Des filles que Stouf a rencontrées sur Facebook... »

Yussef contrôla le ballon du plat du pied et débuta une série de jongles d'un air songeur. « Des filles sur Facebook ? » s'étonna-t-il avant de renvoyer la balle en direction de Suleïman. « Faut faire gaffe avec ce truc... Facebook.com, c'est un piège... y a plein de faux profils sur ce site... et gare aux escrocs... »

Suleïman reçut la balle en envoyant la poitrine en avant et recula légèrement afin d'absorber le choc ; il la manipula aisément et la renvoya dans la direction de Kader en utilisant la pointe de son genou. « Mais non ! s'emporta-t-il. C'est pas des mythos ! On a vu leurs photos, poto ! On a même discuté avec elles...

— En live ?

— Ah ! Ça, oui ! C'est parti en live... elles sont trop chaudes, c'est l'effet canicule...

— Ça, j'en doute pas, petit frère ! Mais faut te méfier... Pour te créer un profil, t'as juste besoin d'une adresse mail...

— Et les photos alors ?

— Pareil ! Les photos, ça se trouve facilement... Un collègue m'a montré une vidéo où ils expliquaient comment s'y prenaient les escrocs.

— C'est quoi, un escroc ? l'interrogea Kader.

— Quelqu'un qui se fait passer pour quelqu'un d'autre pour te manipuler...

— Ah ! Ouais ? Et comment ils s'y prennent sur FB ?

— Le plus simplement du monde. Ils vont sur des profils et ils copient les photos des gens qu'ils veulent pirater... En vrai, y a rien de plus simple !

— Non !

— Si ! Ensuite ils créent un compte avec les photos de leur première victime et ils te demandent en ami... Toi, tu craques, parce que la meuf est bonne et pas trop pudique, mais derrière la blondinette, tu n'as aucune idée de qui te parle... ça peut être un gros phacochère ou un vieux pervers à moustache... Qu'est-ce que t'en sais ?

— Pouah ! s'exclama Suleïman en grimaçant. Arrête ! Tu me dégoûtes !

— Mais c'est la triste réalité ! Comment tu peux savoir à qui tu parles sur la toile ? J'ai un pote à qui c'est arrivé. Il s'était mis à discuter avec une fille sur un site de rencontres et ils ont commencé à s'envoyer plein de messages, tous les jours, de plus en plus affectueux... Ils se disaient même qu'ils s'aimaient, puis, après quelques mois, elle lui a raconté qu'elle avait des problèmes de santé et qu'elle avait besoin d'argent...

— Qu'est-ce qu'il a fait ton pote ? Il lui a dit d'arrêter de michetonner[9] et de trouver un autre pigeon ?

— Eh non ! Mon petit Soleil ! C'était trop tard pour lui ! Mon pote était déjà amoureux parce qu'elle l'embobinait depuis des semaines et il était pris au piège... Alors, il lui a envoyé les sous par Western Union...

— Combien ?

— 2000 euros qu'il n'a jamais revus...

— Wow ! L'arnaque ! On se méfiera si elle essaie de nous michetonner... Mais t'inquiète ! De toute façon, on est raides ! Si elles veulent des sous, elles sont mal tombées ! Ah ! Ah ! Ah !

— Il n'y a pas que votre argent qui peut intéresser les escrocs...

— Ah ! Ouais ? On a rien, nous !

— Détrompez-vous, mes petits frères ! Les pervers s'intéressent aux petits comme vous, et si ce n'est pas pour eux, ils peuvent aussi vous vendre pour leur trafic...

— N'importe quoi !

— Si ! C'est sérieux ! Y a des réseaux qui se chargent de faire disparaître les enfants et Dieu sait ce qu'ils font avec !

— T'as vu ça où ? demanda Suleïman.

— Sur Internet...

— Ma sœur dit qu'il y a n'importe quoi sur Internet et que vu que tout le monde peut raconter ce qu'il veut comme il veut, personne ne vérifie les informations et du coup, c'est plein de rumeurs...

— Si ta sœur le dit, c'est qu'elle a ses raisons et c'est vrai qu'elle est beaucoup plus savante que moi. Mais elle est d'accord pour que vous traîniez sur FB ?

— Oui, bien sûr, mentit le garçon.

— Pourquoi vous tenez tellement à perdre votre temps sur ce genre de site ?

---

9   Michetonner : se livrer occasionnellement à la prostitution.

— C'est Facebook ! Tout le monde y est, pas toi ?

— Non, j'y suis pas...

— Pourquoi ?

— Parce que c'est malsain ! Ma vie ne regarde que moi et j'aime pas l'idée de m'afficher sur la toile...

— Et alors ? C'est cool, quand même, FB !

— Cool ? Non ! Tout est faux ! Les gens te font miroiter leur vie et se narguent les uns les autres... Ils prennent des poses pour des selfies... tout ça pour quoi ? Pour mendier des "*likes*"... C'est pas la vraie vie et c'est déprimant !

— Perso, j'aimerais bien mettre une vidéo de moi en train de jongler dans les escaliers ! Je suis sûr que j'aurais au moins mille *likes* !

— Et alors ? Qu'est-ce que ça changerait à ta vie ?

— Je sais pas ! Je pourrais peut-être me faire repérer par un recruteur et à moi la gloire !

— Ou tu pourrais te faire repérer par un gros pédo qui kifferait tes petites fesses !

— Ta gueule !

— Tu vois ? C'est ça, FB ! Ça rend les gens fous ! Tout le monde se croit intéressant. Tu veux faire la démonstration de tes talents de jongleur, mais les autres, ils montrent tout : ce qu'ils mangent, ce qu'ils boivent, ce qu'ils font, avec qui... c'est trop nombriliste comme délire !

— Ouais ! T'as raison ! observa Kader. C'est dingue ! La meuf, elle mettait plein de photos d'elle... Dans des soirées, avec ses copines dans la piscine et tout...

— Elle doit être accro ! J'ai entendu dire que Mark Zuckerberg, le créateur de Facebook, utilisait des spécialistes... ceux qui bossent pour les casinos pour faire jouer et dépenser toujours plus leurs clients... La mission de ces experts, c'est de rendre les gens dépendants de son site ! Et le pire, c'est que ça marche ! Tout le monde est complètement accro et on sait pas ce qu'ils foutent des informations qu'on leur donne gratos...

— T'as vraiment pas de Facebook ? T'as jamais craqué ? s'étonna Suleïman, consterné.

— J'ai été sur ce site, il y a longtemps, mais je n'ai plus de compte, maintenant ! J'ai fini par supprimer mon profil, mais ça n'a pas été facile ! »

Kader reste songeur un moment avant de prendre la parole : « Sérieux ? T'as pas d'Instagram, Twitter, Tumblr ? Snapchat, Tik-Tok, non plus ?

— Non ! Rien de tout ça et je m'en porte très bien !

— Tu me fais peur ! Tu parles comme ma sœur ! Elle aussi pense que Facebook, c'est de la M.E.R.D.E... Elle nous a tous dissuadés d'en avoir un... Elle dit que c'est un piège pour nous voler des informations personnelles et les revendre...

— Ah ! Petit mytho ! Tu vois que ta sœur est contre FB ! Elle en a dans la tête... Pas étonnant... C'est pas elle qui a fini la plus jeune bachelière de France en 2014 ? Elle a eu le bac à quel âge, déjà ?

— Hey ! Yussef ! Qu'est-ce qui t'arrive ? T'es son biographe officiel ou quoi ? le chambra Suleïman.

— Ah ! Ah ! Ah ! Non ! Mais c'est un exemple à suivre ! Elle est connue Soumyya, tu rigoles... Vous étiez trop petits, mais ils étaient venus l'interviewer au lycée... C'était France 3... Ça change un peu des reportages sur les émeutes et les dangers de l'immigration... Alors, elle l'a eu à quel âge, son bac ?

— Elle l'a eu à quatorze ans, avec mention très bien... T'as raison ! Soumyya, c'était une vedette en ce temps-là... J'étais encore petit à l'époque, mais je me souviens qu'on avait fait une super fête... Tout le monde dansait et s'amusait, c'était trop bien...

— Oui, c'est vrai ! Je m'en souviens trop bien ! Ta sœur, c'était la fierté de la cité et ça l'est toujours, d'ailleurs... On la voit plus trop dans le coin, par contre... Qu'est-ce qu'elle devient ?

— Hum... Elle prépare le concours d'instit'...

— Non ! C'est pas possible ! Je suis choqué ! Je croyais qu'elle suivait un double cursus à Science-Po et qu'elle avait décroché la licence de droit en finissant major de sa promo à 17 ans... Comment elle peut se retrouver à concourir pour un poste d'institutrice ?

— Bah ! Quoi ? Qu'est-ce qu'il y a de choquant ? interrogea Suleïman.

— Voyons ! Comment te le faire comprendre ? C'est comme si le mec qui gagnait la coupe du monde se retrouvait dans le championnat départemental l'année suivante...

— Vu comme ça, d'accord ! Alors qu'est-ce qui lui est arrivé à ta sœur ?

— J'en sais rien... Je sais pas ce qui s'est passé... Un jour, elle est allée à une soirée, chais pas où... Elle s'était super bien sapée et ensuite, quand elle est revenue, elle s'est enfermée... Elle était mal... elle a même suivi une thérapie. Depuis, elle ne sort plus de chez nous... Mes parents m'ont dit que c'était un « burn-out »... Trop de pression, ou quelque chose comme ça...

— Trop de pression ? Merde !

— Mais t'inquiète ! Elle adore faire la maîtresse d'école... c'est elle qui m'a appris l'alphabet...

— Ouais ! Ce bâtard, il savait lire à deux ans et demi ! T'imagines le génie ? le coupa Suleïman avec une pointe d'envie.

— Ça doit être de famille, alors !

— Tu la kiffes, Soumyya, ou quoi ?

— Tout le monde la kiffe, Soumyya, c'est notre fierté à tous ! Et puis, faut pas exagérer. Maîtresse d'école, c'est un métier honorable...

— Wooooow ! Y a de l'amour dans l'air ! Yussef, il est tout rouge...

— Tu débloques, c'est à cause de la chaleur... Et toi, Suleïman ? Comment ça se passe à l'école ?

— Je rentre en cinquième...

— T'es pas un peu grand pour être qu'en cinquième ? T'as quel âge, déjà ?

— J'ai douze ans et demi ! J'ai repiqué le CE2...

— Ah ! D'accord ! Pas besoin de demander qui est le cerveau de la bande alors, hein ! Par contre, c'est vrai que t'as du potentiel avec le ballon, mais c'est important de travailler ta caboche aussi...

— Je bosse ma tête contre le mur... J'ai pris en puissance... Vas-y ! Mate les muscles de mon cou, truc de ouf !

— Je parle de ce qu'il y a à l'intérieur de ta tête, ton cerveau, Suleïman !

— Je sais ! Je plaisante ! Tu me prends vraiment pour un bolosse, hein ? »

Après cet échange, Yussef reprit l'entraînement des garçons. Il leur fit travailler leur toucher de balle, les passes et la précision de leurs coups de pied arrêtés. Certains prétendaient que Yussef venait à la cité faire du repérage. Quand il arrivait, tout le monde se la donnait au maximum afin de briller sur le terrain. Petits et grands rêvaient d'être remarqués par Yussef et peut-être recrutés par le centre de formation d'Ormal. Avec lui, les garçons eurent le privilège de s'entraîner jusqu'au coucher du soleil. Puis les mamans hélèrent leurs progénitures par la fenêtre et chacun rentra chez soi.

En se séparant, Kader et Suleïman convinrent de se retrouver le lendemain matin pour avertir Stouf du péril qui le menaçait...

« Il a raison, le grand Yussef ! conclut Suleïman. Ça me paraissait bizarre qu'une meuf aussi bonne s'intéresse à un bolosse comme Stouf... Son gros cul tout pâle ne peut exciter qu'un vieux tonton pédo... »

J-17

Chapitre VIII : Invitation

Le ventilateur ronronnait, mais il ne brassait que de l'air chaud chargé d'ennui. Les jambes du garçon s'agitaient sous le bureau tandis qu'il courait après un ballon imaginaire. Suant à grosses gouttes sous sa casquette, Kader n'en pouvait plus. C'était la première fois qu'il devait répondre à des questions aussi difficiles. Il aurait aimé tout lâcher pour sortir jouer au foot au soleil, mais il demeurait prisonnier de l'inflexible Soumyya, qui n'arrêtait pas de le pousser. Plus il finissait rapidement les exercices, plus elle lui en proposait de nouveaux, toujours plus difficiles et complexes. « Je sais que tu en es capable, Kader ! Allez ! C'est le dernier de la série ! Si tu réponds à cette question, je te laisserai rejoindre Suleïman en avance...

— C'est trop difficile ! Je ne savais pas qu'il y avait de la philosophie au brevet des collèges...

— Ah ! Ah ! Ah ! C'est vrai, tu as raison, c'est tout frais, mon petit frère chéri, il y a eu quelques réformes dans les programmes !

— Quoi ? Je reconnais ce sourire ! Qu'est-ce que tu me caches, Soumyya ?

— Bon, je l'admets. J'ai un peu triché, mais c'était pour que tu prennes de l'avance...

— Je ne comprends toujours pas... De l'avance sur quoi ? Le programme de troisième ?

— Kader ! Tu ne te rends pas compte de ton potentiel... Tu sais ce que tu viens de passer ?

— Un été de forçat ?

— Non ! Le bac...

— Quoi ?

— Tu as bien entendu ! Toute cette semaine, ce n'est pas les annales du brevet que je t'ai fait passer, mais les annales du bac S dans les conditions réelles, avec le respect du temps imparti pour chaque épreuve... Tu te rends compte de ce que cela signifie ?

— C'est pas possible, frère !

— Je suis ta sœur, pas ton frère ! C'est stupide ! Arrête de parler l'argot de la cité ! Tu sais que cela ne te mènera à rien de parler comme une racaille... Tu n'es pas né pour traîner dans les cages d'escaliers !

— Hé ! Quoi ! Tu voudrais que je cause comme une encyclopédie ambulante ?

— Non, Kader ! Je veux juste que tu sois libre !

— Comment je peux être libre...

— Comment puis-je être libre, le corrigea Soumyya, n'oublie pas l'inversion verbe sujet lorsque tu poses une question !

— Comment je peux être libre, insista-t-il, si tu m'interdis de dire ce que je veux et qu'en plus, tu m'obliges à parler comme un bourgeois ?

— Ce n'est pas parler comme un bourgeois, mais comme quelqu'un de bien éduqué. Tu peux utiliser l'argot avec tes copains, si ça te chante, mais à la maison, tu t'exprimeras poliment... Comme ça, plus tard, au moment de trouver un travail, tu ne perdras pas de points durant tes entretiens d'embauche...

— Quel entretien d'embauche ? Je vais être footballeur professionnel... Pourquoi crois-tu que je m'entraîne tous les jours avec Suleïman ?

— Chacun son talent, Kader ! Toi, c'est ton cerveau ! Tu ne t'en rends pas compte, mais tu surpasses celle que j'étais à ton âge ! Pourquoi tes notes de quatrième sont-elles tout juste médiocres ? Pourquoi n'as-tu que des douze partout ? »

Kader grimaça. Il n'appréciait pas d'être acculé. Aussi, pour sortir de cette impasse, il ne vit qu'une solution : l'attaque.

« Je te répondrai quand tu m'expliqueras ce qui s'est passé pendant cette soirée...

— Quelle soirée ?

— Celle où tu t'étais habillée comme une princesse... Depuis ton retour, tu n'as jamais été la même... »

Le regard de Soumyya changea. Ses pupilles se dilatèrent et ses bras se croisèrent autour de sa poitrine. Son visage perdit ses couleurs. Instantanément, Kader regretta ses paroles. Il aurait voulu les ravaler, mais il était trop tard. Sa pauvre sœur respirait très vite et son regard se perdit dans le lointain. Ne sachant que faire, il lui proposa un verre d'eau fraîche. La jeune femme ne lui prêta aucune attention. Quand il lui toucha l'épaule, elle le repoussa rudement en hurlant des mots inintelligibles. Le petit corps de Kader fut projeté contre le meuble de la cuisine. En le heurtant, il poussa un cri et renversa le verre par terre. Celui-ci vola en éclats qui se répandirent sur le carrelage.

Soumyya fut tirée de sa transe par le bruit du verre brisé. Confuse, elle se précipita auprès de son frère dont la pâleur attestait qu'il était sous le choc. Elle l'enlaça, et les yeux baignés de larmes, implora son pardon. Quand ses pleurs cessèrent, elle poussa un profond soupir et demanda au garçon de lui donner la pelle et le balai. Ensuite, elle ramassa les morceaux éparpillés sur le sol de la cuisine, fit couler un peu d'eau, s'assit pour la boire et reprit son petit frère dans ses bras. Kader ne savait que penser de ce qui venait de se passer. Le comportement de sa sœur le déroutait parfois...

Depuis cette soirée où elle était partie habillée comme une princesse...

Sur ces entrefaites, quelqu'un toqua à la porte. Kader savait qui c'était : son sauveur. Pendant qu'il se précipitait pour ouvrir, Soumyya s'essuyait les yeux. L'heure était venue et elle se voyait obligée de tenir parole. Elle abandonna donc son air sévère pour offrir un tendre sourire suivi d'un bisou sur la joue de son petit frère. « Pouah ! » s'exclama-t-il, gêné. Sourcils froncés, Suleïman, qui observait cette scène, n'aurait pas fait tant de manières pour recevoir un baiser de Soumyya, même sur la joue. Il s'approcha donc, dans l'espoir de profiter de l'élan de tendresse de la jeune fille. Malheureusement pour le nouveau venu, la belle était pudique et préférait garder ses distances avec lui.

Comme d'habitude, les deux garçons descendirent les marches tout en jonglant et en se faisant des passes de la tête. Une fois sortis du bâtiment, ils s'entraînèrent entre seize heures et dix-sept heures trente, puis décidèrent de rendre visite à Stouf. « On reste pas trop longtemps, hein ? Comme ça on pourra redescendre jouer jusqu'à l'heure de manger, OK ? » s'inquiéta Kader.

La manière dont les yeux de son ami brillaient ne donnaient pas beaucoup de poids à son : « ouais » ! Quand ils sonnèrent, nul ne leur répondit malgré leur insistance forcenée. Stéphane s'était absenté. « S'il n'est pas chez lui, il n'y a qu'un endroit où on peut le trouver... le supermarché !

— Wesh[10] ! » confirma Kader, heureux d'employer un mot défendu par sa sœur.

Les deux amis se dirigèrent vers le centre commercial de la cité, tout en échangeant des passes sans contrôle. À la sortie du supermarché, ils trouvèrent Stouf entouré d'un groupe de jeunes peu avenants. « Merde ! C'est la bande à Jason... Ils vont lui faire la misère, qu'est-ce qu'on fait ? demanda Kader anxieusement.

— Laisse-moi m'en occuper... »

Quand ils approchèrent, ils entendirent la voix menaçante de Jason : « Donne-moi tes courses, j't'ai dit ou j't'égorge ! »

Stéphane n'en menait pas large. Il était encerclé par trois voyous qui l'intimidaient sérieusement. Les claques se faisaient de plus en plus appuyées. Ses joues rougies attestaient de leur violence. Jason sortit un couteau de sa poche et l'en menaça. Le jeune garçon fixa l'arme, fasciné. Un sifflement se fit alors entendre. Stéphane ferma les yeux, croyant sa dernière heure venue. À ce moment, son agresseur reçut un ballon en pleine face, ce qui eut le mérite de lui faire lâcher sa lame.

« Comment tu parles à mon pote, toi ? »

Trois paires d'yeux dépourvus d'amour se tournèrent de concert vers celui qui venait de proférer ce défi. Le torse bombé,

---

10 Certains utilisent « wesh » (qui signifie « quoi » en arabe) comme synonyme de « ouais » en raison de sa proximité phonétique.

Suleïman se rapprocha résolument de Jason qui se frottait le visage, visiblement en colère. Ses acolytes s'écartèrent prudemment pour laisser passer le nouvel intervenant. Les yeux d'acier de Jason se fixèrent sur l'imprudent : « Tu veux mourir toi aussi, enfant de macaque ? »

La réponse fut si rapide que personne ne comprit comment Jason s'était retrouvé par terre. Néanmoins, les deux belligérants furent aussitôt séparés par un agent de sécurité qui entraîna Jason à sa suite tandis que ce dernier hurlait : « Raciste ! Et lui ? Tu l'emmerdes pas ? C'est parce que t'es noir et que je suis blanc que tu m'arrêtes ?

— C'est toi qui causes des problèmes tous les jours, c'est pas lui qui embête mes clients », décréta le vigile d'un ton raisonnable. Puis il haussa la voix pour s'adresser au reste de la bande. « Qu'est-ce que vous regardez, vous autres ? Vous voulez que j'appelle la police pour vous aussi ?

— Eh ! Toi ! Petit ! Tu portes plainte ? » demanda-t-il à Stouf.

Le garçon hésita avant de secouer la tête en signe de dénégation. Il n'était pas une balance et ne l'ouvrirait pas, même si Jason méritait de passer quelque temps aux oubliettes. Le problème, c'est que, même s'il était plus âgé qu'eux, le petit délinquant restait mineur. En tant que tel, la justice ne pourrait le tenir éloigné de la cité bien longtemps et il reviendrait se venger dès que possible. Il valait donc mieux la boucler et endurer. Ceci étant dit, il n'y avait rien à gagner à s'attarder dans le secteur, c'est pourquoi tout ce beau monde s'éparpilla sans politesse excessive. Kader, Stéphane et Suleïman rentrèrent ensemble. Ce dernier pestait contre Jason et le promettait à des représailles infernales. Pendant qu'il rouspétait, Kader tira le bras de Stéphane pour lui murmurer à l'oreille : « Je sais que t'as encore le seum[11] contre Sissou, mais tu pourrais le remercier quand même, non ? »

Stéphane prit une profonde inspiration puis soupira : « Merci, Sissou ! Sans toi, j'allais passer un mauvais quart d'heure. Malheureusement, j'ai peur que cela n'arrange rien... Jason

11 Le seum : le poison de la rancœur ou de la colère.

reviendra encore plus furax !

— S'il rapplique, ce gros bolosse de racho[12], je lui ferai la peau... Il a osé insulter mon père, c'est personnel, maintenant... Tu peux le prévenir...

— Ce Jason du Diable !

— Jason du Diable ! répéta Stéphane. Tu sais pourquoi les gens de la cité l'appellent comme ça ?

— Non...

— J'ai entendu dire qu'il a été conçu un vendredi 13, à minuit...

— Qui c'est qui t'a raconté ça ?

— C'est Yussef !

— Il se foutait de toi, non ?

— Non, non ! Il m'a dit que ses parents regardaient justement "Vendredi 13", ce jour-là, et qu'ils l'ont fait pendant le film...

— Ils ont fait quoi ? demanda naïvement Kader.

Il regretta immédiatement d'avoir posé sa question en remarquant l'air consterné de ses amis. « Le truc, l'amour, la baise, quoi ! s'exclama Stéphane.

— Non !

— Si ! C'est pour ça qu'on l'appelle l'Enfant du Diable... Ses parents l'ont baptisé "Jason" comme ça, par rapport au film ! Ouais, c'est le nom du tueur ! "Une sorte d'hommage", disait sa mère ! C'est ouf, non ?

— Ouais, trop ! Il vaut mieux oublier ce taré, il me met le sang en feu, quand je pense qu'il a osé insulter mon père, commenta Suleïman, les dents serrées, c'est du pur seum qui coule dans mes veines. »

Kader réprima un frisson et jugea opportun de changer de sujet : « Au fait, Stouf, commença-t-il, Yussef m'a demandé de te prévenir... »

---

12 Racho : raciste et fasciste.

Et tandis que le garçon transportait ses courses, ses deux compagnons lui expliquèrent du mieux qu'ils pouvaient le principe de l'escroquerie des faux profils. Néanmoins, Stéphane demeura incrédule. Pourquoi devrait-il se méfier de Lydia ? La jeune fille n'avait jamais évoqué de questions d'argent. Elle s'intéressait à lui pour d'autres raisons.

Quand ils arrivèrent chez lui, pour justifier son point de vue, il leur montra des photos de l'adolescente bronzant au bord d'une piscine avec ses copines. « Alors ! Est-ce qu'elles ont l'air dans le besoin, ces meufs ? Tu crois qu'elles se baignent dans la piscine municipale ?

— Oh là là ! Putain ! Ces corps de rêve ! Elle a même pas besoin de nager, avec des paires de flotteurs comme ceux qu'elles se paient ! C'est comme dans un clip de rap ! Le rêve ! »

Kader regardait ses amis sans les comprendre. Perdant tout sens critique devant la plastique des adolescentes, Suleïman et Stéphane exploraient le profil de Lydia. Ils faisaient défiler les photos, s'attardant longuement sur les plus suggestives, tout en se félicitant du rapport très décomplexé que la belle et ses amies entretenaient avec leurs corps. « J'en peux plus ! Stop ! s'écria soudain Suleïman en croisant les jambes et se tortillant sur son siège.

— Qu'est-ce qui t'arrive ? s'enquit Stouf. Tu t'entortilles comme un serpent !

— Rien du tout », mentit le garçon qui sentait poindre une malencontreuse avanie sous son short. « Hey ! Mais regarde ! Quelqu'un te demande en ami ! »

L'attention de Stouf se reporta sur le profil de la personne qui cherchait son « amitié ». En se rendant sur sa page, il reconnut l'une des jeunes filles figurant sur les photos de Lydia. Il s'agissait de la fameuse Léa. Comme cette dernière n'était pas farouche, elle ne tarda pas à leur envoyer un message. Après les salutations en usage chez les adolescents, la jeune fille passa aux choses sérieuses...

LÉA

Je sais pas ce que tu as fait à notre Lillie, mais elle n'arrête *pas de parler de toi... et Stouf par ci et Stouf par là... Elle nous prend un peu la tête, ;) mais c'est vrai que j'ai regardé tes photos et que t'es plutôt beau gosse... <3 Enfin, bon, Lillie t'a réservé et je serais pas sa best si je lui piquais son mec... ;)*

Ces quelques mots surexcitèrent les trois ados et Suleïman siffla entre ses dents avant de s'écrier : « Ça y est ! T'es "son mec", maintenant ! Elles sont folles, ces bourgeoises ! Par contre, je sais pas ce qu'elle va penser de toi, en vrai, hein ? » Devant cette perspective, Stéphane changea de couleur. De l'écarlate, il passa au blanc en l'espace d'un instant.

LÉA

T'es là ?... Pourquoi tu dis plus rien ?

STÉPHANE

Attends... il y a rien de fait encore... on s'est même pas rencontrés...

LÉA

Bah ! Quand même, vous avez bien chaté, tous les deux... Tu faisais semblant ? Elle te plaît pas, notre Lillie ?

STÉPHANE

Si, si ! Je la kiffe bien, mais...

LÉA

Y a pas de « mais » ! Tu la kiffes, elle te kiffe ! Vous matchez bien ! L'affaire est réglée ! Des objections ?

STÉPHANE

Wow ! Tu sais ce que tu veux, toi...

LÉA

J'ai mon petit caractère, t'as tout compris. Je sais ce que je veux ! D'ailleurs, moi, ce que je kiffe, c'est les beaux blacks athlétiques... Il me semble que t'as parlé à Lillie d'un certain Suleïman... C'est ton pote ?

STÉPHANE

Oui...

LÉA

Vous êtes proches ?

STÉPHANE

Trop !

LÉA

Il est célib' ?

L'excitation de Suleïman grandissait de minute en minute. Quand son nom apparut sur l'écran, il devint intenable. Il trépigna et vociféra tant et si bien que le voisin tapa contre son plafond. Stéphane lui jeta un regard exaspéré : « Calme-toi, frérot ou je lui dis que t'es pas dispo !

— Si tu fais ça, je te tue ! » rétorqua son ami.

STÉPHANE

Il est dispo...

LÉA

T'aurais pas une photo de lui, par hasard ?

STÉPHANE

Bah ! Non ! Je suis pas gay, moi. Comme si j'avais une photo de mes potos !

LÉA

Comment ça ? Je kiffe les mecs, mais j'ai quand même des photos de mes bests... Vous êtes bizarres vous, les mecs ! Allez ! STP... Demande-lui une photo... Ça me ferait trop plaisir...

STÉPHANE

Attends ! Je vais lui demander...

LÉA

Il est avec toi, là ?

STÉPHANE

Ouais ! Tu veux lui parler ?

Après quelques échanges du même acabit, la jeune fille parvint à convaincre Suleïman de lui envoyer une photo. Mais le beau garçon en tenue de footballeur ne lui suffisait pas...

LÉA

Wow ! Trop mignon ! Tu joues au foot ? J'adore les sportifs, mais ton maillot est trop large, on voit rien... Si tu m'envoies une photo de toi, torse nu, tu seras récompensé...

STÉPHANE /SULEÏMAN

C'est quoi ta récompense ?

LÉA

Si t'enlèves le haut, j'enlève le mien...

Stéphane et Suleïman étaient plus que partants. Pour gonfler ses muscles, ce dernier fit quelques pompes avant de prendre la pose pendant que Stéphane le photographiait à l'aide de la webcam. Satisfait du résultat, le garçon donna son autorisation et la photo partit sur l'Internet. En guise de récompense, Léa lui envoya un cliché d'elle en maillot de bain.

LÉA

Alors ?

STÉPHANE /SULEÏMAN

Je croyais que t'allais me montrer plus de peau...

LÉA

Non, mais, voyez-vous ça ? J'ai enlevé le haut, comme promis... Je te plais pas ? Tu trouves que ma poitrine est trop petite ?

STÉPHANE /SULEÏMAN

Non, non ! Ça va ! Mais j'aimerais voir plus...

LÉA

Si tu veux voir plus, tu dois donner plus... Ton short, il est trop large. On voit pas tes petites fesses de footeux... Je suis sûre qu'elles sont bien rondes et musclées.

STÉPHANE /SULEÏMAN

Euh ! Chais pas...

LÉA

Si t'enlèves le bas, j'enlève le mien...

Elle l'encouragea tant et si bien que le garçon finit par se laisser persuader de poser en slip pour elle. Stouf se retint de rire tandis que Kader regardait ailleurs, de plus en plus mal à l'aise. En guise de récompense, la jeune fille leur fit parvenir un gros plan de son string de dos. La chaleur grimpa encore dans la pièce.

LÉA

C'est pour te motiver à venir à la soirée de samedi... Ça se passe chez moi, au bord de la piscine... On sera tous en maillots de bain, ça va être chaud ! Bon ! Je dois y aller... Je vais piquer une tête, histoire de me calmer un peu... À samedi !

Léa venait de se déconnecter et alors que les garçons peinaient à se remettre de leurs émotions, Stouf reçut une nouvelle demande, cette fois, de la part d'Emma, l'autre copine délurée de Lydia. L'intéressé ne trouva aucun motif pour refuser son amitié. Ils explorèrent donc son profil et s'extasièrent longuement sur ses photos de soirées adolescentes et d'après-midi torrides au bord de piscines en compagnie des deux premières. Emma était brune avec des cheveux légèrement ondulés et de grands yeux rieurs. Ils ne tardèrent pas à recevoir de ses nouvelles par la messagerie instantanée. Elle répéta à Stéphane que sa « best » n'arrêtait pas de parler de lui et qu'elle avait eu le coup de cœur pour Stouf. Suivant la même approche que sa copine Léa, Emma lui demanda s'il n'avait pas une photo de « son pote rebeu[13] »...

Au début, Kader résista, car ses parents lui avaient formellement interdit d'apparaître sur la toile. Mais ses amis ne le laissèrent pas respirer. Ne se souvenant plus trop de la raison de cet interdit, il finit par céder. Il accepta de se faire photographier, en pied. Toutefois, malgré l'insistance de la jolie Emma et de ses potes qui désiraient recevoir plus de photos privées, il refusa obstinément d'enlever son T-shirt. Emma n'insista pas, se contentant de commenter : « C'est pas un garçon facile, Kader ! J'aime bien les défis et les timides, je sais les décoincer... »

Avant de partir, elle leur redemanda : « On peut compter

---

13 Rebeu : verlan pour Arabe.

sur vous, samedi, vous serez là, tous les trois, hein ? » Devant une telle proposition, Kader jugea propice d'émettre des réserves. « C'est pas un peu trop beau, cette histoire ? Ces meufs qui sortent de nulle part et qui nous kiffent[14]... Ça se passe pas comme ça dans la vraie vie... si ?

— Ouais, chez nous, c'est plus tendu, mais là, c'est des bourgeoises, c'est pas comme les meufs[15] de cité ! Les bourges sont détendues du string... Elles ont personne pour les surveiller, pas de grands-frères ou de parents relous sur le dos. Du coup, elles s'en tamponnent le minou de rester vierges avant le mariage ! Elles se foutent de tout... Comme elles disent, elles vivent « Rock'n'roll »... Regarde cette photo ! Elle fait les cornes avec ses doigts !

— Chais pas trop... Elles font le signe du Diable ! C'est louche ! Souviens-toi de ce que Yussef nous a dit ! Il nous a parlé des "brouteurs" et de leurs faux profils... Et si c'était le même brouteur qui se cachait derrière ces trois fausses meufs... T'imagines si on a envoyé nos photos à un gros pédo ?

— Arrête ! Tu me dégoûtes ! Me mets pas le doute comme ça !

— Y a qu'un seul moyen de savoir si Lydia est *fake* : il faut lui parler... Envoie-lui un message et demande-lui son numéro. Vas-y, Stouf !

— Elle est hors ligne...

— Elle verra ton message quand elle se connectera... »

Dépité, Kader ne put réprimer un soupir. Il aurait préféré en rester là avec cette histoire. Il avait l'impression que l'obsession de ses copains ne les rendait pas plus intelligents. Comment Suleïman avait-il pu accepter de se faire photographier en slip ? Et le pire, c'était qu'ils l'avaient pressuré pour qu'il mît sa photo sur Internet. Si Soumyya l'apprenait, ce serait la fin de sa jeunesse insouciante... Mais que faire ?

Tout ça prenait une tournure un peu trop bizarre à son goût. Il avait une envie dingue de descendre jouer au foot, mais même Suleïman semblait trouver plus amusant d'attendre ces filles.

---

14 Kiffer : aimer intensément.
15 Meuf : verlan pour femme.

« On fait une partie ? hasarda-t-il.

— Bon plan, Kader ! Ça nous changera les idées avant son appel... »

Kader se félicita. Peut-être que l'amour du foot de Suleïman lui ferait oublier ces emmerdeuses, mais la joie du garçon ne fut que de courte durée. Ils s'apprêtaient à commencer la partie quand ils reçurent une notification...

Chapitre IX : L'appel du réel

Kader disputait un match contre l'ordinateur, mais cette activité était beaucoup moins amusante qu'en compagnie de ses amis. Depuis que la fameuse Lydia avait raccroché, les garçons surexcités ne tenaient plus en place. Plein d'allégresse, Suleïman dansait en rond dans le salon tandis que Stéphane essayait de faire une pompe. « Je kiffe... Euh... Euh... sa voix ! disait ce dernier, en se relevant à bout de souffle.

— Moi aussi, je la kiffe... Elle m'excite grave !

— Hey ! Calme-toi, Soleil ! Je te rappelle qu'elle est pour moi !

— On sait jamais ! Elle pourrait prendre un coup de Soleil et là, attention ! Ça pourrait finir comme dans la scène du film que tu nous as montré l'autre fois, hein ? »

Stéphane s'assombrit alors qu'une funeste prémonition l'envahissait. Malheureusement pour lui, celle-ci se confirma. En arrivant au rendez-vous, quand le regard de Lydia se posa sur lui, Stéphane remarqua tout de suite le changement d'expression de son visage angélique. Elle n'osa pas l'accuser d'avoir trafiqué ses photos, mais sa déception était visible. Elle l'ignora toute la soirée et il passa son temps à se goinfrer, tout seul, devant la console de Lucas, le petit frère de Lydia. Même Kader l'avait délaissé pour se laisser embobiner par Emma, qui avait repris son éducation en main. L'intrépide adolescente se rapprochait de son jeune camarade de classe, bien décidée à lui faire perdre son innocence... Elle avait déjà déboutonné plusieurs boutons de sa chemise et laissait bâiller un décolleté spectaculaire sur lequel bavait Kader...

Pendant ce temps, Lydia et Léa tournaient autour de Suleïman comme des mouches. Elles trouvaient des excuses pour le toucher, le palper... Et lui — ce traître ! — se laissait faire, ravi d'accaparer les deux copines. Alors que Stéphane l'appelait, tentant de l'appâter désespérément avec une partie de jeux vidéo et des gâteaux, les deux jeunes filles entraînaient Suleïman dans la chambre de Léa et se mettaient à deux pour le déshabiller...

« Eh ! Oh ! Qu'est-ce qui t'arrive, Stouf ? Tu pleures ? »

Le garçon retrouva le chemin de la réalité et lança un regard suppliant à Suleïman : « Soleil, promets-moi que tu ne me piqueras pas Lydia ! »

Incrédule, celui-ci répondit qu'il lui était impossible de promettre une telle chose et eut même le culot d'ajouter : « On sait jamais ce qui peut arriver... J'aimerais bien tester un plan à trois, comme dans le film de boules que tu nous as montré, pas toi ?

— Non ! Si tu ne jures pas sur le Coran, j'annule tout...

— Comment ça ? Qu'est-ce qui t'arrive ? »

Kader comprit alors que Stéphane regrettait d'avoir triché sur sa photo de profil. C'est la raison pour laquelle il se réjouissait secrètement de cette situation. Si Suleïman refusait de prêter serment, ils pourraient rester tous les trois, tranquilles à la cité, et cela lui éviterait de mentir à ses parents pour découcher... Malheureusement, Suleïman finit par céder sous la menace de l'annulation de l'opération piscine clandestine...

Kader, qui s'était laissé entraîner dans le mensonge, prétendit dormir chez Stouf, tandis que celui-ci était censé dormir chez Kader et que Suleïman devait feindre de passer la nuit chez Stéphane. Quelle misère ! Pourquoi n'avait-il pas décliné cette invitation ? Il s'était ennuyé dès la première seconde, car il n'avait rien de commun avec Léa et sa conversation le faisait bâiller. Le temps semblait affreusement long - pire qu'à l'école quand ils passaient des jours, voire des semaines, à répéter une leçon qu'il avait comprise en quelques instants - et ses potes l'avaient complètement oublié. Ils avaient l'air stupides, ensorcelés. Et la soirée continuait dans la même veine, jusqu'au coup de grâce : la console était en panne ! Elle avait surchauffé à cause de la canicule. Pour achever de planter le dernier clou de son cercueil, le coca avait perdu toutes ses bulles et le jeune garçon ne pouvait même pas nager ou se rafraîchir. La piscine était remplie d'ados en chaleur qui ôtaient leurs maillots pour se monter dessus et mettre leurs zizis dans l'eau... Quel dégoût ! C'était à vomir ! « Nooooon ! » s'écria-t-il en quittant son cauchemar éveillé et heureux que toute cette histoire ne fût que le fruit de son imagination. Le hurlement surprit Suleïman qui s'inquiéta : « Wow ! Ça va pas de gueuler comme ça ! Tu m'as fait peur ! Qu'est-ce qui t'arrive, Kader ? Tu rêves les yeux ouverts, ou quoi ?

— Désolé, les gars ! Je crois pas que je vais pouvoir venir à cette soirée piscine...

— Tu rigoles ou quoi ? Soleil vient de jurer sur le Coran...

— Allez-y tous les deux ! Qu'est-ce que ça change ?

— Ce sera pas pareil sans toi ! s'exclama Stouf qui redoutait plus que tout d'être délaissé si Lydia ne lui pardonnait pas sa tricherie.

— Mais si ! Je sais pas ce qui vous arrive les gars, mais vous avez changé depuis cette histoire... Vous êtes devenus obsédés par ces meufs et c'est chiant ! Y en a marre ! C'est qui, cette Lydia ? Elle raconte que de la merde et tout ce qu'elle fait, c'est rigoler pour rien... Qu'est-ce que vous lui trouvez à la fin ? Qu'est-ce que vous voulez faire avec ces pauv' meufs ? Je comprends rien ! »

Le garçon s'interrompit brusquement. Ses amis le regardaient comme un extraterrestre. Kader comprit alors qu'il venait de se trahir. Comme deux compères, Stéphane et Suleïman se rapprochèrent l'un de l'autre pour échanger quelques mots en chuchotant. Kader avait beau tendre l'oreille, il n'entendait rien. Ces deux-là tramaient quelque chose de louche. « J'en ai marre... Pourquoi vous me calculez comme ça ? Si vous continuez, je me casse... » Sa phrase resta en suspens. Les deux garçons s'approchèrent de lui avec un air mauvais. L'instant suivant, il se retrouva attaché à une chaise devant l'écran 52 pouces. « Arrêtez ! Pourquoi vous me faites ça ? Qu'est-ce qui vous arrive ? Vous avez pété un fusible ou quoi ?

— Pardon, Kader ! Il faut qu'on sache une chose... sinon, on pourra pas être tranquilles », dit Stouf avec tristesse.

*

« OK ! C'est bon, conclut Suleïman, tu peux éteindre cette merde ! » Kader était pétrifié, sous le choc de l'agression qu'il venait de subir. Cette fois avait été pire que la première. « Pourquoi ? Pourquoi ? » répétait-il d'une voix brisée. Les deux autres étaient gênés par sa réaction. Ils s'excusèrent en prétextant qu'il fallait absolument qu'ils en eussent le cœur net. « Tu vois, la fête, c'est demain soir et il n'y aura pas d'autre occasion...

— Après, Lydia partira en vacances pendant tout le mois d'août, dans le sud de la France chez ses cousins.

— Et alors ? C'était pas une raison pour me faire subir ça !

— C'était juste un test...

— Pour savoir quoi ?

— Si t'étais un dép[16], tiens !

— Et vous m'attachez à une chaise pour me faire mater des trucs dégueu pour ça ?!!!

— Bah ! Oui ! Fallait bien qu'on sache ! Tu comprends pas qu'on puisse s'intéresser aux filles et tu veux qu'on reste entre poilus... Du coup, on se pose des questions...

— Mais bon ! T'as pas réagi, alors on peut dire que tu n'en es pas un ! On peut être tranquilles avec toi, maintenant... Tu risques pas de nous agresser ou d'essayer de faire des trucs chelous[17] avec nous... »

Kader soupira en comprenant que ses amis avaient craint qu'il fût de l'autre bord. Il ressentit le besoin de clarifier ses sentiments : « Je veux juste que les choses restent comme elles sont ! On joue au foot, on tape le game sur la play, c'est cool, quoi, on a pas besoin de ces meufs qui vont nous emmerder avec leurs histoires de shopping ! » Le même regard revint aussitôt chez ses amis. « Bon ! En fait ! T'es pas pédé... T'es juste un gamin, en vrai ! » Kader eut beau nier, il se rendit compte qu'il s'était encore trahi. Son masque était tombé. Tentant de rattraper le coup, il se défendit : « On la connaît même pas, cette meuf ! Comme dit

---

16 Dèp : verlan pour pédé.
17 Chelou : verlan pour louche.

Yussef, c'est peut-être une mytho.

— Mais non, on lui a parlé. Elle est super cool...

— On connaît personne, là-bas, on va se faire chier avec ces bourgeois...

— Mais non ! Si t'as peur de t'emmerder, tu peux prendre tes cartes Pokemon...

— Ah ouais ?

— Carrément ! Tu pourras jouer avec son petit frère : Lucas. Il est en primaire... »

Vexé par cette boutade, Kader garda le silence et Stouf reprit plus gentiment : « Pense à ce que Lydia nous a dit. Il y a une piscine sur place... Elle est programmée pour rester à 29°... T'imagines ? On crève de chaud à la cité... T'as pas envie de te baigner dans autre chose que ta sueur ? On pourra même prendre un bain de minuit, comme Emma disait. Ces filles sont tellement chaudes que l'eau risque de bouillir... Et ils ont plein de jeux vidéo... Au pire, la vie de ma mère, tu t'ennuieras pas. Eh ! Quoi ? Tu fais encore la gueule ? Tu préfères rester à la cité ? Vas-y, frérot ! Nous, on sera au bord de la piscine, bien au frais, et pendant que tu seras dans ta chambre à faire tes devoirs avec ta sœur, nous on fera des 49 avec ces bombasses... »

Kader ne sut que répondre à cet argument.

*

Bien caché derrière la porte du salon, le garçon espionnait maintenant ses parents tandis qu'ils débattaient avec Soumyya. L'objet de ce débat brûlant était des plus intéressants pour le préado, puisqu'il s'agissait de lui-même — et plus précisément — de sa soirée pyjama. Des deux côtés, les arguments faisaient rage et l'issue restait incertaine. Les parents de Kader étaient plutôt favorables à l'idée de le laisser dormir chez Stéphane, mais Soumyya avait plus d'un tour dans son sac à main. « Bien sûr, vous avez raison tous les deux, Kader ne doit pas rester enfermé à son âge, surtout en plein été, ce ne serait pas sain. Il a besoin de se défouler la journée... Mais le monde de la nuit est différent. Il n'a que onze ans... À cet âge-là, il ne sait pas encore distinguer le bien du mal !

« — Allons ! Soussou ! Il va juste à une soirée pyjama chez son copain... Ils vont jouer à la console en buvant du coca et le seul mal qu'il aura, ce sera pour se lever le lendemain matin, voilà tout ! »

Bravo, Papa ! pensa Kader avec reconnaissance, mais Soumyya était loin d'avoir terminé : « Je n'en suis pas si sûre... Kader nous cache quelque chose depuis quelque temps... » Elle laissa un silence s'installer et ce fut sa mère qui le rompit : « Comment ça ? Qu'est-ce que tu veux dire ?

— Eh bien ! J'ai l'impression qu'il est en train de changer...

— C'est normal à son âge !

— Oui, mais je sens que ses copains n'ont pas une bonne influence sur lui... Suleïman par exemple, je n'aime pas trop sa manière de me regarder... J'ai l'impression que ses yeux me déshabillent... Ça me met vraiment mal à l'aise et...

— Soussou ! Je sais ce que tu ressens... surtout après ce que tu as vécu... Enfin je veux dire... Les garçons sont comme ça... Mais Kader, non, son regard est innocent, c'est encore un bébé, je t'assure...

— À propos de bébé, justement... il y a deux jours, il est venu me poser des questions sur ce sujet... »

Il y eut un silence. Kader retenait son souffle. Maudite Soumyya ! Il lui avait pourtant fait promettre de ne rien répéter à leur mère ! Heureusement, son père vint à sa rescousse : « Je t'avais dit de le laisser assister à ce cours de biologie. C'est la vie après tout. Il est naturel de s'intéresser à ça, c'est de son âge... » Sentant que la victoire lui échappait, Soumyya choisit de sortir enfin son atout : « Une dernière chose, ce Stéphane, je ne l'ai jamais vu, et vous non plus, d'ailleurs... Comment peut-on laisser Kader coucher chez un inconnu, quelqu'un dont on ne sait rien ! »

Kader était admiratif devant l'habileté de sa sœur ! Cela n'était guère étonnant venant d'une femme passionnée de droit et de débats politiques. Le garçon sentit qu'il allait passer les prochains jours dans la pénombre, penché sur ses livres. Il n'aurait personne pour le divertir puisque ses deux seuls amis seraient en train de faire des concours de plongeons ou de jouer à la console... Devant cette perspective, une immense tristesse s'empara de lui. C'est alors que sa mère prit la parole : « Mais si ! Nous le connaissons ! Nous avons croisé son père à la réunion parents-professeurs. Il élève seul son fils et il en est très fier... Il nous a expliqué que Stéphane faisait tout chez lui : le ménage, la lessive, le repassage et la cuisine. C'est un bon garçon, mature et responsable...

— Tu vois, Soussou ! Il n'y a rien à craindre ! » confirma son père et ce fut son dernier mot.

Les parents de Kader n'avaient pas envie de débattre toute la nuit avec leur fille. Aussi préférèrent-ils couper court et donner leur verdict : « Ton frère ira dormir chez Stéphane et passera sa soirée pyjama avec ses copains, point ! Il a bien le droit de s'amuser un peu, le pauvre... »

Soulagé, Kader se précipita dans son lit où il prétendit dormir sagement lorsque sa maman vint s'assurer que c'était bien le cas.

J-16

Chapitre X : Le mur

Lundi 30 juillet

Le lendemain, Soumyya arrêta son frère sur le seuil de la porte. Comme sa grande sœur lui barrait le passage, Kader ne put faire autrement que se soumettre à son interrogatoire. « N'as-tu rien à me dire, Kader ? »

Sa première pensée fut qu'elle avait percé son mensonge. Il sentait que sa bouche s'asséchait. Valait-il mieux tout confesser maintenant ou endurer la double peine ? Puis il se rendit compte de la perfidie de la question qu'elle lui avait posée. Que savait-elle, en vérité ? Rien ! Le mieux était donc de ne rien révéler. Devant son silence obstiné, la jeune femme lui rappela qu'il devrait rattraper sa leçon à son retour. Soulagé, il promit de faire de son mieux pour combler son retard. « Qu'est-ce qu'il y a comme examen après le bac ? s'enquit-il.

— La licence !

— À mon retour alors, tu me prépareras pour la licence !

— Il y a plusieurs types de licences, selon les disciplines... On pourrait commencer par l'examen d'entrée de Sciences Po ? »

Kader acquiesça pour se débarrasser d'elle. Ravie de l'engagement qui venait d'être entériné, Soumyya déverrouilla la serrure, sans pour autant s'écarter de la porte : « Et après, on préparera ta licence de droit ? » Il ne put qu'opiner en souriant, mais, alors qu'elle se penchait pour l'embrasser, il esquiva ses bras, la contourna et d'un ton espiègle acheva : « Une licence de droit de m'amuser ! » Sur ces mots, triomphal, le garçon dévala les marches, sortit du bâtiment en trombe, avant de courir rejoindre ses compères qui l'attendaient devant le nouveau stade. Eux aussi s'étaient débrouillés pour échapper à la surveillance de leur famille.

Les trois amis quittèrent la Cité du Toboggan bleu à midi,

chargés de gros sacs où se trouvaient des vêtements de rechange, des pyjamas et leurs affaires de bain. Au lieu de se rendre à la piscine municipale d'Ormal cependant, ils prirent le chemin de l'arrêt de bus. Tandis qu'ils attendaient le 23, les garçons plaisantaient en se remémorant leur conversation avec l'intrigante et ô combien désirable, Lydia ! « T'as intérêt à assurer, Stouf, si tu veux lui faire oublier ta petite tricherie, hein ? Sinon, elle va te sortir le carton rouge... Et je resterai pas sur le banc, moi !

— Tu serais prêt à renier ton serment ? demanda Kader.

— Non ! Je plaisante bien sûr, c'était juste pour lui mettre la pression... Et puis celle qui kiffe les blacks, je la surkiffe... T'as vu comme elle est bonne ?

— On a vraiment trop de chance d'être tombés sur ces meufs... Putain ! Il fait trop chaud, j'en peux plus, vraiment... Vivement qu'on arrive à la piscine... J'en ai marre de nager dans ma sueur !

— Eh ! Les gars, c'est quoi une nymphomane ? »

Surpris par la question, Stéphane se tourna vers Kader : « Pourquoi tu veux savoir ça ?

— Quand Lydia a parlé de ses copines, elle a dit qu'elles "deviennent des nymphomanes dès qu'elles boivent un verre", précisa le jeune garçon.

— Une nymphomane, répondit Suleïman, c'est une meuf qui fait n'importe quoi, elle rigole tout le temps et tout...

— Ah ! D'accord ! Des meufs à l'ancienne, quoi !

— Oh là là ! Les gars ! Vous faites pitié ! Vous parlez comme des petits de primaire !

— Quoi ? Qu'est-ce qu'y a ?

— Une nymphomane ! C'est pas ça ! Une nymphomane, c'est une meuf qui parle tout le temps, elle se mêle de tout et ça peut vraiment être relou, tu vois ?

— Qu'est-ce que tu racontes ?

— C'est genre une je-sais-tout, quoi ! Elle vient vers toi, au calme, et elle te dit : "Tu veux une info, man ? Tu veux une info, man ?"

— Ah ! D'accord ! C'est genre, dès qu'elles boivent, faut qu'elles te racontent leur vie... J'espère qu'elles vont pas me saouler, moi !

— Purée ! Si elle te saoule trop, tu la dribles et tu l'embrasses, direct ! Comme ça, tu fais d'une pierre deux coups ! conclut Suleïman, qui avait l'esprit pratique.

— Excusez-moi... »

Les garçons sursautèrent, car ils n'avaient pas remarqué la présence discrète de cette jeune femme qui attendait le bus au même arrêt qu'eux. Jetant un regard réprobateur de sous le voile qui encadrait son visage, la nouvelle venue s'adressa à Kader d'une voix douce : « Tu ne serais pas le petit frère de Soumyya ? »

Interdit, le susnommé pâlit brusquement en tournant son attention vers son interlocutrice. « Une femme voilée, pensa-t-il, l'affaire se corse ! » Devait-il mentir ou assumer les grossièretés qu'il venait de proférer ? Sa sœur ne portait pas le voile islamique, mais s'il s'agissait de l'une de ses amies, elle risquait d'être aussi coincée et casse-bonbons... Qu'avait-elle entendu ? « Si ! admit-il enfin. Soumyya, c'est ma sœur !

— Ah ! Je me disais bien que ton visage m'était familier... Moi, c'est Karima, je suis une amie de Soumyya. Comment va-t-elle d'ailleurs ? On ne la voit plus trop dans les parages... Elle va bien ? »

Kader expliqua brièvement le cas de sa sœur et la dame soupira : « C'est tellement dommage ! Soumyya était vraiment promise à de grandes choses... J'étais dans sa classe, l'année du bac... Chaque fois qu'elle parlait, elle nous laissait sans voix... En philo, elle échangeait d'égal à égal avec le prof, alors que nous, on était complètement largués... Je m'en souviens bien... Je pensais qu'elle allait devenir avocate ou travailler dans la politique... Ça n'aurait pas fait de mal à la communauté musulmane, d'ailleurs... On aurait vraiment besoin d'une femme comme elle pour nous représenter, au lieu des racailles et des terroristes qu'ils nous montrent toujours à la télé... Ta sœur, Dieu la protège, c'était l'honneur et la fierté de la cité...

— Oui, c'est vrai ! Mais elle prépare le concours d'instit', maintenant...

— Institutrice ? soupira-t-elle. C'est très bien, mais c'est pas pareil... Bref ! Je veux pas critiquer les choix de ta sœur, hein ? Mais dis-moi, on m'a raconté que tu suivais le même chemin qu'elle et que tu avais sauté plusieurs classes, c'est vrai ? »

Un peu honteux, Kader regarda ses copains qui se tenaient à l'écart : « Oui, c'est vrai, confessa-t-il, on m'a fait sauter le CM1 et le CM2...

— Waouh ! C'est de famille, on dirait ! Quel âge as-tu ?

— J'ai onze ans...

— Et tu passes en quelle classe ?

— En troisième...

— C'est impressionnant ! Et tu vas à la piscine, comme ça ? »

Pris par surprise par l'absence de transition, Kader bredouilla une réponse affirmative. « Mais, ce n'est pas le bon bus pour aller à la piscine ! » objecta l'enquiquineuse. Le cerveau du garçon fonctionnait à toute allure et il ne trouva pourtant qu'une chose à répondre : « Oui, je sais, mais on doit d'abord passer voir un copain... il a des entrées gratuites ! »

Mais ce n'était pas fini et elle le questionna encore et encore... Et le préadolescent dut se soumettre à cet interrogatoire ! Voilà pourquoi les filles l'énervaient tant ! Dès qu'elles étaient lancées, elles ne pouvaient plus s'arrêter. Ce devait être une nymphomane, celle-là !

« Au fait, Kader, savais-tu que la piscine municipale était fermée pour cause de rénovation ?

— Euh ! Non ! Mince alors !

— Tu veux que je te raccompagne à la cité ? On pourra rendre visite à ta sœur... Ça fait une éternité que je ne l'ai pas vue !

— Euh ! Non ! Désolé ! Je dois d'abord rejoindre des amis...

— Ah ! Tu as rendez-vous ? Où ça ? »

L'interrogatoire était sans fin. La jeune femme s'avérait aussi douce qu'insidieuse. Elle savait le guider vers des révélations compromettantes qu'il esquivait comme des mines sous ses pieds. Sa politesse l'empêchait de faire ce qu'il souhaitait du fond du cœur : lui demander de se mêler de ce qui la regardait ! Il s'en abstenait de crainte que cette fille fût envoyée par Soumyya pour le cuisiner discrètement. Des gouttes de sueur ruisselèrent sous la visière de sa casquette. Pourquoi les urbanistes ne s'étaient-ils pas donné la peine de placer l'arrêt de bus à l'ombre ? Un arbre aurait suffi ! Peut-être même un arbuste ! Quelle chaleur épouvantable !

Et cette casse-pieds qui l'accablait de questions ! Et il ne pouvait même pas se soustraire à sa curiosité déplacée, car il avait été éduqué dans le respect de ses aînés et la révolte lui semblait inconcevable. Tout ce qu'il pouvait faire, c'était se soumettre... en apparence ! En fait, il mentait effrontément ! Même si elle nourrissait des doutes, nul ne pouvait pénétrer dans sa tête pour savoir ce qui s'y trouvait.

Ceci dit, l'épreuve n'en demeurait pas moins pénible pour l'adolescent. Quand il crut être parvenu au bord de l'implosion, le bus finit par montrer le bout de sa calandre. Il saisit l'opportunité pour s'écarter d'elle et se rapprocher de ses potes. Lorsqu'il la salua, elle lui répondit d'une voix suave : « À la prochaine, Kader ! Prends soin de toi et reste dans le droit chemin ! »

Soulagé, le garçon s'apprêtait à monter dans le bus quand elle s'empara de son bras, l'arrêtant net. Son cœur manqua un battement et ses yeux s'agrandirent involontairement. Le regard de la jeune femme le scrutait avec une intensité qui le mit mal à l'aise. « Oh ! J'oubliais ! Tu passeras le bonjour à ta sœur de la part de Karima, OK ? Dis-lui qu'elle peut toujours m'appeler, si elle veut discuter et sortir un peu, insh'Allah... »

Pressé de se débarrasser d'elle, il promit de transmettre le message. La porte coulissa derrière lui et le bus s'éloigna de la Cité du Toboggan bleu.

Chapitre XI : Lydia

Lundi 30 juillet

Il enfonça quelque chose dans son ventre. C'était mou et froid. Et bientôt, cela commença. Comme un incendie, la brûlure s'étendit dans l'intimité de ses muqueuses enflammées. Les chaînes entravaient ses mouvements et empêchaient la pauvre fille de se défendre contre l'intrusion. C'était précisément là que se situait le plaisir de ce genre de sadique. Son tortionnaire se moquait d'elle, lui chuchotant des insultes dans le creux de l'oreille et son haleine chaude empestait l'alcool. « Tu as le feu au cul à ce qu'il paraît... Cela ne devrait pas beaucoup te changer... Ils te plaisent ces pili-pili ? Ils sont tout petits mais tu vas voir que la taille ne fait pas tout ! »

Elle reprit ses esprits. L'homme en costume la dévisageait. C'était lui, qui avait introduit les piments rouges dans son vagin. Machinalement, Lydia se frotta le haut du bras (là où se trouvait sa puce RFID) tout en détournant le regard. Elle ne devait jamais le reconnaître en public. Ce qui se passait dans le Cercle restait dans le Cercle. La bouche du passant esquissa l'ombre d'un sourire mauvais, puis l'homme marmonna une insulte dans sa cravate avant de poursuivre son chemin. « Petite pute ! » avait-t-elle lu sur ses lèvres.

Elle avait l'habitude de ce genre de traitements. Les gens du Cercle la surveillaient. Ils voulaient lui remémorer qu'ils savaient toujours où et quand la retrouver. Elle était pourtant bien docile. Ce jour-là, Lydia portait son mini-short en jean, taillé en V pour dévoiler opportunément la naissance de ses fesses, et un haut jaune, légèrement transparent. Rien n'avait été laissé au hasard dans sa tenue. Ni la longueur du short échancré ni la profondeur de son décolleté qui mettait en valeur sa jolie poitrine haut perchée. Malgré sa simplicité apparente, son apprêt avait requis beaucoup de travail.

Cela en valait la peine ! Dans les yeux des mâles qu'elle croisait sur son chemin, elle identifiait des tas d'émotions, d'attitudes, de mouvements commencés, mais jamais achevés. Elle avait tout vu, tout, sauf l'indifférence face à sa silhouette plantureuse. L'espace d'un instant, du père au fils, de l'oncle au neveu, tous succombaient à son charme juvénile ; et il n'était pas un grand-père qui ne l'aurait suivie jusqu'en enfer, si elle le lui avait demandé gentiment.

Les hommes sont si simples !

Était-ce *too much* ? Elle devait attirer l'attention, mais ne surtout pas la retenir trop longtemps. Il ne fallait pas qu'on pût l'identifier, surtout. En regardant autour d'elle, Lydia se rendit compte qu'elle s'inquiétait pour rien. Bien que succincte, sa tenue estivale n'avait rien d'extraordinaire. C'était un standard pour la plupart des filles de son âge. La seule chose qui les distinguait, c'était leur anatomie... et de ce côté-là, Lydia n'avait rien à envier à qui que ce fût !

Un gros 4x4 noir ralentit et s'arrêta juste devant la jeune fille. Les vitres teintées s'abaissèrent. Un quinquagénaire lui fit un clin d'œil et murmura : « Tu parles français ?

— Bien sûr.

— Tu prends combien, pour une heure ? »

Lydia ne répondit rien. Puis elle nota l'intérieur cuir et identifia le modèle haut de gamme, toutes options. Elle n'était pas sans savoir que l'Ogre la surveillait, caché quelque part, lui aussi. La châtierait-t-il si elle laissait s'échapper une proie facile comme ce m'as-tu-vu ? Que devait-elle faire ? Le bus numéro 23 arriva enfin, mais il ne pouvait s'arrêter à cause de la voiture du pervers. Lydia lui tendit une carte de visite dont l'homme s'empara d'une main avide. Il la consulta et sourit. Lydia lui rendit son sourire en s'efforçant de cacher le fait qu'elle avait remarqué la belle alliance en platine que portait le conducteur. Elle avait été éduquée de manière à évaluer d'un coup d'œil la fortune personnelle de tous ceux qu'elle croisait. C.S.P.+[18], Classe moyenne supérieure.

18 Catégorie socioprofessionnelle.

S'il savait ce qui l'attendait, il ne sourirait pas comme un abruti, celui-ci...

Le chauffeur klaxonna et l'homme démarra en faisant crisser les pneus de sa Porsche Cayenne S. Lydia soupira. Ce genre de cochon la dégoûtait : elle les avait trop fréquentés, trop pratiqués... Dans quelques jours, il la rappellerait. Ils conviendraient d'un rendez-vous. Cela se passerait dans un hôtel. Elle l'attendrait dans une chambre, vêtue de la lingerie la plus fine. Il n'en aurait sans doute pas besoin, mais les photos seraient plus jolies ! L'Ogre le suivrait discrètement jusque chez lui et mènerait ensuite sa petite enquête. Quelques jours plus tard, le conducteur recevrait les premiers clichés de leur nuit torride avec des légendes du type :

« Si tu ne veux pas finir en prison pour ce que tu as fait à une mineure de moins de 15 ans, rappelle-moi. »

L'homme paierait pour racheter sa faute. Rien d'exorbitant. L'Ogre n'exigerait chaque mois que 10 % de ses revenus. Cela permettrait à son père de poursuivre sereinement ses activités, de racheter du matériel pour son art et de subvenir aux besoins de sa petite famille. Mais entre-temps, sa fille devrait se salir avec un porc de plus, le laisser la toucher, respirer son haleine et l'odeur de sa peau... pouah ! Enfin ! Tout bien considéré, cela valait toujours mieux que d'aller rejoindre les tarés du Cercle. Malgré la canicule, les souvenirs jaillis de l'évocation du Cercle éveillèrent un frisson pénible chez la jeune fille.

Reprenant le contrôle d'elle-même, elle se concentra sur l'instant présent. Les trois garçons qu'elle attendait descendaient du bus. Ils semblaient très excités et un peu nerveux aussi.

Il faut que je les détende !

Elle retrouva le sourire avant de les héler gracieusement. La manière dont ils la rejoignirent la renseigna sur leur état d'esprit respectif. Le torse fièrement bombé, Suleïman venait à sa rencontre, un sourire sur le visage. Elle fit trois bises au petit coq. Comme il était de coutume de n'en faire que deux à Ormal, il y eut une confusion lors de la troisième qui manqua unir leurs lèvres. Ils se regardèrent dans le blanc des yeux et Lydia sut que celui-là était déjà dans sa poche. Puis, vint le tour de Kader. Alors qu'elle s'apprêtait à lui faire la bise, il lui tendit la main. « Vas-y ! Check ! » lui dit-il avec un accent américain presque parfait.

Elle hésita, gênée, puis l'imita... « Mais non, il faut fermer le poing », la corrigea-t-il sans méchanceté. Celui-là avait l'air d'un vrai gamin. Dans ses yeux, Lydia ne lut aucune concupiscence et elle en déduisit qu'elle devrait se concentrer sur lui afin de le gagner à sa cause. Le dernier à la saluer se cachait presque derrière le petit Kader. C'était avec lui que la conversation s'était engagée sur FB. Tout de suite, elle comprit la raison de sa nervosité. Il était méconnaissable et beaucoup plus enveloppé que sur sa photo de profil.

S'il ne correspond pas à la commande, je vais...

Le corps de Lydia frémit à la pensée du châtiment qui l'attendait en cas d'échec de sa mission. Elle tâcha de ne pas montrer son inquiétude, mais Stéphane, sur le qui-vive, l'observait attentivement. Pour le distraire, elle feignit de trébucher sur un caillou. La manœuvre eut le mérite d'offrir au garçon un aperçu de son décolleté. Quand elle s'appuya sur son bras pour reprendre l'équilibre, Stéphane était tout rouge.

« Et toi, c'est Stéphane, hein ? Mon chevalier servant ! »

Le garçon sentit un brusque surcroît de chaleur et la sueur fit briller son front. Lydia surmonta l'aversion qu'il lui inspirait pour lui faire la bise. Ce faisant, elle s'éloigna progressivement du bord externe des joues. La troisième se posa sur le coin de ses lèvres. Stéphane devint écarlate ! Tout se déroulait comme prévu. Il fallait poursuivre l'exécution... de son plan : « Les garçons ! Je viens de me rendre compte d'une terrible situation de crise : mon maillot est tellement usé qu'il est devenu transparent... »

La jeune fille ménagea un silence durant lequel l'imagination des garçons fonctionna à plein régime, puis elle ajouta : « Oh là là ! Qu'est-ce que vous êtes en train d'imaginer ? Vous ne pensez donc qu'à ça ? Allez ! Je dois m'en acheter un autre... vous m'accompagnez ? »

Sans attendre de réponse, elle les prit par le bras pour les entraîner vers le centre commercial. Ils la suivirent à l'intérieur d'une boutique, patientant sagement pendant qu'elle se changeait. Quand elle sortit de la cabine, elle vit leurs yeux s'écarquiller comme pour l'avaler tout entière.

« Je crois qu'il est un peu trop petit, non ? »

En vérité, il aurait fallu être sacrément atteint des mirettes pour manquer les débordements au niveau des balcons de la jeune fille. Satisfaite de son effet, la tentatrice sourit gracieusement. Elle se tourna furtivement pour leur montrer le string assorti, avant de s'échapper vers la cabine, en feignant une timidité qu'elle était loin de ressentir. Elle les tenait enfin. Ils seraient encore là lors de sa prochaine sortie. Oui, ils grogneraient pour la forme, mais ils poireauteraient jusqu'au défilé suivant.

Donner d'une main et retirer de l'autre, telle est la base de la séduction.

Les séances d'essayages qui se succédèrent achevèrent de mettre les garçons dans les dispositions qu'elle désirait. Ce n'était pas bien difficile avec son savoir-faire. Après avoir consulté sa montre, elle se rendit compte qu'il était temps de passer à la phase finale de l'opération : « Eh ! Les garçons, j'ai trop envie d'un *burger* ! Ça vous dirait de faire un saut au ***** » ?

Les trois amis se regardèrent, embarrassés et Lydia, devinant leurs pensées, poursuivit sans leur laisser le temps d'objecter : « C'est moi qui régale, évidemment ! »

Étant donné que la jeune fille les avait encouragés à commander tout ce qu'ils voulaient, les garçons ne se gênèrent pas. Munis de leurs plateaux bien garnis, ils s'installèrent à l'ombre de la terrasse couverte. Ses proies ouvrirent leurs menus et poussèrent des exclamations joyeuses en découvrant leurs jouets. Lydia profita de leur distraction pour extraire un petit sachet de son sac. Le sédatif était extrêmement concentré et elle ne devait surtout pas se tromper dans les dosages. Si elle en versait trop, les enfants risquaient de s'effondrer sur la table et elle aurait du mal à se justifier face aux témoins. En revanche, si le produit était insuffisamment dosé, la tâche serait plus compliquée et il lui faudrait improviser...

La jeune fille se plaça entre eux de manière à pouvoir se

pencher sur leurs verres sans attirer leur attention. Elle s'apprêtait à glisser la poudre dans le gobelet de Stéphane quand Kader lui adressa la parole pour la seconde fois. La jeune fille sentit ses épaules se tendre : ce garçon avait l'art de poser des questions gênantes. La première donna le ton : « Pourquoi est-ce que tu bouges les fesses comme si tu allais à droite et à gauche alors qu'on marche tout droit ? »

La question la surprit au point qu'elle ne sut que répondre et c'est Stouf qui vola à son secours : « C'est le style, frérot ! Tu voudrais qu'elle marche comme une racaille de cité ? » Tout de suite, elle avait pu rebondir et s'amuser avec les garçons : « Comment ils marchent, les mecs des cités ?

— Ça dépend lesquels, répondit Kader.

— Les caïds, ils marchent comme ça », commenta Suleïman en se déplaçant en canard tout en traînant une jambe et en arborant un sourire inversé. Ils rirent et chacun se mit à adopter une démarche bizarre. Mais ensuite, Kader décrocha le pompon : « Comment ça se fait que tu sois différente de tes photos FB ?

— Tu sais, Kader, c'est toujours comme ça sur les photos... il y a beaucoup de choses qui changent... Mon père est vraiment passionné de cinéma et il m'a donné quelques astuces qui marchent bien...

— Ah ! Ouais ? Quoi par exemple ? s'intéressa Stéphane.

— D'abord, il y a l'éclairage qui est très important et puis les couleurs que tu portes et aussi l'angle sous lequel on te prend en photo... Tout ça joue et si tu gères, tu peux vraiment faire des... trucs super ! »

Pendant qu'elle évoquait le travail de son père, des images flashaient dans son esprit... Des chairs calcinées et l'odieux frémissement de la peau qui se rétractait et...

« Ça va, Lydia ?

— Oui, oui, ça va, mentit-elle en revenant à elle.

— Tu es toute pâle, observa Kader, l'air soucieux.

— C'est rien... J'ai trop pris le soleil hier et j'ai failli avoir une insolation...

— Qu'est-ce qu'on peut faire ? T'as d'autres exemples ? la sonda Stéphane.

— Tu lâches rien, toi ! Elle a dit qu'elle était fatiguée !

— Merci, Suleïman, mais ça va mieux, t'inquiète. Pour te répondre, Stouf, on peut se présenter à notre avantage, faire du looksmaxxing...

— Du "looksmaxxing" ? C'est quoi, ce truc ?

— C'est faire au mieux avec ce qu'on a...

— Comment ça ?

— Eh bien ! Disons que la nature n'a pas doté tout le monde des mêmes qualités. Certains sont plus favorisés que d'autres. Mais malgré tout, il existe des solutions pour tirer le meilleur profit de notre look. Quand on veut se looksmaxxer, on cherche quel type de coupe de cheveux va avec notre visage, on apprend à se maquiller, à s'habiller selon notre silhouette et d'autres trucs. Bref, je ne peux pas tout vous dire, non plus... Et puis nous, les filles, on a un avantage sur vous les gars...

— Lequel ? demanda Stéphane.

— Ce sont des secrets de filles, conclut-elle avec un clin d'œil en posant négligemment sa main sur la cuisse du garçon.

— Ton père, il fait des films ? la relança Kader.

— Oui...

— Des films qui passent au cinéma ?

— Non ! Non ! Pas encore ! Ce sont des petites productions indépendantes... »

Elle essaya de chasser les images de tortures de son esprit et se frotta le bras nerveusement. Kader soupira tristement : « Ah ! Ouais, des films de série Z.

— Désolée de te décevoir, mon petit bonhomme... Vous n'êtes pas venus jusqu'ici pour mon père, hein ? Rassurez-moi, les gars ! Je ne vous plais pas ?

— Si, si, bien sûr, t'es trop bonne... Euh ! Belle, je veux dire...

— Tu peux dire que je suis "bonne", Stouf, cela ne me dérange pas... C'est un compliment après tout ! On n'est plus au temps de Cyrano de Bergerac, hein ?

— Qui ?

— Un monsieur de l'ancien temps qui avait un grand nez... Et tu sais ce qu'on dit de ceux qui ont un grand pif ? »

Aucun d'eux n'avait la moindre idée de ce que l'on disait de cette catégorie de la population, mais les trois opinèrent en rougissant. Toujours souriante et très tactile, menant la conversation et les trois garçons par le bout du... nez, subrepticement, Lydia glissa le sédatif dans les boissons de ses proies subjuguées. Peu après, son téléphone commença à vibrer. Elle consulta le texto sous l'œil attentif de Kader qui l'étudiait avec l'obstination d'un zoologiste qui serait tombé sur un spécimen d'une espèce inconnue. Comme son visage s'assombrit, Suleïman la questionna : « Mauvaise nouvelle ?

— Non, non ! C'est Emma qui s'impatiente. Je lui ai promis qu'on l'aiderait à préparer la fête de ce soir... Vous êtes OK ?

— Emma, c'est celle qui kiffe les renois ? s'enquit Suleïman.

— Non... pas n'importe lesquels, juste les beaux gosses comme toi !

— Y a ton phone qui vibre encore ! fit remarquer Kader.

— C'est le signal ! Allez ! Les mecs ! C'est l'heure ! Emma nous attend pour préparer l'apéro... Mon père nous conduira à la fête ! »

Enthousiastes, ses invités manifestèrent bruyamment leur joie. Tandis que certains clients grimaçaient en marmonnant des plaintes, d'autres fronçaient franchement les sourcils. Les quatre jeunes gens quittèrent la terrasse sans prêter attention à quoi que ce fût. Peu après, un camping-car s'arrêta devant eux. « Salut les gars ! Vous devez être Kader, Stéphane et Suleïman, hein ? Installez-vous à l'arrière, une petite surprise vous attend ! Lydia ouvre-leur ! »

Lydia fit coulisser les portes latérales du camping-car.

« Messieurs, voulez-vous prendre place au salon ? »

Les garçons poussèrent des exclamations réjouies. Quelques regards se tournèrent dans leur direction et les virent pénétrer dans le van avec des cris d'allégresse. Lydia rentra la dernière et referma derrière elle. Elle contempla tristement les enfants pendant qu'ils s'enfonçaient dans le cuir du canapé. Leurs yeux captivés reflétaient les lumières colorées de l'écran géant tandis que leurs doigts habiles manœuvraient les boutons de leurs manettes...

Tandis que l'Ogre les conduisait vers son repaire, les garçons disputaient des parties de jeux vidéo passionnés. Ils étaient tellement absorbés qu'ils ne s'aperçurent même pas qu'une inexplicable fatigue les gagnait peu à peu.

De la même voix pâteuse, ils s'engueulaient mutuellement, se reprochant la piètre qualité de leurs performances. Ils luttèrent ainsi un moment, puis perdirent connaissance juste au moment où le signal sur l'écran annonçait :

GAME OVER

PARTIE II

J-15

Chapitre XII : Où es-tu, petit frère ?

Mardi 31 juillet

L'œil fixé sur l'horloge, Soumyya attendait le retour de son petit frère. Il était quatorze heures trente et Kader avait précisément trente minutes de retard. Les doigts de la jeune femme pianotaient nerveusement sur la table basse du salon. Que faisait-il encore à cette heure-ci ? Dormait-il ? Non ! Soumyya se leva si brusquement qu'elle se cogna contre le pied de la table. Elle pesta contre le retardataire, puis, en se promettant de lui faire passer toutes les séries du bac, elle saisit le calepin où se trouvait inscrit le numéro du père du fameux Stéphane. À l'autre bout de la ligne, le téléphone sonna. Une, deux, trois, quatre fois puis le répondeur prit le relais. « Bonjour, Monsieur Degraass, je suis Soumyya, la sœur de Kader et je m'inquiète, car mon frère devait rentrer à la maison à quatorze heures et il est quatorze heures trente. Merci de lui demander de rentrer. Bonne journée ! »

En raccrochant, la jeune femme se raisonna. Ses inquiétudes étaient-elles justifiées ? Son frère n'avait que quelques minutes de retard, après tout ! C'est alors que les paroles de ses parents résonnèrent dans son esprit. « Notre Kader a besoin de vivre sa vie... Sa précocité l'a poussé à grandir trop vite... Il a le droit de s'amuser un peu... N'oublie pas que ton petit frère n'a que 11 ans... La vie n'est pas une course ! »

Clémente, Soumyya lui octroya un nouveau délai d'une demi-heure. Pour s'occuper, elle visionna une série sur une plateforme de streaming, mais l'épisode ne parvint pas à lui faire oublier ses préoccupations. Quelle heure était-il ? Quinze heures passées de trente-trois minutes. Kader avait plus d'une heure et demie de retard et il n'avait même pas pris la peine de prévenir qui que ce fût. Cette infraction aux règles familiales fondamentales méritait une punition appropriée. La jeune femme décrocha le combiné pour appeler la famille de Suleïman. Personne ne répondit. Après plusieurs tentatives infructueuses, elle se souvint avoir entendu Kader parler d'un salon de coiffure tenu par une cousine de son ami. L'été et le week-end, les sœurs de Suleïman y donnaient de petits coups de main.

Elle n'y était jamais allée et se rendit compte qu'elle n'en connaissait même pas le nom. En désespoir de cause, elle tapa « salon de coiffure africaine » dans son moteur de recherche et attendit les résultats. Il y en avait près d'une vingtaine dans la ville d'Ormal. En soufflant et maugréant, elle les appela tous. Il lui fallut plus d'une demi-heure avant de trouver le bon. Il était dix-sept heures moins le quart et Kader n'avait pas encore donné de nouvelles. « Bonjour, je suis la sœur de Kader : Soumyya. Mon frère n'est toujours pas rentré et je voulais savoir s'il était avec Suleïman... »

Soumyya entendit son interlocutrice interpeler quelqu'un en répétant sa question. « D'après ce qu'on m'a dit, il est resté dormir chez son copain Stouf avec Kader...

— Oui, je sais, mais j'essaie de joindre le père de Stéphane et je tombe directement sur le répondeur... Je commence à m'inquiéter, Kader a pour habitude de nous prévenir quand il a du retard...

— Faut pas vous tracasser, Mademoiselle ! Il fait encore jour... Vous savez, Suleïman est très indépendant, il part le matin avec son ballon et il revient que pour manger... Il nous prévient pas souvent de ses faits et gestes. Et nous, on peut pas être toujours derrière lui non plus... Tout ce qu'on lui demande, c'est de rentrer avant la tombée de la nuit... »

En raccrochant le combiné, Soumyya put enfin exprimer son agacement. La nonchalance des sœurs de Suleïman lui était insupportable. Comment faisaient-elles pour être aussi détendues ? Ignoraient-elles à quel point ce monde pouvait être dangereux... et cruel ? Elle décida qu'il était temps d'aller rendre une visite à Stéphane. Ce n'était pas loin, le garçon habitait le bâtiment voisin. Elle pouvait s'y rendre en trois minutes. Quatre-ving-dix secondes pour descendre les sept étages et ensuite cinquante mètres de marche... Ce trajet ne posait aucune difficulté. Déterminée, Soumyya s'apprêta pour son départ.

Allez ! C'est le moment de lui souffler dans les bronches à celui-là !

Devant la porte cependant, la jeune fille se ravisa. Elle n'allait tout de même pas sortir en tenue d'intérieur ! Elle rebroussa chemin, se rendit jusqu'à son placard et l'ouvrit. Ses vêtements d'été l'attendaient là. Mettrait-elle un bermuda ? Non... une jupe ? Non ! C'était pire ! Un pantalon ? Par cette canicule ! Non ! Le mieux serait peut-être de sortir comme elle était !

Oh ! Mon Dieu ! Il est presque dix-huit heures.

Soumyya reprit le chemin de la salle de séjour afin de repasser un coup de fil au père de Stéphane. Encore une fois, elle tomba sur cette maudite messagerie. Elle sortit du salon, longea le couloir et se retrouva devant la porte. Elle hésita. Sa respiration était rapide et haletante. Sa bouche s'assécha et une sensation de terreur la paralysa. Les souvenirs qu'elle gardait dans le coffre-fort de son esprit commencèrent à fuiter...

Mon Dieu ! Kader ! Pourquoi ne donnes-tu pas de nouvelles ?

Soumyya pratiqua les exercices de respiration que lui avait recommandés sa psychothérapeute. Elle reprit peu à peu le contrôle d'elle-même. Sa main tremblait encore légèrement, mais l'angoisse était devenue supportable. Elle se souvint de quelques conseils entendus durant sa thérapie. S'ancrer dans le présent. Chercher une autre signification aux sources de nos angoisses.

Qu'aurait dit la psy ?

« Allons, Soumyya ! Si Kader est en retard, cela ne signifie pas forcément qu'il lui est arrivé malheur. Quelle autre interprétation peut-on donner à ce fait ? »

Réfléchis, ma fille !

« Si Kader est en retard, cela peut signifier autre chose après tout, quelque chose de positif... »

Toutes ses angoisses n'étaient que la résultante d'un imaginaire débridé. Que faisait-elle à part extrapoler ? Quelles certitudes pouvait-elle avoir après tout ?

Respire et calme-toi. Qu'as-tu appris à la fac ?

Pour juger la situation, elle devait commencer par chasser ses émotions, c'était le seul moyen d'y voir plus clair. Il n'y avait que deux éléments factuels indéniables :

1. Kader n'était pas rentré à l'heure convenue.
2. Il n'avait pas prévenu de son retard, alors qu'il en avait l'habitude.

Comment pouvait-on expliquer cette anomalie ? Peut-être qu'il avait passé la nuit à jouer aux jeux vidéo avec ses compagnons et que tous trois dormaient encore ! Cette hypothèse ne lui sembla guère plausible. Kader ne se réveillait jamais plus tard que neuf heures. Même s'il avait fait nuit blanche, elle l'imaginait mal dormir jusqu'à dix-huit heures.

Le temps passa et la luminosité diminuait, cédant progressivement le pas à l'obscurité. Soumyya regarda le soleil se coucher tout en épiant les alentours. Depuis son balcon, elle pouvait voir le supermarché et le parc où s'allongeaient les ombres joueuses des enfants de la cité. Un peu plus loin, du côté du nouveau stade, elle apercevait les footballeurs venus s'entraîner. La victoire de l'équipe de France avait relancé les vocations des gosses en quête de gloire et de reconnaissance. Si Kader se trouvait parmi eux, il aurait droit à un sacré savon. Soumyya pria pour que ce fût le cas, mais elle en doutait fortement. Son frère rentrait toujours avant dix-neuf heures. Elle avait repoussé ce moment, mais il était temps d'informer ses parents. Elle leur envoya le message suivant : « Kader n'est toujours pas rentré. Je ne sais pas où il est. Vous avez eu de ses nouvelles ? »

À la tombée de la nuit, le téléphone sonna. Soumyya se précipita. Une voix masculine lui répondit : « Bonjour, je suis Monsieur Degraass, le père de Stéphane. Pardon de vous rappeler si tard. Mon téléphone était éteint... Je travaille de nuit, vous savez, ce n'est pas facile de dormir ici, le quartier est très animé... Alors j'ai pris des tranquillisants pour me reposer et compenser le changement de rythme des 3x8[19]... Bref ! Je vous rappelle, car je

---

19 Travail organisé en équipes successives, qui se relaient en permanence aux mêmes

n'ai pas bien compris votre message... Vous dites que vous cherchez Kader ?

— Oui, Monsieur Degraass, il n'est toujours pas rentré. Est-ce qu'il est encore chez vous ?

— Euh ! Non ! Je ne comprends pas... je croyais qu'il avait passé la nuit chez vous avec Stéph...

— Comment ça ? Vous êtes sûr qu'ils n'ont pas dormi chez vous ?

— Tout à fait ! Quand je suis rentré, le ménage était fait, comme d'habitude, tout était impeccable et Stéphane n'était pas dans son lit, j'ai vérifié... Qu'est-ce que ça veut dire ?

— Ça veut dire qu'ils nous ont menti...

— Mais pourquoi ils auraient fait ça ?

— J'aimerais bien le savoir, mais il y a des questions plus urgentes à résoudre avant ça... »

Au moment où Soumyya prononçait ces mots, elle entendit la clef s'introduire dans la serrure. Elle devait prendre congé de l'homme à la voix lasse : « Monsieur Degraass, je dois raccrocher maintenant. Le premier de nous deux qui a du nouveau rappelle l'autre, d'accord ? »

Quelqu'un frappa à la porte. Soumyya se précipita vers le judas. Elle espérait voir la bouille penaude d'un Kader prêt à déballer l'une des excuses dont il détenait le secret, mais ce n'était que sa mère. « Soumyya, ma fille, je t'ai dit mille fois de ne pas laisser ta clef dans la serrure... Comment on ferait pour entrer, s'il t'arrivait quelque chose ?

— Il y a plus urgent, Maman... Tu n'as pas reçu mon message ?

— Quel message ?

— Kader a disparu... »

postes de travail afin de travailler vingt-quatre heures sur vingt-quatre, sept jours sur sept. (Source : https://www.inrs.fr/risques/travail-horaires-atypiques/ce-qu-il-faut-retenir.html)

Chapitre XIII : La cave

Mardi 31 juillet

Kader reprit progressivement connaissance sous les notes joyeuses et pleines d'allant des clairons. Descendant des plafonniers, une lumière aveuglante inondait la pièce. L'éblouissement du garçon fut tel qu'il ne put satisfaire sa curiosité dévorante. Il devait d'abord s'accoutumer à la lumière blanche avant de pouvoir percevoir distinctement l'endroit où il se trouvait. C'est la raison pour laquelle le garçon ne vit que des tâches dorées et que ses paupières se fermèrent d'elles-mêmes. La mélodie lui était vaguement familière et elle fut bientôt reprise par une voix tonitruante qui chanta :

Soldat lève-toi, soldat lève-toi,

Soldat lève-toi bien vite

Soldat lève-toi, soldat lève-toi,

Soldat lève-toi bien tôt !

Si tu n'veux pas te lever

Fais-toi porter malad'

Et si t'es pas r'connu

T'auras quatre jours de plus !

Quand les clairons se turent enfin, la voix tonna : « Debout les enfants ! C'est l'heure de revenir dans le droit chemin !

— Qu'est-ce qui se passe ici ? On est où ? Pourquoi on peut pas sortir ? demanda Stéphane d'une voix qu'il cherchait à rendre assurée.

— Qu'est ce que tu crois, vaurien ? C'est ton châtiment pour avoir désobéi à tes parents !

— Vous vous foutez de notre gueule ou quoi ? Qu'est-ce

qu'on fout là ?

— Que de mauvaises manières ! Tu vas voir le sort que l'Ogre réserve aux malpolis de ton espèce... »

En entendant ces mots, Stéphane se tut et se tassa sur lui-même, conscient d'être à la merci d'un déséquilibré. De son côté, Kader s'interrogea. Comment étaient-ils arrivés là ? Sa mémoire lui faisait défaut. Son dernier souvenir remontait au moment où ils avaient mangé au *fast-food*. Puis il se souvint. Dans le silence pesant qui avait succédé à la menace de l'homme qui se faisait appeler « l'Ogre », Kader hurla : « Vous êtes le père de Lydia, même avec votre masque débile, je reconnais votre voix... Pourquoi vous faites ça ?

— Parce que c'est mon métier.

— C'est quoi votre métier, Monsieur ? hasarda Stéphane d'un ton apaisant.

— Je suis un éducateur indépendant et vos chers géniteurs m'ont missionné pour vous dresser. »

Devant tant d'absurdité, Kader bouillonnait intérieurement. Il se retint du mieux qu'il put, puis finit par craquer, laissant s'échapper le fond de sa pensée : « C'est faux ! Vous dites n'importe quoi ! vociféra-t-il. Vous êtes un kidnappeur ! Mes parents ont sûrement appelé la police, alors faites gaffe ! Relâchez-nous avant que... »

L'enfant s'interrompit pour couvrir ses oreilles de ses mains. Une alarme venait de retentir, si intense et puissante qu'elle le paralysa sur-le-champ. L'Ogre qui ne semblait pas en être affecté s'éclaircit la gorge avant de reprendre : « Que les choses soient claires ! On ne prend pas la parole n'importe comment ici. Il y a des règles et, pour celles et ceux qui les enfreignent, il y a des sanctions justes et proportionnées. Règle numéro 1 : vous devez respecter les règles de politesse à la lettre. Règle numéro 2 : vous devez obéir à chacun de mes ordres sans discuter. Règle numéro 3 : vous devez vous adresser à moi en m'appelant Monsieur. Règle numéro 4 : vous devez solliciter ma permission avant de prendre la parole. Règle numéro 5 : un pour tous, tous punis, qu'est-ce que ça veut dire ? Ça signifie qu'ici, vous êtes solidaires, si l'un de vous désobéit, tout le monde est sanctionné : est-ce clair ?

— On est à l'armée, ici ou quoi ? » s'exclama Stéphane.

L'alarme retentit à nouveau, harcelant les oreilles sensibles des enfants qui ne pouvaient fuir l'agression de cette vibration. « Est-ce bien clair ?

— Oui, Monsieur, répliquèrent Kader et Stéphane, dans un ensemble presque parfait.

— Stéphane ! Pourquoi t'ai-je sanctionné ?

— J'ai pas demandé la permission avant de parler... Monsieur

— Bien ! Et toi Kader, pourquoi t'ai-je puni, toi aussi ?

— Car nous sommes tous solidaires : "un pour tous, tous punis".

— Exactement ! Vous voyez que vous y arrivez ! Puisque j'ai votre attention maintenant, je vais vous expliquer la raison de votre présence ici. »

Kader tendit l'oreille afin de comprendre où voulait en venir cet adulte étrange.

« Vous n'êtes pas arrivés ici par hasard. Vous êtes tous là sur ordre de vos parents...

— C'est pas possible », ne put s'empêcher de murmurer Kader, regrettant bien vite cet oubli.

En effet, quand l'alarme se refit entendre, la douleur lui coupa les jambes et le mit littéralement à genoux.

« Bien sûr que c'est possible, mon petit Kader puisque vous êtes là.

— Qu'est-ce que c'est que ce son affreux ? » demanda Stéphane d'une voix plaintive.

L'alarme revint. « Quelle règle as-tu enfreinte, Stéphane ? » Le garçon hésita. « Je vais compter jusqu'à trois, reprit l'Ogre. À trois, je remets l'alarme, 1... 2...

— Monsieur, j'ai parlé sans permission... Monsieur, c'est possible de poser une question ?

— C'est presque ça, Stéphane, le félicita l'Ogre, tout en actionnant l'alarme, mais tu as oublié quelque chose, la règle numéro 1. Quand on demande une faveur à quelqu'un, que doit-on ajouter ?

— S'il vous plaît, Monsieur ! se hâta de compléter Stéphane, que le bruit mettait au supplice.

— Bien ! Pose ta question, Stéphane.

— Monsieur, s'il vous plaît ! Qu'est-ce que c'est que ce son affreux ?

— De quoi parles-tu ? Je n'entends rien, moi !

— C'est comme une alarme ! C'est horrible... Monsieur !

— Ah ! Tu parles de ce son-là ? »

L'Ogre actionna l'alarme qu'il commandait à distance et vit les enfants s'étreindre les oreilles dans une vaine tentative d'échapper au harcèlement sonore. Quand il le jugea opportun, il l'interrompit. « Pourquoi, Monsieur ?

— Oui, bonne question, Stéphane ! Pourquoi est-ce que je te punis ?

— Monsieur, est-ce que je peux répondre, s'il vous plaît ?

— Oui, Kader.

— Monsieur, parce qu'il a oublié de s'adresser à vous en disant "Monsieur".

— Exactement, mon petit Kader ! Tu apprends vite ! Revenons-en à ta question. Ceci est un répulsif antijeune. C'est un procédé très simple et très pratique pour dresser les malappris de votre espèce. Quelque part dans cette pièce — ou ailleurs — se trouve un amplificateur qui génère une fréquence de 18 hertz, cette vibration est ensuite relayée par des enceintes très puissantes qui sont dissimulées hors de votre portée. "Pourquoi 18 hertz ?" me demanderez-vous ? Parce que c'est une fréquence qui n'est audible que par vos jeunes et vertes oreilles. C'est un merveilleux outil pédagogique, car il ne m'atteint pas du tout, tandis qu'il peut vraiment m'aider à vous inculquer les bonnes manières. Après tout, c'est pour vous remettre dans le droit chemin que vos géniteurs m'ont engagé. »

Malgré sa bonne volonté, Kader ne put s'empêcher de répliquer : « Mes parents ne vous auraient jamais embauché. Vous dites n'importe quoi !

— Je vais te dresser et t'apprendre le respect, mon petit Kader, tu vas voir ! » déclara l'Ogre en actionnant l'alarme.

Cette fois-ci, le son fut encore plus puissant que précédemment. Il résonna à l'intérieur de la tête de Kader qui fut pris d'une violente nausée. Ce dernier supplia l'Ogre de le pardonner. « Bien ! Je t'accorde mon pardon à une seule condition. Que tu m'accordes ton respect ! Tu es prêt à m'écouter jusqu'au bout, sans m'interrompre ?

— Oui, Monsieur, je vous en supplie : arrêtez ce son ! »

Conciliant, l'Ogre baissa le niveau du répulsif avant de reprendre : « Tu vois que tu peux, quand tu veux. Désormais, les premiers et derniers mots qui sortiront de vos bouches seront Monsieur, compris ?

— Comment ça ? » demanda Kader qui cria : « Monsieur, j'ai compris, Monsieur », quand le son strident l'eut remis à genoux.

— Monsieur ! Pourquoi vous dites que vous obéissez à nos parents, Monsieur ?

— Parce que ce sont eux qui m'ont engagé.

— Monsieur ! Pour quoi faire, Monsieur ?

— Pour vous remettre sur le droit chemin... pour vous réapprendre les bonnes manières et faire de vous des enfants sur lesquels on peut compter, pas des menteurs et des obsédés sexuels. Croyez-moi, vous n'êtes pas les premiers que je redresse ! Si vous sortez d'ici un jour, ce sera une renaissance pour vous ! Vous serez métamorphosés en personnes loyales, respectueuses et serviables. En bref, vous deviendrez d'honnêtes citoyens dignes d'être honorés du titre de Français... »

Il y eut un bref silence. Kader en profita pour demander le plus poliment possible des nouvelles de son ami Suleïman.

« Votre ami ? Il est là. Je lui ai simplement donné un

tranquillisant, il faisait peur à tout le monde avec ses cris... Je crois qu'il n'aime pas trop être enfermé...

— Monsieur ! Oui, c'est vrai ! Il est claustro, Monsieur ! Ses parents ne vous l'ont pas dit ?

— Si. Je suis aussi là pour le guérir de cette infirmité...

— Monsieur ?

— Oui ?

— Pourquoi c'est crade ici, Monsieur ?

— Parce que vous avez tenté de faire des choses sales avec ma fille...

— Monsieur ! C'est pas vrai, Monsieur, on voulait juste...

— N'essayez pas de me mentir... J'ai lu toutes vos conversations sur Facebook et je les ai fait lire à vos parents. Je dois vous dire que vos géniteurs étaient choqués ! N'êtes-vous pas honteux d'avoir des pensées aussi répugnantes ? »

Kader était mort de honte à l'idée que ses parents eussent pu lire les conversations Facebook. Certes, il n'y avait pas participé très activement, mais il avait été présent. « Monsieur ! Pardon, Monsieur... » implora Stéphane, « on ne voulait pas lui faire de mal, Monsieur...

— "Pardon" n'est qu'un mot. Je vais vous apprendre ce que signifie le repentir. Cette leçon, je vais l'imprimer dans votre chair.

— Monsieur, on est innocents, on n'a rien fait. Votre fille, on ne l'a même pas touchée, Monsieur !

— Je suis l'Ogre et l'Ogre est toujours juste. Vous n'êtes pas punis pour rien. Ce qui vous arrive, vous l'avez bien mérité. Le nierez-vous, bande de petits voyous ?

— Monsieur ! Non ! Monsieur, vous avez raison, nous devons être rééduqués. Par contre, Monsieur, il y a quelque chose que je ne comprends pas. Pourquoi nos parents ne nous ont jamais parlé de vous, Monsieur ?

— Parce qu'il s'agissait d'un test. Leur but était de savoir s'ils pouvaient avoir confiance en vous et la réponse a été négative.

— Monsieur, un test, Monsieur ? répéta Kader d'un ton

ahuri.

« — Oui, un test et vous avez échoué lamentablement. Bon ! Vous avez l'air un peu perturbés et je vais tout vous expliquer maintenant, car il est très important que vous compreniez votre position et la raison de votre présence ici. Vous avez été placés sous ma responsabilité parce que vous avez été désobéissants et que vos parents n'arrivent plus à vous gérer. Ils ont fait appel à mes services, en désespoir de cause, pour vous remettre dans le droit chemin et vous éviter de finir en prison. »

Poliment, Kader demanda la permission de poser une question. L'Ogre lui octroya cette faveur. « Monsieur ! Qu'est-ce que nous avons fait exactement ? Pourquoi ce test, Monsieur ?

— Très bonne question, mon petit Kader, et sa réponse, tu dois la trouver toi-même.

— Monsieur ! Comment ça, "moi-même" ? J'ignore ce que j'ai fait, c'est pourquoi je vous le demande... Monsieur !

— Kader, tu sais bien que tu es coupable. Tu dois prendre tes responsabilités et faire un examen de conscience et c'est valable pour toi aussi, Stéphane.

— Monsieur, intervint Stéphane, est-ce que je peux vous poser une question, s'il vous plaît, Monsieur ?

— Oui, ce sera la dernière pour aujourd'hui alors, choisis-la bien...

— Monsieur, qu'est-ce que ça veut dire un examen de conscience, Monsieur ?

— Que tu dois chercher dans tes souvenirs toutes les mauvaises actions que tu as commises, toutes les fois où tu as déçu tes parents, bref ! Tout ce qui pourrait te valoir d'être ici !

— Monsieur, est-ce que je peux...

— Non ! C'est fini pour aujourd'hui ! le coupa l'Ogre, intraitable. Nous allons passer aux exercices éducatifs. Vous allez apprendre les vertus des pratiques physiques ! Suivre mes ordres vous enseignera les bienfaits de la discipline... »

Kader était consterné. Il aurait aimé connaître la raison de leur nudité et maintenant voilà que le fou les faisait défiler comme de bons petits soldats. Chacun dans sa cellule devait marcher au pas, tourner à gauche, à droite, faire demi-tour à gauche, à droite en suivant les consignes que beuglait continuellement le fou qui les séquestrait.

Après d'interminables séries d'allers-retours, de pompes et d'abdos, les enfants finirent épuisés, incapables de faire un mouvement de plus. Une question tourmentait Kader depuis un moment déjà et il ne put la retenir plus longtemps : « Monsieur ? Est-ce que je peux vous poser une question, Monsieur ? » Lorsque l'adulte lui en eut donné la permission, il demanda : « Monsieur, comment on fait, si on veut faire pipi, Monsieur ?

— Au fond de chaque chambre, il y a des toilettes sèches.

— Monsieur ! C'est quoi ça, des toilettes sèches, Monsieur ?

— Ce sont des toilettes écologiques...

— Beurk ! s'exclama le garçon avec une grimace écœurée.

— Monsieur fait le difficile ? Tu croyais que mentir à tes parents pour faire des saletés chez une inconnue te vaudrait une récompense, peut-être ? Tiens, cela t'apprendra ! » conclut l'Ogre en déclenchant l'alarme.

Après s'être remis de son effet dévastateur, Kader examina les toilettes sèches et s'en écarta avec dégoût : « Monsieur ! C'est juste un trou avec de la litière pour chat ! Vous voulez qu'on fasse nos besoins comme des animaux ?

— Ces commodités ne sont pas du goût de Votre Altesse ? »

Comme le marmouset ne répondait pas, l'Ogre reprit d'un ton aimable : « Si c'est ma présence qui te gêne, je peux m'éloigner un peu pour te laisser un peu d'intimité. »

Le cuir des bottes grinça tandis que l'Ogre quittait les environs de sa cellule. Honteux et humilié, Kader n'avait pas le choix. Sa vessie était sur le point d'éclater et il se retenait depuis trop longtemps. Malgré sa résistance héroïque, il dut se résoudre à faire ses besoins. Il ignorait qu'il le faisait sous l'œil lubrique des caméras du Darknet...

Chapitre XIV : Ténèbres...

Mardi 31 juillet

À force d'exercices répétitifs et d'interminables marches forcées, l'appétit finit par revenir. En dépit de l'angoisse que ressentaient les enfants, leurs estomacs se dénouèrent si bien que lorsque celui de Stéphane gargouilla longuement, le jeune garçon ne put s'empêcher d'admettre qu'il avait faim. L'Ogre s'absenta, sans rien dire, et les laissa jeûner encore quelques heures, puis finit par revenir : « Tiens ! voilà ton repas », lâcha-t-il d'une voix méprisante.

Sur ces mots, une fente s'entrouvrit et Kader vit une assiette glisser sur le sol devant lui. Stouf devait subir le même traitement, car il rouspétait d'un ton outré : « Monsieur ! Il n'y a pas de couverts, Monsieur !

— Cela fait partie de ta punition.

— Monsieur ! On ne va pas manger comme des chiens quand même, Monsieur !

— Cela ne m'amuse pas plus que toi d'être obligé de faire ça », mentit l'Ogre.

Le kidnappeur sortit du champ de vision de Stéphane et ce dernier entendit ses pas s'éloigner. Une porte s'ouvrit puis se referma. Celle qui les séparait de la liberté. Il décida de reprendre des forces. Kader, en revanche, n'était pas intéressé par la nourriture. Profitant de l'absence de l'Ogre, il étudia la paroi qui le séparait du couloir. Ce n'était qu'une vitre, lui semblait-il. Il aurait pu en venir à bout facilement, s'il avait disposé de quelque chose de lourd pour la défoncer. Or, sa cellule était dénuée de tout. Il n'y avait aucun meuble et l'assiette que lui avait servie leur geôlier n'était pas assez massive pour briser cette cloison translucide. Résolu, néanmoins, à s'échapper coûte que coûte, il prit son élan et se précipita dessus, dans l'espoir de passer au travers, comme dans les films d'action dont il raffolait. Malheureusement, sa charge fut stoppée net et l'enfant se retrouva au sol, étourdi par le choc. Il gémissait de douleur en se tenant l'épaule droite. Ce devait être du verre trempé, comprit-il. Il l'ignorait, mais il s'agissait de verre blindé de 87 mm d'épaisseur. Ce matériau était résistant aux effractions ainsi qu'aux tirs d'armes à feu et, bien entendu, aux petits poings et pieds d'enfants désespérés.

Encore sous le coup de sa déception, le prisonnier voulut échanger quelques mots avec Stéphane, mais leur conversation était rendue impossible par une musique joyeuse de l'époque yéyé.

« Vous les copains, je n'vous oublierai jamais

Douwidamdididoudouwamdididou

Toute la vie, nous serons toujours des amis

Tous ensemble, tous ensemble

On est bien, car on suit le même chemin ! »

Cette bonne humeur assourdissante était vraiment insupportable aux oreilles de Kader. La chanson parlait d'amitié pour mieux l'isoler de ses amis. Cela durait depuis longtemps. La ritournelle passait en boucle et parfois, elle s'arrêtait quelques instants pour continuer dans sa tête. C'était ça, le pire. Enfin, c'est ce qu'il croyait jusqu'à ce que la lumière se mît à clignoter pour s'éteindre brusquement, laissant les enfants dans l'obscurité la plus totale.

Le silence pesant fut de courte durée. Les sens excités par la peur, Kader entendit des grognements dans le lointain. Il ne put s'empêcher d'imaginer une grosse bête, un tigre peut-être ou une créature plus effrayante encore. Puis le silence revint quelques instants où il n'entendit que les battements sourds de son cœur et les gémissements angoissés d'autres enfants. Un hurlement soudain le fit sursauter et il s'éloigna du couloir en rampant.

D'autres bruits retentirent avec une soudaineté qui le fit tressaillir et se tasser, tremblant dans un coin de sa cellule. C'était tantôt des cris, tantôt des aboiements ou des grognements qui semblaient se déplacer dans la salle. Il y avait aussi des bruissements de lourdes chaînes d'acier et des stridences métalliques assourdissantes qui entretenaient son angoisse.

Quels genres de bêtes pouvaient bien rôder dans le couloir ? Ce devaient être des fauves féroces et énormes, vu la puissance de leurs rugissements. Où étaient-elles retenues prisonnières, ces terribles créatures ? Tiraient-elles sur des chaînes d'acier ? Étaient-elles bien nourries ? Avaient-elles faim ? Peut-être qu'elles étaient là pour monter la garde et que leurs entraves étaient juste assez longues pour leur permettre de sauter sur le moindre enfant qui oserait s'aventurer hors de sa cellule.

Tant de questions hantaient l'esprit tourmenté du pauvre Kader qu'il ne put s'empêcher de crier lorsqu'un hurlement perça la fragilité du silence. Il redoutait qu'une des bêtes féroces eût attaqué Suleïman ou Stéphane et pria pour qu'elles le laissassent tranquille... Il se demanda s'il était en train de faire un cauchemar. En fermant les yeux, il pria pour se réveiller dans son lit... Malheureusement, cette nuit-là, il lui fut impossible de trouver le sommeil à cause des cris et des pleurs auxquels il finit par participer...

*

Suleïman ouvrit les paupières, puis les referma. Aucune différence. Tout était noir. Le petit garçon ne savait pas s'il était éveillé ou mort. Il bougea ses bras endoloris et se palpa les épaules, les bras, les jambes... Oui, tout était là. Contusionné, mais là. Il était vivant.

Il avait survécu une fois de plus.

Comment tout avait commencé ? Suleïman peinait à s'en souvenir. Sa tête lui faisait mal, à l'extérieur, mais aussi à l'intérieur. L'Autre était tellement imprévisible. Un instant, il souriait, puis son visage changeait et il se ruait sur vous en hurlant. Lors de la métamorphose, il y avait un moment vraiment terrifiant. La cire de son masque fondait et, en deçà, un autre visage apparaissait, grimaçant, terrible. Dans ces moments-là, il devenait quelqu'un d'autre. Il devenait l'Autre. L'Autre était dangereux. Tout ce qui traînait devant lui pouvait se transformer en arme. Pour se protéger, Suleïman avait appris à déceler les signes précurseurs de la transformation. Ils étaient parfois tellement infimes qu'ils pouvaient passer inaperçus...

Cette fois, il était trop tard quand il avait surpris ce léger frémissement de sa paupière. Le dessous de plat était déjà dans la main de l'Autre. Suleïman s'était jeté par terre, roulé en boule pour protéger d'instinct ses organes vitaux. L'Autre l'avait roué de coups et d'insultes, puis l'avait traîné sur le sol avant de l'enfermer dans le placard. Il s'était débattu bien sûr, mais l'Autre était bien trop fort.

Suleïman détestait cet enfermement. Dans les ténèbres solitaires, tout devenait confus. Pour ne pas se noyer et se dissoudre dans l'obscurité, il devait sans cesse toucher son corps, ses joues, ses épaules, ses bras. Cela le rassurait et il pouvait se dire : « oui, tout est là... »

Tapoter ses bras l'occupait. Quand il arrêtait, les bêtes de la nuit finissaient toujours par venir... Ce n'était qu'une question de temps... En pensant à leurs petites pattes velues, un cri monta du fond de ses entrailles, mais il plaça ses mains devant sa bouche pour l'étouffer. S'il criait, cela ferait revenir l'Autre et sa furie n'aurait pas de limite. Personne ne pourrait l'arrêter. Il était trop fort, trop grand, trop cruel.

Qu'avait-il fait pour mériter ça ? Oui, c'était sa faute ! Qu'avait-il dit ? Qu'avait-il fait ? Pourquoi tout était-il si confus dans son esprit ?

Il ne pouvait pas appeler à l'aide. Ses sœurs ne pourraient rien pour lui. Il entendait leurs cris aigus et leurs sanglots ainsi que d'autres bruits inquiétants. Personne ne pouvait rien pour lui. Ni Superman ni Spiderman, ni Son Goku ni Luffy. Non, il n'y avait pas de héros pour voler à son secours. Là où il se trouvait, il était livré à lui-même.

Non. Il ne fallait pas penser à cette puanteur. Surtout pas. Les bêtes de la nuit avaient une odeur bien particulière. Celle du pipi... le sien... quand il avait trop peur...

Perçant l'obscurité, il entendit une voix d'enfant l'appeler.

Était-ce une des petites bêtes de la nuit qui voulait l'entraîner dans son monde aveugle ?

J-14

Chapitre XV : La superproduction des abysses

Mercredi 1^{er}août

L'Ogre sourit en visionnant les enregistrements qu'il avait réalisés. Le matériel qu'il s'était procuré grâce à ses ventes sur le Darknet s'était révélé un bon investissement. La caméra 8k associée à un téléobjectif lui avait permis de filmer les marmousets tout le long de l'enlèvement. Perché sur le clocher de l'église, à l'aide de son trépied, il avait pu enregistrer presque tout l'après-midi.

Il lui manquait seulement la séance d'essayage que Lydia avait filmée grâce à la mini caméra cachée dans son sac à main. Elle avait fait du bon boulot — dans l'ensemble. Bien sûr, le résultat n'était pas parfait. Par moments, ses petites victimes disparaissaient derrière ses fesses dodues qui envahissaient le plan, mais il pourrait gommer cette bévue au montage. Le son était plutôt bon aussi, grâce aux microphones espions miniaturisés dissimulés dans ses vêtements et ses barrettes.

L'Ogre passa seize heures consécutives à couper et organiser chronologiquement les différents passages afin de réaliser une bande-annonce suffisamment excitante pour créer l'évènement dans son cénacle de connaisseurs enténébrés. Une fois son travail achevé, il chargea son œuvre sur son site ainsi que sur différentes plateformes du Darknet.

Il avait compilé vingt heures d'enregistrements pour en extraire une minute trente de pur bonheur. Pour la vignette de la vidéo, il avait réalisé un montage des photos que les moutards lui avaient envoyées (en croyant échanger avec Lydia) et d'autres qu'il avait prises durant leur sommeil.

Il y avait Suleïman en slip ainsi que Kader et Stéphane drogués, dans le camping-car. Quand les sadiques appâtés cliquaient, ils tombaient sur un écran noir où les mots suivants apparaissaient dans une police de caractère sanglante :

Les productions de l'Ogre

présentent

Le futur chef-d'œuvre du cinéma-vérité !

De l'enlèvement à l'exécution,

Ne ratez rien !

LE CINÉMA D'ART ET DÉCÈS

LA MORT

COMME SI VOUS Y ÉTIEZ

Réservez vos places dès maintenant !

Anxieusement, l'Ogre attendait le résultat des premiers visionnages. Pendant ce temps, ses yeux passaient d'un écran à l'autre. Grâce aux caméras infrarouges dissimulées dans la nurserie, il ne perdait pas une miette du spectacle que lui offraient ses vedettes éphémères. Il remarqua que Suleïman était en crise. Il s'agitait dans sa loge. C'était assez préoccupant, mais l'Ogre fut distrait par le surgissement des premiers commentaires :

« Fantastique ! Quelle distribution de rêve ! Un Noir, un Arabe et un obèse ! Tu nous régales, l'Ogre... J'ai hâte de les voir souffrir et d'entendre la couleur de leurs cris... »

« Le snuff movie rencontre la téléréalité ! Tu tiens un concept révolutionnaire ! Ces trois gosses vont devenir des vedettes ! L'Ogre, je te tire mon chapeau, tu es un génie ! »

« Un teaser qui rend fou ! Je veux la suite... tout de suite ! Tortures physiques et psychologiques, intromissions diverses... Je veux tout voir !!! Prends mon argent, l'Ogre ! Je t'en supplie ;) »

« La nouvelle vague du snuff movie ! L'Ogre, tu es mon héros, je voudrais vraiment te payer une bonne pizza avec du fromage dégoulinant... »

« Le futur chef-d'œuvre du cinéma d'art et décès ! Je perce mon pantalon, je finance tout de suite ! »

Certes, tous ces éloges dithyrambiques étaient flatteurs, mais le cinéaste déviant désirait des preuves plus concrètes de l'amour de

112

ses fans. C'est pourquoi l'Ogre consulta la cagnotte qui devait financer le film. Elle avait été mise en place une demi-heure plus tôt et atteignait déjà vingt-trois mille euros. C'était plutôt pas mal, sachant que la mise à prix était de mille euros et assurait une copie téléchargeable au mécène.

Avec la gourmandise en données de sa nouvelle caméra de plateau, ses microphones ultrasensibles et ses caméras infrarouges enregistrant H24, il avait besoin d'un espace de stockage de plus en plus important. L'Ogre avait donc été contraint de faire beaucoup d'investissements récemment et il espérait rentrer dans ses frais avec cette production. Néanmoins, l'argent n'était pas son véritable moteur... Ce qu'il voulait, vraiment, c'était...

Chapitre XVI : Sortir de sa prison

Soumyya fixait la grande porte qui la séparait du monde extérieur. Elle se tenait là, figée, depuis de longues minutes. Combien de temps exactement ? Suffisamment pour avoir le loisir d'entendre d'autres portes — en tout point semblables à celle qui lui barrait le chemin — s'ouvrir et se refermer, derrière et devant les habitants de son entrée. Se rendaient-ils compte de leur chance, tous ces gens qui allaient et venaient librement ? Certains partaient en sifflotant, d'autres en râlant ou en soupirant. Certains quittaient leur domicile en claquant la porte derrière eux ; d'autres la refermaient si discrètement que c'était à peine si l'on entendait le jeu du mécanisme de fermeture. Ils s'en allaient faire leurs courses matinales ou se rendaient au travail, et elle était incapable de passer le seuil de l'appartement de ses parents.

La jeune femme n'était séquestrée que par ses peurs. En effet, elle était capable de l'ouvrir, cette satanée porte ! C'était simple pourtant ! Il lui suffisait de tourner la clef dans la serrure et d'appuyer sur la poignée. Malheureusement, ce qu'il fallait faire ensuite la terrifiait. Et pendant ce temps, Kader était là-bas, quelque part, au-delà de cette porte, en danger, sûrement.

Où ? Et avec qui ?

Elle voulait tellement le savoir. Quand elle avait signalé la disparition de son frère, l'agent lui avait posé certaines questions qui l'avaient mise mal à l'aise.

« L'enfant a-t-il emporté des affaires de rechange ? »

Soumyya avait été obligée d'admettre que son frère avait pris un sac, mais qu'il devait passer la nuit chez un ami et qu'il n'était pas revenu depuis.

« A-t-il pris de l'argent avec lui ? A-t-il des motifs de

mécontentement ?

— Comment ça ?

— Y a-t-il eu une dispute au domicile familial, récemment ?

— Non, pas du tout, Kader a tout ce qu'il souhaite... un foyer sécurisant, des parents aimants.

— Vraiment ? Dans ce cas, il ne devrait pas tarder à revenir. Le confort lui manquera bientôt. La rue n'est pas tendre avec les jeunots.

— Je n'en doute pas, Monsieur l'agent. Ce n'est pas pour rien que je fais appel à la Police nationale... Qu'allez-vous faire concrètement au sujet de la disparition de mon petit frère ?

— Je vais la signaler aux patrouilles du secteur et si nous le ramassons, nous vous recontacterons immédiatement... En attendant, Mademoiselle, je vous conseille d'aller vérifier chez ses amis, sa famille, vos voisins. La plupart des fugueurs ne cavalent pas bien loin... S'il est parti avec ses copains, il va falloir vérifier aussi de leur côté, voisins, amis, famille proche ou éloignée. S'il n'est pas revenu dans quarante-huit heures, nous enregistrerons votre déclaration. »

Il avait parlé de le ramasser ! Comme si son frère n'était qu'un vulgaire détritus ! S'efforçant de rester calme, elle avait assuré au fonctionnaire de police que son frère n'avait pas fugué. Hélas, l'agent n'avait rien écouté. Pour lui, ce n'était qu'une fugue. Alors que non, ce n'était pas possible ! Ce n'était pas le genre de Kader. Pourquoi se serait-il enfui ?

« Je comprends, Madame, pouvez-vous nous communiquer une photo récente de votre frère ? »

Soumyya avait envoyé par courriel la photo la plus récente qu'elle avait pu trouver, remercié l'agent puis raccroché. Depuis la veille, elle n'avait pas eu de nouvelles des forces de l'ordre. Même si elle n'accordait aucune foi à l'hypothèse d'une fugue, elle avait suivi les conseils du fonctionnaire. Elle avait contacté les amis de son frère, ses cousins, les professeurs qu'il appréciait. Personne ne savait où se trouvaient Kader et ses camarades.

Soumyya attendit une heure décente avant d'appeler les

sœurs de Suleïman afin qu'elles lui communiquassent une photo de leur frère. Les jeunes filles lui en apportèrent une en mains propres quelques minutes plus tard. Elles avaient pris le temps de passer chez le père de Stéphane qui leur avait confié un cliché de son fils. Alima et Ama étaient très inquiètes pour Suleïman et offrirent à Soumyya toute leur aide.

Dès qu'elle eut reçu les photos des trois disparus, cette dernière composa une affiche à l'aide d'un logiciel graphique. Les trois garçons se trouvèrent rassemblés sur le poster qu'elle imprima en haute définition dans le but de se faire une idée du résultat de son travail. Après que les sœurs de Suleïman et le père de Stéphane lui eurent donné leur accord, elle fit tourner l'imprimante à plein régime. Elle imprima deux cents affiches pour commencer et les confia aux deux sœurs.

« AVEZ-VOUS VU L'UN DE CES GARÇONS ?
KADER, STÉPHANE ET SULEÏMAN ONT DISPARU LE 30 JUILLET.
SI VOUS LES AVEZ VUS DEPUIS, VEUILLEZ CONTACTER LE NUMÉRO
06******* »

« Allez ! Par où on commence ? demanda la plus jeune.

— Par le voisinage, ce serait le mieux... les commerçants du quartier... et puis on peut aussi en coller du côté du nouveau stade... près de l'école... du collège...

— OK ! Je suis sûre qu'on va les retrouver ! Notre frère, c'est pas un fragile ! »

Oui, pensa Soumyya, Suleïman était un garçon solide et Kader en comparaison semblait si chétif... Les yeux de la jeune femme s'emplirent d'angoisse. Elle posa sa main sur sa bouche pour étouffer un cri. « Ne fait pas trop tourner d'images là-dedans, lui conseilla Alima, la sœur aînée de Suleïman en désignant sa propre tête du doigt.

— Allez ! Hop ! Hop ! Hop ! Les frangines ! clama Ama, la cadette d'une voix puissante et entraînante. On a nos posters et de quoi les coller ! Plus rien ne nous retient ici ! Allons sauver nos frères ! » Emportée par l'élan d'enthousiasme des sœurs, Soumyya prit son tas d'affiches et ouvrit la porte. Alors qu'elle se trouvait sur le seuil, elle s'apprêtait à refermer derrière elle quand ses jambes refusèrent de la porter. Un voile blanc passa devant les yeux de la jeune femme...

Sa main resta agrippée au bouton de porte.

Non. Elle ne sortirait plus jamais de chez elle.

Sa belle robe était déchirée et son maquillage avait coulé.

La honte la consuma entièrement.

Ce qui s'était passé là-bas l'avait souillée à jamais...

Chaque fois qu'elle y repensait, elle suffoquait.

Quelque chose lâcha en elle...

Chapitre XVII : Comme des chiens

Mercredi 1ᵉʳ août

Honteux de sa confession, Kader détourna le regard de l'objectif de la caméra. L'Ogre, en revanche, semblait satisfait de l'examen de conscience de son prisonnier, c'était évident à sa voix enthousiaste : « C'est bien ! Beau boulot, mon petit Kader ! Tu as enfin compris et admis que tu n'es pas là par hasard. Ce qui t'a conduit ici, ce sont toutes les vilaines choses que tu viens de confesser devant ma caméra. Tu sais aussi bien que moi qu'il en manque encore, mais je ne t'embêterai pas davantage... aujourd'hui. En attendant la suite, je vais partager ce moment de sincérité avec tes parents afin de leur montrer que tu fais preuve de bonne volonté. Je suis fier de toi ! Ton repentir prouve que tu es sur le chemin de la rédemption.

— Monsieur, est-ce que je peux vous poser une question, Monsieur ? »

Lorsque l'Ogre lui eut donné son accord, Kader poursuivit : « Monsieur, quand est-ce que nous pourrons revoir nos parents, Monsieur ?

— Ça, je ne peux pas te le dire. Tout dépend de toi et des progrès que tu feras... Si tu t'appliques et que tu te montres docile, cela viendra bientôt, si tu joues les durs, qui sait si tu les reverras un jour ? »

Kader médita la réponse menaçante de l'Ogre. Vu la bonne humeur de son geôlier, il osa lui demander la permission de poser une autre question. L'Ogre consentit et Kader l'interrogea au sujet du test qu'il avait mentionné plus tôt. L'homme hésita un instant puis rétorqua : « C'est vrai qu'il y avait un test qui devait déterminer si oui ou non vous méritiez d'être rééduqués. Ce ne serait pas pédagogique de te donner toutes les réponses. Je vais te laisser y réfléchir dans ta cellule. Tes parents m'ont maintes fois vanté ton intelligence, il est temps de faire tes preuves. »

Encore une fois, Kader se retrouva pieds et poings liés sur un fauteuil roulant à bord duquel il fut reconduit dans sa cellule. Ensuite, ce fut au tour de Stéphane d'être conduit, par le même moyen, dans la salle où ses confessions seraient enregistrées. Après son retour, l'Ogre leur ordonna de se placer au garde-à-vous et s'adressa aux garçons de sa voix de stentor : « Comme je vous l'ai déjà dit, vous avez échoué au test que nous avons mis au point ensemble, vos géniteurs et moi. Vous avez menti et trompé les êtres qui vous aiment le plus au monde, ceux qui vous honoraient de leur confiance : vos parents. Vous les avez trahis et, comme tout se paie, vous devez maintenant en payer le prix. Si vous êtes sous ma responsabilité, c'est parce que vous avez succombé à l'appel de la chair. Au terme de la rééducation dont vos géniteurs m'ont chargé, il vous sera offert une seconde chance. Si vous me prouvez la sincérité de votre repentir et que votre attitude et votre comportement me confirment que vous avez changé, vous pourrez retrouver vos parents. Mais en attendant, le chemin ne sera pas facile, je vais vous mettre à l'épreuve afin de déterminer si vous êtes dignes de confiance. Pour commencer, je vais vous demander de rester au garde-à-vous, parfaitement immobiles et silencieux jusqu'à mon retour. Peut-être reviendrai-je dans cinq minutes, peut-être dans une heure. La question est : peut-on vous faire confiance ? Je n'ai rien entendu ! Peut-on vous faire confiance, oui, ou non ?

— Monsieur, oui, Monsieur ! s'écria Kader, suivi de près par Stéphane.

— Nous verrons ça ! »

Sur ces mots, l'Ogre quitta la pièce en faisant résonner les talons de ses bottes sur le sol. Il remonta dans la salle de contrôle afin d'épier les enfants. Il savait pertinemment qu'ils seraient incapables de rester au garde-à-vous bien longtemps. Quant à garder le silence, cela s'avérait impossible pour des gamins de cet âge, surtout dans leur condition. Lui donnant raison, Stéphane fut le premier à se relâcher. Dès que la porte se fut refermée derrière l'Ogre, il souffla, tout en s'asseyant pesamment sur le sol. Il attendit quelques instants et tendit l'oreille afin de s'assurer que le déséquilibré n'était pas à portée de voix avant d'appeler son ami.

« Quoi ? Qu'est-ce qu'il y a ? chuchota ce dernier.

— T'y crois à son histoire, toi ?

— T'es ouf, Stouf ? Bien sûr que non ! Ce type est un taré, un putain de kidnappeur...

— Ah ! Ouais ? T'y crois pas à son histoire de rééducation ?

— Quel éducateur spécialisé porte ce genre de masque cauchemardesque ?

— Putain ! C'est ce que je me disais... On est dans la merde jusqu'au cou...

— Soussou ! Soussou ! »

Kader réitéra son appel, désespérant d'obtenir une réponse de son ami. Il s'apprêtait à demander à Stéphane ce qu'il pensait du silence de Suleïman, lorsqu'il entendit la porte s'ouvrir. Adoptant une expression neutre, il se remit au garde-à-vous, bomba le torse et rentra le ventre. Les bottes de l'Ogre résonnèrent dans la pièce. Kader n'espérait qu'une chose : qu'il ne les eût pas entendus.

— Désolé pour cette interruption, les enfants ! Êtes-vous restés sages en mon absence ?

— Monsieur, oui, Monsieur, répondirent Kader et Stéphane.

— Vous avez gardé le silence comme je vous l'avais ordonné ?

— Monsieur, oui, Monsieur !

— Est-ce que rester au garde-à-vous tout ce temps n'était pas trop pénible ?

— Monsieur, non, Monsieur !

— Vous n'avez pas triché ?

— Monsieur, non, Monsieur !

— Je peux donc vous faire confiance, vous ne me trahirez pas ?

— Monsieur, oui, Monsieur !

— Kader ! Tu n'as même pas été tenté d'échanger quelques paroles avec Stéphane ?

— Monsieur, si, Monsieur, mais vous nous aviez ordonné de garder le silence, Monsieur.

— Et toi, Stéphane ? Tu n'as pas eu envie de te reposer un peu ?

— Monsieur, si bien sûr, mais je ne voulais pas vous décevoir, Monsieur.

— Je vois ! Je dois vous féliciter ! Vous êtes de redoutables fourbes ! Des menteurs sans scrupules prêts à tout pour parvenir à leurs fins... Cela me déçoit beaucoup, mais vos parents m'avaient prévenu à votre sujet, c'est pourquoi je ne suis pas vraiment surpris... »

Sur ces paroles de mauvais augure, l'Ogre fit rouler un fauteuil jusqu'à l'entrée de la cellule de Kader. Le garçon guetta une faille afin de s'échapper, mais la taille de l'homme l'en dissuada. Ce dernier referma la porte derrière lui et présenta le fauteuil d'un geste ironique : « Si Votre Majesté veut bien se donner la peine de s'asseoir. »

Conscient que discuter ne mènerait à rien, Kader obéit. Dès qu'il fut assis, l'Ogre sangla ses membres au siège. Ensuite, il lui banda les yeux avant de lui faire quitter sa cellule, puis la salle où il était enfermé en compagnie de Stéphane. Ils roulèrent un moment avant que Kader sentît que le fauteuil s'immobilisait enfin. Son ravisseur lui retira le bandeau qui l'aveuglait pour s'adresser à lui en ces termes : « Kader, je veux que tu saches une chose : ici, tu es mon invité, et dans l'antre de l'Ogre rien ne m'échappe. J'ai des yeux et des oreilles partout. Je sais que tu ne m'as pas écouté et que tu n'as pas respecté mes consignes : mais comme je suis juste, je vais te laisser le choix entre avouer ou te taire. »

Perplexe, Kader conserva le silence, attendant que l'adulte précisât sa pensée.

« Si tu avoues tout de suite, tu n'auras pas de jours supplémentaires à passer ici. À moins que ce soit toi qui t'es rendu coupable du premier mot auquel cas, tu auras droit à cinq coups de fouet. Si tu gardes le silence, innocent ou coupable, tu passeras cinq jours de plus dans mon antre et je te donnerai dix coups de fouet... »

Le garçon frémit à la pensée d'être fouetté par un géant aux bras gros comme ses cuisses.

« Dix petits coups de fouet, ce n'est pas grand-chose, mais cinq jours de plus, loin du soleil, de ta famille et de tes copains, ça fait réfléchir, non ?

— Monsieur, vous voulez dire que si j'avoue, je partirai cinq jours plus tôt que si je garde le silence, Monsieur ?

— Oui, c'est ça, Kader, tu as compris, sauf que je dois ajouter une petite nuance. Puisque vous êtes complices tous les deux, vos punitions dépendront des choix de chacun...

— Monsieur, est-ce que vous pouvez m'expliquer, s'il vous plaît ? Je comprends pas bien, Monsieur...

— Tu vas voir, ce n'est pas bien compliqué. Si vous avouez la vérité tous les deux, vous n'aurez droit qu'à deux jours chacun et le coupable n'aura droit qu'à deux coups de fouet. Si vous gardez tous les deux le silence, ce sera cinq jours supplémentaires chacun, mais pas de fouet. »

Le front plissé par la concentration et l'anxiété, le garçon tentait de comprendre les différentes éventualités qui lui étaient proposées. Cependant, l'Ogre poursuivit : « Mais écoute bien : si l'un de vous avoue et pas l'autre, celui qui n'aura pas confessé son mensonge aura droit à dix jours supplémentaires et dix coups de fouet, même s'il est innocent ! Alors que l'autre sera libéré sans passer un jour de plus ici, même s'il s'est rendu coupable d'avoir prononcé les premiers mots ou d'avoir rompu le garde-à-vous. »

Kader parvint à une conclusion douloureuse. La solution la plus avantageuse était celle où ils avouaient tous les deux. Même les deux coups de fouet étaient préférables aux autres châtiments. « Alors ? Qui a désobéi le premier ? » le pressa l'Ogre.

Quand il réitéra la question, Kader comprit que l'Ogre cherchait à le forcer à dénoncer son compagnon. S'il refusait, il risquait entre cinq et dix jours d'enfermement supplémentaires et la perspective des coups de fouet ne l'enchantait guère. Que ferait Stéphane dans cette situation ?

Vous les copains, je n'vous oublierai jamais !

De retour dans sa cellule, la voix tonitruante de Sheila l'accueillit avec une bonne humeur dont l'ironie le frappa cruellement. À peine installé, Kader vit Stéphane prendre le même chemin que celui que l'Ogre lui avait fait emprunter un peu plus tôt. En le regardant s'éloigner dans le fauteuil roulant il se demanda quel serait son choix : se taire ou passer aux aveux ?

Trahir ou garder le silence ?

Cela comptait-il vraiment au fond ?

L'Ogre n'avait fait que leur mentir, depuis le début.

Comment avoir confiance en lui, maintenant ?

Il attendit patiemment le retour de son compagnon, anxieux surtout des coups de fouet qu'il recevrait peut-être. Tout dépendait de la nature de cet instrument. Il y en avait de vraiment dangereux...

J-13

Chapitre XVIII : L'Ogre

Jeudi 2 août

Entre minuit et deux, c'était le moment idéal pour la pêche aux petits. Oh ! Oui ! Ils étaient tous en ligne ! C'était l'heure où l'esprit critique fatigué cédait enfin la place à la concupiscence décérébrée. C'était l'heure de pointe pour le pointeur ! Par souci de productivité, l'Ogre employait plusieurs ordinateurs simultanément. Devant lui s'étalait un grand cahier contenant différents codes d'identification ainsi que des informations personnelles sur les faux profils — masculins et féminins — qu'il utilisait, mais également d'autres données concernant ses proies.

Sur les écrans figuraient les jeunes gens avec lesquels il était parvenu à entrer en contact. Il menait une douzaine de conversations à la fois et savait s'y prendre. À force de côtoyer leurs forums, il avait assimilé leurs codes, leurs tics de langage, leurs signes de reconnaissance. Les entraîner dans de longues conversations n'avait pas été très difficile dans le monde virtuel. Une belle photo faisait 80% du boulot. Le plus ardu restait de les pousser à l'action et de les éloigner de leur clavier. Justement, un garçon venait de mordre à l'hameçon en lui envoyant son numéro de téléphone, mais il demeurait encore un peu méfiant. C'est dans ces moments-là que devrait intervenir Lydia, pensa l'Ogre, déplorant son absence.

Sur la messagerie instantanée, il écrivit que sa mère était en train de l'espionner puis sortit chercher sa fille. Si le marmouset était encore connecté à son retour, sa complice lui enverrait un texto. Elle lui demanderait la permission de l'appeler. S'il acceptait, elle lui expliquerait qu'elle pensait trop à lui pour pouvoir dormir. L'Ogre le trouvait particulièrement mignon et très photogénique, ce morveux. Il se demandait comment sa peau répondrait à la lumière de ses projecteurs. Avec un peu de chance, ils fixeraient un rendez-vous pour le lendemain et il disposerait dès lors d'un nouvel acteur pour sa prochaine production. Excité par cette perspective, il avait pris son camping-car, juste au cas où une aubaine se présenterait.

La jeune fille l'attendait devant la villa du maire. L'Ogre inspecta le visage de Lydia et ne décela pas de traces de mauvais traitements. Quand elle monta à côté de lui cependant, l'adolescente ne semblait pas de très bonne humeur. Cela n'étonna guère son père. Elle avait passé la soirée avec l'élu. Or, celui-ci ne se montrait pas toujours très tendre avec ses compagnes de jeu et sa conception du romantisme était... très personnelle. Cela faisait près de huit ans qu'il fréquentait régulièrement Lydia et leur relation s'était progressivement dégradée. M. le maire ne semblait pas lui pardonner d'avoir grandi. « Ta fille ne sera bientôt plus bonne à rien, elle vieillit », lui avait-il confié sans détour. L'Ogre avait beau lui avoir expliqué que Lydia avait encore beaucoup de valeur et qu'elle ne devait pas être blessée physiquement, M. le maire lâchait de plus en plus fréquemment la bride à ses pulsions sadiques. « Il ne t'a pas laissé de marques sur le corps au moins ? s'enquit l'Ogre.

— Non ! Ça va... C'était une partouze plutôt soft... Il m'a juste brûlé les seins avec son cigare... »

Le géant soupira. « Ils ont parlé affaires ?

— Pas devant moi. Par contre, je les ai entendu parler des terrains du lac. Je sais pas si ça te dit quelque chose. Ils veulent y implanter un foyer d'accueil pour enfants en danger...

— Hum, hum... Quoi d'autre ?

— La routine, ils m'ont fait prendre des photos en pleine action avec des types et d'autres gosses...

— Ces types-là, tu les connaissais ?

— Non. Par contre, il y en avait un que j'ai déjà vu à la télé, mais je ne connais pas son nom... juste son prénom... Paul...

— Un Paul ? De la télé ? Ça doit être une huile alors... Tu me préviendras quand tu le reverras... Il faut qu'on sache qui c'est. Combien il t'a donné pour la soirée ?

— Rien. Il a dit que c'était déjà réglé entre vous. »

L'Ogre tiqua, mais ne laissa rien paraître. M. le maire

méritait d'être recadré ou il finirait par nourrir les cochons. Le plus difficile serait d'expliquer sa disparition. Cet animal politique était un élément aimé et respecté de la communauté. Une enquête poussée risquait de suivre. Toutefois, la police demeurait le cadet de ses soucis. Le plus gros obstacle restait la bonne place que Berthé occupait au sein du Cercle. L'Ogre devrait réfléchir à ce problème plus tard. Il avait des affaires plus pressantes à régler, comme ce garçon super photogénique qu'il désirait recruter pour son prochain opus.

En rentrant, l'Ogre pesta en constatant que l'éphèbe n'était plus en ligne. Il n'était pas loin de trois heures du matin et la plupart de ses proies potentielles étaient déconnectées. Il les imita donc afin d'étudier la conversation que Lydia avait entretenue avec Stéphane et ses amis. Il jeta un œil sur son script avant de mettre son masque et de rejoindre ses invités au sous-sol. Quand il alluma les lumières, les enfants protégèrent leurs yeux éblouis. « Bonjour, les garçons ! »

La crudité de cet éclairage était parfaite pour le genre de scène qu'il tournait ici. Leur luminosité surpuissante permettait de voir parfaitement à travers les cages de verre qui retenaient ses petites vedettes dans leur loge. L'Ogre ne s'extasia pas longtemps devant son plateau de tournage. Sous le masque, son visage crispé trahissait son inquiétude à propos de Suleïman. Le mafé délirait depuis son réveil et s'il sombrait dans la folie — trop tôt — ce serait un grand gâchis. Effectivement, l'état du petit était des plus préoccupants : les yeux exorbités fixés droit devant lui, il pleurnichait en donnant parfois des coups de pieds et de poings dans le vide : « Monsieur ! Suleïman va devenir fou si ça continue, je ne supporte plus de l'entendre crier ! Faites quelque chose, s'il vous plaît, Monsieur, implora la choucroute.

— Dis donc, il est plutôt agité votre copain, c'est son ballon qui lui manque, non ? Ça lui arrive souvent, ce genre de crises ?

— Monsieur, il est claustro, Monsieur... Vous aviez dit que vous deviez vous en occuper...

— Peut-être vaudrait-il mieux le libérer ? » hasarda le petit couscous.

Après leur avoir intimé le silence, l'Ogre s'accorda un instant de réflexion. Pour lui, la libération signifiait quelque chose d'aussi définitif qu'un générique de fin et ce moment n'était pas encore venu. Cela ne faisait pas partie du scénario. Ce mafé était une commande après tout. Il s'était engagé à le livrer « bien frais ». Ce qui signifiait qu'il ne devait pas être trop esquinté, physiquement du moins. Quant à l'aspect psychologique, un peu de torture douce n'avait jamais tué qui que ce fût ! Mais il était sacrément perturbé, quand même, ce petit mafé ! Serait-il opportun de le faire monter sur le plateau principal, maintenant ?

Non. Il était un peu tard pour lui dégotter un remplaçant de dernière minute. Même s'il partait chasser dès l'aube, il perdrait beaucoup de temps sur les routes avant de trouver une proie isolée et ce serait une coïncidence extraordinaire de tomber sur un Noir de moins de treize ans. Quant à la pêche sur le Net, le processus était trop long pour honorer cette commande dans les temps. Bien sûr, il avait bien quelques prises en perspective, mais les petits poissons n'étaient pas encore bien ferrés. Un faux pas et ils replongeraient aussitôt dans le grand océan numérique...

Après l'avoir bien pesée, l'Ogre prit sa décision. L'intéressé tremblait dans un coin de la pièce. Prenait-il conscience de la gravité de sa situation ? « Suleïman ! » le héla-t-il.

Indifférent, le garçon continuait de fixer le vide. S'il avait perdu la tête, sa valeur artistique ferait une chute libre. En effet, les lois du marché étaient inflexibles : la souffrance de quelqu'un n'avait d'intérêt que dans la proportion de la conscience qu'il en avait.

« Suleïman ! Regarde-moi ! » ordonna l'Ogre d'une voix puissante.

Ô miracle ! Le susnommé réagit. Cette fois, il tourna les yeux dans sa direction, mais le regarda sans le voir. L'Ogre soupira, déverrouilla la porte et entra. Aussitôt, le mafé se rua sur lui. Si vite que son ravisseur n'eut pas le temps de réagir, il se faufila derrière le colosse et courut le long du couloir pour ne retrouver ses esprits qu'une fois devant la porte blindée.

« Qu'est-ce qui se passe ? Où je suis ? s'étonna-t-il, d'une voix remplie de désarroi. Laissez-moi sortir ! »

Un tintement métallique retentit dans son dos. Lorsqu'il se retourna, le prisonnier vit une silhouette gigantesque qui le surplombait. C'était l'Ogre qui venait de surgir derrière lui avec son masque effrayant : « C'est ça que tu cherches, mon petit ? » le nargua-t-il d'une voix sirupeuse, en agitant son trousseau de clefs avec un grand sourire et un clin d'œil destiné autant au garçon qu'à la caméra.

Quand Suleïman tendit la main, l'Ogre saisit le bras de l'enfant avant de le tordre – doucement pour ne pas trop le blesser. D'instinct, afin d'éviter une fracture, le garçon suivit le mouvement et se retrouva au sol. L'Ogre l'immobilisa ensuite à l'aide de son genou qu'il appuya entre les omoplates du fuyard. Ceci fait, il enfonça l'aiguille d'une seringue dans le creux du coude du séquestré. Quand Suleïman cessa de se débattre, il fut reconduit dans sa cellule.

— Hey ! Heeeeeeeeeey !!! Qu'est-ce que vous lui avez fait ? s'écria Stéphane, au bord de la crise de nerfs, vous l'avez tué ?

— Mais non ! Vu qu'il n'était pas dans l'état psychologique requis pour sa leçon, je lui ai donné un médicament pour le calmer... Quant à toi, je vais revenir t'enseigner le règlement...

— Monsieur ! Monsieur ! Pardon, Monsieur ! l'implora Stéphane.

— Mon petit Stéphane, tu dois comprendre que je ne fais pas ça pour le plaisir, mais pour t'inculquer les bases de la civilité, je regrette vraiment d'en arriver là... »

L'Ogre fit retentir le répulsif sonore qui mit les deux garçons à genoux, grimaçant de souffrance. Puis il interrompit la torture.

« Monsieur ?

— Oui, Kader ?

— Monsieur, pourquoi vous me punissez, moi aussi, Monsieur ?

— "Un pour tous, tous punis !" As-tu oublié la règle n° 5 ?

— Monsieur, non ! Je ne l'ai pas oubliée, mais chacun d'entre nous fait ses choix ! Pourquoi les autres seraient-ils responsables de quelque chose qui ne dépend pas d'eux, Monsieur ?

— Pour vous apprendre la solidarité et vous purger du poison de l'individualisme.

— Monsieur, qu'est-ce que c'est que "l'individualisme", Monsieur ?

— C'est la philosophie du chacun pour soi, celle qui fait de certaines personnes des égoïstes qui ne pensent pas aux conséquences de leurs actions sur les autres. Quand un membre du groupe commet une faute, il met en péril tout le groupe. Quand vous avez décidé de rejoindre ma fille pour faire des saletés avec elle, vous avez fait souffrir vos parents, mais vous ne pensiez qu'à vous et à votre bon plaisir...

— Monsieur ! Je comprends bien ! C'était mal de mentir ! Nous ne voulions pas les faire souffrir ! Je voudrais leur demander pardon... On peut les appeler, nos parents, Monsieur ?

— Pas encore : le moment n'est pas venu.

— Monsieur, quand est-ce que votre leçon finira, Monsieur ? osa demander Stéphane.

— Je n'en reviens pas. Vous vous plaignez déjà ? Vous n'appréciez pas mon hospitalité et les efforts que je vous consacre ?

— Monsieur, si, rétorqua vivement Kader, c'est juste que nos parents nous manquent. Vous avez dit que vous étiez en contact avec eux et j'aimerais leur donner des nouvelles, Monsieur, pas toi, Stéphane ?

— Monsieur, si, si, Monsieur ! Kader a raison, je voudrais bien parler à mon père, savoir comment il se débrouille sans moi, pour le ménage et la cuisine et le reste, Monsieur !

— Messieurs, ce que je vais vous dire ne me plaît pas plus que ça, mais vous devez apprendre la vérité. Vos pauvres parents sont très déçus par votre comportement. Non, en fait, "déçus" est trop faible. Ils sont en colère, très en colère. Vous leur avez menti. Vous avez trahi leur confiance ! Ils m'ont avoué qu'ils avaient peur de leur réaction s'ils vous voyaient maintenant, ils pourraient vous faire beaucoup de mal...

— Monsieur, mes parents sont opposés à la violence ! Ils n'ont jamais levé la main sur moi...

— Tes parents n'ont jamais levé la main sur toi ? Cela ne m'étonne pas, Kader. Cette méthode éducative permissive est pour beaucoup dans ton indiscipline. Ton père n'a jamais levé la main sur toi, car il a peur... de lui-même. Il a peur de te blesser dans un mouvement de colère, c'est pourquoi il a fait appel à mes sévices... je veux dire à mes services. Moi, si je vous inflige des châtiments, je le fais sans colère ni passion. Simplement pour vous remettre dans le droit chemin. Croyez-moi, je n'en tire aucun plaisir... Quant à vos parents, vous devez rentrer dans vos p'tites têtes qu'ils ne veulent ni vous voir ni vous entendre pour le moment. Ils m'ont simplement chargé de vous remettre sur le droit chemin afin que ce qui est arrivé ne se reproduise jamais...

— Monsieur, nous avons compris notre leçon, vous nous avez bien expliqué à quel point notre conduite avait déshonoré nos familles ! Vous nous avez fait faire des pompes, des tractions et des abdos toute la journée, vous nous avez fait ramper comme des vers de terre... Monsieur ! J'ai des courbatures partout, maintenant, et je ne parle même pas du fouet... et...

— Où veux-tu en venir, Kader ? l'interrogea l'Ogre d'une voix menaçante.

— Monsieur, je veux dire que vous nous avez bien punis, Monsieur, ça suffit maintenant, Monsieur.

— Tu oses me donner des ordres ? »

Kader n'eut pas le temps de répondre. Son compagnon et lui-même se retrouvèrent à genoux, les mains couvrant désespérément leurs oreilles, essayant vainement de se protéger de l'affreuse vibration. « Debout ! » ordonna l'Ogre. Comme les enfants restaient prostrés, l'Ogre insista : « Debout, si vous voulez que cette stridence s'arrête ! Allez ! Montrez-moi que vous avez de la volonté, montrez-moi que vous voulez changer et revenir dans le droit chemin ! »

Péniblement, les enfants rassemblèrent leurs forces afin de se relever.

« Pour vous témoigner ma reconnaissance, je vais baisser l'intensité de l'alarme. Je vais maintenant nous mettre un peu de musique, quelque chose de plus approprié à votre rééducation civique... »

Souriant sous son masque, l'Ogre tint sa promesse. Il réduisit le volume à un léger bourdonnement. Lui-même, en raison de son âge, était incapable de l'entendre, mais l'un de ses anciens jeunes pensionnaires lui avait décrit l'effet de son répulsif sonore en des termes qui ne laissaient aucun doute sur son pouvoir de nuisance. « C'est un peu comme quand on va chez le dentiste et que son espèce de perceuse attaque les dents et qu'on sent que ça vibre dans toute notre tête. Bzzzzzzz ! Bzzzzzzz ! C'est insupportable ! »

Ce petit s'était montré expressif, et pas qu'en paroles, songea l'Ogre avec nostalgie. Il s'agissait d'un doux souvenir, mais, comme tous les artistes, il devait aller de l'avant et se consacrer à son œuvre en cours. À regret, il revint au présent et actionna sa télécommande. Les premières notes de *La Marseillaise* retentirent, lorsqu'il reprit d'une voix de stentor : « Allez, messieurs ! Montrez-moi que vous méritez ma clémence ! C'est l'hymne de votre pays : témoignez-lui un peu de respect ! Garde-à-vous ! Bombez le torse ! Si vous êtes tordu, c'est que votre esprit l'est aussi ! Restez bien droit ! Tiens-toi droit, Stéphane ! Et toi aussi, Kader ! Allez ! À mon signal, fléchissez les cuisses, à genoux, à plat ventre, les bras en position pour les pompes, allez ! Pompez ! En haut ! Au milieu ! Restez ! Une, deux ! En bas ! Une, deux ! Au milieu ! Une, deux ! Restez ! Allez ! Gainez-moi tout ça ! Contractez les abdominaux et les cuisses. Si vous m'en faites dix, j'arrêterai l'alarme ! »

Les enfants peinaient déjà à se relever au bout de deux pompes. Il fallait prendre en compte que l'Ogre les avait menés rudement la veille et qu'il ne leur avait laissé que trois heures de sommeil. C'était un temps de récupération minimaliste, certes, mais cela faisait partie de la mise en scène. Son public adorait son côté spartiate ! Briser la résistance des fortes têtes, tel était son dada. Malheureusement, à ce rythme, ces deux-là risquaient de céder bien trop vite. Plus ils étaient entêtés, mieux cela valait ! C'est la raison pour laquelle il fallait leur donner de quoi motiver leur résistance : « Allez ! Garde-à-vous ! Tenez-vous bien droits ! Immobiles, les bras le long du corps ! Vous reconnaissez la musique ? Chantez, maintenant ! Chantez l'hymne de votre pays ! Montrez un peu de gratitude pour tout ce que notre glorieuse nation a fait pour vous ! »

Malheureusement pour eux, de l'hymne national, les enfants ne connaissaient que le premier couplet... et encore !

« Honte sur vous ! N'êtes-vous donc que des Français de papier ? Vous ignorez les paroles de *La Marseillaise* ?

— Monsieur, nous ne l'avons pas apprise à l'école, Monsieur ! objecta le petit couscous.

— Comment ça ? Ce fondement de l'éducation civique ne vous a pas été enseigné ? Monsieur Kader ! Me prendrais-tu pour un ignare ou un demeuré ?

— Monsieur, non, Monsieur !

— Figurez-vous que ma fonction d'éducateur m'oblige à me tenir au courant de vos programmes et je sais donc que vous devez l'étudier dans le cadre de l'enseignement moral et civique durant vos années de CE2 et de CM1.

— Monsieur, oui, c'est vrai, Monsieur, mais Kader a sauté le CM1 et le CM2, objecta la choucroute.

— Ah ! D'accord ! Monsieur le petit génie était trop bien pour apprendre l'hymne du pays qui a eu la générosité d'adopter ses parents ?

— Monsieur ! Non, Monsieur !

— Tu es du genre à siffler *La Marseillaise* et à jeter des cailloux sur les pompiers et la police ?

— Monsieur, non, jamais de la vie, Monsieur !

— Bien ! Nous allons voir si vous êtes dignes de la citoyenneté française ! Je vais vous poser quelques questions pour m'assurer que vous maîtrisez bien les bases de votre instruction civique. Nous allons commencer par le plus simple. Quel est le nom de notre glorieux pays ?

— Vous vous foutez de nous ? répondit Stéphane, qui se repentit immédiatement quand l'alarme retentit pour harceler ses tympans...

— À chaque bonne réponse, je baisserai l'intensité de l'alarme d'un décibel, pour chaque mauvaise réponse, j'augmenterai de deux décibels. Je répète : quel est le nom de notre glorieux pays ?

— Monsieur, la France, Monsieur, répondit Kader.

— Quelle est la langue parlée en France ?

— Monsieur, le français, Monsieur.

— Combien de couleurs le drapeau français comporte-t-il ?

— Monsieur, trois, Monsieur...

— Quelles sont les couleurs du drapeau ?

— Monsieur, bleu, blanc, rouge, Monsieur !

— Quel est l'hymne de la France ?

— Monsieur, la Marseillaise, Monsieur, répondirent Kader et Stéphane dans un chœur presque parfait.

— Tout juste ! Vos parents seraient fiers de vous ! Continuez comme ça et vous serez bientôt libres de les retrouver !

— Monsieur ! Quand est-ce qu'on pourra les revoir, nos parents, Monsieur ?

— Ça, les enfants, ça dépend de vous et des efforts que vous fournirez !

— Monsieur, nous sommes prêts à faire tous les efforts nécessaires, Monsieur !

— Je l'espère, Kader, car tes parents comptent sur toi et je leur ai promis de leur rendre un fils obéissant et discipliné.

— Monsieur, oui, Monsieur, mais quand même, j'espère qu'on va pas passer tout l'été enfermés ici, Monsieur !

— Rassurez-vous les enfants, vous ne resterez pas très longtemps. Aujourd'hui, je dois rencontrer vos géniteurs. Obéissez

134

et apprenez à vous comporter comme d'honnêtes citoyens afin que je m'acquitte de mon engagement envers vos parents. Une fois que j'aurai obtenu mon salaire, vous pourrez retrouver vos familles...

— Monsieur, nous serons sages, Monsieur ! commença Stéphane, le problème, c'est que nous n'avons pas d'argent ! Mon père bosse sur des chantiers, il refait des routes et... il se pourrit la santé pour rien... Il a à peine de quoi se payer des clopes. C'est pire pour Suleïman. Sa mère fait le ménage dans des bureaux. Elle bosse le matin avant l'ouverture et le soir après la fermeture... Tout ça pour toucher le salaire minimum et, comme son père est mort et que ses sœurs font des études, ils vivent tous sur sa paie des famines, Monsieur...

— Monsieur, c'est pareil pour moi, Monsieur, sauf que mes deux parents travaillent. Ils gagnent juste assez pour nous nourrir... Mon père est peintre en bâtiment et ma mère fait le ménage, Monsieur.

— Je ne travaille pas gratuitement, moi ! Si vos parents vous aiment vraiment, ils trouveront bien un moyen de vous sauver. Et puis, s'ils m'ont engagé, c'est qu'ils devaient avoir mis des sous de côté. Les adultes ne tiennent pas les enfants au courant de l'état de leur comptabilité... »

Kader était en plein désarroi. Le géant masqué le fixait derrière la paroi de verre qui l'emprisonnait. Le garçon tremblait tandis que les yeux sombres l'analysaient froidement. Il ne savait que penser de cet homme. Son histoire ne tenait pas debout. Ses parents avaient-ils vraiment engagé ce fou pour les remettre sur le droit chemin ? Pourquoi portait-il un masque ? Les enfants l'avaient déjà vu. Cela n'avait pas de sens ! C'était le père de Lydia. Il n'avait pas besoin de cacher son visage...

« À quoi penses-tu, mon petit Kader ?

— Monsieur, à rien, Monsieur...

— Ne me mens pas. Je déteste ça.

— Monsieur, je ne mens pas, Monsieur.

— Si. Tu mens.

« — Monsieur ! Comment vous pouvez en être sûr ? C'est dans ma tête, Monsieur...

— Pour deux raisons. Primo, tes parents m'ont parlé de ta tendance au mensonge et à la dissimulation... Deuxio, je sais lire dans les yeux... On ne peut rien me cacher à moi, je suis l'Ogre, mon petit, je te conseille de me dire la vérité... Plus tu me mens, plus tu retardes ta sortie...

— Monsieur ! Je me demandais juste ce que devenait Lydia... Monsieur !

— Lydia est punie. À ta place, j'éviterais de penser à elle... C'est par la faute de ton désir pour elle que tu te retrouves enfermé... Et si elle est punie, c'est à cause de vous... Vous avez essayé de l'entraîner dans le vice...

— Monsieur, pourquoi vous portez un masque, Monsieur ?

— Tout le monde porte un masque...

— Monsieur, pas moi, Monsieur, rétorqua-t-il.

— Quand tu es sorti de chez toi pour rejoindre ma fille, tu portais le masque de l'enfant sage et pourtant tu trompais tes parents... »

Kader accusa le coup. L'Ogre savait trouver ses failles et le petit garçon eut envie de pleurer.

« Tu portais un masque pour tromper ton monde, je porte un masque pour te montrer mon vrai visage... »

Chapitre XIX : Avis de recherche

L'appartement des parents de Soumyya était désormais le quartier général de l'opération « Retrouvailles et fessée bien méritée. » C'était Alima, la sœur aînée de Suleïman, qui avait eu l'idée de cette appellation. « Pour nous éviter de broyer du blanc », avait-elle ajouté avec un sourire triste. Bon gré, mal gré, les familles des disparus s'étaient adaptées au handicap de Soumyya. Tout le monde avait fini par comprendre que ce n'est pas « du chiqué » et que leur hôtesse ne concourait pas pour « les César du cinéma ». Son bureau était donc devenu le centre névralgique depuis lequel la jeune femme avait naturellement pris les commandes des opérations. L'intéressée jeta un coup d'œil à l'horloge. Il était vingt-deux heures. Le moment était venu de faire le bilan de la journée. « Je suis allée voir les assos dont tu m'avais parlé, commença Alima. Je t'ai rapporté leurs papelards, si tu veux y jeter un œil...

— Je les regarderai plus tard, répondit Soumyya en les feuilletant rapidement. Comment s'est passé le rendez-vous ?

— Très bien. Ce sont des gens polis et gentils.

— Mais encore ?

— Pas grand-chose. Ils m'ont conseillé la même chose que les flics. Coller des affiches, avoir un numéro dispo H24 et patienter jusqu'à leur retour...

— C'est dingue, ça ! Trois gosses disparaissent et personne ne fait rien ! s'emporta la plus jeune sœur de Suleïman.

— Peut-être qu'ils n'ont pas beaucoup de moyens, hasarda son père, conciliant.

— Non. C'est une grosse O.N.G. Ils apparaissent tout de suite sur Internet dès qu'on tape "enfants disparus"... ils doivent avoir les moyens...

— Oui, confirma Alima. C'était un grand bâtiment avec plein de bureaux... Heureusement qu'ils avaient la clim' parce que j'avais chaud rien qu'à les regarder s'agiter... Il y avait une foule d'hyperactifs et des ordinateurs et des écrans partout... C'était une usine à gaz, les téléphones n'arrêtaient pas de sonner...

— Comment s'appelle cette association ? s'enquit le père de Soumyya.

— Les Enfants de l'Arc-en-ciel... »

Les yeux de la mère de Soumyya s'éclairèrent : « Ah ! Oui ! J'en ai entendu parler... Ce sont des gens sérieux, je les ai vus à la télé, ce qu'ils font pour les enfants du monde entier, c'est vraiment formidable... Qu'est-ce qu'ils t'ont dit ?

— Dès que je leur ai donné l'âge de Suleïman, ils m'ont lâché un speech sur la puberté et la rébellion... Ils m'ont dit de ne pas trop m'en faire, genre "ne vous inquiétez pas ! La plupart des fugueurs sont retrouvés quand ils ne reviennent pas d'eux-mêmes"...

— Et après ? la pressa de poursuivre la mère de Soumyya.

— Après, elle m'a donné des conseils pour préparer le retour de Suleïman... Tenez, regardez ! Elle m'a même filé une brochure... genre tuto... Je vais pas vous mentir, elle m'a fait culpabiliser de ouf avec ses histoires de "besoins de l'enfant"... C'est pas notre faute, quand même, si on n'a pas les moyens de lui offrir une chambre séparée... si ?

— Bien sûr que non ! rétorqua Soumyya. Moi, je me doutais de leur réponse. Quant à leur brochure, c'est exactement ce qui est écrit sur leur site. Et sinon, concrètement, quelle aide t'ont-ils proposée ?

— Franchement ? Rien de concret. Ils m'ont parlé de voir leur psy pour nous aider à traverser cette période difficile... »

Il y eut un silence. Tout le monde paraissait fatigué, les traits étaient creusés et les yeux étaient alourdis de cernes violacés. Soumyya prit une profonde inspiration avant de s'adresser à la cadette : « Et toi, Ama, comment s'est passé ton rendez-vous ?

— Moi, c'était tout le contraire ! J'ai eu droit à une agence moisie !

— Comment ça, "moisie" ?

— C'était pourri... La peinture était dégueulasse, franchement, ça m'a mis dans le mal... Y avait juste deux pauv' meufs qui travaillaient là... Ça faisait vraiment pitié... J'ai failli repartir direct !

— Mais comme tu es sérieuse et que tu as conscience de l'importance de la mission qui t'était confiée, tu as parlé à ces deux dames de la disparition de nos frères, je me trompe ?

— Non, c'est vrai ! Ça m'aurait fait chier le minou de faire tout ce chemin pour rien...

— Comment ça s'est passé ? Qu'est-ce qu'elles t'ont dit ?

— Pas grand-chose... Ces dames étaient gentilles, mais bon, elles m'ont avoué que c'était la dèche et qu'elles recevaient qu'une subvention mesquine et que du coup, leur budget était du genre serré... Elles parlaient même de tout arrêter... C'était glauque, j'te jure... Leur connexion Internet datait du siècle dernier et leurs ordinateurs, pfff... Bill Gates les a reniés... Bref ! Ça faisait pitié... Et pour m'achever, il y avait des affiches d'enfants perdus partout sur les murs... Je me demandais si on les retrouverait un jour... Quand je lui ai demandé pourquoi on leur avait coupé les budgets, elles se sont regardées et elles ont dit quelque chose genre "on a regardé là où il ne fallait pas"... Ensuite, elles se sont excusées et puis elles m'ont donné ça... Elles m'ont dit : "Élise pourra vous aider"... » Ama fouilla dans son sac à main et tendit une carte de visite que Soumyya examina rapidement :

M. ÉLISE
DÉTECTIVE PRIVÉ

Elle posa la carte sur un coin de son bureau, consulta ses notes et s'éclaircit la voix avant de reprendre : « Bon. Si vous avez terminé, je vais vous donner le compte-rendu de mes actions durant cette journée. Alors, pour commencer, j'ai recontacté la police, histoire de les relancer et de leur rappeler que nous comptions sur eux... » Les sœurs de Suleïman ainsi que ses parents hochèrent la tête. Leurs yeux s'illuminèrent en entendant la mention de la police, mais Soumyya vit cette lueur s'éteindre quand elle acheva sa phrase : « ... et ils n'ont toujours rien...

— Pfffffff ! Ils foutent rien, ceux-là ! On se demande à quoi ils servent ! pesta Ama.

— Il ne faut pas dire ça, la sermonna gentiment le père de Soumyya, la ville est grande et il y a beaucoup d'enfants dehors... Ils ne peuvent pas contrôler tout le monde, la journée. Comme nous l'a expliqué le policier, le seul moyen de les retrouver, c'est qu'ils se promènent la nuit...

— C'est aussi le moment le plus dangereux, avec tous les malades en liberté qui rôdent, lâcha sa mère en se rongeant les ongles.

— Et toutes les affiches qu'on a collées, elles ont servi à rien ? s'inquiéta l'aînée.

— Pour l'instant, non. J'ai reçu quelques coups de fil, mais rien de sérieux... »

La cadette tiqua : « Comment ça ? Rien de sérieux ? Comment tu peux le savoir ?

— Il y avait des pervers et des tarés et puis d'autres personnes du même genre...

— Je vois... peut-être qu'il serait temps de passer à la vitesse supérieure, dit l'aînée, j'ai entendu parler d'une procédure d'urgence pour des cas comme le nôtre, le "Plan urgence enlèvement"...

« Je me suis renseignée de ce côté-là aussi, mais c'est une mesure exceptionnelle et je ne pense pas qu'on puisse en bénéficier... "L'alerte enlèvement" ne peut pas être déclenchée comme ça ! D'après les textes de loi, la disparition de nos frères entre dans la catégorie "disparition inquiétante".

— Bien sûr qu'elle est "inquiétante", cette disparition ! Nos frères ne se sont pas envolés comme ça ! Ils nous font des rajouts pour rien avec leurs histoires de fugue... Pour moi, y a pas de défrisage : c'est sûr qu'ils ont été enlevés !

— Oui, c'est possible, mais on ne peut pas encore le prouver... il nous manque du concret, des éléments matériels, des témoignages, des écrits.

— Non ! Mais tu délires ! Le mec va enlever nos frères et nous envoyer quoi ? Une carte de visite ? Un faire-part ? Qu'est-ce que tu racontes, Soumyya ? C'est grave, ce que tu dis !

— C'est pourtant inscrit dans les textes de loi... Il faut des preuves matérielles d'un enlèvement... Vérifie par toi-même, ce sera plus simple... »

Soumyya pianota sur son clavier et finit par atterrir sur gouv.fr, le site officiel du gouvernement français. « Tu vois ? Lis par toi-même, si tu ne me crois pas ! »

La cadette s'éclaircit la voix à son tour avant de lire d'une voix hésitante : « "Uni-que-ment en cas d'enlève-ment, le pro-cureur peut décider de dé-dé-clencher le dispo-sitif « *Alerte enlèvement* ». Ce dispo-sitif permet d'alerter les médias... et de di-ffuser le signalement de l'enfant enlevé". » Après avoir relu le texte pour elle, le visage de la jeune fille s'anima et elle commenta d'une voix pleine d'espoir : « Tu vois ? On aura le soutien de la télé, la radio et tout, truc de ouf !

— Oui, ce serait super, mais tu n'as pas fait attention à la fin : "Toutefois, le déclenchement de cette alerte n'est pas systématique".

— Oui, mais ça vaut la peine d'essayer, non ? commenta l'aînée.

— C'est vrai ! » admit Soumyya sans conviction, car elle connaissait le système judiciaire français. « On peut toujours essayer, nous n'avons rien à perdre...

— Je vais les appeler tout de suite, toi, tu parles mal, décréta l'aînée.

— Comment ça, je parle mal ? Je parle direct, moi ! Y a pas de cornes de gazelle[20] dans ma voix !

— Et c'est justement ça, le problème, tu vois ? Les flics, ils vont se sentir agressés, et s'ils se sentent agressés, ils ne t'écouteront pas... Et s'ils nous cataloguent comme des sauvageons, c'est fini, on retrouvera jamais Suleïman, c'est ça que tu veux ? »

La cadette secoua la tête avec véhémence et l'aînée prit son téléphone pour composer le 17. Elle enclencha le haut-parleur afin

---

20 Pâtisserie originaire d'Algérie.

que tout le monde pût entendre la conversation. Poliment, elle demanda à parler aux personnes chargées de l'enquête. La standardiste passa le relais à un autre fonctionnaire qui lui confirma que les photos des enfants avaient été communiquées aux agents sur le terrain. « Monsieur, je voudrais bénéficier du "dispositif alerte enlèvement".

— Des éléments nouveaux sont apparus ?

— Oui. Suleïman, Stéphane et Kader ont été enlevés !

— Très bien. Nous avions opté pour l'hypothèse de la fugue, mais si de nouveaux éléments sont apparus nous pourrons relancer l'enquête. Avez-vous le signalement du ou des ravisseurs ? Nous avons besoin d'un témoignage direct avant d'en référer au procureur de la République... »

D'abord pleine de confiance, la jeune femme se tassait progressivement sur son siège. À la fin de l'entretien, la malheureuse était au bord des larmes. « Putain, quelle bande d'exciseurs de mouches ! commenta sa jeune sœur.

— Ils ne peuvent aller contre les textes de loi. C'est ainsi. Les fonctionnaires d'État se doivent de respecter le droit. »

La grande sœur sécha ses larmes et se força à sourire à Soumyya : « Tu avais raison. On dirait que tu connais le système... Tu n'as pas fait des études de droit pour rien, Soumyya. Alors qu'est-ce qu'on fait maintenant, Madame la Générale ? Quel est le plan pour demain ? »

— Il faut communiquer et jouer à fond sur les réseaux sociaux... »

Les trois sœurs tombèrent d'accord sur ce point. Elles scannèrent l'affiche et la publièrent sur leurs profils respectifs en encourageant leurs contacts à partager l'avis de recherche avec leurs proches. Soumyya souleva l'incrédulité générale en confessant l'impensable : elle n'avait pas de compte Facebook.

Après le départ de ses invitées, Soumyya réfléchit aux évènements de la journée en se questionnant sur la prochaine étape. Elle avait contacté la police et fait le tour des associations, elle avait également sollicité l'aide des réseaux sociaux. Que lui restait-il, maintenant ?

Elle prit la carte de visite de la détective et l'étudia un instant. Le papier n'était pas de très bonne qualité et la conception graphique était – comment dire ? – rébarbative. Elle la reposa sur le coin du bureau, puis la reprit entre ses mains tout en poursuivant ses réflexions. Si cette association l'avait conseillée, c'était que cette dame devait être efficace. Elle tapa son nom sur son moteur de recherche et commença une lecture en diagonale de quelques articles de blogue.

Ce qu'elle lut l'encouragea à entrer en contact avec cette Élise. Une femme détective, cela changeait et la plupart des internautes faisaient son éloge, ce qui était prometteur. Néanmoins, il était trop tard pour l'appeler. Elle lui envoya donc un mail. Soumyya eut la surprise de recevoir une réponse immédiate : « *Madame, Ce que vous m'écrivez est alarmant. Votre frère est en grand danger. N'attendez rien des autorités. Il faut agir au plus vite. Rejoignez-moi, demain à neuf heures précises au jardin botanique, devant l'allée des Iris.* »

J-12

Chapitre XX : Trop gros

Après avoir rendu visite à ses cochons, l'Ogre retourna dans son bureau. Il s'étonna de l'heure tardive et se demanda où avaient filé les trois dernières heures. Incapable de comprendre cette disparition, il alluma son ordinateur dédié à la communication. Il lança TOR[21] qui lui permettait de camoufler ses activités puis se rendit sur sa boîte mail anonymisée.

Il envoya des images culinaires avec un couscous royal, un mafé et une choucroute. Dissimulées derrière ces plats traditionnels, se trouvaient des photos des jeunes garçons. On ne dirait pas de l'Ogre qu'il pêchait par manque de prudence. Même si le courriel était intercepté, il fallait la clef appropriée pour le décrypter.

EXP : l'Ogre

DEST : B.N.L

Objet : commande

« *Cher Monsieur Benelle, vous trouverez ci-joint une photo des plus appétissantes. Je suis actuellement en train de cuisiner les bons plats que vous semblez apprécier en gourmet.* »

EXP : B.N.L

DEST : L'Ogre

Objet : commande re

« *Cher Monsieur l'Ogre, votre préparation me semble délicieuse et convenir à nos goûts. Un seul point nous chagrine. Si je puis me permettre, la choucroute me paraît bien trop grasse pour nos palais délicats. Je vous propose de vous régler dès la livraison*

---

21 « The Oignon Routeur », système développé par les services secrets américains permettant une navigation anonymisée sur le Net.

25 K euros pièce, sauf la choucroute 10 K. »

L'Ogre pesta en lisant la réponse de son client. Voilà qu'il faisait la fine bouche, maintenant !

EXP : l'Ogre

DEST : B.N.L

Objet : commande re re

« Cher Monsieur Benelle, vous ne devriez pas chasser les matières grasses de votre alimentation. Les lipides sont de merveilleux conducteurs de saveur. Toutefois, si vous le souhaitez, je puis faire mariner et mettre au régime mes ingrédients afin de dégraisser la choucroute. Elle est en parfait état et conditionnée. Lot à prendre ou à laisser. 50K pour le tout. »

EXP : B.N.L

DEST : L'Ogre

Objet : commande re re re

« Cher Monsieur l'Ogre, je vous remercie pour votre obligeance. Il semble qu'un dégraissage hâtif ne puisse convenir à l'usage que nous réservons à ce plat. Nous cherchons un repas riche en protéines et donc en muscles. Douze jours ne sauraient suffire à la reconstruction de cet ingrédient. D'ailleurs, je vous suggère une cuisson très légère, car nous souhaitons cuire et assaisonner chacun de nos plats à notre convenance. Suis-je assez clair ? »

EXP : l'Ogre

DEST : B.N.L

Objet : commande re re re re

« Cher Monsieur Benelle, je vous livrerai comme convenu. Si vous êtes intéressé par ma choucroute, je vous la propose à 7 k, dans l'état. »

EXP : B.N.L

DEST : L'Ogre

Objet : commande re re re re re

« Cher Monsieur l'Ogre, je comprends votre déception après avoir pris le temps de cuisiner ces différents plats. Pour vous

dédommager de vos peines, je vous propose 50 k pour le lot et vous pouvez même goûter à la choucroute sans la gâter bien entendu. »

EXP : l'Ogre

DEST : B.N.L

Objet : commande re re re re re re

« *Cher Monsieur Benelle, puisqu'il en est ainsi, je conserverai la choucroute pour mon usage personnel. J'attends les coordonnées G.P.S. afin d'assurer la livraison du couscous et du mafé en temps et en heure.* »

EXP : B.N.L

DEST : L'Ogre

Objet : commande re re re re re re re

« *Cher Monsieur l'Ogre, je respecte votre décision et je dois ajouter qu'en tant qu'admirateur de la première heure, j'ai hâte de visionner votre travail. Concernant la livraison, vous recevrez les coordonnées G.P.S. en temps et en heure.*

P.S : La fraîcheur des mets est d'une importance vitale. Ne les cuisinez pas davantage. »

Chapitre XXI : Paranoïa

Après la lecture du mail du détective Élise, Soumyya eut bien des difficultés à trouver le sommeil. Celui-ci fut tourmenté par une succession de cauchemars claustrophobiques qui la laissèrent couverte de sueur. Dès son réveil, elle courut à la fenêtre de sa chambre afin de chercher un peu de fraîcheur. Ce fut peine perdue ! L'air stagnant suscitait une sensation suffocante. Elle porta son regard sur les quelques lampadaires qui empêchaient la cité de sombrer dans les ténèbres et pensa à Kader en se posant les mêmes questions pour la millième fois. Mais à quoi cela servait-il de se questionner ? Son imagination lui faisait revoir son petit frère. Elle s'émut de sa fragilité... Jusqu'où avait-il pu courir avec ses mollets à peine plus larges que des flûtes de pain ?

Comme elle ne pouvait se rendormir, elle alluma l'ordinateur familial pour se rendre sur les réseaux sociaux où elle s'était créé un compte, la veille. L'annonce sur la page « Les petits frères disparus » avait été partagée 200 fois. Était-ce beaucoup ou peu ? Pas suffisant, conclut la jeune femme en proie à l'angoisse. Elle résista longtemps à l'impulsion qui la tenaillait avant de céder. Dans sa barre de recherche, elle entra la question fatidique : « où disparaissent les enfants ? »

« 22 800 000 résultats générés en 0,38 seconde », lui annonça son moteur de recherche. C'était vertigineux. Alors qu'elle parcourait les titres en s'enfonçant dans les sables mouvants numériques, son visage se crispait de minute en minute.

Le soleil finit par se lever. Soumyya s'étira et fit quelques pas pour se dégourdir les jambes. Elle se rendit dans la chambre voisine, celle de son frère. Rien n'avait bougé. Obstinément familière, son odeur s'attardait dans la pièce. Sur les murs, les affiches des footballeurs qu'il admirait tant surplombaient son petit lit. Elle essuya ses larmes et se rendit dans la salle de bain. Les cernes creusaient des fosses violacées autour de ses longs yeux noirs.

Je ne peux plus rester enfermée !

Non, ce n'était plus possible, d'autant plus que chacun faisait tout ce qu'il pouvait pour retrouver les enfants.

Je dois sortir !

Les sœurs de Suleïman étaient parties avec des centaines d'affiches qu'elles comptaient placarder dans un périmètre agrandi.

Et moi, dans tout ça ?

En dépit de la chaleur accablante, elles allaient solliciter les commerçants et questionner les passants.

Je dois les aider !

Pouvait-elle se contenter de surfer sur Internet et de passer des coups de fil comme une simple secrétaire ? Le processus qui avait conduit à cette étape avait été long et douloureux, mais la décision fut aussi instantanée qu'irrévocable...

J'irai. Si cette fameuse Élise peut faire quelque chose, il faut tenter le tout pour le tout.

*

Dans le parc où elle avait rendez-vous, Soumyya s'étonnait elle-même d'avoir pu sortir si facilement. Elle n'avait pas pris conscience – sur le moment – de l'ampleur de ce changement. Elle n'avait pensé qu'à Kader. Elle était certaine qu'il était séquestré quelque part. Il serait revenu à la maison, si quelqu'un ne l'en empêchait pas.

Tous ces gens. Tellement de monde ! Tant d'enfants dans les rues !

Oui, c'étaient les vacances scolaires, évidemment. Les gamins riaient, parlaient entre eux et jouaient à leurs jeux innocents. Et son frère ? S'amusait-il à cette heure-ci ? Certainement pas. Pourtant, tous ces gens autour d'elles n'en avaient rien à faire de cette histoire.

Pourquoi n'avait-elle pas pris d'affiches ? Elle aurait voulu arrêter chaque passant qu'elle croisait pour le questionner. Comment savoir si l'un d'eux ne retenait pas son frère prisonnier ? Elle avait lu tant d'anecdotes sordides sur Internet ! Il y avait trop de monde ici. La ville était remplie de loups à visages humains, de loups déguisés en moutons. Comment connaître les pensées, les désirs et les intentions des personnes qui la frôlaient dans la rue ? Comment aurait-elle pu deviner que ses camarades de promotion étaient capables de cette horreur ?

Soumyya chancela. Non. Elle ne devait pas penser à ça ! Surtout pas !

Respire lentement et profondément. Concentre-toi sur l'instant présent.

Où es-tu Soumyya ? Ici.

Quand es-tu, Soumyya ? Maintenant.

Que vois-tu, ici et maintenant ?

Je vois le trottoir à mes pieds et l'entrée du parc municipal.

Qu'entends-tu, ici et maintenant ? J'entends le bruit de la circulation, un monsieur qui téléphone et un enfant qui pleure dans le lointain.

Que sens-tu, ici et maintenant ? Je sens les gaz d'échappement et les senteurs florales de l'eau de toilette d'une dame qui vient de passer devant moi, et au loin, je devine autre chose, le parfum du magnolia...

Soumyya respira profondément et lutta contre son désir de s'enfuir en courant et de rentrer se terrer dans la sécurité de l'appartement familial. Elle se fit violence et finit par reprendre la maîtrise d'elle-même. Elle marcha dans le parc en tâchant de ne penser à rien d'autre qu'à ses ressentis. Elle voulait n'exister que par ses sens. La pleine conscience. C'était ce que lui avait conseillé sa psychothérapeute. Pas d'interprétation, juste des perceptions. Pas de jugement. Échapper à la tentation de voir des suspects et des coupables partout. Dans son état d'esprit, il lui était trop facile de soupçonner chaque homme qu'elle croisait. Mais non ! Il lui fallait suspendre son jugement, échapper à la tentation de condamner ceux qu'elle ne connaissait qu'à travers leurs apparences. Oui, car les apparences étaient bien trompeuses ! Cette leçon-là, Soumyya l'avait apprise à ses dépens...

Fais silence, Soumyya !

Où es-tu ? Ici.

Quand es-tu, Soumyya ? Maintenant.

Que vois-tu, ici et maintenant ? Je vois l'allée et les arbres aux ombres fraîches.

Qu'entends-tu, ici et maintenant ? J'entends les gravillons qui crissent sous mes sandales et des enfants qui jouent plus loin.

Que sens-tu, ici et maintenant ? Je sens le parfum du magnolia porté par la brise...

C'est ainsi qu'elle parvint enfin à l'allée convenue. Là, elle jeta des regards inquiets aux alentours. Comme il n'y avait personne, Soumyya décida de s'asseoir sur un banc, à l'ombre d'un arbuste. Quand un poids s'abattit sur son épaule, elle ne put retenir un cri aigu. Aussitôt, une main se posa sur sa bouche...

On la traîna dans un coin sombre. Robuste et puissante, empestant le tabac, la main étouffait ses hurlements. Elle se débattait, cherchant à mordre les doigts de son agresseur, mais celui-ci la maintenait fermement. Elle suffoquait. L'esprit en proie à la panique, ses jambes s'agitaient frénétiquement.

Ils saisirent ses cuisses et la forcèrent à les écarter, puis en riant, ils...

« Mademoiselle, calmez-vous ! C'est moi, Élise ! Promettez-moi de ne pas crier. Nous ne devons pas attirer l'attention sur nous. Je suis là pour vous aider à retrouver votre frère ! »

Soumyya reprit lentement le contrôle d'elle-même. Sa respiration était haletante et elle dut faire un nouvel effort pour la ralentir. « Vous êtes Élise ? demanda-t-elle dans un souffle.

— Moïse Élise, détective privé.

— Soumyya, c'est moi qui vous ai contacté... mais... je pensais que vous étiez une femme...

— Désolé de vous décevoir, Mademoiselle. Élise est mon patronyme, mon prénom, c'est Moïse...

— Je suis confuse, je croyais vraiment avoir affaire à une femme...

— Homme, femme, qu'est-ce que ça change ? la coupa-t-il. Le temps presse. Dites-moi tout ce que vous savez sur la disparition de votre frère... »

Le souffle court, Soumyya rapporta sa version de l'histoire au détective qui prit des notes sur un calepin. « Je ne vais pas vous mentir, Mademoiselle. Il faut agir au plus vite. Plus le temps passe, plus les chances de retrouver les enfants vivants diminuent. C'est une véritable course contre la montre et elle a commencé à l'instant même où votre frère a quitté votre domicile... C'est-à-dire le 30 juillet... Vous dites que la police est au courant et que le plan "disparition inquiétante" a été mis en place, mais que vous n'avez toujours aucune nouvelle... C'est bien ça ? »

Soumyya hocha la tête, dans l'expectative.

« Je vais vous le dire tout net, Mademoiselle. Vous ne devez pas trop attendre de la police. Ils ont d'autres choses à faire que de rechercher votre frère. La police a changé, elle s'est transformée, petit à petit... On lui a demandé d'être rentable, de faire du chiffre, de donner des résultats... C'est la logique statistique qui règne et derrière tout ça, il y a des questions de budget...

— Qu'est-ce que vous racontez ? La Police nationale est là pour assurer la sécurité des biens et des personnes ! Ce n'est pas une entreprise censée être rentable !

— Dans l'idéal, vous avez raison... Malheureusement, nous sommes loin de vivre dans un monde idéal... J'ai fait partie de la maison, alors je sais de quoi je parle... Croyez-moi... Trois gamins issus de cités H.L.M.[22] qui disparaissent... tout le monde s'en cogne ! Oui, je vois bien à quel point ça vous choque, mais c'est la réalité et, quand vous la prenez dans la gueule, ça fait mal... »

En entendant ces mots et leur cynisme odieux, Soumyya n'eut qu'une envie : déguerpir. Mais elle ne trouva pas la force de bouger. Au lieu de cela, elle prêta l'oreille aux propos du détective, fascinée : « Prouvez-moi que je me trompe ! Qu'est-ce qu'ils ont fait jusqu'à présent, mes anciens collègues ? Rien, je parie ! Ils vous ont

---

22 Habitation à loyer modéré.

dit d'attendre, que c'était sûrement une fugue... qu'ils reviendraient bientôt ? »

La jeune fille opina involontairement tandis que le détective, inexorable, poursuivait d'une voix lasse : « C'est un discours bien rodé. Les flics ont pour consigne de temporiser... Certains y croient vraiment, d'ailleurs... Ils ne sont pas mauvais... C'est juste qu'ils obéissent aux ordres... Et c'est bien pratique d'attendre, non ? Comme ça, le ravisseur a tout le temps de s'éloigner et de faire ce qu'il veut avec ses proies... »

Les mains de l'homme tremblaient. Le regard d'Élise s'assombrit et il sortit une cigarette d'un étui. Il l'alluma, puis une lourde odeur de résine brûlée irrita les narines de la jeune femme. Elle toussa avant d'observer froidement : « La consommation de stupéfiants est interdite par la législation française. Elle expose le consommateur à des procédures judiciaires...

— Je le sais bien. Je connais la loi, dit-il en crachant la fumée dans une autre direction, cela calme mes nerfs. Je vais vous expliquer le problème. En un mot comme en cent. Le système français se fout des enfants !

— C'est une accusation très grave, Monsieur. Avez-vous des preuves pour la soutenir ?

— J'en ai, Mademoiselle, en lieu sûr... Mais je vais vous expliquer comment je l'ai compris. J'étais naïf à mes débuts. Je croyais en ma mission : *pro patria vigilant...* autrement dit...

— Ils veillent pour la patrie, traduisit Soumyya.

— Mademoiselle connaît son latin, félicitations...

— Je suis titulaire d'une licence de droit...

— Je le sais bien, Mademoiselle. Vous êtes la plus jeune bachelière de l'année 2014... Obtenir le bac à 14 ans, c'est plutôt impressionnant...

— Je vois que vous avez mené votre petite enquête...

— Je ne suis pas détective pour rien. Quand je m'engage pour une cause, c'est à fond. Et j'aime savoir pour qui je risque ma peau...

— Qu'est-ce que vous voulez dire ?

— Vous l'apprendrez bientôt, si mon hypothèse se confirme...

— Parlez-moi un peu de cette hypothèse.

— C'est encore prématuré. Je dois d'abord mener mon enquête. En l'absence de témoin, la police n'envisage qu'une possibilité : la fugue. Cela permet de culpabiliser la famille et de la forcer à se remettre en question. Et cette remise en question a pour fonction de paralyser les proches de la victime. Il existe pourtant deux autres possibilités que n'abordent jamais les services de police. La première, c'est que votre frère ait été enlevé par un sadique isolé, la seconde, c'est qu'il soit tombé dans les filets d'un réseau organisé...

— Un réseau ? Qu'est-ce que vous voulez dire par là ?

— Je parle d'associations de malfaiteurs, de personnes liées par le vice : trafiquants et consommateurs qui se soutiennent mutuellement et qui sont présents à tous les échelons de la hiérarchie sociale.

— Vous êtes sérieux ?

— On ne peut plus sérieux !

— Vous fumez trop ! C'est du délire ! Ça n'existe pas les réseaux... On est dans le pur fantasme là...

— Du pur fantasme ? C'est ce que je croyais, moi aussi. Cette idée paraît tellement incroyable que la raison se hérisse en envisageant une telle possibilité. Mais il faut que vous sachiez une chose, Mademoiselle. Chaque année, un million d'enfants disparaissent en Europe... Vos yeux s'agrandissent ? C'est vrai que c'est énorme.

— J'ai consulté ces chiffres. Je sais déjà qu'ils sont entre 40 et 50 000 à disparaître chaque année en France.

— Oui, et dans notre beau pays, quel que soit leur âge, les disparitions sont systématiquement classées en fugue. Les autorités officielles affirment que la grande majorité est retrouvée, mais c'est faux.

— Pourquoi mentiraient-ils ?

— Pour garder la face et éviter que les moutons ne s'agitent dans l'enclos... Eh oui ! Je vous parle franchement. Nous ne sommes rien d'autre que du bétail pour ces gens-là... »

Soumyya rajusta sa position sur le banc et réfléchit un instant : « Bon, je veux bien vous écouter, mais vous devez tout de même m'apporter des preuves concrètes à vos allégations : qu'est-ce qui vous fait dire que la France se fout de ses enfants ? Ou que nous ne sommes que "du bétail", comme vous l'affirmez !

— Quand un enfant disparaît, sauf exception, les autorités ne le recherchent pas activement. Il faut que les plaintes soient nombreuses et rapprochées, ou encore, que le kidnappeur commette une erreur pour qu'une enquête soit entreprise. Durant celle-ci, il arrive que rien ne se passe normalement : des preuves disparaissent mystérieusement, des témoins se rétractent, d'autres sont victimes d'accidents. Je n'invente rien. J'ai connu des collègues à qui c'était arrivé et je l'ai vécu personnellement. Quand je me suis montré trop zélé et que j'ai commencé à déterrer un peu trop de dossiers et à faire des liens entre différentes affaires qui semblaient déconnectées, on m'a mis des bâtons dans les roues. Curieuse coïncidence, les témoins clefs de la disparition suspecte sur laquelle j'enquêtais ont, eux aussi, été victimes d'accidents malencontreux, ou se sont "suicidés". Le pire, c'est que personne n'a trouvé bizarre que le "suicidé" ait encaissé plusieurs balles dans la tête. C'est ce qui m'a fait comprendre que les coupables profitaient de complicités au plus haut niveau de l'appareil d'État et pire encore, qu'ils bénéficiaient de l'impunité ! C'est ça que je n'ai pas pu supporter... »

Involontairement, Soumyya secouait la tête en signe de dénégation. S'en apercevant, Moïse reprit : « Je comprends votre incrédulité, Mademoiselle, c'est une pilule difficile à avaler. Malheureusement, après avoir vu ce schéma se répéter, et l'avoir subi moi-même, j'ai fini par quitter les rangs de la police afin d'offrir mes services de détective aux victimes.

— Je comprends. Une dernière chose, Monsieur Élise. Pourquoi avez-vous refusé de communiquer avec moi par téléphone ?

— Simple précaution, Mademoiselle. L'expérience m'a enseigné que les téléphones peuvent facilement se transformer en mouchards, aujourd'hui, tout peut être piraté, mis sur écoute et piloté à distance. Un simple clic suffit. Depuis que j'ai quitté la police, j'ai remué pas mal de saloperies et j'ai accumulé beaucoup de dossiers compromettants sur ces malfaiteurs... »

Soumyya opina en silence. Elle avait entendu dire qu'il valait mieux entrer dans le délire des paranoïaques, plutôt que de s'y opposer de front. Aussi jugea-t-elle plus prudent d'abonder dans son sens : « Tout s'explique, bien sûr ! Je ne connais pas grand-chose à ce genre d'affaires, moi... Je ne me doutais pas de tout ça... »

L'ancien policier toxicomane la fixa avec une intensité qui la mit mal à l'aise. Avait-il perçu son incrédulité ? L'interprétait-t-il comme un manque de respect ? Le rythme cardiaque de la jeune femme s'accéléra et sa gorge se serra. Elle avait douloureusement conscience de sa solitude. L'homme semblait solide - physiquement, du moins. Il n'était pas très grand, certes, mais il la dépassait d'une tête au minimum et devait mesurer plus d'un mètre soixante-quinze. Ses bras secs et musculeux dégageaient une impression de puissance. Que faire ? Quelle attitude adopter ? Elle avait affaire à un paranoïaque qui cherchait à la persuader de la véracité de ses théories farfelues. Il ne reculerait sans doute devant rien pour l'entraîner dans son délire...

Le détective soupira. Il s'était montré sensible à l'ironie de la jeune fille, qui croyait pourtant l'avoir dissimulée. « Je vois. Vous me prenez pour un paranoïaque. C'est parce que vous vivez encore dans l'illusion de la matrice. »

De pire en pire, pensa-t-elle, voilà la tarte à la crème des conspirationnistes, la pilule bleue ou rouge ? Pourquoi Matrix avait-il tant marqué les esprits de ces illuminés ? Maintenant que ses doutes se trouvaient confirmés, il lui fallait trouver un moyen de s'échapper. « Ce doit être ça, oui. Eh bien ! Merci pour votre temps, Monsieur Élise... »

Le détective écrasa son joint par terre. Il fixa la jeune

femme dans les yeux et son regard intense n'était pas celui d'un dément quand il conclut : « Vous voulez une preuve de ce que j'avance ? Vous avez fait des études de droit. Vous connaissez donc la différence entre les différents tribunaux français. Savez-vous qu'un violeur pédophile risque une peine plus clémente que celle du pauvre type qui m'a vendu le shit que je fume ?

— Que voulez-vous dire, Monsieur Élise ?

— Une affaire de pédophilie est traitée comme un simple délit et sera donc jugée devant un tribunal correctionnel ce qui signifie que ? »

Automatiquement, les cours de droit revinrent à la mémoire de la jeune femme, qui récita : « Le tribunal correctionnel constitue la formation pénale du tribunal de grande instance. Il est compétent pour assurer la répression des délits, c'est-à-dire des infractions que la loi punit d'une peine d'emprisonnement inférieure ou égale à 10 ans ou d'une amende supérieure à 3 750 euros.

— Très bien, je vois que vous connaissez encore vos cours, mais sachez qu'un dealeur peut, lui, se trouver devant une cour d'assises, qui elle est ?

— Arrêtez ! Je ne suis pas en examen !

— Vous séchez ?

— Non. La cour d'assises est une juridiction départementale, composée de juges professionnels et de jurés populaires tirés au sort. Elle est chargée de la répression des crimes, c'est-à-dire des infractions les plus graves punies d'une peine de réclusion d'une durée minimale de 15 ans.

— Exactement ! Les gens s'étonnent qu'il y ait tant de récidives parmi les violeurs pédophiles, mais ce n'est pas un hasard, c'est la législation. Vous voyez, un adulte peut violer un enfant et ce n'est qu'un simple délit aux yeux de la loi, tandis que la vente d'un produit qui ne fait que calmer mes nerfs est considérée comme un crime. Comprenez-vous le message qui est donné à ces malfaiteurs ? »

Abasourdie, Soumyya se jura de faire des vérifications dès qu'elle serait rentrée chez elle. Si ce fou lui en accordait le loisir, bien sûr, car il poursuivait son monologue : « Mais ce n'est pas tout, Mademoiselle. Une dernière chose et après, j'en aurai fini. Nous sommes restés ensemble une petite heure à peine. Dans ce laps de temps, quatre enfants ont déjà disparu. La famille de l'un d'eux fera peut-être appel à mes services prochainement et je ne pourrai lui refuser mon aide. Si vous ne me faites pas confiance, engagez quelqu'un d'autre, mais dépêchez-vous ! Chaque minute compte... »

Soumyya tourna les talons et prit congé de cet hurluberlu. Ex-flic, mon œil ! Ce mythomane avait passé trop de temps enfumé sur Internet... Les réseaux n'existaient pas. Ce n'étaient que des fantasmes populistes. Cela au moins, elle en était bien certaine.

J-11

Chapitre XXII : Corruption

Kader se boucha les oreilles. Il n'en pouvait plus d'entendre la voix niaise de la chanteuse yéyé passer en boucle. Le pire, c'était qu'il arrivait parfois qu'un bref silence se fît avant la reprise de la chanson. C'est alors qu'il entendait des voix d'enfants. Il ne les avait pas entendues auparavant. Quand étaient-ils arrivés ? S'il ne pouvait comprendre ce qu'ils disaient, il pouvait facilement saisir leur détresse. Ils appelaient à l'aide.

— Ajutor ![23]

— Ajutați-mă

— Saeidni [24]

Beaucoup criaient dans des langues incompréhensibles. Le garçon avait tenté d'engager le dialogue avec les francophones, mais ces enfants semblaient bien trop perturbés pour tenir une conversation cohérente, entrecoupée de musique yéyé. Il avait déduit de leurs accents qu'ils venaient des quatre coins de la France. Kader et Stéphane s'interrogeaient au sujet des nouveaux venus : « Quand est-ce qu'ils sont arrivés, ceux-là ?

— Aucune idée... je dormais... C'était pendant la nuit, je dirais... »

Kader s'apprêtait à reprendre, mais la ritournelle écœurante lui coupa la parole. Il dut patienter pendant une dizaine de tours de boucle avant le prochain répit. Il en profita pour reprendre : « La nuit ? Mais en fait... on sait même pas si c'est la nuit ou le jour finalement... Y a juste ces néons... Si ça se trouve, c'est la journée... Qu'est-ce qu'on en sait ? »

La réponse de Stéphane ne vint pas. À la place retentit la

---

23 « Au secours » : roumain
24 « Aidez-moi » en langue arabe.

brève introduction instrumentale suivie de la voix enjouée de Sheila qui reprenait.

Vous les copains, je n'vous oublierai jamais, etc.

Avant d'échanger encore quelques paroles, ils durent subir une dizaine d'assauts de bonne humeur de la chanteuse. Puis Stéphane saisit un bref intermède pour reprendre : « J'y avais pas pensé, Kader... franchement, je suis perdu dans le temps... C'était pendant l'extinction des lumières... c'est l'autre fou qui a dû les... »

Kader poussa un cri de dépit. Le reste de la phrase de son ami se perdit dans la musique qui retentissait encore à plein volume.

Vous les copains, je n'vous oublierai jamais, etc.

Reprenant son calme, Kader se boucha les oreilles du mieux qu'il put. Cela ne faisait que baisser légèrement le volume, mais c'était déjà ça. Son corps avait parfaitement intériorisé le rythme et la durée de la chanson. Rien ne servait de s'énerver. Il devait simplement attendre les petits ratés intermittents qui leur permettaient d'échanger. Certes, cette manière de communiquer était des plus pénibles, mais il avait fini par s'y habituer. Le pire était le côté aléatoire et imprévisible des intermèdes de silence. Il devait donc rester en alerte, car s'il se perdait dans ses pensées, il pourrait manquer la réponse de son ami. Dans cette solitude, ces quelques échanges étaient d'une valeur inestimable. Patience ! s'enjoignit-il, tandis que l'attente, conjuguée au côté irritant de cette chanson d'amitié, menaçait de le mettre hors de lui. Il eut l'impression d'attendre une éternité avant de pouvoir enfin répondre à Stéphane.

« C'est un malade, l'autre... T'y crois, toi, à son histoire de super nanny virile ? »

Les mots s'étaient bousculés à la sortie de sa bouche. La musique avait repris ses droits. Trop vite ! Il espérait ne pas avoir parlé trop rapidement. Quand on attendait aussi longtemps et que l'on ignorait de combien de temps l'on disposait, grande était la tentation de vouloir tout dire d'un coup. Mais à quoi bon parler, si l'autre n'entendait pas ou n'était pas capable de comprendre ce que l'on racontait ? Cette pensée l'entraîna vers Suleïman qui ne répondait plus. Son mutisme était plus qu'inquiétant. Mince, le silence s'était fait et Stéphane avait repris la parole : « Bien sûr que non ! T'as vu son masque ? Ce type est fou... Je suis sûr qu'on est pas les premiers à se faire victimiser... Je me demande ce qu'il a fait aux autres... »

Le silence était une nouvelle fois malmené par la voix aiguë et enjouée de Sheila. Cette musique était non seulement affreuse, mais le volume sonore était tel qu'il l'empêchait de rassembler ses pensées. Pour réfléchir, il plongea en lui-même. L'inconvénient, c'était que s'il faisait ça, il n'entendrait pas la prochaine réplique de Stéphane ou manquerait son tour de parole...

Il resta ainsi dans l'expectative un long moment. La chanson répéta son cycle douze fois avant de céder la place à ce bref intervalle de silence tant espéré. Il en profita pour parler aussi vite que possible, tout en articulant du mieux qu'il pouvait : « Je sais pas et je crois que je préfère pas le savoir... En vrai, j'essaie de pas trop y penser... Par contre, y a un autre truc qui me travaille... »

Et ce dialogue se poursuivit ainsi, chaque réplique entrecoupée de longs interludes de musique joyeuse. C'est ainsi que les garçons profitèrent des brefs silences pour libérer au compte-gouttes tout ce qu'ils avaient eu tant de peine à retenir... « Je sais que c'est bizarre, déclara Kader, mais ça me travaille, Stouf... Pourquoi tu pleurais le jour de ton anniversaire ? »

Vous les copains, je n'vous oublierai jamais, etc.

« Putain ! Mais tu lâches rien, toi... »

Vous les copains, je n'vous oublierai jamais, etc.

« Ouais, je sais, c'est ce qui fait mon charme à ce qui paraît... »

Vous les copains, je n'vous oublierai jamais, etc.

« Le charme du ténia, ouais ! »

Vous les copains, je n'vous oublierai jamais, etc.

« Allez ! Dis ! J'arrête pas d'y penser... »

Vous les copains, je n'vous oublierai jamais, etc.

« Et moi, j'arrête pas de penser à ta sœur... »

Vous les copains, je n'vous oublierai jamais, etc.

« Moi aussi...

— Si t'y penses de la même manière que moi, t'es encore plus taré que l'Ogre... »

Vous les copains, je n'vous oublierai jamais, etc.

« Ah ! Ouais ? Tu penses à quoi ? »

Vous les copains, je n'vous oublierai jamais, etc.

« Laisse tomber ! Le jour de mon anniversaire, c'est aussi celui de ma mère... »

Vous les copains, je n'vous oublierai jamais, etc.

« Ta mère ?

— Oui... ma mère... elle est morte... le jour de ma naissance... Du coup, chaque année, je fais un gâteau avec son livre de recettes... C'est pour ça que mon père devait avoir l'honneur de la première part... C'est à cause de moi qu'il a perdu sa femme... Je l'ai tuée, frérot ! »

Vous les copains, je n'vous oublierai jamais, etc.

« Arrête ça, frérot ! Tu vas me faire chialer...

— Désolé... »

Kader entendit Stéphane renifler. Il ne le voyait pas, mais il était sûr qu'il pleurait. La musique avait repris. Sa bonne humeur se moquait de sa tristesse...

Vous les copains, je n'vous oublierai jamais, etc.

La culpabilité d'avoir jeté du sel sur la blessure de son ami l'empêcha de parler pendant quelques tours de rôle. Lui-même pleurait quand il articula péniblement : « Putain, tu nous as ambiancés grave, là... »

Cette fois, cependant, la chanson ne reprit pas et les enfants entendirent les lourdes bottes militaires de l'Ogre. Malgré leurs doutes, les garçons étaient excités et impatients, car à la fin des épreuves qu'il leur avait imposées plus tôt, il leur avait annoncé qu'il avait rendez-vous avec leurs parents : « Monsieur ! Alors, Monsieur ? Mes parents ont-ils trouvé de quoi payer ?

— Non !

— Monsieur ! Je vous avais dit qu'ils étaient fauchés, Monsieur...

— Non, le problème, c'est que vos géniteurs sont contents de votre disparition... Les sœurs de Suleïman ont même fait un grand repas de fête. Au menu, il y avait du mafé et son petit frère a récupéré sa chambre... Ils ont dit que ça leur faisait de la place... »

Kader fut choqué par cette annonce incroyable. Il était encore en train de l'absorber quand Stéphane intervint : « Monsieur ! Alors qu'est-ce qu'il a dit mon daron ? Euh ! Mon père, Monsieur ?

— Il a dit "j'ai pas un rond, gardez-le... Il ne fait que bouffer et chier... ça me fera des économies... En plus, les clopes ont encore augmenté... Je n'ai pas les moyens d'entretenir ce boulet, je ne lui pardonnerai jamais d'avoir tué ma femme" ! »

Le cœur de Kader se serra quand il entendit les sanglots de son ami. Il aurait aimé pouvoir le rassurer et lui expliquer qu'il ne devait pas croire un mot sortant de la bouche de leur ravisseur. Il n'en eut pas le loisir, car son tour était venu : « Les auteurs de tes jours ne veulent plus de toi, Kader... Je leur ai même proposé un rabais, mais ils l'ont refusé... Ils préfèrent miser sur ta sœur, car elle est plus sérieuse... Pour fêter ton départ, ils ont fait un couscous royal en ton honneur ! Et pour expliquer ton absence, ils racontent à ceux qui s'inquiètent de ton sort que tu es rentré vivre au Maroc... »

Sur ces mots, l'Ogre tourna les talons. Les trois garçons restèrent seuls avec la musique yéyé à plein volume qui les condamnait à l'isolement. Kader eut beau ne pas croire un mot de l'Ogre, il ne pouvait s'empêcher de douter.

Et si c'était vrai ?

Après tout, il n'avait pas toujours été très obéissant. Ses notes étaient médiocres, alors qu'il aurait facilement pu exceller. Ses parents avaient-ils renoncé ? Non, ce n'était pas possible, sa mère était si aimante et tendre ! Sa gentillesse lui manquait ! Il était inconcevable que son père pût l'abandonner à ce cruel destin.

L'Ogre mentait. Quoique... le Petit Poucet non plus n'aurait jamais cru son papa et sa maman capables de le planter là, dans la forêt avec ses frères...

Quant à ses parents, ils étaient loin d'être riches. Le choix le plus rationnel ne serait-il pas de consacrer toute leur énergie à Soumyya ? Elle était plus âgée et leur coûtait moins cher, surtout qu'avec son concours d'institutrice, elle trouverait bientôt du travail pour les soutenir financièrement. Alors que lui ne représentait finalement qu'une bouche de plus à nourrir, un poids mort, une charge...

Pour ne rien arranger à l'humeur de Kader, quelque temps plus tard, à la place de la chanson yéyé, une ambiance aussi ténébreuse qu'inquiétante prit la suite. C'étaient des vibrations sourdes, des grognements de bêtes sauvages, mais également des hurlements terrifiants qui le surprenaient chaque fois par leur soudaineté. Et bientôt le claquement lourd des talons de l'Ogre se fit entendre. Les enfants suivirent sa progression, le cœur battant et le souffle court. À pas lents, leur geôlier longea le couloir puis revint sur ses pas...

Stéphane cessa de respirer. L'Ogre venait de s'arrêter devant sa cellule. Le visage poupin du garçon se crispa et tout son corps se tendit lorsqu'il entendit la clef jouer dans la serrure. La silhouette gigantesque remplit presque l'encadrement de la porte. La voix assourdie par le masque effrayant lui ordonna d'approcher. Stéphane se recroquevilla dans un coin de la cellule. Il était trop effrayé pour bouger. L'Ogre insista : « Ne me force pas à répéter... Si tu ne viens pas à trois, tu le regretteras... 1... 2... »

Les jambes tremblantes, Stéphane se leva. La bouche sèche, il avança vers l'Ogre dont le masque impassible dissimulait l'expression. Avec des gestes vifs et précis, il lui lia les bras et les jambes en lui laissant juste assez de marge pour qu'il pût marcher à petits pas. L'autre bout de la corde se trouvait dans la main de son geôlier, ce qui lui permettait de le guider *comme si c'était une laisse,* songea l'enfant. « Après toi », décréta le géant, en lui montrant le chemin de la sortie.

Docilement, Stéphane suivit son ravisseur le long du

couloir. Pour la première fois, il pouvait voir les enfants enfermés dans leurs cellules individuelles. Il y en avait une vingtaine environ. Quand il passa devant celle de Kader, celui-ci lui lança un regard désespéré. Stéphane tenta de lui sourire, mais il n'en eut pas la force. L'Ogre le poussa dans le dos afin de lui faire presser le pas. Ensuite, il le fit sortir de la salle et lui banda les yeux.

Ils descendirent des escaliers et l'enfant se laissa guider. Il sut qu'ils étaient parvenus à destination quand l'Ogre lui retira le bandeau qui l'aveuglait. Ils se trouvaient dans une salle où brillaient des écrans reliés à une dizaine de P.C. « Tu aimes les ordinateurs ? » s'enquit l'Ogre en voyant les yeux du petit garçon s'écarquiller de surprise. L'enfant opina.

« Si tu veux jouer avec, il faudra d'abord répondre à mes questions.

— Monsieur, oui, Monsieur !

— Tu as bien changé depuis les photos que tu as montrées à Lydia sur Facebook... Les avais-tu trafiquées ? »

Comme le garçon semblait hésiter, l'Ogre précisa : « Tu peux parler franchement et n'essaie pas de me mentir, tu le regretterais.

— Oui, Monsieur, j'ai utilisé un logiciel de retouche, Monsieur.

— Pourquoi ?

— Monsieur, tout le monde fait ça... Les filles aussi, je l'ai lu sur un blogue... Je pensais qu'elles ne s'intéressaient pas aux gros, comme moi... Monsieur...

— Je comprends mieux ta métamorphose, maintenant. Nous avons un problème, toi et moi, mon petit Stéphane. Ton père refuse de me régler. Or, tu sais à quel point j'ai travaillé dur pour t'inculquer les leçons qui font de toi celui que tu es aujourd'hui. Et tu n'ignores pas que tout travail mérite salaire, tu n'es pas d'accord avec moi ?

— Monsieur, si, Monsieur... mais...

— Stéphane ! Il n'y a pas de "mais". Si ton père n'est pas capable d'honorer ses engagements envers moi, je pense qu'il n'est pas digne de t'avoir sous sa responsabilité. Du coup, c'est toi qui vas me rétribuer. Car tu dois comprendre que je ne suis pas un travailleur indépendant. L'organisation qui m'emploie attend aussi son paiement. Il lui faut sa part. Et moi maintenant, je ne sais pas quoi faire, car ces gens ne plaisantent pas...

— Monsieur, je suis sûr que mon père finira par payer, il lui faut juste un peu de temps pour rassembler l'argent...

— Non, non, non, Stéphane, tu te trompes. Ton père a dit : "Gardez-le, faites-en ce que vous voulez, revendez-le, si ça vous chante, j'en ai rien à faire !"

— Monsieur, ce n'est pas possible, Monsieur !

— Dis-moi, mon gros, ne serais-tu pas en train de me traiter de menteur ?

— Monsieur ! Non... Monsieur !

— Je l'espère, Stéphane, car tu ne t'en rends pas compte, mais je te fais une faveur en t'amenant ici, dans mon studio privé. Tes amis et toi me placez dans une situation délicate. Vous m'avez pris beaucoup de temps et d'énergie et vos parents ne souhaitent pas honorer les termes de leur contrat envers moi. C'est embarrassant. J'ai des factures à payer et des créances que je dois rembourser, car, à la différence de ton père, je suis un homme de parole et d'honneur, moi ! D'ailleurs, en parlant d'honneur, comment comptes-tu t'acquitter de la dette de ton géniteur envers moi ?

— Monsieur, je ne sais pas... Je pourrais travailler pour vous. Je peux faire le ménage et m'occuper de vos repas...

— Ce serait un bon début, mais cela ne sera pas suffisant. Il n'y a qu'une manière de me rembourser. En me consacrant ta vie et en m'aidant à accomplir mon œuvre. »

En entendant ces mots, le cœur de Stéphane manqua un battement. Il sentit sa gorge se resserrer et il ne put que répéter d'une voix mourante : « Ma vie ?

— Oui, ta vie m'appartient maintenant. En refusant de s'acquitter de sa dette envers moi, ton père a renoncé à ses droits sur toi. Ta vie m'appartient donc : elle est sous ma responsabilité et je peux en disposer comme je veux. Mais rassure-toi : tu as de la chance, car si je peux être parfois exigeant, je reste toujours juste. Tu as dû t'en rendre compte. Par contre, mes créanciers ne sont pas comme moi... Eux, ils sont vraiment méchants, je veux que tu le saches... Ce que je m'apprête à te faire ne me fait pas du tout plaisir...

— Monsieur, s'il vous plaît, ne me faites pas de mal, Monsieur...

— Mon petit Stéphane, s'il existait un autre moyen, je l'emploierais, mais ils nous obligent à faire ça. Si je ne le fais pas, ils s'en prendront à Lydia, ils lui feront du mal, peut-être même iront-ils jusqu'à me l'enlever ou la tuer, c'est ça que tu veux ?

— Monsieur ! Non, Monsieur ! Je ne comprends rien... Votre fille ? Ils vont la tuer, Monsieur ?

— Oui, à cause de ma dette, celle que j'ai contractée par votre faute, les enfants... Si je ne fais pas ce qu'ils m'ordonnent, ils mettront leurs menaces à exécution et ils ne plaisantent pas ! Je t'assure que ce sont des malades, des pervers... À côté d'eux, moi, je suis un saint... Ils m'obligent à faire ce genre de choses, tu sais, mais tu as de la chance, beaucoup de chance, même !

— Monsieur, pourquoi est-ce que j'ai de la chance, Monsieur ?

— Parce que mes employeurs ont des goûts très spéciaux, ils veulent des petits garçons minces et sportifs. S'ils voulaient vous manger, ils te prendraient toi, car tu es bien dodu et tendre... »

Sans façon, l'Ogre palpa les bras et les pectoraux de l'enfant qui frémit sous le contact des grosses paluches indiscrètes...

« Un garçon avec une poitrine de fille », commenta-t-il, comme pour lui-même avant d'ajouter : « Tu sais, tu ne devrais pas te dénigrer comme tu le fais... Tu aurais plu à certains de mes sponsors... les cannibales... Ils sont fous de chair humaine... surtout celle des petits, bien nourris comme toi... J'ai entendu dire que quand ils organisent des soirées grillades, ils attachent les marmots à un poteau et découpent des morceaux à l'aide de couteaux japonais aux lames très affûtées. Pour que la viande reste parfaitement fraîche, ils préfèrent déguster leurs proies vivantes... et hurlantes. Une fois qu'ils ont tranché la partie qu'ils désirent, ils la piquent sur une broche qu'ils font blanchir sur une flamme... Et la musique de la chair d'un enfant en train de griller... ces gens-là l'aiment trop ! C'est pourquoi ils bâillonnent les bambins... Pour éviter que leurs cris ne gâchent leur plaisir... À côté d'eux, moi je suis gentil, et c'est moi qui vais m'occuper de ton cas, alors ne sois pas triste... »

En entendant ce discours sinistre, Stéphane pâlit à vue d'œil et ses larmes coulèrent sans qu'il pût les retenir : « Monsieur, qu'est-ce que je vais devenir, Monsieur ?

— Ça dépend de toi.

— Monsieur, vous allez me libérer, Monsieur ?

— Si tu es sage.

— Monsieur, je le suis, Monsieur...

— Et tu le resteras ? demanda l'Ogre d'une voix inquiétante.

— Monsieur, oui, Monsieur, je le serai, je ferai tout ce que vous voudrez.

— Très bien. C'est la bonne attitude. Je n'en attendais pas moins de toi, car tu es différent des deux autres...

— Monsieur ? Parce que je suis enveloppé, Monsieur ?

— Non. Car tu es blanc, comme moi. Les deux autres, ils ne sont pas... comme nous. Tu as déjà dû t'en rendre compte, non ?

— Euh ! Monsieur ! Je sais pas... Euh ! Oui... Ils sont plus bronzés, ça c'est sûr, Monsieur...

— Non. Ça va plus loin que ça. Eux, ce sont des animaux, des singes. Il est possible d'apprendre des choses à un primate, mais cela reste une bête, tandis que toi et moi, nous sommes des hommes, des vrais, des blancs. Tu n'es pas d'accord avec moi, Stéphane ? l'interrogea-t-il d'une voix menaçante.

— Monsieur, si, vous avez raison, Monsieur.

— Bien, et puisque tu es intelligent, tu as le droit d'utiliser un ordinateur... C'est beau, un ordinateur, ça change le monde et c'est une invention d'homme blanc, tu comprends ? Tu penses qu'un orang-outan peut inventer quoi que ce soit approchant la complexité de ce petit bijou technologique ? Non. C'est pour ça que je ne laisserai jamais un macaque utiliser une machine aussi perfectionnée... Tu le sais ça, pas vrai ?

— Euh... Monsieur ! Oui ! Oui, Monsieur.

— Bien ! Allume cet ordinateur. »

Bien qu'il ne pensât pas un mot de ce à quoi il venait d'acquiescer, Stéphane n'eut d'autre choix que de se soumettre. Sur l'écran apparut la salle de détention. Le garçon put ainsi voir et entendre les enfants prostrés et sanglotants. Ses amis étaient là, eux aussi. « Regarde, Stouf ! D'ici, je peux tout voir et tout savoir... tout ce que vous faites et tout ce que vous dites... Rien ne peut m'échapper, vous êtes chez moi, dans mon antre ! Regarde bien, mon petit. Tu vois ce petit bouton ? » L'intéressé hocha la tête. « Regarde bien ce qui se passe quand j'appuie dessus. »

Quand l'Ogre pressa le bouton, un cri horrible retentit. Sur les écrans de contrôle, les enfants tressaillirent, terrifiés par son surgissement subit. Ce hurlement sortait tout droit d'un film d'horreur et, pour l'avoir entendu maintes fois dans sa cellule, le garçon sut à quel point celui-ci pouvait être traumatisant. « C'est un *jump scare*, commenta l'Ogre. Un effet facile permettant de surprendre les spectateurs à peu de frais. Personnellement, je n'ai que peu de respect pour les réalisateurs qui en abusent dans leurs films... Qu'est-ce que tu en penses, mon petit Stéphane ?

— Monsieur, oui, Monsieur, je suis d'accord, pardon, Monsieur.

— Bien ! Tu aimes les films d'horreur, Stéphane ?

— Euh ! Monsieur, je sais pas trop, Monsieur. »

Stéphane hésita. Son sort serait-il adouci s'il prétendait apprécier ce genre de productions ou serait-ce l'inverse ? « Je t'ai posé une question. Réponds ! Oui ou non ?

— Monsieur, oui, Monsieur !

— Ah ! Moi aussi. J'adore ça ! C'est mon genre préféré, car c'est celui où apparaît la plus belle, la plus primitive des émotions humaines : la peur. La peur que tu me montres maintenant, par exemple, elle est magnifique, Stéphane. Ta peur prouve que tu as compris que ta vie ne tenait qu'à un fil et que c'est moi qui le tiens... Tu saisis, Stouf ? Ça ne te dérange pas que je t'appelle Stouf, hein ? Nous allons devenir de bons amis, tous les deux... non ?

— Monsieur, si, Monsieur !

— Tu ne me dis pas ça pour me faire plaisir, si ?

— Monsieur, non, Monsieur !

— Bien ! Si tu es mon ami, tu dois être loyal et me soutenir. Les amis se serrent les coudes, ils s'entraident, pas vrai ?

— Monsieur, Oui, Monsieur !

— Très bien, mais me répéter "Monsieur, Oui, Monsieur !" ne suffira pas. Je veux que tu me prouves ta loyauté par des actes. »

L'Ogre pressa le bouton où était dessiné le symbole de la lumière et il plongea dans les ténèbres la salle où se trouvaient ses prisonniers. Les caméras passèrent en mode infrarouge. Sur l'écran, les enfants s'agitaient nerveusement dans leur cellule. Stéphane repéra Suleïman qui semblait dormir dans un coin. Il devait être drogué, songea-t-il.

« Appuie sur ce bouton, maintenant. »

Le symbole représentait un loup et Stéphane devina qu'il déclenchait le hurlement bestial qu'il avait tant redouté dans sa cellule. « Vas-y ! » insista l'Ogre. Stéphane secoua la tête en signe de refus. « Comment ? Je n'ai rien entendu...

— Monsieur, non, Monsieur...

— Tu oses refuser ? Pourquoi ? Tu veux souffrir à leur place ?

— Monsieur, non... Je ne trahirai pas mes potes, Monsieur... »

Son ravisseur accusa un mouvement de recul. Stéphane aurait juré qu'il venait de prendre un coup. Une espèce de voile passa un instant devant le regard du géant. L'Ogre resta ainsi interdit devant sa victime, qui elle-même demeurait interloquée et perplexe. Le moment sembla s'éterniser, puis le grand se rua sur le petit. Stéphane voulut protester, mais l'Ogre l'en dissuada. Sans mot dire, ce dernier prit l'enfant par le bras et le dévêtit complètement avant de l'attacher à une sorte de croix. Il le laissa ainsi, suspendu entre ciel et terre.

L'Ogre alluma une cigarette, en tira une longue et profonde bouffée, puis l'approcha très lentement de sa petite victime. Quand l'extrémité rougeoyante se posa sur l'intérieur de son avant-bras gauche, l'enfant s'époumona. « Quelle belle voix tu as, Stéphane ! Ton cri est très expressif... » Le garçon transpirait à grosses gouttes, tentant de reprendre son souffle. Tandis qu'il s'amusait à promener l'incandescence de la cigarette le long de la peau du petit supplicié, l'Ogre émettait des commentaires désobligeants : « Qu'est-ce qu'il y a, Stéphane ? Ça chauffe ? »

Il posa le bout incandescent à quelques millimètres de la peau à l'intérieur du coude. La zone était si sensible que la chaleur devint vite insoutenable. Le garçon haleta, le front couvert de sueur tandis que l'Ogre poursuivit : « Le derme est très innervé ici... Et encore, ce n'est rien, comparé à d'autres parties du corps... comme les yeux, par exemple... »

La panique le gagna alors que le bout rouge se rapprochait dangereusement de son œil qu'il ferma. Malheureusement, il pouvait sentir le rayonnement thermique traverser sa paupière. Il suffoqua. Sa voix se brisa quand la chaleur s'estompa pour disparaître complètement. Il garda les yeux fermés un moment puis, n'y pouvant plus, les rouvrit.

« Alors ? Tu as fini par ouvrir les yeux sur ta situation, mon bonhomme ? Es-tu prêt à m'aider ? »

— Monsieur, je ferai tout ce que vous voudrez, mais je ne trahirai pas mes amis... Non, Monsieur ! »

L'Ogre approcha la cigarette de la poitrine de Stéphane afin de l'écraser cette fois sur son mamelon, ce qui arracha un hurlement suraigu à l'enfant. « Alors ? Tu es prêt maintenant ?

— Monsieur... Non... Monsieur...

L'Ogre hésita. « Écoute-moi bien, mon petit Stéphane. Nous allons arrêter ici notre petite séance. Mais avant que je te renvoie dans ta cellule, tu vas me jurer que tu ne divulgueras rien de ce qui se déroule ici. Tu sais que j'entends et vois tout. Si tu dévoiles quoi que ce soit, je torturerai longuement tes amis, et ce sera ta faute, tu comprends ? »

Stéphane jura de garder le silence et l'Ogre libéra ses bras et ses jambes. Le garçon s'attendait à être reconduit à sa cellule, mais ses yeux s'écarquillèrent d'horreur.

L'Ogre déboutonnait son pantalon.

J-10

Chapitre XXIII : L'honneur de l'Ogre

L'Ogre prit son temps pour réaliser le montage des *rushs* de sa performance avec Stéphane. Il était satisfait de son travail. Le mouflet avait héroïquement résisté à sa tentative de corruption. Le jeu n'en devenait que plus intéressant. Pour lui, sa trahison ne faisait aucun doute. Ce n'était qu'une question de temps. Il serait bientôt brisé. Le cinéaste pervers se demandait où se situait la limite de l'enfant. Il chassa les images de torture qui traversaient son esprit, prit quelques notes dans son carnet avant de retrouver son P.C. Il dut se concentrer sur le *teaser* qu'il chargerait sur son site. Celui-ci devait donner envie d'acheter le fichier intégral et donc exciter le public, sans trop en révéler...

Il concentra trois heures de supplices afin d'en extraire une bande-annonce époustouflante d'une minute et vingt-trois secondes. Il visionna celle-ci une douzaine de fois avant de couper quelques moments. Il ne voulait pas trop en dévoiler. L'Ogre était conscient que certains radins se « contenteraient » de cet extrait pour leur gratification. Néanmoins, satisfait du résultat final, il se coucha au petit matin.

Il ne trouva pas le sommeil. L'excitation qu'il éprouvait était trop grande. Son esprit pervers lui suggérait des tortures inédites. Sa créativité implosa, ses neurones électrisés créèrent entre eux des connexions improbables. Il se redressa. Son ambition le fouettait comme une dominatrice insatiable. Elle lui ordonnait sans relâche de laisser sa trace dans l'histoire de l'art. Il voulait repousser les frontières de l'horreur afin d'offrir à ses spectateurs, mais également – et surtout – à ses acteurs, une expérience qui les changerait à tout jamais.

Malheureusement, depuis des milliers d'années que l'homme s'acharnait à persécuter son prochain, que ce fût pour en obtenir des informations stratégiques, le punir, ou simplement, pour se divertir à ses dépens, tout semblait avoir déjà été fait dans ce domaine. En passant en revue les idées qu'il avait notées dans son carnet, l'Ogre ressentit une profonde tristesse. Où trouver l'inspiration, l'inédit dans un domaine aussi exploré que la douleur ? Quel ignare insensé oserait prétendre inventer de nouvelles formes de tortures !

Son âme d'artiste se serra à l'idée de ne faire que répéter les œuvres de jadis. En effet, tout ce à quoi il songeait avait déjà été réalisé des milliers de fois. Des aiguilles enfoncées aux bouts des doigts ? Des ongles que l'on arrache lentement et délicatement de leurs matrices ? Quel cliché ! Des brûlures aux endroits les plus sensibles ? Vu et revu ! Des intromissions diverses ? Quelle banalité !

Et s'il confrontait le marmouset à des dilemmes impossibles, comme choisir entre l'un de ses membres ? Son bras ou sa jambe ? Son pénis ou ses mains ? Non. Son public espérait davantage de lui. Quelque chose de plus créatif. Néanmoins, il dut admettre que l'idée n'était pas dénuée d'intérêt. Cela représenterait un retour aux sources pour lui. Les dilemmes cruels ! Oui, ils avaient eu beaucoup de succès, comme le film de cette jeune maman qu'il avait forcée à choisir entre sa vie et celle de son nourrisson... Il avait mis trois jours à la briser, mais elle avait fini par céder.

Que faire maintenant ? Comment se démarquer de ses rivaux ?

Il se rendit compte des limites de sa créativité et du poids sans pareil de ses prédécesseurs dans cet art délicat qui mêlait science et artisanat. Il tourna et retourna le problème dans son esprit et finit par sortir de son lit en sursaut. Il fit un peu d'exercice, viola sa fille pour se calmer un peu, avant de replonger dans les abysses du Darknet...

Dans ce cloaque numérique, qu'il considérait comme son paradis, l'attendait une mauvaise surprise. Au milieu des commentaires élogieux des personnes qui soutenaient loyalement son œuvre, une polémique faisait rage autour de la figure d'un darknaute qui publiait sous le pseudonyme de D.C.PTICON. Ledit D.C.PTICON louait le travail de l'Ogre, tout en l'attaquant sur un point vital :

« Certes, le travail de l'Ogre – tant au niveau de l'éclairage, de la sonorisation et du montage – est digne d'éloges, il n'en demeure pas moins qu'il est loin d'être ce qu'il paraît. Après avoir étudié de près ses derniers films, j'en suis parvenu à la conclusion qu'il ne s'agissait que de fakes. Dans mon esprit, il ne subsiste aucun doute ; ce talentueux artiste utilise des acteurs pour simuler les mises à mort de ses prétendues victimes. Certes, on doit rendre hommage au réalisme saisissant de ses mises en scène. Par contre, le caractère fictif de ses œuvres rend scandaleux les tarifs délirants qu'il applique... Plus de 1000 euros pour un téléchargement d'un fichier de trente minutes ? C'est tout simplement une pure arnaque ! »

L'Ogre bouillait. Il mourait d'envie de répondre tout de suite, mais c'eût été une erreur. Il valait mieux laisser ses fans se charger de sa défense. Avec un sourire ravi, le cinéaste lut le commentaire suivant d'un de ses clients de longue date, un autre darknaute, qui publiait sous le pseudo de KILLandRAPEtheBISOUNOURS :

« Je ne sais pas où tu es allé chercher cette idée que l'Ogre faisait des faux snuffs, mais tu délires complètement. Je suis de très près son travail depuis des années, et je peux t'assurer, pour l'avoir vu – et fait couler moi-même en de nombreuses occasions – que le sang que l'Ogre répand n'est pas de la sauce tomate ! »

Un autre darknaute, MK666, ajouta :

« Comment veux-tu simuler un viol ? T'as vu ce qu'il a fait à ces gosses ? Tu parles comme une taupe... »

D.C.PTICON répondit :

« Les vidéos de viols d'enfants sont faciles à réaliser. On en trouve partout, maintenant. Surtout avec toutes les guerres chez les bougnoules, ça nous offre une matière première abondante. Par contre, le meurtre est une autre histoire, parce que les mecs qui en font commerce perdent un sacré paquet de pognon en mettant à mort une telle source de revenus – surtout à l'âge où les morveux

rapportent le plus. Vous trouvez pas ça bizarre alors qu'ils pourraient continuer à les louer jusqu'à l'usure ? Donc ce que je pense, c'est que l'Ogre les baise gentiment, fait semblant de les assassiner, avant de les remettre dans le circuit classique... Si ça se trouve, il fait du pur numérique et utilise une application pour transformer sa femme ou son amant en petite victime alors que l'autre simule... Avec la bonne technologie, tout est possible et je suis sûr que cet imposteur dispose de moyens considérables : les nôtres ! »

C'en était trop ! L'Ogre ne pouvait pas laisser passer ça ! Il se défendit bravement et élégamment, mais le scepticisme avait infecté ses abonnés et beaucoup commençaient à se questionner sur les forums les plus confidentiels de la pédosphère *hardcore*. Pendant ce temps, l'artiste réfléchissait : comment prouver qu'il assassinait et torturait réellement ses proies ?

Alors qu'il naviguait, allant de profil en profil, sur Facebook, une publication l'interpella. Elle avait été partagée plusieurs centaines de fois et avait accumulé beaucoup de « j'aime ». Il s'agissait d'une affiche qui représentait justement ses trois petits invités de la Cité du Toboggan bleu. Il eut alors une idée qui ferait taire tous les sceptiques qui avaient osé attenter à son honneur d'artiste performeur. Pour tous les confondre définitivement, il lui suffisait d'utiliser les avis de recherches des enfants en guise de jaquettes ou de miniatures illustrant ses films. Ce serait du plus bel effet ! L'idée lui parut d'une évidence telle qu'il se demanda comment il avait fait pour ne pas y penser plus tôt.

Après avoir laissé un commentaire de soutien aux victimes, l'Ogre partagea l'avis de recherche sur ses différents profils et en profita pour télécharger l'image. Il fit un montage aussi attrayant que cynique puis chargea le tout sur sa plateforme.

Ce fut un grand moment dans cette communauté de sadiques enthousiastes. Certains exaltés allèrent même jusqu'à prétendre qu'en sauvant son honneur, l'Ogre était en train de réinventer le cinéma-vérité à la française.

Les éloges plurent sur sa personne. Certains lui décernèrent le titre de « meilleur représentant de la nouvelle vague du *snuff* ».

D'autres qualifièrent cette période comme étant celle du « second souffle du cinéma d'art et décès ». Mais ce n'est pas tout. Les plus audacieux déclarèrent que l'Ogre était « un croisement entre le Marquis de Sade et Jean-Luc Godard »...

Chapitre XXIV : Incitation à l'action

Quel pervers !

Soumyya coupa la communication. Encore une fois, le téléphone avait sonné pour rien. Elle regretta d'avoir confié son numéro personnel. Ce ne serait jamais arrivé, si elle avait pris le temps de réfléchir et d'acheter une puce jetable, spécialement dédiée. Bien sûr, jamais elle n'aurait imaginé que tant de maniaques utiliseraient la ligne pour la persécuter. Chaque fois que la sonnerie retentissait, Soumyya s'attendait au pire. Heureusement, il y avait aussi des appels de soutien. Ces personnes bien intentionnées appelaient pour prendre des nouvelles, proposer leur aide ; d'autres encore, simplement pour bavarder.

La main droite sur la souris, elle poursuivit son enquête sur Moïse Élise. Grâce aux premières pages apparaissant dans son moteur de recherche, Soumyya apprit que l'homme qu'elle avait rencontré dans le parc n'avait pas menti. Il avait effectivement fait partie des services de police de 1988 à 2008, date de sa démission. Après la réforme de Charles Pasqua du 21 janvier 1995, l'inspecteur Élise, devenu lieutenant s'était distingué, non seulement par sa bravoure, mais aussi par ses capacités d'enquêteur. Promis à un brillant avenir, la carrière du lieutenant Élise battit de l'aile lors d'une affaire d'enlèvements en série. Des garçonnets et des fillettes avaient disparu dans les environs d'Ormal. En 2007, après une année de piétinement, l'enquête avait enfin abouti. La petite Amandine C****, âgée de huit ans, avait été retrouvée grâce à une dénonciation anonyme. Malheureusement, le temps que son équipe intervînt avait suffi à son kidnappeur pour l'assassiner. Le meurtrier avait été appréhendé près de la frontière franco-belge. L'autopsie montrait que la fillette avait été soumise à des agressions sexuelles répétées.

Coup de théâtre ! Alors qu'il était interrogé, le mis en examen était parvenu à s'échapper dans des circonstances douteuses – pour ne pas dire rocambolesques – avant d'être abattu par l'un des hommes sous le commandement du lieutenant Élise. Faute de nouvelle piste, l'enquête avait alors été interrompue, puis classée. L'affaire ne s'arrêtait pas là. Mécontent de cette issue, Élise s'était rebellé contre sa hiérarchie. En effet, il avait prétendu avoir obtenu des aveux du pédocriminel qui lui aurait déclaré « avoir reçu une commande pour une petite fille » et qu'il se rendait « en Belgique afin de livrer celle-ci à ses commanditaires ». C'est lorsque Moïse s'était absenté un instant que le criminel avait pu s'enfuir avant d'être abattu.

Persuadé qu'il s'agissait d'un coup monté, Élise avait suggéré que le suspect aurait pu bénéficier de complicités au sein des services de police. L'accusation était scandaleuse ! Allant plus loin encore, le lieutenant avait exigé l'intervention de l'Inspection générale de la Police nationale (I.G.P.N). Effectivement, ses supérieurs avaient recouru à l'I.G.P.N, mais leurs services avaient mené une enquête sur Moïse Élise. Au terme de celle-ci, la Police des polices avait conclu, le 18 mars 2008, que le lieutenant Élise avait fait preuve d'insubordination et d'un acharnement judiciaire contre son subalterne, le lieutenant stagiaire M. B****. Peu de temps après, M. B**** avait déposé plainte contre Élise pour « harcèlement moral ».

Soumis à des examens psychiatriques, il avait été prouvé que le lieutenant Élise souffrait de « délires de persécution » et de « paranoïa aiguë ». L'affaire « Amandine » lui avait donc été retirée, avant d'être confiée à son adjoint, qui privilégia la thèse d'un prédateur isolé, ce qui avait permis à ce dossier d'être enfin classé. En 2008, Élise avait remis sa démission, mettant un terme à sa carrière dans les services de la Police nationale française.

C'est bien ce que je pensais !

Par pur acquis de conscience, Soumyya poursuivit son enquête. À partir de la cinquième page, les résultats semblaient moins fiables et les sites affichaient des tendances résolument complotistes. Au hasard, elle cliqua sur un article évoquant le thème de la pédocriminalité où apparut le nom de l'ancien lieutenant Élise. Le billet reprenait les grandes lignes de « l'affaire Amandine », tout en s'en démarquant sur des points cruciaux.

L'auteur de l'article affirmait notamment qu'Élise avait découvert l'existence d'un vaste réseau de traite d'enfants. Selon le rédacteur, l'homme qui avait été présenté par les forces de l'ordre et les médias traditionnels comme « un prédateur isolé » n'était rien de plus que l'un des fournisseurs de ce groupe mafieux. En effet, la police avait retrouvé chez lui des preuves formelles d'un trafic, notamment des vidéos pédocriminelles. Il y avait aussi des catalogues contenant des photos d'enfants accompagnées d'informations diverses au sujet de ces derniers ainsi que leurs tarifs horaires (sic).

Malheureusement, tous ces documents précieux avaient été endommagés lors de leur transport vers les locaux du commissariat d'Ormal. Cependant, la malchance et les maladresses ne s'arrêtaient pas là. Alors que le kidnappeur semblait sur le point de faire des révélations du plus grand intérêt, il était parvenu – par on ne sait quel miracle – à s'évader en désarmant un policier. Le fuyard avait été mis hors d'état de nuire par le lieutenant de police stagiaire Bertin (les auteurs du blogue ne se privaient pas de divulguer l'identité du policier, ce qui était contraire à la loi). En somme, l'évasion du kidnappeur s'était soldée par le décès propice de celui-ci. L'affaire aurait pu en rester là, mais tel n'avait pas été le cas.

Quelques jours plus tard, le lieutenant Élise aurait été contacté par un informateur anonyme qui l'aurait mis sur de nouvelles pistes. Celles-ci auraient pu relancer l'enquête en lui donnant un tour explosif. Or, non seulement ces pistes prometteuses n'avaient pas été exploitées, mais on avait écarté l'enquêteur. Le rédacteur en concluait qu'il y avait fort à parier que le pauvre lieutenant Élise avait découvert des dossiers bien trop lourds pour ses épaules. Selon lui, les ramifications du réseau s'étendaient en des sphères intouchables et « mettaient au jour des collusions inimaginables ». C'est du moins ce que l'on était en droit de supposer. C'est à ce moment-là que l'enquête lui avait été retirée et que la Police des polices s'était penchée sur son cas. Pour décrédibiliser son témoignage, on avait fait venir des psychiatres qui avaient posé des diagnostics sans appel remettant en cause sa santé mentale. Qui aurait prêté foi à la parole d'un fou ?

Oui, bonne question ! Un autre fou, peut-être !

Soumyya poursuivit sa lecture en diagonale et apprit que le lieutenant Élise n'avait pas renoncé pour autant et qu'il avait prolongé son enquête en solitaire après sa démission. Devenu détective privé, il s'était spécialisé dans les disparitions infantiles.

Hasard ou coïncidence ? Il venait de mettre à l'abri à l'étranger un enfant et sa mère, quand son épouse (alors enceinte) avait été victime d'un accident de la route. Son corps avait brûlé au point de le rendre impossible à identifier. L'expertise avait conclu à une défectuosité du système de freinage.

Quel malheur ! Cela n'a pas dû arranger son cas !

Soumyya s'apprêtait à lire le compte-rendu d'une entrevue de l'ex-lieutenant avec l'auteur de l'article quand le téléphone sonna. Elle eut envie de laisser passer l'appel, mais quelque chose l'en dissuada et elle décrocha donc : « Bonjour, c'est Karima. Tu te souviens de moi ? On était ensemble en classe de terminale...

— Karima ? Oui, bien sûr que je me souviens de toi...

— Excuse-moi de te déranger... J'imagine que ce doit être une période très dure pour toi... avec... la disparition de ton frère et tout...

— Oui, on essaie de tenir le coup... Par contre, Karima, je suis désolée de te dire ça, mais nous sommes très occupés en ce moment. Cette ligne est réservée à la recherche des garçons, tu sais ?

— Oui, je sais... Je ne me permettrais pas de te déranger pour rien : le truc, c'est que j'ai croisé ton frère et ses copains, le jour de leur disparition...

— Ah oui ? Tu en es sûre ?

— Certaine !

— Si c'est le cas, Karima, tu ne sais pas à quel point tu pourrais nous aider.

— C'est pour ça que je t'appelle ! J'aurais aimé le faire plus tôt, mais je ne sors pas beaucoup et je n'ai vu l'affiche que grâce à un de mes contacts Facebook...

— Peux-tu me dire quel jour tu les as vus ?

— Le 30 juillet...

— Où ça ?

— À l'arrêt de bus derrière le bâtiment I....

— Qu'est-ce qu'ils faisaient ? Ils étaient seuls ?

— Il y avait un Noir, un petit blond un peu fort et ton frère... »

Oui, la description correspondait bien ! Le cœur de la jeune femme accéléra : « De quoi te souviens-tu, Karima ? Le moindre détail pourrait avoir de l'importance...

— Je me souviens qu'ils étaient très excités... Ils parlaient de piscine et d'une certaine Nadia ou Dina ou peut-être plutôt Lydia, je crois... Je ne suis plus très sûre... Ils parlaient d'une soirée et c'est ça qui m'a étonnée, car ils étaient plutôt... hum... crus... pour ne pas dire vulgaires... Ça m'a surprise, venant de ton frère... »

Soumyya fut très perturbée par ce témoignage. C'était la première personne à se manifester et les informations qu'elle apportait n'était pas du tout celles qu'elle attendait. « Tu es sûre que ce n'était pas un garçon qui ressemblait à mon frère ?

— Oui, j'en suis certaine. En fait, je lui ai même parlé et il avait l'air gêné de me voir... Surtout lorsque je lui ai demandé de tes nouvelles et qu'il a compris que je te connaissais...

— Est-ce que tu te souviens s'ils ont dit où ils allaient ?

— Ils ont parlé d'une piscine, mais ce n'était pas la piscine municipale, puisqu'elle était fermée pour cause de travaux... Quand ils se croyaient seuls, je les ai entendus parler de filles... Ils ont employé des mots qui ne devraient pas sortir de la bouche d'enfants... J'étais choquée...

— Quels mots t'ont choquée ?

— C'est difficile pour moi, ce sont des mots tabous, c'est

haram[25]...

— Allez ! Karima, je t'en prie, Dieu te pardonnera si c'est pour aider ton prochain !

— Ils parlaient de "nymphomanes"... »

Soumyya eut du mal à en croire ses oreilles. Cela lui semblait inconcevable de la part de son petit Kader. « Tu es sûre d'avoir bien entendu ?

— Certaine !

— Ah ! OK ! Est-ce que quelque chose d'autre te revient ? N'importe quoi d'autre ?

— Je t'ai tout dit, Soumyya... Je ne peux pas t'en dire plus, vraiment... Par contre, peut-être que cette Nadia ou Lydia pourrait t'en apprendre plus...

— Tu ne te souviens de rien d'autre ?

— Je t'ai dit tout ce que je savais... Ah ! Si ! Ils ont pris le bus...

— Quel bus ?

— Le 23...

— Merci infiniment, Karima ! Tu ne te rends pas compte de l'aide que tu nous apportes... Si quelque chose te revient, s'il te plaît, n'hésite pas à me recontacter... »

Après ce coup de fil, Soumyya s'empressa de téléphoner à la police. Elle composa le numéro du correspondant chargé de l'affaire. Quand elle lui eut exposé les informations que lui avait fournies son ancienne camarade de lycée, le policier s'exclama : « Voilà une bonne nouvelle !

— Oui, c'est vrai ! Est-ce que ça va vous aider ?

— Bien sûr !

— La piste de cette Nadia, Dina ou Lydia mérite d'être étudiée... Est-ce que cela va vous prendre encore beaucoup de temps avant de les retrouver ?

— Non. Ils devraient revenir bientôt, maintenant...

---

25 Illicite dans la tradition islamique.

— Comment ça ? Ils devraient revenir ?

— Oui, s'ils ont fugué pour rejoindre une fille, tout s'explique plus facilement...

— Que voulez-vous dire ?

— Vous savez, à cet âge-là, les garçons ne réfléchissent pas beaucoup... À tous les coups, ils sont en train de s'amuser quelque part avec cette fille... Elle doit aimer ça, et eux aussi, sûrement...

— Mais qu'est-ce que vous racontez ? Il faut enquêter sur cette fille !

— Pourquoi donc ? C'est de leur âge de vouloir connaître leur corps... Il n'y a pas de quoi mêler la police à ce genre d'affaires privées !

— Vous plaisantez ? Ça fait six jours que mon frère et ses amis ont disparu ! Kader est un garçon sérieux... Il ne nous a même pas passé un coup de téléphone...

— Il a peut-être simplement oublié votre numéro... C'est courant de nos jours avec les répertoires, les gens n'utilisent plus leur mémoire !

— Non ! Kader le connaît par cœur !

— Alors, ça veut dire que cette Lydia est vraiment forte... Elle a réussi à leur faire tout oublier... J'étais comme eux à leur âge... Je pensais avec ce que j'avais entre les jambes... Le résultat n'était pas toujours très brillant, je dois l'avouer...

— Comment osez-vous parler ainsi ? Je vais porter plainte à l'Inspection générale de la police nationale, si vous poursuivez sur ce ton. La France est un État de droit ! La police a une mission et votre position vous contraint à la respecter.

— Allons ! Allons ! Du calme, Mademoiselle ! Il ne faut pas le prendre comme ça. J'essayais simplement de vous détendre un peu. Mon intention n'était pas de vous manquer de respect, mais de vous faire comprendre que nous sommes en plein été, qu'il fait très chaud en ce moment et que les garçons ont les hormones en folie... Ça ne les rend pas plus malins et ils peuvent facilement se faire entraîner par des jolies filles, surtout quand elles ne sont pas sérieuses...

186

— Entraîner vers quoi ? Un enlèvement par exemple ?

— Cela m'étonnerait... Une fille ne peut pas venir à bout de trois garçons...

— Elle pourrait avoir des complices, non ?

— C'est possible... mais cela m'étonnerait...

— Pourquoi ?

— À cause de vos origines... Ne le prenez pas mal, mais les kidnappeurs vont plutôt chercher des gens d'un milieu... plus favorisé... À moins que vous nous cachiez quelque chose ? Du *deal* ? De l'argent sale, peut-être ? »

Soumyya fut tentée de raccrocher sans autre forme de politesse. Après la vulgarité, voilà que l'agent recourait aux accusations les plus insultantes. Elle contint sa colère et détacha soigneusement chacun de ses mots : « Que sous-entendez-vous, Monsieur ? Que nous sommes des délinquants ? Des criminels ? Car nous venons d'un quartier populaire ?

— C'est la procédure. Je dois examiner toutes les pistes... »

« Et celle d'un pédophile ? » C'est ce qu'elle faillit dire, mais Soumyya se mordit les lèvres pour ne pas laisser s'échapper ces mots. Le détective privé était en train de déteindre sur elle. Quant aux sites qui citaient son nom, ils étaient tous d'une paranoïa infectieuse. S'était-elle laissé influencer malgré elle ? Elle abrégea la conversation et transmit le nouvel élément à tous les intéressés. En dépit de ses marottes, Élise avait raison sur un point : on ne pouvait pas se reposer entièrement sur la police. En clair, les responsables du dossier proposaient d'attendre tranquillement que les enfants disparus revinssent d'eux-mêmes à la maison. C'était absurde et l'agent lui avait paru d'une sottise crasse. S'il s'agissait du responsable de l'investigation, cela n'augurait rien de bon. Une tâche lui incombait donc. Elle devait se creuser les méninges et accomplir le boulot que négligeait les gardiens de la paix. On la disait brillante, il était temps de mettre à profit ses capacités intellectuelles.

Avec cette résolution, elle repensa à tous les éléments qui s'étaient présentés à elle. Elle dessina un schéma pour avoir une représentation visuelle de ceux-ci. Qui était cette Nadia ou Lydia ? Ou bien était-ce Dina ? D'où sortait-elle ? Elle n'était pas de la Cité du Toboggan bleu, si elle pouvait participer à des soirées piscines. Ce devait être une soirée privée, car la plupart des municipalités fermaient leurs établissements la nuit. À moins que cette fille fût une employée disposant des clefs ?

Elle téléphona aux piscines municipales des communes environnantes et demanda à parler à Lydia. Personne ne répondait à ce prénom ni aux deux autres d'ailleurs. Elle ne savait plus dans quelle direction chercher. Lydia était peut-être un pseudonyme. Comment s'en assurer ? S'il s'agissait d'une bande organisée, il serait logique d'utiliser de fausses identités. Alors qu'elle se questionnait anxieusement, les heures passèrent sans qu'elle s'en rendît compte et la sonnette la surprit au milieu de ses réflexions. C'était l'heure du bilan quotidien.

Durant cette séance, les familles réunies comparèrent les résultats de leurs actions. Les sœurs avaient poursuivi leurs campagnes d'affichage et elles avaient également interrogé les passants. Elles avaient même réussi à recruter des bénévoles disposés à leur venir en aide, que ce fût pour afficher ou pour questionner les gens dans la rue. C'était plutôt bon signe. Les deux sœurs en avaient les larmes aux yeux. Comme d'habitude, Soumyya prit la parole la dernière et relata le coup de fil de son ancienne camarade de classe. Non, personne ne connaissait cette fameuse Lydia. Déçue, Soumyya soupira.

« Et la police ? » l'interrogea-t-on.

Quand la jeune fille rapporta sa conversation avec le responsable de l'enquête, les sœurs se dirent « choquées ». Sa pauvre mère accusa lourdement le coup. D'un commun accord, ils décidèrent de poursuivre la campagne d'affichage et de l'étendre afin de couvrir un périmètre plus grand encore. En effet, ils pourraient les disposer sur le trajet de la ligne du bus 23.

« Et le détective Élise, alors ? demanda son père. Il ne peut rien faire ?

— Non, cet homme n'est pas sérieux. »

Pourtant, une fois seule, sans savoir pourquoi, Soumyya poursuivit la lecture de l'article relatant « l'affaire Amandine ». Elle lut le compte-rendu d'autres cas du même acabit et les nombreux commentaires de parents exprimant leur gratitude envers le détective achevèrent de la convaincre. Il était minuit passé quand elle écrivit un nouveau mail à Moïse Élise...

J-9

Chapitre XXV : Le destin

Hors du temps, la boucle se déroulait à l'infini. Tout avait été enregistré par chacun de ses sens avec une précision douloureuse. Les mots de l'Ogre, son odeur corporelle, l'expression immuable de son masque, les intonations cruelles et moqueuses de sa voix, tout était là. Le garçon n'était pas *vraiment* revenu de cette salle maudite. La douleur dans son corps était toujours présente. Elle s'atténuait imperceptiblement quand il retournait au début de la séquence pour atteindre le paroxysme au moment qu'il voulait le plus oublier... mais ce n'était pas possible !

La boucle reprenait encore et encore... Les halètements de l'homme... la douleur à l'intérieur... la profanation... la honte... la solitude... l'abandon...

Dans le lointain, mêlée à une chanson idiote, il lui semblait parfois entendre Kader.

« Vous les copains, je n'vous oublierai jamais... »

Mais il était tellement loin que sa voix ressemblait à celle d'une fourmi... Et rien n'empêcherait l'Ogre d'accomplir l'impensable... Oui, c'était déjà arrivé et cela continuerait ainsi encore...

Pour combien de temps ?

Son masque monstrueux comptait beaucoup de détails qu'il n'avait pas remarqués auparavant...

Pourquoi ?

Le sol était si régulier et les boucles des rangers tintaient... Il remarqua que le carrelage était d'un blanc immaculé... Ça sentait le propre... la javel, oui, c'était de l'eau de javel...

Pourquoi moi ? Oui, c'est vrai... les filles du collège ont raison...

L'Ogre l'insultait avec une inventivité cruelle et cela redoublait son excitation monstrueuse.

Il a raison... Je suis trop gros... oui... un porc obèse et répugnant... J'ai regardé toutes ces saletés sur Internet... et c'est moi qui ai entraîné mes amis dans cet enfer... Je ne vaux rien...

La douleur était tellement intense... Ce déchirement devait être le même que celui de l'accouchement...

J'ai tué ma mère... et par ma faute... mes amis...

L'Ogre le repoussa. Il en avait fini avec lui...

Je suis maudit... Tous ceux qui m'approchent en paient le prix... Ce taré me punit pour tout ce que j'ai fait de mal... Je suis sale, dégueulasse, crado...

La scène reprit ; chaque recommencement ressuscitait un nouveau détail... Décidément, son cerveau tenait à lui montrer tous les angles, tous les aspects de ce cauchemar sans fin.

« Stéphane ! » La voix l'appelait encore, comme si elle venait le chercher dans ce lieu hors du temps... « Stouf ! »

Qu'est-ce qui m'arrive ? Je débloque ou quoi ?

Il contempla sa cellule tandis que celle-ci disparaissait entre chaque clignement de ses yeux. Combien de fois l'Ogre avait-il abusé de lui ? Comment le déterminer ? Stéphane ignorait depuis combien de temps ils étaient prisonniers de leur tortionnaire. Il aurait voulu répondre à son ami, mais la honte s'avérait trop forte. Quand il se trouvait sur le point d'ouvrir la bouche, une force invincible la lui maintenait fermée. Sa gorge était sèche, trop aride pour pouvoir articuler. Sa langue était collée à son palais, mais il le méritait.

Ne me parle pas, Kader ! J'ai trop honte ! C'est de ma faute, si tu es là... Je n'aurais jamais dû t'entraîner là-dedans...

De longues heures passèrent ainsi, avant qu'il retrouvât assez d'énergie pour se traîner jusqu'à la coupelle. Malgré la honte et le dégoût de soi qui le consumaient, il ne put se résoudre à laper comme un chien. Il forma donc un récipient de fortune en joignant les mains et but autant qu'il put tandis que l'eau filait entre ses doigts. Quant à la nourriture lyophilisée, il la laissa dans la gamelle.

Alors que Stéphane s'apprêtait à regagner son coin de mur, le bruit de la porte l'interrompit net. Il se figea sur place, le cœur battant de plus en plus vite, la gorge serrée et la bouche déjà sèche. Le cuir des bottes craquait sinistrement et les talons d'acier résonnaient froidement sur le sol. Sans se presser, l'Ogre parcourait le couloir à la recherche de sa prochaine victime. Kader se taisait et tous les enfants présents l'imitaient. Chaque seconde qui passait chargeait le silence d'un nouveau degré de tension.

« Allons, mes petites souris, arrêtez de vous terrer dans vos trous, ce n'est pas la peine d'avoir peur de moi... »

En entendant la grosse voix moqueuse, Stéphane se tassa dans un recoin de sa cellule. Il pria pour que ce ne fût pas pour lui que l'Ogre était descendu. Confirmant ses pires craintes, le monstre ralentit et s'arrêta devant sa cellule. Le garçon sentit le regard de son tourmenteur glisser sur sa peau, comme un liquide froid et visqueux. Il frissonna avec le sentiment d'avoir été sali. Sans un mot, son persécuteur poursuivit sa route. Il l'entendit ouvrir la porte d'une cellule voisine. Une petite voix appela à l'aide. « Non ! Missiou... non... ajutor... mama... tata ! » criait la fillette, tandis que l'Ogre l'emportait.

Il aperçut deux petits pieds bruns qui s'agitaient tandis que l'Ogre dépassait sa cellule. En détournant le regard, Stéphane se maudit de sa lâcheté. Mais que pouvait-il contre une telle force de la nature ? Il prit sa tête entre ses mains et ferma les yeux.

Non loin de là, Kader s'était fait pipi dessus tant était abjecte la terreur qui l'accablait. Il pleurait en silence, roulé en boule. Il avait compris depuis longtemps que jamais ses parents n'avaient engagé ce taré pour le rééduquer. Non. Son père et sa mère l'aimaient. Les pauvres ! Comme ils devaient être inquiets par sa faute !

Papa ! Maman ! Au secours ! Venez !

Son appel était resté mental, mais il n'avait pu s'empêcher de le formuler. Tout ce qu'il pouvait faire, c'était prier ! Mais à quoi bon ? Dieu existait-il ? Il l'ignorait. N'était-ce pas qu'une légende, un truc pour tenir les gamins tranquilles, comme le père Noël ? De plus, s'il existait, Dieu était-il forcément gentil et secourable ? Cette enchaînement de pensées le plongea dans un désarroi plus profond encore. Pourquoi se posait-il toujours les questions les plus perturbantes ?

Sa réflexion fut coupée par un changement atmosphérique. La niaiserie de la chanson yéyé venait de céder la place à une musique de mauvais augure. Une mélodie inquiétante, constituée de sombres violoncelles et de bruits terrifiants, annonça le retour de leur ravisseur. L'imminence de ce dernier fut confirmée par le craquement angoissant des lourdes bottes ! Les talons d'acier qui martelaient le sol du couloir lui donnaient envie de se miniaturiser au point de disparaître !

L'Ogre approchait. Il n'était qu'à quelques pas de la cellule du petit Kader qui retenait son souffle, tassé sur lui-même, la tête enfouie entre ses genoux. Son cœur battait si fort dans sa poitrine qu'il semblait chercher à s'en échapper. Il n'aurait pas cru la chose possible, mais il sentit ses battements s'accélérer encore quand les pas de l'Ogre s'attardèrent devant sa cellule. Sentant des picotements dans sa tête, Kader ferma les yeux. Mais c'était inutile. Derrière ses paupières, le masque terrifiant surgit...

Faites qu'il parte, faites qu'il passe son chemin !

Le cuir des bottes craqua de nouveau. L'Ogre fit quelques pas et une clef tourna dans une serrure. Au bord de la panique, le garçon ouvrit les yeux, sentant le souffle du géant sur son visage. Mais il était seul. Son imagination l'avait trompé ! Tandis qu'il reprenait son souffle, comme après une course folle, il entendit une voix familière émettre une plainte, suppliante. Merde ! Non ! Pas lui ! L'Ogre avait, une fois encore, rejoint Stéphane dans sa cellule. Derrière les parois de sa cage de verre, Kader regarda passer son ami, suivi de près par leur ravisseur. Les yeux du garçon dirigés droit devant lui, il avait l'air ailleurs. Lorsqu'il le vit disparaître, il éprouva de la honte à cause du soulagement qu'il ne pouvait s'empêcher de ressentir.

Loin d'éprouver de tels sentiments, Stéphane fut reconduit dans la même salle maudite. Il retrouva les caméras plantées sur leurs trépieds aux quatre coins de la pièce. Il faisait extrêmement chaud à cause des projecteurs dirigés vers une forme massive couverte d'un grand tissu opaque, pareil à ceux qu'utilisaient les magiciens pour leurs tours de disparition. L'Ogre semblait excité. Il remit à Stéphane une affiche au format A3. Il lui ordonna de se positionner sur une croix tracée à la craie sur le sol et de rester immobile. Dévoré par le désir de savoir ce qu'il y avait de l'autre côté, le garçon faisait mine de tourner le petit poster quand son tortionnaire rugit : « Attends mon ordre, petit impatient ! Les plus fâcheuses conséquences naissent d'une curiosité mal placée... Tu t'en repentiras, si tu jettes un coup d'œil à l'affiche avant mon signal. »

Ceci dit, le géant se désintéressa du garçon tétanisé. Il marmonna des paroles inintelligibles en pianotant sur son ordinateur. Stéphane tremblait de tous ses membres et tressaillit quand son ravisseur se dressa comme un diable sortant de sa boîte. « Moteur ! Et action ! » s'écria ce dernier en se dirigeant brusquement vers l'objet mystérieux. « Ça y est, nous sommes en direct ! Bienvenue à vous, chers membres V.I.P, vous êtes l'élite de l'élite et vous méritez bien un spectacle à la hauteur de la contribution que vous apportez au monde en soutenant mon œuvre. Le spectacle auquel vous allez assister est ma manière de vous remercier pour votre fidélité. »

Stéphane ne comprenait pas grand-chose à ce qui se passait. L'Ogre parlait comme un présentateur télé. À qui s'adressait-il ? Il l'ignorait, car les puissants projecteurs l'aveuglaient complètement. Y avait-il quelqu'un derrière les lumières ?

« Ce soir, nous retrouvons le jeune Stéphane pour découvrir la suite de ses mésaventures. Vous avez fait sa connaissance hier et nous allons maintenant poursuivre son initiation. Allez, Stouf ! C'est le moment, retourne l'affiche... doucement... sans la faire trembler... »

Bien sûr, les mains de Stéphane tremblaient de plus belle quand il exécuta l'ordre. L'affiche était un avis de recherche où les mots suivants étaient inscrits sous sa photographie :

STÉPHANE A DISPARU LE 30 JUILLET 2018.

SI VOUS L'AVEZ VU, MERCI DE CONTACTER LE 06*******

Après avoir lu l'affiche, Stéphane fondit en larmes. Il comprit que ses doutes étaient parfaitement fondés. L'Ogre n'avait pas été engagé pour le rééduquer. Non, il avait été enlevé et son père avait lancé un avis de recherche...

« Que ceux qui ont pu oser douter de la vérité de mon cinéma soient confondus ! » éructa l'Ogre triomphal. « Regardez ! Aucun acteur, aussi talentueux soit-il, n'est capable d'une émotion si véritable. »

Il s'approcha du garçon et du bout du doigt, recueillit une larme qu'il déposa sur le bout de sa langue. « Les larmes d'un acteur sont insipides ! Celles-ci ont le goût profond et mystérieux du véritable chagrin... Et cela ne fait que commencer, Mesdames et Messieurs ! »

L'Ogre ricana, puis se posta devant l'objet qu'occultait la couverture de velours noir. Il frappa trois fois dans ses mains afin de s'assurer d'avoir l'attention du pauvre Stéphane. Ceci fait, d'un geste théâtral, il tira le voile opaque, dévoilant ainsi toute l'horreur de sa mise en scène. Sous le drap se trouvait une étrange machine en acier. Il s'agissait d'une cage destinée normalement aux bovins. Elle permettait de les contenir, mais également de faciliter leur manipulation. « Et voici, notre invitée surprise, le *love interest*, comme ils disent à Hollywood... Tu aimes la musique tsigane, Stéphane ? »

Sans attendre sa réponse, l'Ogre arracha d'un coup sec le ruban adhésif qui couvrait la bouche de sa petite victime. Le vidéaste dément mima les gestes d'un chef d'orchestre tandis que la fillette hurlait. La pauvrette était maintenue à l'horizontale par des liens d'acier qui retenaient ses petites jambes maigrelettes en l'air. Son poids reposait entièrement sur ses bras chétifs qui tremblaient sous l'effort.

« Alors, Stouf ! Elle te plaît, cette petite Romanichelle ? »

Stéphane ne sut que répondre. Le sort de cette fillette le remplissait de pitié. Son poing se serra. « Tu es en colère, Stouf ?

Tu veux la sauver, ta princesse ?

— Pourquoi vous faites ça ? ne put-il s'empêcher de crier. Vous êtes malade ou quoi ?

— Oui, mon petit Stouf ! Tu as tout compris ! Je suis malade et mon seul remède, c'est mon art... Sans le cinéma, qui sait ce que j'aurais pu devenir ? J'aurais pu vraiment mal tourner...

— Vous filmez des gens qui souffrent pour vous soigner... »

Stouf aurait voulu trouver quelque chose à ajouter, mais son cerveau était vide. Il n'éprouvait qu'un désir : s'échapper et sauver cette pauvre fille ou, au moins, soulager sa souffrance. L'Ogre sembla deviner sa pensée : « Tu veux faire quelque chose pour elle, Stouf ?

— Arrêtez de m'appeler Stouf ! C'est mes amis qui m'appellent comme ça... »

Aussitôt, l'Ogre actionna une manette et le lien qui retenait le bras gauche de la fillette tira sur celui-ci et le membre se retrouva suspendu en l'air. Elle ne tenait plus que sur un bras. Les tremblements de celui-ci s'accentuaient tandis que la petite fille poussait des cris allant crescendo.

« Plus tu me manques de respect, plus elle souffre, Stouf... C'est de ta faute... mais on dirait que cela t'est égal ! Serais-tu raciste ?

— Monsieur ! Non ! Pardon, Monsieur ! Pardon... S'il vous plaît... laissez-la tranquille... Monsieur !

— Si tu veux faire quelque chose pour elle, c'est simple. Entre là-dedans, déclara le metteur en scène sadique, en dévoilant une seconde cage verticale. Allez ! Plus vite que ça... ou je continue... »

Docilement, Stéphane pénétra dans la cage d'acier. L'Ogre actionna une manette et la petite fille put reposer son second bras. Toutefois, quand le garçon s'appuya sur les barreaux, il reçut une décharge électrique qui partit de ses mains et parcourut son corps. La surprise lui arracha un hurlement strident. Il eut un mouvement de recul et son dos eut alors droit au même traitement.

Le cinéaste pervers éclata de rire avant d'ajouter : « Oh !

Stéphane, je suis confus, j'ai oublié de te prévenir. Cette cage est électrifiée... »

Horrifié, le garçon comprit que la cage dans laquelle il se trouvait était trop étroite pour autoriser le plus infime mouvement. Il y avait juste assez de place pour lui permettre de rester debout, immobile.

« Je vais t'expliquer les règles du jeu, mon jeune ami. Tu es le chevalier blanc et elle, c'est la princesse... Et moi ? Je suis l'Ogre, bien sûr ! Chaque fois que tu commettras une erreur et que tu toucheras les barreaux de la cage électrique, ta princesse sera punie, elle aussi...

— Qu'est-ce que vous allez nous faire ?

— Pas de *spoil*, mon petit Stouf ! Je tiens à ménager mes effets ! Ce sera une surprise, mais sois-en sûr, ce sera une fin heureuse... comme dans un film américain !

— Et comment je peux gagner, moi ?

— Bonne question ! Regarde ce sablier... Si tu parviens à rester immobile et à ne pas toucher les barreaux de ta cage durant une heure, je vous libérerai tous les deux...

— Vraiment ?

— L'Ogre n'a qu'une parole, mais ne sous-estime pas la difficulté de ce jeu. Il est très difficile de rester parfaitement immobile.

— Je dois juste rester immobile ? C'est tout ?

— Oui. Reste immobile, au garde-à-vous, pendant une heure... »

Dix secondes passèrent avant que le garçon poussât un hurlement.

« Tu as l'air surpris, Stouf ! Je parie que tu ne t'es même pas rendu compte que tu tanguais... »

L'Ogre s'approcha de la cage de la petite fille et actionna une manette. Elle se retrouva avec un bras en l'air, ne tenant plus que sur l'autre. Il retourna le sablier avant de reprendre : « Tu t'en rendras bientôt compte. La position statique demande des efforts constants. L'immobilité requiert une tension épuisante pour tes muscles posturaux. Bientôt, tu éprouveras le besoin irrépressible de les soulager en changeant de posture. Or, ce changement est impossible ici. Pourquoi ? Car, cette cage est adaptée à ton corps, au millimètre près. Un faux mouvement et tu recevras une décharge. À chaque erreur, je châtierai la petite princesse Mendicité, avant de retourner le sablier. Ton salut repose sur la force de ton mental et ta capacité de concentration... Allons, courage, mon preux chevalier blanc, reste positif ! Une heure, ce n'est pas si long, finalement... »

Stéphane se concentra. Prenant conscience des balancements imperceptibles de son corps, il s'efforça de les maîtriser. Au bout de quelques minutes, son épaule reçut une décharge électrique. L'Ogre s'approcha de la fillette avec un long bâton d'où jaillissaient des étincelles bleutées : « Je crois que ta petite princesse va chanter pour nous... »

Il avança le bâton vers la poitrine de l'enfant et le posa sur son aréole gauche. Le hurlement strident qu'elle poussa déchira les oreilles de Stéphane. En cherchant à les boucher de ses mains, il reçut une décharge à chaque coude.

« Eh bien, mon petit Stouf ! On dirait que le courant passe plutôt bien entre vous, hein ? »

Stéphane crut entendre des rires fuser derrière les projecteurs, mais il n'en était pas certain.

Sans attendre, l'Ogre posa son bâton électrique sur l'autre mamelon. La petite fille s'époumona. Stéphane comprit que la nuit serait longue...

Chapitre XXVI : L'enquête commence

Lundi 6 août

Il était neuf heures du matin et le soleil était encore bas. Dans la Cité du Toboggan bleu, on entendait des rires et des cris joyeux tandis que les enfants jouaient à l'ombre des bâtiments surchauffés. L'air préoccupé, deux adultes les observaient de loin. L'homme rajusta son chapeau et s'approcha du groupe afin de poser quelques questions : « Ça vous dit quelque chose, une certaine Lydia ? »

L'adolescente secoua la tête : « Non ! Rien du tout ! C'est quoi ce vieux prénom ? C'est la première fois que je l'entends...

— Est-ce que vous avez vu une fille en compagnie de ces garçons ?

— Ah ! C'est les disparus ! J'ai entendu dire qu'ils avaient fugué pour rejoindre une meuf...

— Qui t'a raconté ça ?

— Une copine...

— D'accord. Et toi ? Est-ce que tu les as vus avec une fille ?

— Perso, non. Ils étaient tout le temps entre eux... Suleïman, il était amoureux de son ballon et Kader... il jouait avec lui...

— Et Stéphane, alors ? Il avait des copines ?

— Euh ! Je crois pas... vu son physique... c'était plutôt un *geek*... Il sort jamais, celui-là... à part vite fait, pour faire des courses... c'est tout...

— Eh ! Vous ! Qu'est-ce que vous leur voulez aux enfants ? les invectiva une voix, depuis une fenêtre.

— Rien du tout, rassurez-vous, Madame Z***.

— Ah ! C'est toi, Soumyya, ma fille, je ne t'avais pas

reconnue !

— J'ai engagé ce monsieur afin de m'aider à rechercher mon frère...

— Oh ! Un détective ! Comme dans les films ! Tu as raison, on n'a rien sans rien ! Bon ! Je vous laisse travailler... »

Soumyya suivit le détective tandis qu'il menait son enquête. Depuis le matin, Moïse interrogeait chaque personne qu'il rencontrait, de manière à ne négliger aucune piste.

Vers treize heures, la cité fut désertée et il décréta que l'heure était venue de déjeuner. Dans le salon, chez Soumyya, l'air taciturne, le détective Élise réfléchissait. Il resta silencieux tout le long du repas et ne s'ouvrit qu'au moment du café : « Les enfants n'ont pas disparu dans la cité.

— Qu'est-ce qui vous fait dire ça ?

— Personne n'entre ou sort d'ici sans être repéré... Vous voyez, ces balcons ? Il y a toujours quelqu'un qui veille... À première vue, pour quelqu'un d'étranger à la cité, les enfants sont livrés à eux-mêmes, mais en réalité, ils sont sous une surveillance étroite et presque constante... Ce qui signifie...

— Oui ?

— Ils ont rencontré cette Lydia hors de la cité. Soit au collège, soit par Internet...

— Le truc, c'est que le collège est fréquenté par les habitants du quartier... Il n'y a que très peu de personnes extérieures...

— Ah ! Oui ! Le fameux problème des Z.U.P[26], hein ? On ne se mélange pas...

— Si les habitants des environs ne connaissent pas de "Lydia", il y a de fortes chances que les collégiens non plus...

— Et Internet ? Kader aurait-il pu avoir accès à une connexion ?

---

26 Zones urbaines prioritaires. Un territoire devient un quartier prioritaire lorsqu'il remplit un critère unique : le revenu par habitant. Les revenus sont comparés aux revenus moyens de l'agglomération dans laquelle se situe le quartier, et à ceux de la France.

— Non.

— Vous n'avez pas de connexion, ici ?

— Si ! Mais je suis la seule à avoir le mot de passe...

— Les enfants sont très forts à ce niveau-là... J'ai enquêté sur des affaires où des mômes de sept ans avaient réussi à pirater le compte de leurs parents...

— Kader... euh... c'est vrai qu'il est doué pour l'informatique... Il a craqué mon code... Depuis ce jour, le P.C. se trouve dans ma chambre...

— Et quand vous vous absentez, qui le surveille ?

— Je... ne sors... enfin... je ne sortais jamais... enfin... plus depuis... bref ! Ce n'est pas possible qu'il ait utilisé l'ordinateur de la maison. Quand il faisait des recherches, j'étais toujours à ses côtés...

— Et il avait un téléphone portable ?

— Oui, un vieux modèle de la première génération... sans Internet... C'était juste pour savoir où il était, en cas d'urgence... Il avait un petit forfait...

— Et ce portable de première génération ?

— Il l'a laissé là !

— Je peux le voir ? »

Le détective examina l'ancien modèle avant de le glisser dans sa poche.

« Qu'est-ce que vous faites avec le téléphone de Kader ?

— Si vous permettez, je vais le confier à un collaborateur qui l'examinera pour savoir s'il peut nous conduire à cette fameuse Lydia...

— Vous croyez que c'est possible ?

— Bien entendu ! Si votre frère a échangé des S.M.S. avec cette fille, et même s'il les a effacés, il est possible de les extraire de la mémoire de ce téléphone... C'est peut-être une piste importante...

— Je l'espère, oui...

202

— Et du côté de ses amis, y avait-il quelqu'un avec un accès à l'Internet ? »

C'était une question à laquelle Soumyya ne trouva pas de réponse. C'est pourquoi la jeune femme conduisit Moïse Élise au salon de coiffure où les sœurs de Suleïman travaillaient pendant les vacances d'été. Elle leur présenta le détective qui expliqua que le temps jouait contre eux. Il les questionna longuement et apprit ainsi que Suleïman n'avait pas de connexion internet chez lui et qu'il ne disposait même pas d'un téléphone personnel. « Cela ne nous laisse que le petit Stéphane, conclut-il. Je ne veux pas faire dans le cliché, mais les descriptions que l'on m'en donne suggèrent un *geek*... Et qui dit passsionné de technologie dit connexion internet... »

Il était quinze heures trente et le téléphone du père de Stéphane sonnait dans le vide. « Il fait les 3/8, ses horaires changent chaque semaine, expliqua Soumyya.

— La poisse ! Bon ! On va continuer notre enquête du côté de ses hobbys... Vu sa chambre, il n'y a pas besoin d'être Sherlock Holmes pour déduire que votre frère était fan de foot... Où avait-il l'habitude de jouer ?

— Mon frère *est* fan de foot », rectifia Soumyya que l'emploi du passé terrifiait.

Le détective s'excusa de sa maladresse et réitéra sa question. Soumyya lui apprit qu'il avait pour habitude d'aller jouer au nouveau stade. Malgré les avertissements de la jeune femme, ils se rendirent au terrain multisport. Le soleil brûlait le gazon synthétique délaissé. « Il n'y a personne à cette heure-ci, Monsieur Élise. Il fait trop chaud, je vous l'avais dit.

— Je voulais voir un peu à quoi ressemblait ce nouveau stade. Et les éducateurs ? Vous avez les noms des adultes qui encadrent les activités sportives ici ?

— Hum ! Je me souviens de quelques prénoms qu'il citait de temps en temps... Il y avait Yussef, un joueur professionnel et un certain Rachid...

— Un joueur professionnel encadrait une équipe ici ?

— Je crois qu'il était en seconde ou en troisième division ou quelque chose dans le genre... Il vient de la cité, alors il passe parfois entraîner les petits...

— Il faudrait voir du côté du centre social... Ils devraient avoir ce genre d'informations, là-bas... »

Au centre social, les personnes de permanence leur communiquèrent le numéro des deux intervenants. Malheureusement, leurs téléphones sonnaient dans le vide et Soumyya ne put que laisser un message sur leurs boîtes vocales. « Ces deux-là sont un peu louches, observa Moïse.

— Qu'est-ce qui vous fait dire ça ? demanda la jeune femme qui n'appréciait pas beaucoup les jugements à l'emporte-pièce.

— Un adulte qui traîne autour des stades et qui regarde des enfants, cela ne m'inspire pas confiance.

— Comme l'ont dit les éducateurs et comme le site officiel de la Fédération française de football le confirme, M. S*** est un agent. Il est là pour repérer les futurs talents de ce sport. C'est son métier ! »

Le détective émit un ricanement amer. Il sortit une cigarette d'un étui métallique et frotta une allumette contre le grattoir. Soumyya souffla sur la flamme : « Je vous prie de ne pas fumer dans ma chambre, Monsieur Élise, vous pouvez fumer sur le balcon si vous tenez à vous empoisonner, mais ne m'impliquez pas là-dedans. »

Ils sortirent donc et Soumyya poursuivit : « Votre problème c'est que vous voyez le mal partout...

— Le mal, répéta-t-il en observant la flamme, il est justement là, partout... » Il tira une bouffée, attendit que la fumée se répandît puis reprit : « Insaisissable... Et si les gens mal intentionnés peuvent faire ce qu'ils veulent, c'est parce que nous ne voulons pas les voir, nous ne voulons pas savoir ce qu'ils font. Pour protéger notre vision du monde réconfortante, nous inventons des excuses, des prétextes, d'autres façons d'expliquer les choses, nous nions les évidences... Nous nous aveuglons tellement que les criminels n'ont pas besoin de beaucoup se cacher... »

Soumyya n'aimait pas cette manière de voir. C'était comme

si la lumière du soleil s'assombrissait tout à coup. Elle ne put s'empêcher de ruminer les paroles d'Élise. Ils restèrent silencieux un moment avant que le détective ne proposât à Soumyya de retourner au nouveau stade. Le soleil était beaucoup plus bas à ce moment-là. Depuis le balcon, l'on apercevait quelques jeunes s'assembler sur le terrain.

Il faisait encore trop chaud pour courir après le ballon, aussi les adolescents se contentaient-ils de se faire des passes et un peu de jonglage, balle au pied, pour frimer un peu. Quand ils les eurent rejoints, le détective posa des questions aux joueurs présents.

« Oui, c'est vrai que Rachid est un agent, répondit un jeune garçon tout en jonglant négligemment. Il vient parfois avec une caméra pour nous filmer... Du coup, ces jours-là, tout le monde se défonce pour se faire remarquer... C'est à qui brillera le plus sur le terrain...

— Et quand est-ce que vous l'avez vu pour la dernière fois ?

— Pfff ! Je sais plus trop... peut-être deux ou trois semaines... »

L'enquêteur et son assistante improvisée ne s'attardèrent pas longtemps près du terrain. Pendant qu'une voiture de police patrouillait, roulant au ralenti derrière elle, Soumyya dévisageait le détective afin de deviner ses pensées. N'en pouvant plus, elle le questionna : « Alors, vous pensez que c'est lui ?

— Qui sait ? Autant que je sache, tout le monde est suspect...

— Il n'a vraiment pas la tête de l'emploi... Pourquoi ce type les aurait-il enlevés ?

— Eh ! Quoi ? Vous avez déjà votre portrait-robot ? Laissez-moi deviner ce que vous vous imaginez : un vieux, moche, les cheveux gras, avec une petite moustache à la tonton pédo ? Si tous les pédophiles avaient la tête de l'emploi, la vie serait tellement simple...

— Qu'est-ce que ?.. Vous croyez que ?.. Non !

— Non ? Vraiment ? Que refusez-vous ?

— Vous avez raison, il ne faut écarter aucune piste, mais cela me semble... Comment dire ?.. Peu probable... Ce n'est pas du tout son genre !

— Vous voyez ? Vous fuyez, vous aussi ! Et qui pourrait vous blâmer ? La réalité est bien trop cruelle pour être affrontée de front...

— Eh ! Vous ne la fuyez pas, la réalité, vous, avec votre drogue ? Vous délirez !

— Non, Mademoiselle, je sais que la vérité est terrible, je ne la fuis pas : l'herbe ne fait que m'aider à l'affronter... Bref ! Trêve de philosophie, restons concrets ! Il est dix-neuf heures. Avec un peu de chance, le père de Stéphane sera rentré chez lui... Pouvez-vous l'appeler, s'il vous plaît ? »

Effectivement, M. Degraass répondit au téléphone et accepta de recevoir Soumyya ainsi que le détective Élise. Le père de Stéphane était extrêmement inquiet pour son fils et il les accueillit avec beaucoup de gratitude : « La police ne fait rien ! » constata-t-il amèrement. « J'ai l'impression qu'ils ne les cherchent pas. Tout ce qu'ils font, c'est me rappeler quel mauvais père je suis... On dirait qu'ils me reprochent de trop travailler pour pouvoir m'occuper de mon fils ! Mais qui met l'argent du repas sur la table ? Il faut bien que quelqu'un s'en charge, non ?

— Si ! Bien entendu, Monsieur Degraass ! Vous faites de votre mieux...

— Mais cela ne suffit pas, sinon, pourquoi mon fils serait-il parti ?

— C'est ce que nous cherchons à découvrir. Monsieur Degraass, m'autorisez-vous à consulter l'ordinateur de Stéphane ?

— Pour quoi faire ?

— Nous pensons qu'il contient des informations importantes qui pourraient nous aider à retrouver Stéphane, Monsieur...

— Vraiment ? Peut-être, après tout... C'est vrai qu'il en passait du temps sur cette machine...

— Où se trouve son P.C ?

— Dans sa chambre... mais je vous préviens, mon fils a protégé l'ordinateur à l'aide d'un mot de passe... J'ai tout essayé, mais ça n'a servi à rien...

— Rassurez-vous ! J'ai des amis qui sauront craquer ce code...

— Des amis ?

— Oui, Monsieur, malheureusement, je ne suis pas un spécialiste de l'informatique... Je suis de votre génération et tout cela me dépasse. Je préfère laisser les personnes compétentes s'en charger.

— Je ne sais pas si je peux vous autoriser à l'emporter... Je ne vous connais pas.

— Monsieur Degraass, nous avons des raisons de penser que cette machine peut nous mettre sur la piste de votre fils...

— Raison de plus pour attendre la police... Peut-être que la police scientifique pourrait faire quelque chose...

— Monsieur. Parlons franchement et sans détour. Vous avez l'impression que la disparition de Stéphane intéresse beaucoup la police ? »

L'homme secoua tristement la tête tandis que le détective Élise poursuivait, impitoyable : « J'ai fait partie des services de police et j'ai croisé beaucoup de parents comme vous. Ils s'attendaient à voir débarquer "les experts" avec des tests A.D.N. et la police scientifique... Je peux vous dire une chose : on n'est pas dans une série télé, Monsieur Degraass. Tout cela coûte extrêmement cher, et sauf votre respect, Monsieur, quand de tels moyens sont déployés, ce n'est certainement pas pour des contribuables de base...

— Mais je... je... je me crève à payer des impôts pour raquer les poulets et vous me dites qu'ils ne feront rien pour retrouver mon fils parce que je suis...

— Personne ! Oui, c'est la triste vérité. J'ai fait partie de la maison pendant plus de vingt ans, Monsieur Degraass, et c'est une des raisons qui m'ont poussé à démissionner. Je ne supportais plus de voir la police devenir une entreprise au service des nantis, vous comprenez ? Alors ? Vous nous autorisez à prendre cet ordinateur, oui ou non ?

— Allez-y, Monsieur Élise, si cela peut vous aider... »

À peine eurent-ils passé le seuil de la porte qu'ils entendirent le pauvre homme éclater en sanglots. Le détective serra l'ordinateur contre lui, et contracta involontairement la mâchoire. Alors qu'ils quittaient l'immeuble, trois hommes vinrent à leur rencontre d'un pas décidé. Soumyya baissa les yeux. Ce mouvement avait été instinctif, plus fort qu'elle. Elle avait conscience qu'il s'agissait d'un geste de soumission, mais elle ne souhaitait pas les provoquer. Elle espérait juste que le détective Élise l'imiterait. Les hommes les hélèrent sans aménité : « Hey ! Où tu crois aller, sale pervers ? »

Les épaules de Soumyya se tendirent. Le ton agressif ne laissait aucun doute sur leurs intentions. S'agissait-il de dealeurs voulant protéger leur territoire ? Elle savait que certains groupes essayaient de faire la loi dans la cité. Devaient-ils les ignorer ? Était-il encore possible de leur échapper en feignant de ne pas les avoir entendus ? Le souffle coupé, Soumyya se rendit compte que Moïse s'était arrêté pour les attendre : « Vous tombez bien, Messieurs, commença-t-il.

— Ta gueule ! Tu crois qu'on t'a pas reconnu ? le coupa l'un des hommes.

— Fils de chien, on sait qui tu es et ce que t'as fait... Qu'est-ce que tu veux aux petits ?

— Ouais, pourquoi t'es allé parler à ma petite sœur, ce matin, espèce de grand pédé des îles ? »

L'attitude calme de Moïse offrait un contraste saisissant avec celle des trois jeunes. Il posa le P.C. délicatement sur le sol et sortit de sa sacoche une affiche qu'il leur tendit avec un sourire poli. « C'est un malentendu, Messieurs. La vérité, c'est que nous recherchons ces trois garçons, déclara-t-il posément. Ils ont disparu le 30 juillet dernier. Est-ce que vous les avez vus ?

— Ta gueule, fils de chien ! C'est nous qui posons les questions !

« — Tu fais une enquête ? On croyait que la police t'avait viré après ta bavure ? »

Moïse garda le silence. Son regard s'assombrit quand il finit par lâcher d'une voix pleine de regrets : « C'est de l'histoire ancienne. Je ne savais plus ce que je faisais à l'époque. J'étais bourré, H24. Mais c'est fini, maintenant... Je ne bois plus depuis... ce qui est arrivé... J'ai... » Les mots peinaient à sortir. Le détective semblait trop ému pour achever sa pensée, aussi, n'y tenant plus, Soumyya hurla : « Laissez-nous, maintenant, ça suffit !

— Toi, ta gueule, la *harki*[27], ou je t'en colle une !

— Je suis pas une *harki*...

— Tu ne portes même pas le voile et tu te promènes à la nuit tombée avec un *gwer*[28]...

— Quoi ? Vous êtes qui, vous ? Vous vous prenez pour qui pour faire la loi ? On n'est pas au bled[29] ici, je fais ce que je veux, c'est un pays libre... »

La main de l'homme se leva et Soumyya ferma les yeux, trop terrifiée pour crier. Sous l'afflux de la peur, la jeune femme sentit ses forces l'abandonner et ses jambes se dérober sous elle. Elle se retrouva prostrée au sol, tremblante. D'horribles souvenirs resurgirent derrière ses paupières closes. La violence, les cris, les coups, c'en était trop pour elle, surtout après ce qu'elle avait enduré. Quand elle osa enfin rouvrir les yeux, elle vit les trois hommes à terre, tandis que Moïse achevait de maîtriser le dernier.

« S'il y a bien une chose qui me fait péter les plombs, disait-il d'une voix glaciale, c'est qu'on manque de respect aux dames, mais lever la main sur une femme, c'est impardonnable ! Demande-lui pardon ou je te casse le bras... »

Humiliées, les trois délinquants s'excusèrent afin d'éviter la fracture. Moïse les regarda partir avec un mépris haineux. Comme Soumyya tremblait, il lui proposa de la raccompagner jusqu'au seuil

---

27 Harki : traître ou traîtresse en arabe.
28 Gwer : Le mot *gwer* est un emprunt à l'arabe d'Algérie, qui désigne une personne blanche, un Occidental, un non-musulman. Par extension, un Arabe ou un Musulman adoptant le comportement d'un Occidental pourra se voir appeler *gwer*, avec une connotation négative. (source : orthodidacte).
29 Bled : dans ce contexte, pays d'origine de l'interlocuteur.

de sa porte. Elle n'eut pas le temps de le remercier comme elle aurait aimé le faire, parce qu'il était déjà sur le point de la quitter, l'ordinateur de Stéphane sous le bras. « Il n'y a pas une seconde à perdre, l'informa-t-il, j'apporte cette machine à un ami compétent et je vous tiens au courant. Surveillez votre boîte mail, Mademoiselle... »

Sur ces mots, il prit congé.

Il était vingt heures quand Soumyya rentra chez elle. Encore secouée par l'agression qu'elle venait de subir, la jeune femme trouva sa mère, qui pleurait silencieusement dans le salon. Cette vision la bouleversa et elle l'enlaça pour la consoler. « Que se passe-t-il, Maman ?

— En rentrant du travail, j'ai vu beaucoup d'affiches qui avaient été arrachées. Il y en avait qui étaient taguées, et d'autres où étaient écrites des méchancetés... Pourquoi les gens sont-ils comme ça ?

— C'est rien, Maman ! N'y fais pas attention ! Il y a des cons partout... C'est des gosses qui s'amusent... Ils ne savent pas ce qu'ils font...

— Mais ce n'est pas tout... En rentrant, j'ai reçu des appels... de sadiques... Tu ne sais pas ce qu'ils m'ont dit ?

— Quoi, Maman ? Qu'est-ce qu'ils t'ont dit ?

— Ils m'ont raconté les choses qu'ils ont faites à Kader... C'était horrible... Je savais bien que c'était faux, mais c'était plus fort que moi... je ne pouvais pas m'empêcher d'écouter... Et puis j'ai craqué... j'ai raccroché... mais... si c'était vrai... Et s'ils ne rappelaient jamais et qu'ils le...

— Maman ! Ne pense pas à ces cons ! Ce sont des désœuvrés et des tas d'abrutis !

— Que devient ton frère, Soumyya ? la coupa-t-elle d'une voix suppliante. Cela fait une semaine qu'il n'est pas rentré... J'ai tellement peur pour lui... Est-ce qu'il est encore en vie ?

— Bien sûr, Maman ! Il est vivant ! J'en suis certaine... »

— J'aimerais y croire, moi aussi, mais on raconte des choses tellement terribles... Ce n'est pas un monde pour un enfant sans protection... Et la police qui... non... Ils disent n'importe quoi... Ils ne connaissent pas mon fils ! Pourquoi aurait-il fugué ? Il avait tout ce qu'il désirait... Enfin, presque... Bien sûr, nous n'avions pas les moyens de lui offrir la console de jeu dont il rêvait et je ne parle même pas de ce jogging hors de prix qu'il voulait... Peut-être que j'aurais dû les lui acheter... Pourquoi l'en priver ? Ô mon Dieu ? Qu'ai-je mal fait ? Je suis une mauvaise mère, je n'ai rien appris... »

La pauvre femme se tripotait les cheveux et portait à la bouche les mèches qu'elle mâchouillait nerveusement.

Soumyya tenta de la rassurer comme elle pouvait...

Non, elle n'avait rien fait de mal...

Ce n'était pas de sa faute.

J-8

Chapitre XXVII : Incorruptible

Mardi 7 août

À l'aube, Stéphane fut reconduit inconscient dans sa cellule. Un hurlement le réveilla et ses yeux s'écarquillèrent dans le noir quand il comprit qu'il s'agissait du sien. Quel cauchemar horrible ! À la recherche de sa bouteille de coca, il tendit le bras, tâtonna avec obstination, pour finir par se rendre à l'évidence. Autour de lui, sa main ne rencontrait que le vide. Il se redressa brusquement, les yeux grands ouverts, les pupilles dilatées par l'horreur la plus pure. Par quelque bizarrerie de l'esprit humain, ses sens avaient été comme endormis. Or, en entendant la voix de Sheila, tout lui revint. La terreur qu'il ressentit fut telle que son souffle s'accéléra brutalement tandis que son cœur suivait le rythme de plus en plus frénétique et bref de ses cycles respiratoires. Un voile blanc passa devant ses yeux, de petites lumières dorées commencèrent à voleter dans son champ visuel. Le monde se mit à tourner de plus en plus vite autour de lui et il perdit connaissance.

Quand il retrouva ses sens, les néons laissaient tomber une lumière crue sur sa peau tuméfiée. Son dos, ses épaules, ses avant-bras étaient couverts de cloques causées par les chocs électriques répétés que la cage lui avait infligés. Il ne put s'empêcher de repenser à cette nuit cauchemardesque. « Stop ! Je vous en supplie ! Arrêtez ! avait-il hurlé.

— Tu veux que ça s'arrête, Stouf ?

— Monsieur, oui, s'il vous plaît, Monsieur...

— C'est très simple, mon Stouf. Si tu veux que cela s'arrête, il te suffit de faire une toute petite chose pour moi...

— Monsieur, quoi, Monsieur ? Qu'est-ce que je dois faire ?

— Si tu veux que ça cesse, tu dois devenir mon assistant. Tu n'auras pas grand-chose à faire, vraiment... juste te charger des

213

effets spéciaux...

— Monsieur, je ne peux pas, je n'y connais rien en cinéma...

— Ne t'inquiète pas, Stéphane ! Même si j'ai quelques points communs avec Spielberg, je ne te demanderai rien de compliqué. Il te suffira d'appuyer sur quelques boutons...

— Monsieur ! Vous parlez des boutons qui commandent les cris et les bruits qu'on entend dans nos cellules ?

— Attention ! Ce ne sont pas des cellules, mais des loges... C'est l'endroit où vous pouvez vous recueillir afin que vous puissiez donner le meilleur de vous-mêmes lors de vos performances...

— Vous voulez que je torture mes amis ?

— Oh là là ! » avait-il chantonné. « Comme tu y vas ! Ce n'est pas de la torture, mais de la préparation mentale, mon petit Stéphane ! Autrement dit, il s'agit simplement de mettre en condition mes acteurs... Le cinéma-vérité exige de l'authenticité et de la sincérité... Cela va bien au-delà du classique *jeu* de comédien... C'est pourquoi j'ai élaboré ma propre méthode pour le conditionnement de mes performeurs...

— Monsieur ! C'est pas du cinéma, ce que vous faites ! C'est de la vraie torture !

— Nous voilà face à un désaccord d'ordre philosophique, et plus précisément esthétique, mon cher ami ! Discuter d'art avec un adolescent serait une perte de temps et s'apparenterait à de la masturbation intellectuelle, déclara l'Ogre en faisant un geste obscène avec sa matraque électrique.

— Mais... commença Stéphane.

— Il n'y a pas de "mais" qui tienne ! Tes capacités d'abstraction sont insuffisantes. C'est normal, tu ne dois pas t'en vouloir. Les gens de ton âge ont besoin de concret. Le mieux, c'est de te faire une démonstration, *in vivo* ! »

Ce disant, il régla l'intensité du voltage de sa matraque à l'aide d'une molette. Fasciné, Stéphane le regarda tandis qu'il s'approchait lentement du corps nu de la fillette. L'Ogre plaça une bassine sous ses jambes maigrelettes et interpella son prisonnier : « Regarde bien, Stéphane ! Cette matraque génère un courant électrique de près de deux millions de volts. C'est suffisant pour couper l'activité du système nerveux. C'est très amusant. Tu vas voir, c'est magique ! Si je le pose sur son ventre, automatiquement, ses sphincters se relâcheront et la petite princesse libèrera de jolis papillons et des paillettes parfumées ! »

Il exécuta sa menace et la fillette fut secouée par un spasme violent. Stéphane entendit alors un bruit répugnant tandis que la bassine se remplissait du contenu des intestins de la pauvre suppliciée. « La torture, c'est ça, petit Stouf ! Si tu ne fais pas ce que je te dis, je la réveille et je la force à ravaler ce qu'il y a dans ce baquet, tu comprends ? »

Stéphane était prisonnier d'un dilemme impossible à résoudre. Soit il torturait ses amis, soit cette fillette était martyrisée par sa faute. C'en était trop pour l'enfant. Déformé par ses larmes, ce spectacle cruel tourna au cauchemar lucide. Il se débattit de toutes ses forces, s'attendant à se réveiller dans son lit. Pour lui, rien de ce qu'il venait de vivre n'était réel. Il espéra donc que la douleur finirait par le tirer de ce rêve abject et il insista. Fou de rage, le garçon se tordit comme une bête enragée dans sa cage. Il se jeta sans répit contre les barreaux électrifiés jusqu'au moment où tout disparut.

Que s'était-il passé ensuite ? Il n'en avait aucune idée et ce trou noir le tourmentait. Avait-il participé malgré lui ? Pourquoi ne se souvenait-il de rien ?

Couverte par la musique tonitruante, la voix de Kader l'appelait. Stéphane souhaitait le questionner sur les effets spéciaux, afin de savoir si la nuit avait été remplie de cris et de grognements de bêtes et autres ricanements effrayants, mais aussitôt la promesse de l'Ogre retentit dans sa tête : « Si tu révèles quoi que ce soit de ce qui se passe ici, je torturerai la personne à laquelle tu t'es confié... »

L'avertissement était on ne peut plus clair et Stéphane savait que l'Ogre n'hésiterait pas une seconde à mettre sa menace à exécution. Tandis que son ami l'appelait encore et encore « Stouf ! Stouf ! » Stéphane gardait les lèvres serrées.

Le temps passa ainsi et le géant revint le chercher en poussant un fauteuil roulant. Il attacha l'enfant aux accoudoirs de celui-ci et le reconduisit dans son horrible studio. La scène était brillamment éclairée par les projecteurs. Il reconnut l'écran de contrôle qui permettait à l'Ogre de vérifier le cadre de la caméra principale. Le cinéaste dément pouvait également manœuvrer sa machine à distance grâce à une télécommande. « Tu es un peu pâle, mon petit ! Je m'inquiète pour toi. J'espère que tu as pu te reposer, mon petit Stouf, parce que la nuit sera longue. » Puis, après avoir consulté sa montre, il s'exclama : « Allez ! En place ! Vite ! Vite ! Vite ! »

Sur le plateau de tournage se trouvait la petite fille de la dernière fois. La malheureuse était encore maintenue à l'horizontale, mais sur un lit, cette fois. Ses jambes maigrelettes étaient largement écartées à l'aide de sangles de cuir noir. L'Ogre prononça le mot « moteur », puis il se plaça devant la caméra, compta à rebours à partir de dix et s'écria : « Action ! »

Stéphane s'attendait au pire. Une impression d'irréalité ne le quittait plus tandis que son ravisseur discourait devant la caméra, comme s'il s'adressait à un auditoire invisible : « Bonsoir, cher public ! Merci pour votre fidélité ! Encore une fois, messeigneurs, vous apportez la preuve de votre supériorité sur le gras public ! Vous êtes ici chez moi, dans l'antre de l'Ogre, et ce soir, nous poursuivons notre exploration de la condition humaine à l'aide de nos deux invités spéciaux. Nous avons donc le délicieux Stéphane Degraass, qui nous fait l'honneur d'être encore parmi nous, et cette jeune princesse romanichelle, qui doit garder l'anonymat pour des raisons de confidentialité liées à la sécurité de son royaume ambulant. » Ce disant, l'Ogre s'inclina devant la fillette dans une révérence ironique.

Ensuite, il se tourna vers Stéphane qu'il désigna en tendant le bras vers lui dans un geste théâtral : « Il semblerait que notre ami, le prince Stéphane, n'ait pas eu le temps de récupérer de la nuit dernière, mais je suis sûr qu'il saura nous divertir encore une fois. »

Le corps de l'intéressé était secoué de trémulations incontrôlables et ses jambes flageolaient tandis qu'il fixait son tourmenteur, fasciné.

« Le thème de la soirée sera l'amour ! Oui, l'amour qui fait tant rêver les foules ! Ce noble sentiment qui joue un si grand rôle dans les succès hollywoodiens ! Et comme tout film se doit d'incorporer une histoire d'amour, j'ai décidé de tenter ce périlleux exercice. Mais pas n'importe comment, vous devez vous en douter... »

Stéphane se demandait comment échapper à cet interminable cauchemar. L'Ogre s'amusait de sa peine et semblait diffuser ses souffrances sur le Net.

Un live stream ?

Oui, ce devait être ça ! C'est pourquoi ce monstre portait un masque ! Grâce à celui-ci, personne ne serait en mesure de l'identifier et de remonter jusqu'à lui. Depuis combien de temps ce malade mental filmait-il ces atrocités ? Stéphane frémit d'une horreur sans nom quand il comprit qu'il ne rêvait pas, et que rien ni personne ne viendrait le tirer des griffes de ce pervers insensé.

« Que ne feriez-vous pas par amour ? Voilà une question intéressante, à la fois romantique et cynique. Je vais la poser à notre ami. Dis-moi, Stouf, réponds-moi sincèrement. Que ne ferais-tu pas par amour ? »

Comme Stéphane hésitait, l'Ogre prit le relais : « Voyons, mon garçon ! Réfléchis un peu... Même si ce n'était pas vraiment de l'amour, tu es venu vers moi poussé par ton bas-ventre... Tu voulais coucher avec ma fille, pas vrai ? Oh ! Ce n'est pas la peine de mentir... J'ai lu vos conversations... L'Ogrette ne me cache rien... Non, elle ne cache rien à son papounet chéri ! »

L'Ogre se détourna de sa victime pour s'adresser directement à la caméra : « Voilà pourquoi cela ne sert à rien de poser des questions. Si l'on veut vraiment connaître le fond des gens, il ne faut pas se fier à leurs paroles. Non, non, non ! » fredonna-t-il en agitant son index à la manière d'un essuie-glace.

Épouvanté, Stéphane sentit sa gorge se serrer. Il éprouvait de plus en plus de difficulté pour respirer. L'Ogre, quant à lui se délectait de ce moment et poursuivit son raisonnement : « Si l'on souhaite sonder l'âme de nos prochains, il faut questionner leurs actes et j'ai ici les conditions parfaites pour aider Stéphane à faire connaissance avec lui-même... Une expérience qui lui permettra de mieux appréhender ses propres limites. Mesdames et Messieurs, au terme de cette soirée, nous saurons si Stéphane met l'amour au-dessus de son sens moral. Nous apprendrons si notre jeune ami place l'amour au-dessus de l'amitié et s'il est prêt à tout sacrifier pour ce noble sentiment... Sans plus attendre nous allons donc commencer... »

L'orateur effectua une révérence théâtrale avant de poursuivre sur un ton docte et solennel : « Les biologistes affirment avec aplomb que l'homme n'est qu'un animal. Ils prétendent que l'amour n'est rien de plus que l'instinct sexuel destiné à la procréation. C'est assez triste comme définition, pas vrai, Stouf ? Dis-moi, mon garçon, qu'attendais-tu de ma fille, exactement ? Était-ce juste sexuel, récréatif, oserai-je dire, ou y avait-il quelque chose de plus, quelque chose de l'ordre d'un sentiment plus élevé entre vous ? »

Les yeux écarquillés, Stéphane restait silencieux. L'Ogre posa sa matraque électrique sur sa bouche et le garçon hurla.

« Eh ! Oh ! Mon petit Stouf ! On ne t'a pas appris la politesse ? Si tu ne réponds pas aussitôt que je te questionne, ma matraque te surprendra là où tu ne la veux surtout pas, compris ?

— Monsieur, oui, Monsieur !

— Reprenons. Qu'est-ce que tu voulais faire avec l'Ogrette ?

— Monsieur, rien, Monsieur l'Ogre, rien du tout, je respecte votre fille, Monsieur...

— Tu respectes une putain qui couche avec son propre père et qui t'a manipulé pour t'entraîner en Enfer ? C'est beau, ça ! Ne serait-ce pas de l'amour ?

— Monsieur, oui, Monsieur l'Ogre.

— Tu lui as pardonné sa trahison, alors ?

— Oui, Monsieur l'Ogre.

— Tu entends ça, mon chaton ? Ton bien-aimé te pardonne. Il t'aime vraiment, tu sais ? »

Une adolescente apparut alors. Son visage était dissimulé par un masque de félin mignon. Provocante, celle-ci marchait en ondulant des hanches et miaula voluptueusement en passant devant Stéphane qui la contemplait, rempli de confusion, tandis qu'elle se munissait d'un long fouet qu'elle fit claquer devant elle. « Je crois que notre petite chatte n'est pas très contente de toi, mon cher Stéphane... On dirait qu'elle est jalouse... »

La jeune fille au masque félin imita un feulement avant d'abattre la lanière de son fouet sur la malheureuse, qui hurlait sous les coups pleuvant sur sa peau couverte de contusions. « Stop ! osa hurler Stéphane.

— C'est bien ce qui me semblait. Tu es un garçon volage, un coureur de jupons ! Tu aimais ma fille hier et tu lui préfères aujourd'hui Princesse Roulotte... Je ne pense pas que l'Ogrette apprécie d'être abandonnée avec tant de légèreté ! »

Cette dernière se tourna dans la direction de Stéphane et s'en approcha en ondulant outrageusement des hanches. Une fois Lydia parvenue à la bonne distance, son père dit simplement : « Bras ! » Aussitôt, le fouet claqua, cinglant l'intérieur du coude de Stéphane. Le garçon laissa s'échapper un cri, mais ce n'était pas fini... « Sein gauche... Bien ! Sein droit ! Parfait ! Quelle précision admirable ! Tu es la digne fille de ton père ! »

Après avoir couvert le corps de Stéphane de contusions, l'Ogrette quitta la scène. « Allons ! Allons ! Tu n'as pas à t'en vouloir, mon pauvre Stéphane ! Qui peut te reprocher d'être inconstant à ton âge ? "L'amour est enfant de bohème qui n'a jamais connu de loi", chanta-t-il avec entrain, en esquissant une série d'entrechats étonnamment bien exécutés pour un homme de sa corpulence. Puis, il s'approcha de sa victime en état de choc. « Pas vrai, Stéphane ? le relança-t-il. Hey ! Ho ! C'est pas encore l'heure de la sieste ! »

Comme l'enfant semblait sur le point de perdre connaissance, le tortionnaire le chatouilla sous les aisselles à l'aide de sa matraque électrifiée. Le corps du garçon se tétanisa et un hurlement terrible sortit de ses lèvres gercées. « Tu n'as qu'à le dire, si je t'ennuie, hein ?

— Non, Monsieur l'Ogre...

— Bien. Puisque tu as délaissé ma pauvre fille, qui doit être maintenant inconsolable, je ne vais pas m'opposer à ce que tu déclares ta flamme à ta princesse... »

Stéphane n'écoutait plus. Sa conscience vacillait. Il répondait « Monsieur, oui, Monsieur » par pur réflexe. Les chocs électriques perturbait sa mémoire et il ne se souvenait plus à quoi il venait d'acquiescer. Puis, l'horreur de ce que son persécuteur exigeait de lui se révéla. Il voulait le contraindre à violer la fillette attachée sur le lit psychiatrique. Impitoyable, il laissait tomber sa matraque sur ses parties les plus sensibles pour l'en persuader, mais Stéphane s'obstinait dans son refus.

« Tu me fais perdre un temps précieux et je hais les longueurs. Tu as intérêt à t'exécuter fissa, si tu veux sortir d'ici un jour et retoucher une manette. Si tu ne lui prouves pas ton amour sur-le-champ, je ne pourrai me porter garant de ta virilité... Si ma matraque s'abat là où je pense, je crains sincèrement pour ta descendance... Tu seras vraiment perdu pour la cause des Degraass... »

Malgré les terribles menaces, Stéphane refusait de se laisser intimider. Peu à peu, l'Ogre perdit de son affabilité sarcastique. Sa superbe l'abandonnait. Il cherchait ses mots, paraissait hésitant et ses mains tremblaient. Ce changement d'attitude déstabilisa Stéphane. Loin de diminuer, l'effet semblait s'accentuer d'instant en instant. Bientôt, de puissantes trémulation agitèrent son tortionnaire de la tête aux pieds. Sa respiration se fit lourde et précipitée. On aurait dit que le géant suffoquait. Stéphane crut devenir fou quand le cinéaste déviant retourna sa matraque contre lui-même, s'infligeant des brûlures, en pleurnichant comme un enfant...

Le garçon vit alors une forme sortir en hâte de derrière les rideaux. Elle courut à la rencontre de l'Ogre et un arc bleu étincelant jaillit d'un petit objet dans sa main. Aussitôt, le corps du géant s'immobilisa dans une tension extrême, avant de s'effondrer aux pieds du nouvel arrivant. Tandis que d'autres silhouettes masquées s'emparaient de l'Ogre, la première s'approcha de Stéphane qui entraperçut l'arc électrique juste avant de perdre connaissance...

Chapitre XXVIII : Le pirate éthique et le lanceur d'alerte...

Mardi 7 août

Soumyya ressassait sa journée. Les appels qu'elle avait reçus n'avaient rien apporté de nouveau. Heureusement, il n'y avait pas que des pervers et des sadiques à l'autre bout du fil. Certaines personnes bienveillantes avaient même proposé spontanément leur soutien à leur cause. L'un d'eux lui semblait très intéressant. Il s'agissait d'un homme qui s'était présenté comme un « Youtubeur ». Il affirmait être en mesure de la soutenir dans ses recherches.

« Depuis l'avènement d'Internet et son explosion dans les années 2005-2006, les gens ne passent plus par les médias télévisuels pour s'informer. Beaucoup leur préfèrent les sites de partage de vidéos en ligne qui sont devenus incontournables. J'ai une audience constituée de 250 000 abonnés... »

Après avoir raccroché, la jeune femme se rendit sur la chaîne YouTube de ce monsieur et lança la première vidéo intitulée : « Où disparaissent les enfants ? »

« Chaque année, 50 000 enfants disparaissent... Certains reviennent, mais que deviennent les autres ? » commença une voix *off*, bien timbrée. Le documentaire amateur continuait sur le mode accusateur, invoquant la thèse des « réseaux pédocriminels » en s'appuyant sur des affaires ayant défrayé la chronique ces dernières années. Soumyya soupira. Des vidéos comme celles-ci, elle en avait vu des dizaines. Toutes répétaient peu ou prou la même rengaine en s'appuyant sur quelques faits avérés qui étaient ensuite reliés par des théories plus ou moins farfelues. Différentes affaires criminelles étaient ainsi passées en revue dans ses vidéos et il y avait même quelques témoignages d'hommes et de femmes qui prétendaient avoir réchappé à cet horrible trafic. Que de sottises dignes des réseaux sociaux dépendants aux *likes* et au nombre de vues ! Que ne feraient pas ses usagers pour obtenir un peu d'attention et se sentir spéciaux ?

Soumyya éteignit l'ordinateur pour se lancer dans des recherches plus sérieuses. Les sites officiels, beaucoup plus fiables, affirmaient que le nombre de disparitions véritables était minime. Des pédopsychiatres expliquaient ces fugues par le désir d'indépendance des adolescents, mais aussi chez les préados. Soumyya fut particulièrement intriguée par la thèse d'un biologiste évolutionniste. Celui-ci affirmait que l'adolescence était une période de « bouleversements hormonaux » qui causait « la recherche du risque » chez les jeunes gens.

« Ces bouleversements hormonaux sont liés à un neurotransmetteur nommé dopamine. Celui-ci est chargé d'assurer la communication entre les neurones (cellules nerveuses). Durant l'adolescence, en s'épaississant, les récepteurs favorisent une plus grande circulation de la dopamine. Ce qui explique l'agitation ressentie par les adolescents. S'ils sont mis en mouvement, c'est par la tempête hormonale qui souffle sous leur crâne et ce mouvement inclut presque inéluctablement des prises de risque. Or, cette recherche d'aventures hors du territoire connu s'explique par l'impulsion sexuelle de trouver des partenaires hors du giron familial. Il s'agit d'un processus naturel permettant d'éviter l'inceste et la dégénérescence qui pourrait en découler... »

Soumyya fit une pause pour réfléchir à ce qu'elle venait de lire. Cette diminution de la peur et cette recherche de l'excitation provoquée par la nouveauté pourraient expliquer la vulnérabilité des adolescents face aux conduites dangereuses telles que l'alcool, les psychotropes, la violence, ou la sexualité sans protection. L'innocent Kader en était-il parvenu à cette phase de son développement ? Cela expliquait-il que cette Lydia eût pu les entraîner à mentir à leurs propres parents ? Certainement, mais de là à fuguer, comment était-ce possible ?

Aussi douloureuse qu'elle pût lui paraître, Soumyya se contraignit à envisager cette hypothèse, car elle impliquait un examen de sa conscience. Qu'était-il allé chercher chez cette fameuse Lydia ? De l'amour, des jeux ? Une manière de tromper l'ennui et le désœuvrement des vacances ? En période de canicule, la piscine avait certainement dû peser lourdement dans la balance. Le professeur allait plus loin. Non seulement l'adolescent servait le bien de l'humanité en lui évitant la stagnation, mais il était, selon lui, tout à fait rationnel, voire même « hyperrationnel. »

« L'adolescent pèse le pour et le contre avant chaque action. Il évalue, plus ou moins consciemment, les chances de conséquences fâcheuses. Par exemple, s'il roule sur une roue en mobylette, c'est afin d'impressionner d'éventuelles partenaires ou ses pairs. Il veut se montrer sans peur et considère qu'il a plus de chance de réussir que d'échouer. Pour un adulte "raisonnable", le danger de mort ou de handicap est immédiatement dissuasif. Pour l'adolescent, non. Le choix est basé sur un calcul entre risques et bénéfices mis en parallèle avec les probabilités d'échec. »

Kader avait-il évalué les risques avant de quitter notre foyer ? Le plaisir d'être en compagnie de ses amis pouvait largement contrebalancer la peur d'une sanction. Il savait que ses parents n'étaient pas très sévères. Les deux étaient farouchement opposés à la violence. « Quand la main se lève, on n'apprend rien à l'enfant, hormis à lever sa propre main ! » ne se lassait jamais de répéter son père.

Sachant cela, pourquoi ne revenait-il pas ? La réponse était évidente. Car il s'ennuyait dans l'appartement familial. Non. C'était pire que de l'ennui, c'était...

L'ai-je trop fait travailler ? Oui, je l'ai poussé à bout, le pauvre petit...

Soumyya repensa aux longs après-midis passés à étudier. Pourquoi l'avait-elle préparé pour le baccalauréat ? Certes, le petit était précoce, mais à quoi bon lui infliger une telle charge de travail ? Kader n'avait que onze ans. N'avait-il pas droit à une jeunesse ?

Ce n'est pas mes parents qu'il faut blâmer ! Tout est de ma faute.

Quel garçon aurait envie de revenir dans un appartement transformé en salle d'étude ? Pourquoi n'avait-elle pas remarqué les signes annonciateurs de son malaise ?

Non. Je les ai ignorés. J'ai refusé de voir ses petites jambes s'agiter sous le bureau. Tout ce qu'il voulait, c'était jouer...

Et pour la millième fois, Soumyya se demanda où se trouvait son frère. Que faisait-il ? Était-il si peu pressé de donner de ses nouvelles ? Avait-il donc si peur de retrouver le collier, s'il redonnait des signes de vie ? Peut-être craignait-il trop la punition qui l'attendait pour revenir sur ses pas ?

Tant de questions ! C'est à devenir folle !

C'est à ce moment-là qu'elle reçut un mail du détective Élise.

« J'ai du nouveau. Rejoignez-moi au même endroit que la dernière fois, mais ne criez pas. »

La jeune fille se rendit au jardin public d'Ormal. Comme à son habitude, Élise fut près d'elle sans qu'elle eût le temps de le voir. Quand sa main se posa sur son épaule, la jeune femme se raidit, mais parvint à retenir son cri. « Suivez-moi, lui enjoignit-il en s'engageant dans un chemin isolé.

— Qu'avez-vous découvert ?

— Tout d'abord, je dois vous faire un compte-rendu de mes actions. Hier, j'ai porté le téléphone de votre frère ainsi que l'ordinateur de Stéphane chez un ami, un hackeur...

— Un hackeur ? Mais ces gens-là sont dangereux, ce sont des hors-la-loi !

— Dangereux ? Cela dépend pour qui, et lesquels... Celui qui travaille avec moi n'est dangereux que pour les ordures de la pire espèce, ceux qui échappent à la justice grâce à leurs appuis bien placés...

— Encore vos lubies complotistes ?

— C'est la piste que je privilégie... Des criminels organisés... Peut-être un trafic...

— Et quelle preuve apportez-vous pour soutenir ces affirmations ?

— Il n'y avait rien d'intéressant sur le téléphone de votre frère. En revanche, mon ami hackeur a découvert que l'ordi portable de Stéphane a été infecté. Un logiciel d'espionnage permettait à quelqu'un de le l'utiliser à distance et d'activer sa caméra à son insu pour voler des images...

— Son ordinateur était infecté ? » répéta-t-elle pour intégrer l'information, puis elle se ressaisit et demanda : « En quoi cela prouve-t-il un rapport avec un des réseaux qui vous obsèdent ?

— La réponse à votre question m'amène à la découverte qui motive notre entrevue.

— Je vous en prie, Monsieur Élise, venez-en au fait, ne me faites pas languir.

— Un peu de patience, Mademoiselle. Mon ami est parvenu à infiltrer l'un de ces réseaux criminels et il a trouvé ces images qui étaient partagées sur des sites pédophiles... »

D'une main tremblante, Soumyya saisit l'enveloppe que lui présentait le détective. Elle prit une profonde inspiration avant de l'ouvrir et de sortir son contenu avec la plus grande crainte. Ses yeux s'agrandirent de surprise. En format A4, Stéphane et Suleïman étaient clairement reconnaissables. Ils étaient en slip et posaient fièrement... Il restait un feuillet. Elle oublia de respirer au moment d'extraire le cliché. Elle expira bruyamment et plaça sa main devant sa bouche en reconnaissant son frère, qui prenait la pose dans sa tenue de footballeur. « D'où viennent ces images ? demanda-t-elle d'une voix tremblante.

— Du Darknet...

— Pardon ? Vous ne pourriez pas être un peu plus précis et faire comme si je ne connaissais rien à ce genre de choses ?

— Je ne suis pas le mieux placé pour vous expliquer ce qu'est le Darknet. Certains l'appellent l'Internet profond ou Deepweb. C'est un espace numérique inaccessible aux moteurs de recherche.

— Mais alors, comment s'y rend-on, sur votre Internet profond ?

— Seulement sur invitation...

— Je vois. J'imagine que ça ne facilite pas votre enquête... »

Soumyya eut une brusque illumination : « Mais alors... cela signifie que votre contact, le hacker dont vous parlez... il va sur ces sites... sur invitation ? Le détective opina et la jeune femme explosa : « Il est donc lié à cette pègre, à ces pervers ?

— Autant que vous...

— Comment ça ?

— Il y a dix ans, sa sœur a été enlevée et, depuis, il ne vit que pour se venger des réseaux pédocriminels.

— Et sa sœur ? A-t-elle été retrouvée ?

— Oui, mais trop tard... »

Soumyya détourna le regard pour cacher son émotion au détective.

Retrouverons-nous Kader à temps ?

Sa main se referma et son poing se posa sur sa bouche, comme pour taire les questions qui lui taraudaient l'esprit. Elle n'osa pas formuler la plus terrible, celle qui lui brûlait les lèvres et la consumait de l'intérieur. Elle refusa de laisser remonter à la surface de sa conscience les horribles images surgies des tréfonds de son cerveau. Elle ne voulait pas penser à son frère à la merci de ces dégénérés... « Peut-on repérer la personne à la source du programme espion ? s'entendit-elle demander.

— Malheureusement, non. Mon ami tente de remonter la filière, en ce moment-même, mais ces individus sont plus que prudents... Ils ne s'ouvrent à personne tant qu'ils ne sont pas certains que vous n'êtes pas aussi malade qu'eux... »

Des malades ! Oui ! Ces gens sont malades et ils sont réels !

« Et ces photos ? Sont-elles diffusées ? Et si oui, par qui ?

— Comme je vous l'ai dit, ces réseaux sont opaques et cultivent le secret...

— Et votre ami ? Que fait-il en ce moment ?

— Il se renseigne sur des forums spécialisés. Il est en train de lancer une vaste opération à l'aide d'autres hackeurs éthiques ayant la même vocation que lui : faire en sorte que ces ordures paient pour leurs crimes... »

J-7

Chapitre XXIX : Apathie

Mercredi 8 août

Stéphane s'éveilla avec l'impression que son cerveau avait grossi. À moins que ce ne fût sa boîte crânienne qui eût rétréci ? Une chose était sûre : Il devrait rester à la maison aujourd'hui. Sa bouche était tellement sèche et il se sentait si lourd qu'il n'avait pas la force de se lever. Il était malade, cela ne faisait aucun doute.

Papa comprendra...

Pleine de lassitude, sa main se tendit vers sa bouteille pour... se refermer sur le vide. Derrière la brume qui assombrissait son esprit, une pensée se dessina. Il ne se trouvait pas chez lui. Cet endroit n'était pas sa chambre !

Où est-ce que je suis ? Qu'est-ce que je fous là ?

Une lumière brillante éclairait une cage de verre.

Il était nu et sa peau était couverte d'œdèmes, de contusions et de brûlures. Une musique débile résonnait à plein volume dans la pièce.

Elle semblait provenir de loin, pourtant. Chaque élément émergeait dans sa conscience embrumée, sans pour autant se lier au précédent pour créer du sens.

Qu'est-ce qui m'arrive ?

Quelque chose clochait en lui. Il se sentait si fatigué. Sa mémoire défaillante échappait à son contrôle. Au milieu des couplets de la musique « yéyé », Stéphane entendit une petite voix l'appeler, mais il n'avait pas la force d'y prêter vraiment attention. L'appel du vide et des ténèbres était beaucoup plus pressant et puissant...

Le sommeil engloutit le petit garçon.

Chapitre XXX : Communication

Soumyya repensait à sa conversation avec le détective quand la sonnerie de son téléphone la sortit de sa rêverie. C'était le *YouTubeur* qui l'invitait à accéder à son site internet personnel. Il lui communiqua un code spécial afin qu'elle pût consulter l'article qu'il venait de rédiger. « Je ne le publierai pas sans votre accord, la rassura-t-il. Si vous avez des remarques, n'hésitez pas, je ferai toutes les modifications que vous jugerez nécessaires. Je vous laisse en prendre connaissance tranquillement et vous rappelle dans une heure... »

L'article était assez bien rédigé et résumait l'affaire de la disparition des « trois gamins de la cité ». Il insistait lourdement sur le manque d'initiative de la police, critiquant leur politique privilégiant systématiquement l'hypothèse de la fugue. Bien que l'insistance fût lourde de sous-entendus au sujet du système judiciaire, Soumyya partageait la plupart des idées exprimées dans le billet. Comme promis, son auteur recontacta Soumyya qui n'exigea que de légères modifications. Elle souhaitait purger l'article de son arrière-fond complotiste. « Je voudrais que vous insistiez sur le manque de moyens de la police plutôt que sur une supposée conspiration...

— Ce ne sont plus des suppositions, Mademoiselle. Il ne s'agit pas d'une conspiration, mais d'un système profitable mis en place depuis des décennies en France, mais également dans le reste du monde, car ce trafic odieux enrichit une élite qui...

— Monsieur, le coupa-t-elle, peut-être avez-vous raison. Malheureusement, vous n'apportez aucune preuve concrète à vos allégations...

— Si vous prenez le temps de parcourir mon site, vous verrez qu'il est très documenté et que de nombreuses affaires scandaleuses sont étouffées comme celle du petit Éric et de sa maman, par exemple... Nous avons des rapports médicaux alarmants et...

— Oui, mais ce cas n'a aucun lien avec celui de mon frère et de ses amis...

— C'est ce que vous pensez, mais les enfants font fréquemment allusion à certains petits enlevés à des fins rituelles... La plupart étaient issus de milieux miséreux...

— Allons ! Rassurez-moi, Monsieur ! Ces histoires de rituels satanistes sont trop délirantes pour être prises au sérieux...

— Ah ? Et comment expliquez-vous que des enfants, qui ne se connaissent pas, qui n'ont aucun contact les uns avec les autres, puissent révéler des pratiques identiques ?

— Le plus simplement du monde, Monsieur. Les adultes surfent sur Internet, et ils discutent ensemble de ce qu'ils lisent. Les enfants savent feindre l'inattention, mais ils ont souvent les oreilles qui traînent. Il suffit que l'un d'eux entende une de ces histoires pour ne jamais l'oublier. Il en discutera ensuite avec ses amis qui en parleront à leur tour et c'est ainsi que se forment les rumeurs et les légendes urbaines.

— Vous êtes une femme intelligente, Mademoiselle. Vous feriez une remarquable avocate, je dois l'avouer. Il reste cependant que les faits sont les faits et que ce n'est pas parce qu'ils choquent votre vision du monde que vous devez les rejeter en les considérant comme des absurdités.

— Peut-être avez-vous raison. Les éléments factuels ne peuvent être niés. Malheureusement, l'hypothèse du complot ne ferait que décrédibiliser notre action. Si nous voulons que cet article soit partagé en masse, il faut qu'il soit partageable par le commun des mortels !

— Si vous souhaitez un article *mainstream*, je peux le réécrire.

— Si vous vous contentez des faits, je vous accorderai volontiers l'autorisation de le publier...

— Très bien. Les faits, rien que les faits... Je laisserai le lecteur tirer ses propres conclusions...

— Vous gagnerez en crédibilité auprès d'un public plus large... »

Après cette mise au point, la conversation se poursuivit de manière plus apaisée et le blogueur alla même jusqu'à faire une proposition inattendue à Soumyya. « Une vidéo est un merveilleux outil de communication. J'ai du matériel pour filmer et effectuer le montage. Votre éloquence vous permettra de présenter l'affaire avec clarté. Si vous me confiez quelques photos des enfants disparus, je me charge de réaliser un petit film suffisamment émouvant pour donner à mon audience l'envie de partager votre message. »

L'intention du Youtubeur était de « créer une vidéo virale ». Comme la jeune fille hésitait, elle ajourna sa décision et expédia un mail à Moïse Élise où elle l'informa de la proposition qu'elle venait de recevoir. Elle souhaitait connaître son opinion au sujet de cette assistance inattendue avant de s'engager. En guise de réponse, celui-ci lui donna rendez-vous dans un autre parc de la ville. Le détective était tellement méfiant qu'il avait numéroté tous les secteurs de la communauté urbaine d'Ormal. Lors de chaque rendez-vous, le code changeait selon une nouvelle grille. « C'est ainsi que procèdent les services secrets, et nous ferions bien de les imiter, si nous voulons retrouver votre frère et ses amis », avait-il conclu, sans lui laisser le loisir de le contredire.

Parvenue devant la porte, elle ressentit une hésitation. Pourquoi ne pouvait-elle pas demeurer ici, en sécurité ? Le détective avait-il réellement besoin de la voir en personne ? Elle maudit la paranoïa de l'ancien policier, la trouva stupide et infondée, puis elle se rendit compte qu'elle était injuste envers lui.

Sa respiration était haletante et elle ne s'en était pas aperçu.

Que m'arrive-t-il ?

Elle prit une profonde inspiration et fit de son mieux pour ralentir son rythme respiratoire. Ceci fait, elle interrogea les signaux que lui envoyait son corps. Son estomac noué la mit sur une nouvelle piste.

Je suis au bord de la panique !

Quelque chose de plus profond était donc en jeu dans ce moment-là.

Je suis sur le point de rechuter.

Elle se rendit à la salle de bain pour se passer un peu d'eau fraîche sur le visage.

Je me cherche des excuses pour retrouver le confort illusoire de ma réclusion !

En effet, le miroir lui renvoyait l'image d'une jeune femme apeurée.

Qu'importe ma sécurité ! Kader a besoin de moi, je ne peux l'abandonner !

Cette prise de conscience fut pareille à un coup de fouet qui lui permit de trouver la force de s'arracher au confort de l'appartement familial.

*

Pour se plier aux exigences de Moïse Élise, la jeune fille dut prendre deux bus différents. Encore une fois, ce fut lui qui la repéra le premier. Sitôt qu'ils se retrouvèrent isolés, il entra dans le vif du sujet : « À propos de cette idée de "vidéo virale", j'y suis absolument opposé...

— Pourquoi ? Cela nous permettrait de mobiliser encore plus de monde à notre cause et cela multiplierait les chances de localiser mon frère, vous ne croyez pas ?

— Non. Vous ne devez pas faire ça, et ce, pour deux raisons. Premièrement, si le ravisseur est un prédateur isolé et que les garçons deviennent trop célèbres, il n'osera pas les libérer vivants. La couverture médiatique l'incitera à les tuer pour ne pas être identifié. Deuxièmement, si c'est un réseau qui les détient et qu'ils sentent que les recherches sont trop actives, ils s'en débarrasseront rapidement, pour éviter d'être découverts durant le transport des enfants sur les lieux où ils seront "consommés".

— "Consommés", répéta Soumyya, outrée par cette pensée.

— Oui, "consommés", Mademoiselle, et je vais vous expliquer quelque chose. Leur seule chance de survie, c'est qu'ils soient tombés dans les filets d'un réseau de prostitution.

— Non ! C'est horrible ! Qu'est-ce qui vous fait penser ça ?

— Ce que je vais vous dire est affreux, mais l'appât du gain fait que les malfaiteurs les préserveront le plus longtemps possible afin d'en tirer le profit maximal. Telle est la morale du capitalisme... »

Soumyya soupira et resta silencieuse un moment. Des larmes coulaient de ses longs yeux en amande et Moïse se sentit coupable d'infliger une telle souffrance à cette pauvre jeune femme. Il voyait bien qu'elle était à bout de nerfs. L'épreuve qu'elle traversait la rongeait de l'intérieur. Il ne sut que faire pour la consoler, hormis lui tendre un mouchoir en papier en s'excusant de son manque de tact.

Tout en gardant un œil sur sa cliente, l'ancien policier sortit une longue cigarette parfumée à la résine de cannabis et l'alluma. Il aspira quelques bouffées en attendant la fin de la crise. Quand Soumyya se fut enfin calmée, il lui tendit une enveloppe kraft. « Qu'est-ce que c'est ? » demanda-t-elle, inquiète de son contenu. « Pas d'autres images, j'espère. J'ai eu mon compte. Mon imagination me tourmente quand je pense à mon pauvre frère...

— Non, ce ne sont pas des photos, rassurez-vous. Je ne me serais pas permis de vous faire subir ça, Mademoiselle...

— Alors, qu'est-ce que c'est ? insista-t-elle, encore hésitante.

— Mon contact a réussi à pirater le compte Facebook de Stéphane et il a imprimé les dernières conversations du garçon avec Lydia. Je les ai lues et relues et j'ai ma petite idée sur cette jeune fille... J'aimerais votre opinion, maintenant... »

Une fois sa lecture achevée, Moïse commenta : « Cette fille – si c'en était bien une – savait ce qu'elle faisait... Regardez comme elle appâte ce pauvre Stéphane...

— Je vois qu'elle n'a pas froid aux yeux. Qu'est-ce qui vous fait dire que ce pourrait être autre chose qu'une ado délurée ?

— Cette fameuse Lydia est un faux compte. Celui-ci a été piraté et appartient à une Américaine, une certaine Heather B***. Les usurpateurs lui ont tout pris, ils ont cloné son profil, puis se sont contentés de changer le nom de l'utilisatrice ainsi que sa localisation. Quant aux autres comptes, ceux de ses prétendues copines, eux aussi ont été montés à l'aide de photos volées aux contacts de la fameuse Heather B***. »

— Je comprends mieux, murmura Soumyya en pâlissant.

— Oui, c'est ainsi que procèdent les escrocs, mais ces gens-là me semblent bien rodés. La demande d'amitié, la prise de contact, les photos suggestives, les questions bien menées... Pour moi, c'est du travail de pro, c'est pourquoi je penche pour un réseau ou un violeur en série très organisé... »

En entendant ces mots, le monde se mit à tourner autour de la jeune femme et l'instant suivant, tout devint blanc. Moïse était au milieu de sa phrase, lorsqu'il se rendit compte que quelque chose n'allait pas. Sa cliente avait subitement changé de couleur. Ses jambes se dérobèrent sous elle et il la vit tomber, comme au ralenti. Malgré la pesanteur du hashish, il se précipita pour la retenir au moment précis où le corps inerte s'apprêtait à heurter le sol.

Avec d'infinies précautions, il l'allongea sur un banc à l'ombre et lui suréleva les jambes. La pauvre avait outrepassé ses limites. Elle semblait si fragile ! Soumyya était épuisée. L'inquiétude qu'elle nourrissait pour son frère la faisait paraître plus âgée qu'elle ne l'était. Il ne put s'empêcher pourtant d'admirer son visage ; l'harmonie qui s'en dégageait l'apaisait. Ce bel ovale - si féminin ! - encadré par les ondulations imprévisibles de sa chevelure épaisse et noire, la douceur de ses traits qui, pour la première fois, relâchaient la tension qui les habitait depuis qu'il l'avait rencontrée, tout chez cette jeune femme le retenait malgré lui.

Depuis qu'il s'était lancé dans la carrière de détective indépendant, il avait vu bien des visages anxieux chez ses clients. Comment ne pas les comprendre ? Ces mères et ces pères, ces frères et ces sœurs connaissaient une lente agonie morale quand un de leurs proches disparaissait. Dans cet enfer, il avait accompagné de nombreuses familles, mais c'était la première fois qu'une personne l'émouvait à ce point.

Après le décès de sa femme, il s'était refermé sur lui-même, ne vivant plus que pour traquer les sadiques qu'il estimait responsables de sa mort. Les véritables coupables, il savait qu'il ne les retrouverait jamais. Il restait pourtant animé par une haine tenace et implacable pour le milieu de la pédocriminalité, tant et si bien que Moïse ne demandait pas mieux que de les mettre tous hors d'état de nuire – et ce, définitivement.

Ce sentiment avait comblé le vide laissé par la disparue. Plus il connaissait cette pègre, plus sa colère grandissait. Mais cette jeune fille avait quelque chose de spécial, une profondeur, un je-ne-sais-quoi de meurtri, qui entrait en résonnance avec sa propre douleur. Dix-huit ans, songea-t-il, elle n'a que dix-huit ans, pauvre fou ! Et toi et tes quarante piges, toi et les pétards que tu enchaînes nuit et jour, pour tenir l'angoisse à distance, que peux-tu lui apporter ?

J-6

Chapitre XXXI : Le destin (suite)

Lorsqu'il ouvrit les yeux, la gueule d'un monstre était penchée sur lui. Cette vision l'épouvanta au point que sa vessie se relâcha instantanément. La figure masquée lâcha un rire moqueur et cruel. Honteux, le garçon réprima ses larmes. « Bonjour, Stéphane ! Est-ce ainsi que tu me salues, après tout ce que nous avons vécu ensemble ? » Le garçon fixait l'homme masqué sans comprendre. « Ton indifférence me blesse ! Tu ne te souviens pas de moi, mon cher partenaire ? »

Stéphane secoua la tête. « Comme c'est triste ! Je dois t'avouer que j'ai eu des trous de mémoire, moi aussi, après notre dernière séance... Je crois que j'ai un peu abusé des paillettes de ta princesse ! Que veux-tu, la chair fraîche fait de moi un glouton ! »

Le garçon ne chercha même pas le sens des paroles du monstre. Il était maintenu en position verticale par d'épaisses sangles. Quand il chercha à tirer dessus, elles mordirent cruellement sa peau déjà couverte d'œdèmes et de contusions. « Ce n'est pas la peine de lutter, mon petit Stouf ! Regarde plutôt cet écran. Ce qui s'y passe te concerne directement. »

Ce fut à ce moment précis que la mémoire lui revint. Sur la surface lumineuse, en face de lui, apparut une liste de pseudonymes associés à des chiffres qui montaient sans arrêt.

« Qu'est-ce que c'est ? Qu'est-ce que ça veut dire ?

— Quel manque d'éducation ! » déplora l'Ogre en posant sa matraque sur la bouche du garçon dont le corps se raidit sous le choc de la décharge électrique. « Est-ce donc ainsi que l'on s'adresse aux adultes ?

— Ah ! Euh ! Monsieur, non, Monsieur...

— On dirait que la mémoire te revient enfin ! Et dire qu'il se trouve encore des sceptiques pour médire de la sismothérapie ! C'est honteux, après tous les bénéfices qu'apporte à l'humanité cette forme de soin énergisante ! »

Stéphane luttait contre la grande vague de confusion qui s'était emparée de lui. Il se sentait dans un état second, comme s'il planait légèrement au-dessus de son corps. « Regarde, mon petit ! »

Sur l'écran figuraient des photos de Stéphane dénudé.

« Nous sommes devenus si proches, si intimes... Cela me peine que tu aies pu oublier les doux moments que nous avons partagés tous les deux ! Tu ne me crois pas ? Regarde un peu... c'est nous, mon chou ! »

L'Ogre navigua sur Internet et lança un fichier vidéo sur un site de *streaming* nommé « Jeux d'Enfants ». Le visage du garçon se décomposa lorsqu'il se reconnut. « Je pense que tu vas te faire de nouveaux amis au collège ! »

« LA NOUVELLE ICÔNE DU YOUNG PORNO GAY »

Stéphane détourna les yeux, écœuré. Visionner le viol qu'il avait subi revenait à le vivre une seconde fois. Quant aux commentaires suscités par la vidéo sur les forums, ils étaient odieux. Humilié, le garçon sanglotait tandis que l'Ogre gardait les yeux fixés sur le premier écran : « Tu dois sûrement te demander ce que ces chiffres représentent. Dans un souci pédagogique, je vais tout t'expliquer. Ça, mon petit, ce sont les noms des personnes qui veulent acquérir le privilège d'écrire la fin de ton aventure... Et ces chiffres-là, ce sont des montants... Voilà ! Ce sera bientôt terminé... 10, 9, 8, 7, 6, 5, 4, 3, 2, 1, 0 ! Stop ! C'est fini...

— Quoi ? Qu'est-ce qui est fini ? » s'inquiéta Stéphane qui, voyant la matraque électrifiée revenir vers lui, ajouta précipitamment : « Monsieur...

— Les enchères sont terminées, mon cher ami. Et figure-toi que tu es monté à 5689 euros... C'est plutôt pas mal, hein ?

— Les enchères ? Pour quoi faire, Monsieur ?

— Pour toi, mon petit Stéphane !

— Vous allez... me... vendre ?

— Non ! Non ! Non ! » corrigea l'Ogre, feignant d'être scandalisé de l'accusation. « Ce serait vulgaire. Ce que j'ai mis aux enchères, c'est l'honneur d'écrire la dernière scène que tu joueras dans mon film... »

Comme l'enfant le fixait avec perplexité, le cinéaste sadique précisa ses projets : « Pour savoir ce que tu vas devenir... Comment tout ça va finir, si tu préfères...

— Vous allez me libérer ?

— Peut-être ! Qui sait ? Il y a peut-être quelqu'un d'assez gentil pour te sauver la vie...

— Vraiment ?

— Oui, oui, c'est assez rare, je te le concède, mais cela peut arriver... »

Une petite alarme retentit et le géant se dirigea vers une imprimante qui se trouvait non loin de la scène. « Ne bouge pas, Stéphane ! Je vais imprimer ton destin... » Une fois l'impression terminée, l'Ogre prit connaissance de son contenu en émettant des onomatopées énigmatiques qui ne faisaient qu'ajouter à l'angoisse que ressentait son otage : « Hum ! Ah ! D'accord ! Oh ! Oh ! Tu as vraiment beaucoup de chance, Stéphane... Cela arrive vraiment rarement, mais il semble que la fortune te sourie... »

Le visage de l'intéressé s'éclaira : « Monsieur ! Vraiment ? Je vais pouvoir partir ?

— Oui, je dois avouer que je te regretterai, car tu vas nous quitter, mais avant cela, le client - enfin devrais-je plutôt dire, le scénariste - veut que tu lises ce texte à haute voix ! Lis donc ! Allez ! Exécution ! »

Tandis que l'Ogre finissait de rire de son calembour, Stéphane débuta sa lecture d'une voix tremblante et maladroite : « Alors, mon petit porcelet... ». Après ce préambule, il s'interrompit. Son visage avait brusquement changé d'expression. Le garçon était d'une pâleur extrême, mais son geôlier lui ordonna de poursuivre. Comme il hésitait, il leva sa matraque, afin de le persuader de lire, ce qu'il fit : « Es-tu heureux d'avoir rencontré l'Ogre ? Si tu es aussi inculte que tu en as l'air, tu ne dois même pas savoir ce qu'est un ogre. Les enfants de nos jours ne lisent plus de contes, ils se repaissent de stupides mangas et d'autres américonneries abrutissantes. Mais rassure-toi ! Nous veillerons à parfaire ton éducation. La définition de ce qu'est un ogre et de sa mission philanthropique – encore un mot qui doit t'être inconnu – va t'être inculquée de la meilleure manière qui soit : par ta chair... »

Devant son hésitation, l'Ogre approcha son arme du pénis de Stéphane qui se hâta de poursuivre : « Je t'ai bien observé pendant tes apparitions et j'ai l'impression de te connaître. Tu as une tête à aimer rigoler, mon petit bonhomme. Je suis sûr que c'est tout ce qui t'intéresse dans la vie : rire, bouffer et jouer aux jeux vidéo, sans te soucier des peines et des malheurs du monde, pas vrai ? »

Hilare, l'Ogre commenta : « Ce scénariste te connaît si bien que je me demande si ce n'est pas ton père... Allez ! Ne nous fais pas languir, continue ! »

Stéphane renifla. Il savait que l'Ogre se moquait de sa douleur. Jamais son père n'aurait fait une chose pareille... non, jamais ! Un frôlement de la matraque électrique le coupa dans sa réflexion : « Allons ! Dépêche-toi un peu... Montre un peu de respect pour notre temps ! »

La lecture du garçon fut difficile, car ses larmes brouillaient le texte. Compréhensif, l'Ogre les essuya obligeamment en portant son doigt à la bouche dans une dégustation cruelle. Tâchant de ne pas lui prêter attention, Stéphane reprit d'une voix monotone : « Cela t'a-t-il plu de parler avec des prostituées sur ton ordinateur, mon cher petit puceau ? Je l'espère, car j'ai payé cher le privilège d'écrire ce programme pour toi. Lis-le bien, car il s'agit de ton destin. J'en suis le maître, l'Ogre n'en est désormais que l'exécutant. Pour commencer, car tu aimes rire, notre ami te donnera entière satisfaction. Il t'attachera sur la table des plaisirs et commencera par te chatouiller jusqu'à ce que tu implores sa pitié... »

Le visage du garçon s'illumina soudain. Tout ceci n'était donc qu'une vaste plaisanterie ! Sous la menace de l'Ogre, néanmoins, il fut contraint de reprendre : « Il te chatouillera longuement et méthodiquement. J'en veux pour mon argent. Tu auras chaud, c'est certain ! Il te chatouillera jusqu'à ce que le studio empeste l'huile de friture. Ton aimable bourreau n'arrêtera que lorsque tu seras à bout de force, suffoquant et regrettant d'être venu au monde. À ce moment-là, il te laissera te reposer un peu. »

Le sang avait déserté les joues du garçon qui respirait péniblement, ce qui l'empêcha d'articuler convenablement : « Ensuite, il placera... ton petit... sexe... dans un... dispositif très... ingénieux. C'est un harnais... garni... d'épines... fraîches dans... lequel tu seras... tout à fait... à ton aise... je... t'assure. Rassure-toi... il sera... réglé de manière... à ce que leurs pointes... ne touchent pas ta zézette... »

Stéphane ne put continuer sa lecture. La mention des épines et de son pénis dans la même phrase avait suffi à le paralyser. L'Ogre dut une fois encore recourir à la persuasion de l'électricité pour l'inciter à poursuivre : « Lis donc ! C'est maintenant que cela devient vraiment intéressant...

— Quand tu seras bien installé, la fille de l'Ogre viendra. L'Ogrette portera une des tenues dont elle a le secret : un mini-short avec string apparent. Lentement, elle enlèvera ses vêtements... tout en se déhanchant... jusqu'au moment où elle se retrouvera... entièrement... nue... face à toi et... nous verrons alors... ce qui se passera... Mais si cela ne suffit pas, elle dansera... Elle agitera son petit cul bien ferme devant tes yeux... Je suis sûr que tu apprécieras ce spectacle ! Tu n'imagines pas l'expérience qu'elle a accumulée... malgré son jeune âge... elle connaît toutes sortes de... danses... toutes plus... excitantes les unes... que les autres... Nous l'avons vue faire... plusieurs fois... c'est irrésistible. Cela m'étonnerait qu'un misérable... puceau de... ton acabit... puisse résister... bien longtemps à ses charmes... Maintenant... j'aimerais que... tu accomplisses... un petit... effort de mémoire... afin de te... souvenir de ta... situation... Tu es bien... à l'aise... aux premières loges... pour apprécier... son effeuillage et ses poses provocantes... mais il y a un hic... Oui... Souviens-toi bien... où se situent... les... épines... fraîches ! Comprends-tu... ce qui arrivera quand... ta petite zezette... grossira ? »

Chapitre XXXII : Piétinement

Jeudi 9 août

Soumyya ouvrit les yeux et se rua hors de son lit. Il n'y avait pas un moment à perdre. Un indice avait pu lui échapper ! Ses doigts nerveux s'emparèrent de l'enveloppe qui reposait sur son bureau. Elle étudia soigneusement les conversations entre Stéphane et Lydia. Certains passages avaient été annotés par le détective. Il fallait qu'elle lui fît la démonstration de ses capacités d'analyse. Elle se pencha sur le texte :

LYDIA

Salut, Stéph ! Quoi de neuf ?

STOUF

Pas grand-chose... Je traîne et toi ?

LYDIA

Pareil ! Il fait trop chaud pour sortir et j'attends 16 h pour me **baigner chez des copines**[30]*...*

STOUF

Cool !

LYDIA

Carrément ! **L'eau est trop bonne avec la canicule** *en ce moment... j'en peux plus... et mes copines...* **je te raconte pas !**

STOUF

C'est vrai ! Il fait trop chaud... et tes copines, c'est celles qu'on voit sur ta photo de profil ?

LYDIA

Oui. On est inséparables depuis la sixième toutes les trois...

---

30 Tentation pour un garçon (piscine + filles en maillot de bain= excitation).

STOUF

T'es en quelle classe ?

LYDIA

Je passe en seconde, et toi ?

STOUF

Je rentre en troisième...

LYDIA

Ah ! Ouais ? Je trouve que tu fais plus mature que ton âge...

STOUF

On me le dit souvent. Et sinon, tout à l'heure, tu parlais de tes copines. Qu'est-ce que tu voulais pas me raconter ?

LYDIA

MDR ! Je peux pas te dire... On se connaît pas encore assez... Parle-moi un peu de toi, d'abord... [31]

STOUF

Quoi ? Qu'est-ce que tu voudrais savoir ?

LYDIA

Qu'est-ce que vous aimez faire avec tes potes ?

STOUF

Bah ! Des trucs... On traîne, on est dans le game...

LYDIA

T'es de la cité ?

STOUF

Wesh ! Comment tu sais ?

LYDIA

Ta manière de parler, j'adore... Ça me change des bolosses de ma classe... Tous des petits bourges... On dirait des meufs... Tandis que toi... je kiffe ta virilité... Tu fais beaucoup de muscu ? [32]

---

31 Prise d'information sur la cible.
32 Elle fait évoluer son niveau de langue pour s'adapter à son interlocuteur. Utilisation de l'argot des cités.

STOUF

Pas mal ! En vrai, les muscles me viennent naturellement... c'est génétique, il paraît...

LYDIA

T'as trop de chance ! **J'adore les muscles, ça m'excite... Quand j'en vois, je peux plus me contrôler**[33]*... Au fait, je voulais te demander...*

STOUF

Quoi ?

LYDIA

Tu fais quelque chose, **lundi, avec tes potes** *?*

STOUF

Hum ! Pour l'instant, rien de prévu... Pourquoi ?

LYDIA

Ah ! Super ! Lundi, il y a une soirée chez ma best, Emma ! J'aimerais trop que tu viennes... Et il y aura mon autre best, Léa qu'il faut absolument que je te présente...

STOUF

Faut voir !

LYDIA vous envoie un fichier

Alors ? Elles sont jolies, mes best, hein ?

STOUF

Pas mal, ouais... Au fait, vous êtes toujours ensemble... Même sur ta photo de profil ! T'es laquelle, toi ?[34]

LYDIA

Laquelle tu kiffes le plus ?

STOUF

Hum ! Difficile à dire... la brune du milieu ?

---

33 Promesse indirecte de relation sexuelle = motivation.

34 Le garçon ignore à qui il s'adresse. Dans son esprit les trois sont interchangeables et « elle » le sait. Elle lui demande même de choisir et, comme par hasard, sa préférée, c'est elle.

LYDIA

Pourquoi ?

STOUF

*Elle a de jolies jambes et de beaux yeux et elle est bien bronzée...
On dirait une fille des îles, un peu métisse même, je dirais... C'est
qui ?*

LYDIA

envoie une émoticône rougissante,

C'est moi !

STOUF

C'est le destin, comme on dit...

LYDIA

*Allez ! Viens ! Ce sera trop bien... On pourra faire
connaissance... et* **j'embrasse super bien...**

STOUF

Qu'est-ce qui t'arrive ? T'as pris un coup de chaud ?

LYDIA

*MDR ! Ouais, c'est trop ça... L'été, ça me rend intenable... Mes
copines, c'est pareil... C'est comme si on était toutes...*

STOUF

Quoi ?

LYDIA

*En chaleur... MDR ! J'ai trop honte de l'avoir écrit... Tu me
perturbes, Stéphane. Je sais pas comment tu fais, mais j'arrête pas
de regarder ta photo de profil, je te kiffe grave ! Et moi ? Je te plais
pas ?*

STOUF

Si, si... carrément...

LYDIA

*Attends ! Je compte t'envoyer une photo qui va t'aider à te
décider... C'est moi, en maillot de bain, cet après-midi...*

Synthèse :

De ces conversations et de leur analyse, je tire les conclusions suivantes :

1. Nous avons affaire à un ou plusieurs kidnappeurs utilisant de faux profils pour leurrer leurs victimes.

2. Leurs cibles étaient des garçons, mais cela n'exclut pas l'hypothèse d'autres proies féminines.

3. Les malfaiteurs sont expérimentés et savent manier l'argot et le « parler jeune », ainsi que le langage suggestif.

4. L'enlèvement a eu lieu le lundi 30 juillet durant le trajet entre le domicile et la prétendue fête qui n'est malheureusement pas localisée.

Soumyya soupira. Le document était bien organisé. M. Élise savait ce qu'il faisait et elle commença à regretter de ne pas l'avoir pris au sérieux plus tôt. Elle devait bien admettre que ce monde lui était complètement étranger. Les textes de loi qu'elle avait étudiés ne l'avaient pas préparée à cette réalité.

Elle repensa à la scène dans le parc. Elle s'était évanouie sans aucun signe avant-coureur. En reprenant connaissance, le visage du détective près du sien avait fait surgir de très mauvais souvenirs. Des mains sur elle ! Des mains sales s'étaient posées sur son corps ! À cette idée, la colère l'avait prise par surprise et elle l'avait giflé, regrettant instantanément son geste. La honte l'avait submergée quand elle s'était rendu compte qu'il avait pris soin d'elle. Elle aurait voulu disparaître sur-le-champ.

La confusion du détective se lisait sur son visage et c'était compréhensible, mais il semblait aussi un peu coupable.

« Je suis désolé, Mademoiselle. J'ai tellement l'habitude de toutes ces horreurs que je ne me rends plus bien compte de l'effet qu'elles peuvent produire sur une personne normale...

— C'est moi qui dois m'excuser de vous avoir giflé, je ne sais pas ce qui m'a pris... Quant à mon étourdissement, ce n'est pas votre faute, Monsieur Élise. Je pense que la chaleur y est pour beaucoup. Cette année, les températures atteignent des records...

Ce n'est pas votre faute ! Continuez, je vous en prie...

— Non. Je pense que cela suffit pour aujourd'hui. Je vous en ai trop demandé. Rentrez chez vous, prenez un bain pour vous détendre et lisez mes conclusions, tranquille.

— Vous voulez m'écarter de l'enquête, c'est ça ? »

Comme il ne disait rien, la jeune femme avait poursuivi : « Je ne suis pas du métier, mais je veux vous aider autant que possible... Je vous assure que je ne suis pas aussi fragile que vous le pensez... Considérez-moi comme votre assistante, votre secrétaire ! »

Moïse avait détourné le regard en direction de l'endroit où elle avait perdu connaissance. Soumyya avait compris l'allusion et adopté un ton plus calme et rassurant : « Ce genre de malaise ne m'était jamais arrivé auparavant... C'est juste la fatigue et la chaleur... Je peux en supporter bien plus que ce que vous pensez...

— Mademoiselle, nous serons confrontés à ce qu'il y a de plus abject. Ce commerce attire les psychopathes de la pire espèce et leur clientèle dégénérée les pousse à explorer des voies ignobles... Un simple regard jeté sur leurs œuvres suffit à vous abîmer à tout jamais... Croyez-moi, on n'en sort pas indemne... »

Le détective ne l'estimait pas capable de supporter cette expérience. Avait-il raison ? Non ! Que savait-il de ses ressources ? Elle reprit la lecture des conclusions de l'analyse des conversations Facebook de Stéphane.

« On peut regretter l'absence de conversation vidéo (visioconférence) qui aurait permis d'identifier les auteurs de l'enlèvement. En revanche, il y a eu un appel téléphonique ; on connaît même la date de l'appel et l'heure approximative de celui-ci.

Remarque : le fait que les garçons aient accepté le rendez-vous suggère la complicité d'une jeune fille de leur âge. C'est une pratique commune à certains réseaux criminels qui utilisent un enfant (souvent enlevé, lui aussi) pour gagner la confiance d'autres enfants de la même tranche d'âge.

Malheureusement, l'appel en question a été passé depuis

une puce temporaire (prépayée). Ceci confirme – encore une fois – l'hypothèse d'un enlèvement par une personne et/ou un groupe organisé. En effet, on imagine mal une jeune fille maîtrisant physiquement trois garçons. De plus se pose la question de la logistique et du transport. On peut en conclure qu'il y avait au moins deux complices, dont un adulte chargé de les véhiculer.

Il reste encore le problème de la localisation du téléphone de Stéphane. Si celui-ci avait son téléphone avec lui, est-il possible de le géolocaliser ? La réponse est oui, mais l'opérateur refuse de livrer cette information à des civils. Mon contact dans la communauté des hackeurs doit donc pénétrer la base de données de l'opérateur. Malheureusement, cela prend du temps. Trouver une faille dans un système de sécurité aussi perfectionné reste une tâche extrêmement difficile. Nous ne pouvons donc qu'attendre... »

« Tout en sachant que plus le temps passe, plus les chances de survie des enfants s'amenuisent », Soumyya ne put s'empêcher d'ajouter pour elle-même.

Chapitre XXXIII : Cut final

L'Ogre vérifia l'éclairage sur son moniteur et s'assura de sa perfection. Aujourd'hui, il portait un masque de cochon. Celui-ci était réservé aux occasions spéciales. Cette pensée le fit sourire. Ses partenaires n'avaient pas besoin de répéter leurs rôles pour jouer la scène qui les attendait. Pas de maquillage, pas de caprices de divas ! Telle était l'essence de la beauté du cinéma-vérité. L'heure du repas approchait, cependant. Les vedettes du jour étaient très excitées. Elles jeûnaient depuis trois jours, ce qui les rendait plus agressives et réactives...

Les odeurs carnées avaient tendance à les affoler, c'est pourquoi des couinements et autres grognements d'impatience gloutonne accompagnaient le moindre de ses faits et gestes. Les figurants étaient assemblés tout en bas, excités. « Tas d'animaux ! » pensa-t-il, mais trop respectueux de son équipe, il se contenta de vociférer : « Un peu de patience, messeigneurs, je vous apporte votre dîner... »

Ses fidèles spectateurs appréciaient ce moment, et petit à petit, une tradition s'était instituée. De peur de décevoir ses fans, il n'osait y déroger. L'Ogre retourna donc chercher le personnage principal de cette scène – du moins ce qu'il en restait... Il le retrouva, parfaitement immobile, sur le fauteuil roulant où il était fermement ligoté.

Là, Stéphane flottait sur une sorte de nuage, au-dessus de son enveloppe charnelle. La douleur qu'il ressentait, il la percevait comme une simple information détachée de toute signification. Il était conscient que son corps avait été horriblement mutilé, mais cela, il l'avait enregistré machinalement. La sensation de flottement était tout ce qui comptait désormais. Le supplicié se désintéressait de tout ce qui pouvait lui arriver. Curieusement, il ne pouvait s'éloigner beaucoup de sa carcasse. Il subsistait comme un lien qui le retenait encore. Le garçon le percevait comme un cordon de lumière vaporeuse qui reliait son ventre à l'endroit où il se trouvait. Paradoxalement, il ne s'était jamais senti si bien, si léger de sa vie. Il ne s'inquiéta même pas quand il vit le géant revenir et remplir une seringue d'un liquide incolore. Il se rendit compte, cependant, que le sadique se penchait sur son corps. Un signal d'alerte retentit alors dans ses perceptions désincarnées.

L'Ogre saisit le bras du garçon, le tourna vers l'intérieur et l'enserra de manière à en faire saillir les veines. En sifflotant, il présenta l'aiguille à une caméra et enfonça sa pointe dans la chair tendre. Le liquide se déversa dans ses vaisseaux sanguins, puis, l'instant suivant, le garçon réintégra son corps. La douleur fut aussi fulgurante qu'instantanée. Son hurlement fut tel que l'Ogre se vit contraint de se boucher précipitamment les oreilles.

Quand la voix de l'enfant s'érailla enfin, le cinéaste pervers le bâillonna puis consulta un instrument de mesure avant de déclarer : « 150 décibels ! J'ai du mal à croire mon sonomètre, Stéphane. Tes vocalises de détresse sont exquises, mais je te prierai de te restreindre un peu, tu vas faire saturer mes micros. Ils sont comme moi... très sensibles, tu sais. »

Il consulta ensuite sa montre avant d'ajouter : « Le temps presse ! Allez ! Nous ne pouvons plus faire attendre les autres membres de l'équipe, maintenant... Ils sont impatients de faire ta connaissance... »

Sur ces mots peu engageants, l'Ogre saisit les poignées du fauteuil et poussa le garçon le long du couloir afin de le conduire jusqu'au plateau de tournage où il rejoindrait ses partenaires. Stéphane vit ainsi défiler pièces et corridors dans un état second. Il compris que l'installation était entièrement souterraine. Ses murs épais, couverts du sol au plafond d'un revêtement isolant, absorbaient les sons produits par les roues. Ensuite, à l'aide d'un monte-charge, ils descendirent dans un vaste entrepôt. Une odeur infâme de paille et d'excréments les accueillit en même temps qu'un grand brouhaha que leur présence semblait avoir suscité. Le visage du garçon exprimait l'horreur la plus pure tandis que son tourmenteur commentait sa visite à l'instar d'un guide touristique :

« Tu vois, Stéphane, mon élevage est entièrement automatisé. Nous vivons vraiment une belle époque, je pense que tu ne peux qu'être d'accord avec moi. Admire ces merveilleuses machines, précises, autonomes et sans état d'âme ! Tu peux te féliciter du progrès technique qui permet à une personne de gérer, sans aide, un cheptel de deux mille bêtes. »

L'Ogre le poussa encore et ils se retrouvèrent sur une passerelle qui surplombait, de part et d'autre, des créatures que l'adolescent ne parvenait pas à identifier. Ils s'arrêtèrent devant une caméra. Là, sur le ton théâtral dont il raffolait, le tortionnaire prononça ces mots : « Mon cher Stéphane ! C'est ta dernière scène en ma compagnie. J'ai vraiment été heureux de travailler avec toi et je regrette que notre collaboration s'achève si tôt. Tu vas bientôt rejoindre les étoiles et continuer de briller indéfiniment dans le firmament, car tu es une véritable *star* ! Regarde à tes pieds ! Ce sont tes partenaires. Ils te donneront la réplique. Rassure-toi, ils ont beaucoup d'expérience et tu pourras compter sur eux pour te soutenir : ils te guideront, tout au long de la scène. Tu dois reconnaître celle-ci, non ? Allez ! Ne fais pas ton timide, c'est Nina ! Ne me dis pas que tu as oublié le tendre moment que vous avez passé ensemble avec Lydia... »

Le nez de Stéphane se fronça et sa bouche se tordit en une expression de dégoût. Satisfait, l'Ogre jugea bon de poursuivre : « Tu vois que tu t'en souviens ! Tes fans aussi ne sont pas prêts d'oublier ce moment de romantisme bestial. Mais le passé reste le passé, place au présent. Comme tous les acteurs consciencieux, tu dois avoir le trac. Tu te poses sûrement beaucoup de questions au sujet de ta dernière scène. Pour te situer rapidement l'action, c'est assez simple. Ce que tu vois devant toi est un distributeur de nourriture. À cette fonction s'ajoute celle de broyeur - ou de meuleuse, si tu préfères. Ce qui me permet d'insérer à peu près n'importe quoi - mort ou vif - et de le transformer immédiatement en farine. Tu n'as pas l'air de bien comprendre... Ce sera plus facile, si je te fais une démonstration... »

L'Ogre s'empara d'un épi de maïs et le fit entrer dans l'orifice de la machine qui le broya en un instant. Il appuya ensuite sur un bouton et un peu de poudre se déversa en contrebas. Les cochons se jetèrent sur les fragments de nourriture. Le vidéaste se pencha sur la rambarde pour invectiver les bêtes : « Houla ! Doucement ! Il ne faut pas gâcher votre appétit, les enfants ! » Puis, il se tourna vers Stéphane : « Ce que je vais faire ensuite, c'est faire entrer tes membres, l'un après l'autre, dans la meuleuse qui les réduira immédiatement en purée. Cette substance empruntera ensuite les tuyaux que tu peux voir là et... tu ne m'écoutes pas ? »

Prenant conscience du sort qui l'attendait, Stéphane fixait son persécuteur avec une horreur sans nom. « Qu'y a-t-il ? Tu as l'air surpris ! Eh oui ! Le corps humain n'est pas sec ! Quel scoop ! Il y a du sang, et le sang c'est bon pour les cochons, le fer et tous les nutriments qu'il contient, ça les renforce... Je vais te faire une confidence : ce n'est pas pour rien que mes porcelets sont si réputés... Ils se vendent très cher sur le marché... Bon ! C'est vrai que je n'ai pas le label bio, mais j'ai ma petite clientèle fidèle. Alors, si tu permets, je vais commencer par tes bras... »

L'enfant s'était mis à trembler de tous ses membres. Ses trémulations se communiquaient au fauteuil roulant qu'elles faisaient vibrer. L'Ogre se réjouissait de cette réaction qu'il jugeait éminemment dramatique. « Que se passe-t-il, Stouf ? Tu ne dis plus rien. Tu es tout pâle ! Est-ce le trac ? Tu t'en es très bien sorti jusqu'ici. Ne doute pas de toi et de ton talent, je t'en prie ! La caméra t'aime. Tu as vraiment quelque chose de spécial, je t'assure. Aurais-tu peur d'oublier ton texte ? Il n'y a pas de quoi te mettre la rate au court-bouillon ! Tu vas voir, c'est très simple. Regarde. Tu le retiendras facilement. » L'Ogre sortit alors une pancarte qu'il exhiba devant l'enfant terrifié. Il y était inscrit en lettres capitales : « STOP ! S'IL VOUS PLAÎT ! NON ! ARRÊTEZ ! JE VOUS EN SUPPLIE ! »

Il poussa ensuite la chaise afin de la rapprocher du broyeur alimentaire. Stéphane tenta de se débattre, mais l'Ogre le tint fermement. « Alors, Stéphane ? Tu as une préférence ? On commence par quel bras ? Le gauche ou le droit ? Oh ! Suis-je bête ? Tu ne peux pas me répondre ! » L'Ogre ôta le bâillon du garçon. Ses yeux étaient écarquillés par la terreur. Il tremblait de tous ses membres. « Alors ? insista le cinéaste déviant.

— NON ! S'IL-VOUS-PLAÎT ! NE FAITES PAS ÇA ! »

Chapitre XXXIV : Compte-rendu

Soumyya relut une fois de plus le dossier que lui avait transmis Moïse avant de la quitter. Même si la rencontre restait indirecte, c'était la première fois qu'elle avait affaire à un pirate informatique. Force lui était d'admettre que le monde dans lequel ces gens-là évoluaient lui était inconnu. Cela ne faisait qu'approfondir le sentiment d'étrangeté qui ne la quittait plus. Depuis la disparition de son frère, ses repères s'érodaient peu à peu et le monde lui semblait de moins en moins familier, et l'âme humaine, aussi dangereuse que trompeuse. En réprimant un frisson, la jeune fille entreprit sa lecture :

« Cher Moïse, Je ne m'attendais à rien en entreprenant cette recherche. À l'époque où nous vivons, la disparition d'un enfant est devenue banale. En soi, cette banalité est déjà un signe alarmant, mais passons. Puisque tu transmettras sans doute ce rapport aux familles des victimes, je vais essayer de me montrer un peu pédagogue. Depuis l'apparition du Deepweb et de ce que certains appellent Darknet, les malfaiteurs ont pu trouver un espace d'impunité virtuelle où ils peuvent échanger et poursuivre leurs trafics les plus sordides. Médicaments légaux et illégaux, drogues, armes de toutes sortes, organes, tueurs à gages, esclaves, mères porteuses, enfants, tout est à vendre – ou à louer – sur ces pages non répertoriées et inaccessibles aux moteurs de recherche.

Pour être bref, cela fait plusieurs mois déjà que je tente d'infiltrer certains groupes pédocriminels, mais comme on peut s'en douter, c'est loin d'être facile ! La plupart sont extrêmement précautionneux. Les sites où ils se rencontrent sont souvent très éphémères et ces organisations opèrent sur le modèle des cellules révolutionnaires. Caché derrière un pseudo, pour me faire accepter et inviter dans leurs cercles très fermés, j'ai dû participer à des discussions répugnantes et feindre de partager les goûts tordus de ces dégénérés. À force de persuasion et de mensonges, j'ai réussi à me faire accepter dans une communauté nouvellement créée autour d'un site appelé « Jeux d'Enfants ». Ce site est aujourd'hui fermé. Comparé à ce que j'ai pu voir ailleurs, c'était un forum plutôt « soft » où les membres venaient échanger autour de leurs penchants inavouables. La plupart de ses usagers n'avaient que peu d'expériences pratiques et cherchaient dans ces pages le soutien et les recommandations de mentors plus avancés dans leurs vices. Concrètement, ces salauds se refilaient des références de vidéos non répertoriées sur des plateformes de partage, parfois aussi connues que YouTube (oui ! tu as bien lu !), mais aussi des conseils pratiques. Pour vous donner une idée de leurs questions existentielles, je vous laisse la liste de leurs sujets de conversation les plus populaires :

— COMMENT MANIPULER MENTALEMENT UN ENFANT ?

— OÙ ET QUAND ENLEVER VOTRE PETIT COMPAGNON DE JEU ?

— QUELLES DROGUES UTILISER POUR LUI FAIRE OUBLIER VOTRE SECRET SANS (TROP) L'ENDOMMAGER ?

— UNE FOIS VOTRE PROIE ISOLÉE, QUE FAIRE AVEC ELLE ?

— COMMENT LUI FAIRE GARDER VOTRE PETIT SECRET ?

— COMMENT SE DÉBARRASSER D'UN CORPS SANS LAISSER DE TRACES ?

Telle était l'abjecte et nauséabonde F.A.Q. de ce site de tarés. Comme tous les sites de ce genre, celui-ci était doté d'un forum. C'était l'occasion pour ces fientes d'échanger des informations et des liens. C'est sur le forum de *Jeux d'Enfants* que j'ai entendu parler pour la première fois de l'Ogre, un personnage mystérieux dont les vidéos circulent dans les limbes les plus abyssaux du Darknet et se vendent extrêmement cher. Ses fans - car ce malade en compte - le présentent comme un artiste performeur d'exception, mais que l'on ne s'y trompe pas. Ce que ces dégénérés appellent des « œuvres d'art » ne sont que des exécutions morbides et des tortures à la cruauté insoutenable.

En poursuivant mon infiltration, je suis entré en contact avec un individu qui cachait son identité derrière le pseudo de « Dick Numb ». Il aimait prendre les autres de haut et jouait le rôle du troll de service en traitant les novices de « tapettes » et de « voyeurs », car ils étaient « incapables de faire le boulot eux-mêmes ». Le type prétendait avoir violé, mis à mort et dévoré des centaines d'enfants. Agacés par sa morgue, les membres du forum mirent sa parole en doute et lui demandèrent des preuves de ce qu'il avançait. Pour prouver sa bonne foi, il chargea un lien. Pour moi, chaque lien est une piste potentielle pouvant me mener à des indices précieux. Quand j'ai suivi ce dernier, j'ai été conduit vers un lecteur. Après une hésitation, j'ai lancé le fichier. Devant mes yeux s'est déroulée une scène particulièrement violente et hideuse qui m'a donné la nausée. Après son visionnage, je suis revenu sur le forum, bien décidé à suivre la piste de ce fameux « Dick Numb ». Malheureusement, ce n'était qu'une fausse piste.

Un autre usager l'avait déjà démasqué : « C'est un extrait de « *Exécution 23* » de l'Ogre ! » avait-il simplement écrit. J'envoyais un message privé à la personne qui avait évoqué l'Ogre en prétendant être fan de ce genre de films. Devant mon enthousiasme factice, mon contact m'envoya un lien sur lequel je cliquai alors, sans réfléchir aux conséquences. Je me croyais à l'abri. Mon syndrome d'Asperger me protégerait, c'est ce que je pensais naïvement. Comme je me trompais !

Rien ne m'avait préparé au spectacle que j'ai eu sous les yeux. En effet, la déficience en empathie ne signifie pas son absence totale, mais un certain détachement émotionnel. Or, il faudrait être un monstre totalement dépourvu de sentiments pour ne pas être souillé par ce genre d'images. Si le premier fichier m'avait donné la nausée, celui-ci acheva de me retourner l'estomac. Heureusement que mon interlocuteur ne put voir le dégoût sur mon visage quand j'écrivis : « Pas mal ! Ça ne vaut pas l'expérience réelle, mais ça me rappelle des souvenirs ! » Bien sûr, je devais prétendre aimer ce genre d'horreurs et cette mascarade me permit d'obtenir encore un lien. « Ton nouveau vidéoclub ! » avait écrit mon contact avec une émoticône souriante.

Le lien sur lequel je venais de cliquer me conduisit sur la page d'accueil d'un site commercial d'un genre bien particulier et aussi fréquenté que très peu fréquentable. Les catégories représentées allaient du viol bestial au meurtre ritualisé. De même qu'un fan de porno *hardcore* ne ressentira rien face à une pub pour un bain moussant, un simple abus sur un enfant n'était rien pour ces gens-là, il leur en fallait plus, bien plus, pour les exciter. Pour te faire une idée de ce site, le mieux serait de garder à l'esprit les sites marchands les plus connus. « Crame ma Zone » en est une parodie. Cela peut choquer, mais chaque vendeur y possède sa page avec son actualité et des extraits de fichiers destinés à allécher les clients. Chaque vidéo s'y trouve accompagnée de notations à l'aide des traditionnelles étoiles ainsi que de chroniques laissées par des clients. La plupart sont rédigées en anglais, mais on trouve beaucoup d'autres langues.

Mis à part le côté international de la clientèle, le plus étonnant, sur ces sites, c'est le niveau social des personnes qui les fréquentent. Cela se comprend vu les tarifs prohibitifs pratiqués là-bas. Pour vous donner une idée, le fichier le moins cher coûtait 999 euros. C'était le premier prix ! À ce tarif-là, tu ne trouves pas de prolos, du moins, pas parmi la clientèle. Je n'en dirai pas davantage. Je n'étais pas là pour le plaisir du tourisme ni pour visionner de vieilles images. J'avais lu quelque part sur un forum que l'Ogre organisait aussi des diffusions en direct. C'était cela qui m'intéressait vraiment.

Quelqu'un avait écrit également que ce sadique avait créé un concept révolutionnaire. Il appelait ça le « cinéma d'art et décès ». Une sorte de téléréalité où l'on pouvait le suivre en action depuis l'enlèvement de ses proies jusqu'à leur exécution.

Si j'aborde cette piste dans ce compte-rendu, c'est parce que l'Ogre a composé une bande-annonce où j'ai cru reconnaître les enfants que tu recherches. Je te joins les fichiers en question afin que tu puisses toi-même t'en assurer. J'attends ta confirmation avant de poursuivre l'enquête. »

Moïse avait pris connaissance des fichiers dans leur intégralité. Par souci pour la jeune femme, il avait pris soin d'imprimer des captures d'écran afin que Soumyya pût confirmer à son tour la supposition du hackeur informatique. Elle hasarda un coup d'œil sur l'image et un cri lui échappa...

J-5

Chapitre XXXV : Glitch

« Un autre ! »

Docilement, la fille de l'Ogre versa le contenu de la bouteille dans le verre, en se concentrant pour maîtriser sa main. Elle n'aimait pas quand son père buvait. Cela se produisait rarement, heureusement pour elle, mais ce n'était jamais bon signe. Elle savait qu'elle devrait se soumettre entièrement à ses caprices, sous peine d'atroces souffrances. Tout à l'heure, quand les tremblements de sa main l'avaient trahie, il s'était chargé de la rappeler à l'ordre. Il avait jeté un œil sur la goutte d'anisette, qui brillait insolemment à côté du verre, puis l'avait violée à l'impromptu, presque distraitement. Il n'était même pas allé jusqu'au bout, et l'avait repoussée ensuite, comme si elle le dégoûtait.

Son père était d'une étrange humeur. Il semblait instable depuis quelque temps. Par moments, il demeurait longuement immobile et, à d'autres, son visage était agité de tics nerveux. Lydia ne l'avait jamais vu dans un état pareil. Et cela n'allait pas en s'améliorant.

Que lui arrivait-il ?

En y repensant, elle en conclut que tout avait commencé depuis qu'il utilisait le petit Stéphane pour ses films. Son exécution l'avait ébranlé et elle s'attendait désormais au pire. Pourtant, ce à quoi elle assista dépassait tout ce qu'elle avait pu imaginer : l'Ogre pleurait. Elle entendit distinctement ses sanglots et ses reniflements. On aurait dit un enfant.

« Babette ! Zéro, trois, point, un, murmura-t-il d'une voix plaintive, je veux voir ta sœur Lillie, ma petite Lillie chérie. »

La jeune fille tressaillit. Les traits de son visage se figèrent tandis qu'elle demeurait dans une immobilité parfaite. Son faciès ressemblait à celui d'une poupée. Cela ne dura qu'un instant, puis elle cligna des yeux et ses muscles faciaux se détendirent et reprirent leur mobilité. La peur avait déserté son cœur. Son visage arborait maintenant une expression attendrie tandis qu'elle s'approchait de son père. Avec une infinie délicatesse, elle le prit dans ses bras et le berça pour le consoler. « C'est toi, Lillie ?

— Oui, c'est moi... Ce n'est rien, mon papounet de mon cœur, répéta-t-elle en passant doucement ses mains dans la chevelure épaisse de l'Ogre.

— Ah ! Lillie ! Ma petite chérie, il n'y a que toi qui ne m'as jamais déçu. Si tu savais... oui... si tu savais tout ce qu'ils m'ont fait... »

En guise de réponse, la jeune fille entonna une berceuse d'une voix très douce :

« Toutes tes idées noires,

Oublie-les,

Mon papounet,

Personne ne voudra te croire,

Alors, oublie tout ça, Papa !

Renverse le sablier !

Je suis là pour t'aider à

Oublier

De te souvenir

Mais surtout, n'oublie pas,

Mon petit Papa,

De te souvenir d'oublier... »

Dodelinant de la tête, épuisé et soûl, l'Ogre finit par s'endormir dans les bras de Lillie. La jeune fille chantonna un long moment avant d'aller chercher une couverture dont elle couvrit le corps du géant.

Pourvu qu'il ne tombe pas !

Un gros bébé pataud comme lui pourrait se faire mal en chutant du haut de sa chaise.

Horrifiée à cette idée, elle retourna chercher des coussins qu'elle disposa autour du siège où ronflait l'Ogre. Elle posa ensuite un grand verre d'eau devant lui, assez loin pour qu'il ne le renversât pas dans un mouvement malencontreux. Elle ne pouvait pas faire grand-chose de plus. L'idéal eût été de le transporter dans son lit, mais elle était bien trop frêle pour accomplir une telle prouesse.

Alors qu'elle s'apprêtait à regagner sa chambre, la jeune fille remarqua que la porte du sous-sol était restée grande ouverte. Elle hésita. L'accès à cet espace souterrain lui avait été formellement interdit. Elle s'efforça donc de l'ignorer, mais la tentation était trop grande. En raison de cette interdiction, cet espace avait toujours exercé une attraction magnétique sur elle.

Non, il ne faut surtout pas descendre.

Après quelques pas hésitants, elle s'arrêta, le temps de jeter un coup d'œil en arrière.

Est-ce une épreuve ?

Son père la tentait-il pour éprouver sa loyauté ? Non. L'Ogre ne feignait pas le sommeil. Ses ronflements sonores, ainsi que le rythme régulier de sa respiration, confirmaient ce fait indéniable. Quoique... tout cela aurait pu être une mise en scène cruelle... L'inquiétude grandissait en elle à la perspective de désobéir à son père. La jeune fille se pencha en avant, se tenant le ventre des deux mains. Cette douleur était telle qu'elle avait l'impression saisissante qu'on enfonçait des petites aiguilles dans son estomac.

« Et s'il fait semblant ? » murmura une voix terrifiée, dans sa tête.

Bah ! Non ! Il n'a pas fait semblant de descendre cette bouteille d'anisette !

Qu'est-ce que c'est qu'une malheureuse bouteille pour un géant comme lui ?

Pas grand-chose.

Souviens-toi !

Non !

Souviens-toi d'oublier, lui chuchota une autre voix, très mélodieuse, en coulisses.

La jeune fille eut l'impression que son esprit était une scène de théâtre où des acteurs se succédaient de plus en plus rapidement. Parfois, ils apparaissaient tous en même temps, ce qui créait un affreux brouhaha dans lequel le sentiment d'unité de son identité se diluait presque totalement. Heureusement, le plus souvent, ce n'était qu'une succession de monologues.

Je dois être folle...

N'oublie pas d'oublier !

Non, je veux me souvenir, pensa-t-elle en s'approchant de la porte. Je ne peux pas continuer de vivre dans...

Oublie ça ! C'est dangereux !

Elle arriva devant la porte interdite quand elle se rendit compte qu'elle se trouvait en réalité devant celle de sa chambre.

Elle rebroussa chemin. *Ne fais pas ça,* psalmodiait une voix familière, *tu vas t'attirer des ennuis...*

La fille de l'Ogre faisait face à la porte et s'apprêtait à l'ouvrir quand elle se rendit compte qu'elle se trouvait encore devant sa chambre.

Non, je dois savoir. Il y a quelque chose qui cloche chez moi. Il faut que je sache quoi !

Elle retourna dans le salon, repassa devant l'Ogre endormi et s'apprêtait à braver l'interdit quand elle fut prise d'une violente nausée sur le seuil.

*

Kader sursauta. Dans les ténèbres, les hurlements soudains et les cris de bêtes ne s'interrompaient que rarement, et encore, ce n'était que pour mieux le surprendre et le terrifier. Apparemment, les murs de sa cellule lui offraient une protection efficace contre les créatures qui se promenaient dans les parages.

Quand il n'était pas occupé à craindre pour son propre sort, il s'inquiétait pour Stéphane dont il guettait vainement le retour. Le jeune garçon n'avait qu'une très vague notion du temps qui s'était écoulé depuis le début de leur détention, mais il se repérait, plus ou moins, en comptant les repas que l'Ogre leur servait.

La dernière fois qu'il avait pu échanger quelques mots avec son ami remontait à cinq repas. Kader commençait à craindre pour la vie de ses compagnons. De temps à autre, il avait cru entendre la voix tourmentée de Suleïman, mais lors de chaque occasion, l'Ogre était intervenu rapidement pour le faire taire. Comment ce monstre s'y prenait-il ? Une chose était devenue certaine pour Kader : ils se trouvaient tous sous une surveillance constante. L'Ogre était au courant de tout. Il devait avoir un moyen de les espionner ; sans doute des caméras. Le garçon se figea. Il venait de reconnaître le bruit de la porte qui s'ouvrait. Les sens aux aguets, il attendit les craquements du cuir et les talons d'acier des redoutables bottes.

Or, la salle resta plongée dans les ténèbres.

« Y a quelqu'un ? »

Qui était-ce ? Quelqu'un venu à leur secours ? La voix lui rappela celle de Lydia, tout en étant légèrement différente. La lumière se fit et Kader entendit des talons résonner dans la salle. Les cris de l'adolescente se mêlaient maintenant aux hurlements des enfants. « Oh ! Mon Dieu ! Qu'est-ce qui se passe ici ? » répétait-elle.

« Lydia ? »

La fille de l'Ogre se figea devant la cellule de Kader.

« Ah ! Kader ! Qu'est-ce que tu fais là ? Tu n'es pas rentré chez toi ? »

Kader ne savait que penser de l'attitude – pour le moins étrange – de la jeune fille. « Ne sois pas bête », commença-t-il, avant de s'interrompre brusquement, surpris par le nouveau changement d'expression apparu chez son interlocutrice. Celle-ci s'était immobilisée. « Babette, Babette », répétait-elle d'une voix monocorde. Puis elle se tut brusquement et se figea. Elle ne clignait même pas et restait comme pétrifiée, le regard fixe et vide. Eminemment perplexe, Kader la contempla. Pendant ce temps, son cerveau fonctionnait à toute vitesse. Cette fille était dérangée, mais comment tirer profit de cette folie pour s'échapper ? Là était la question.

Il l'appela pour attirer son attention, mais elle ne répondit rien. Puis, au terme d'un long moment, des larmes s'écoulèrent de ses yeux. Elle resta ainsi une éternité, plongée dans son monde intérieur avant que son expression ne se modifiât à nouveau. Son visage s'anima soudain, adoptant une mimique où l'horreur se mêlait à la surprise. « Oh ! Mon Dieu ! s'écria-t-elle. Qu'est-ce que vous faites là ? C'est horrible ! Il faut que je le dise à mon père !

— Non ! Bouge pas ! »

Le hurlement de Kader figea la jeune fille sur place et il poursuivit : « T'es folle ou quoi ? C'est ton père qui nous a enfermés !

— Non, c'est pas possible, Papa n'est pas comme ça !

— Tu l'as aidé, Lydia ! »

Aussitôt, la jeune fille changea d'expression. Au lieu de la mimique affolée de tout à l'heure, elle arborait maintenant une sorte de cynisme glacial. Même sa voix avait perdu toute chaleur quand elle déclara : « Je suis désolée pour tout ce qui vous arrive, les gars, mais j'y suis obligée...

— Libère-nous !

— Je peux pas !

— Pourquoi ça ? Qu'est-ce qui t'en empêche ? »

La jeune fille garda le silence, mais Kader insista : « Pourquoi fais-tu ça ?

— J'y suis obligée... Si je ne le fais pas... ils vont tuer mon petit frère... Lucas !

— Ton petit frère ? Qui va s'en prendre à lui ?

— Des sadiques...

— Pires que l'Ogre ?

— Oui, oui ! Ces salauds sont beaucoup plus cruels que l'Ogre... Ils tiennent mon frère en otage et donnent des ordres à Papa... S'il n'obéit pas, ils tueront Lucas !

— Tu veux dire que vous nous faites tout ça parce que ton petit frère est retenu en otage par des sadiques ?

— Oui ! On est obligés, je te dis ! S'il te plaît ! Ne lui dis pas que je vous ai dit ça ou il me tuera... Personnellement, je m'en fous de mourir, mais qui sauvera mon Lucas ?

— Il est où Stéphane ?

— Mon père est parti avec lui...

— Où ça ?

— Je sais pas... peut-être au château...

— Au château ? répéta Kader, pensivement. Il se souvint que de nombreux prisonniers disparaissaient régulièrement pour ne jamais revenir.

— Où vont-ils, tous les autres, ceux qui ne reviennent jamais ? »

La jeune fille demeura silencieuse. Son visage était dans l'ombre et Kader ne parvenait pas à déchiffrer son expression. Il réitéra sa question : « Les enfants ? Où vont-ils ?

— Au château...

— Qu'est-ce qui se passe là-bas ?

— Là-bas, commença-t-elle d'une voix hésitante, on leur fait...

— Quoi ?

— De vilaines choses... »

À peine eut-elle prononcé ces mots, qu'un bruit étrange retentit. C'était une sorte de stridence qui lui rappela le son répulsif qu'utilisait l'Ogre, mais avec une intensité inouïe. Ce bruissement lui donna la nausée, mais Lydia parut plus affectée encore. Son visage se crispa en un masque de pure terreur. Kader s'apprêtait à lui demander de chercher les clefs pour le libérer, mais les mots moururent sur ses lèvres. La jeune fille ne paraissait pas capable de l'entendre.

L'instant suivant, elle s'enfuit en courant...

Chapitre XXXVI : Le retour du refoulé

Nuit du 10 au 11 août

Soumyya jeta un coup d'œil par la fenêtre de sa chambre. Dehors, le ciel avait pris des nuances de gris et d'ocre. Il faisait affreusement lourd et elle pressentait l'imminence de l'orage. En tendant l'oreille, il lui sembla entendre sa rumeur au loin, un mélange de pluie et de tonnerre. Pour l'heure, l'air stagnant s'était enfin mis en mouvement. Elle laissa sa fenêtre ouverte, afin d'accueillir la fraîcheur nocturne, en se promettant de la refermer dès l'arrivée de la pluie.

Sa montre affichait minuit moins le quart. Il était temps d'aller se coucher : une longue journée l'attendait le lendemain. Après avoir achevé sa toilette, la jeune femme s'apprêtait à rejoindre son lit, quand une alarme l'avertit de l'arrivée d'un message du détective. Elle se rendit à son ordinateur, appliqua la clef qui permettait de décoder le courriel chiffré et soupira. Ce n'était pas le genre de message qu'elle espérait :

« Je suis sur une piste. Mon collaborateur a besoin de 2000 euros afin de faire l'acquisition de fichiers qui pourraient nous conduire à l'individu qui séquestre ton frère et ses amis. »

Encore 2000 euros ? Les recherches leur coûtaient horriblement cher et leurs réserves financières s'amenuisaient à un rythme alarmant. Alima, la trésorière ne cessait de les mettre en garde à ce sujet. Après avoir relu les mots du détective, Soumyya ne put se défaire d'un certain malaise. De quels fichiers était-il question ? Elle avait l'impression que Moïse lui cachait une information très importante. Elle avait passé la journée en sa compagnie et avait été frappée par son évolution récente. Le plus dérangeant, c'était que ce changement s'était manifesté littéralement du jour au lendemain. Elle avait tout de suite compris que quelque chose n'allait pas. Tout chez lui, de son visage à sa posture, trahissait une tension intérieure extrême.

Elle ne pouvait nier que les traits émaciés de l'homme avaient pris un aspect encore plus tourmenté que le jour où elle l'avait rencontré. Toute la journée, les joints s'étaient succédé à une allure phénoménale entre les doigts fébriles du détective. Comment ne pas s'inquiéter pour lui ? Prenait-il le temps de s'alimenter ? Il y avait fort à parier que l'on ne trouverait rien d'autre que de la fumée dans son estomac. Il prétendait n'avoir aucun appétit et n'avait pas touché au repas qu'elle avait pris soin de préparer à son intention. Et le pire, c'était qu'il s'était montré vraiment distant avec elle. Alors qu'ils s'étaient ouverts l'un à l'autre, la veille, qu'ils avaient échangé des confidences si intimes et si importantes ! Qu'est-ce qui pouvait motiver cette attitude ? On aurait dit qu'ils étaient redevenus deux parfaits inconnus...

Que lui arrivait-il ? Était-ce la faute du H ? Cette substance avait le don de le séparer d'elle. Cette drogue l'enfermait dans une bulle introspective où il se perdait, hors d'atteinte. Pourquoi fumait-il tant ? Elle l'avait entendu dire qu'il utilisait le cannabis pour calmer ses nerfs. Si elle devait présumer de l'état de ceux-ci à l'aune de sa cadence effrénée, cela n'augurait rien de bon.

Durant l'après-midi qu'ils avaient passé ensemble, elle avait pressenti une colère dont elle n'arrivait pas à sonder la profondeur. Certes, il s'était confié à elle. Il avait évoqué quelques affaires auxquelles il avait été mêlé, toutes plus sordides les unes que les autres. Afin de la ménager, il était resté très évasif à leur sujet, mais elle avait perçu le mal-être de l'homme qui s'abritait derrière la froide façade du détective. Elle n'avait eu aucun mal à comprendre la rancœur qu'il éprouvait ; non, ce mot était encore trop faible. Il aurait été plus juste de parler de haine, une haine profonde et corrosive qui le rongeait de l'intérieur. Il devait s'en libérer !

C'est facile à dire ! Et moi ? Ai-je pardonné à mes agresseurs ?

Elle avait essayé, du moins ! Elle avait suivi les conseils de sa psychothérapeute. Elle s'était adonnée à « la méditation du pardon », elle avait tenté de laisser aller sa haine, sa colère, son désir de justice violente, mais tous ces sentiments néfastes demeuraient là, bien logés dans son cœur brisé, et si vivaces !

Comme elle comprenait Moïse ! Oui, cette pègre aussi infâme qu'insaisissable le frustrait de sa vengeance. Ces mafieux n'avaient-ils pas fait pression sur lui pour qu'il interrompît son enquête lors de l'enlèvement de la petite Amandine ? Et l'affaire Joyeux ? Quand il avait enfin compris le rôle que jouait Christian Joyeux dans les disparitions en série qui sévissaient à Ormal, on ne l'avait pas laissé faire son travail ! Non !

Ces ordures n'avaient-elles pas menacé explicitement de s'en prendre à sa famille ? Et l'accident de la route où avait péri son épouse, n'était-il vraiment que cela ? Une déficience du système de freinage ? Difficile de croire à une coïncidence dans de telles conditions !

Quinze années plus tard, Élise n'avait plus rien qui le rattachât au monde, il avait perdu sa femme et l'enfant qu'elle portait en son sein. Ils comptaient l'appeler Élisabeth, sa petite fille, d'autant plus chérie et regrettée qu'il ne la connaîtrait jamais. Quand il avait appris la nouvelle, quelque chose s'était brisé en lui. Il n'avait plus été le même après cet évènement...

Jamais il ne s'était senti plus isolé que lorsque sa hiérarchie l'avait abandonné, et ce, au pire moment. Non, c'était bien plus que de l'abandon, ses supérieurs l'avaient accablé. Tout d'abord, personne ne l'avait cru lorsqu'il avait évoqué les menaces de mort qu'il avait subies. Ensuite, au moment du décès de son épouse, l'enquête avait conclu à un accident, en dépit de son témoignage. Enfin, il y avait eu l'ultime humiliation : la soumission à l'examen psychiatrique. Il avait cru toucher le fond. L'alcool, la défonce, tout s'était enchaîné dans une descente aux enfers vertigineuse. Il avait passé d'innombrables nuits d'insomnie à ressasser les mêmes questions, qui conduisaient aux mêmes regrets, qui le ramenaient aux mêmes nuits blanches...

Pourquoi n'avait-il pas cédé ? Pourquoi était-il resté inflexible ? À quoi lui avait servi son obstination justicière ? Maudite droiture ! S'il avait accepté de plier...

Puis était survenu le drame qui avait fait basculer sa vie. Ce jour-là, il avait descendu deux bouteilles de rhum, simplement pour faire glisser les anxiolytiques. Ensuite, ses souvenirs étaient des plus vagues...

Une journée chaude et une nuit où la fraîcheur se laissait désirer. Dehors, des gamins qui s'amusaient avec des motos miniatures. Vroum ! Vroum ! Ça les enchantait vraiment tout ce bruit ! Et vroum, vroum et revroum ! Mais avec tout l'alcool qui circulait dans ses veines, ces vrombissements se transformaient en hurlements qui le mettaient au supplice. Il se souvenait d'avoir rampé sur le lino et d'avoir entendu des cris, puis il s'était réveillé au commissariat, en cellule de dégrisement.

Vu son état, il n'avait pas été jugé responsable de ses actes. Le contrôle d'alcoolémie indiquait le taux record de 9,75 g par litre de sang. Il avait plaidé coupable et avait été condamné à trois années de prison ferme pour homicide involontaire. Depuis ce jour-là, il n'avait jamais retouché une goutte d'alcool. Il avait pris une vie. Ce crime était si grand que la prison l'avait mis à mort. L'homme qui en était sorti, trois ans plus tard, n'était plus le même. Rongé par le remords, il avait juré de consacrer sa vie à aider les enfants.

Cela lui avait pris du temps et de l'énergie, mais il avait réussi à remonter la pente. Le chemin avait été pénible. Il s'était accroché à son désir de rédemption. Malheureusement, son attrait pour la vengeance était toujours présent, gangrénant son cœur. Il rêvait de coincer ces salauds et de leur faire payer cher, très cher, ce qu'il avait subi. Dans ses fantasmes de hashishin, il envisageait des tortures qui auraient fait pâlir Josef Mengele, mais également les plus imaginatifs des tortionnaires.

Néanmoins, ses ennemis sans visage lui échappaient toujours. Ils étaient si bien organisés, si prudents, tellement diaboliquement malins ! Plus que tout, leur solidarité faisait leur force. Sans doute, n'ignoraient-ils pas que si l'un d'eux tombait, il entraînerait tous les autres dans sa chute. À force de les voir se dérober au dernier moment, Moïse avait fini par comprendre l'étendue tentaculaire de leur structure et il s'était senti tout petit, faible et insignifiant face à eux. Non, rien n'arrivait au hasard. Ni les disparitions, ni les meurtres maquillés en suicides, ni les sabotages déguisés en accidents. Ils se trouvaient derrière, tirant à la fois les ficelles du crime et celles de la justice, agissant toujours en coulisses.

Bien que persuadé, au fond de lui, qu'ils finiraient bien par commettre une erreur, il avait peu à peu renoncé à la vengeance directe. Il se contentait de soustraire à leurs tortionnaires les mômes qu'il pouvait retrouver à temps. La plupart des affaires qu'on lui proposait ne concernaient pas l'organisation criminelle qui l'obsédait, non, il s'agissait le plus souvent d'un père ou d'une mère qui quittait la ville, le département, parfois le pays, en emportant ses enfants pour les mettre à l'abri.

D'autres affaires en revanche l'en rapprochaient. Parfois, un parent apprenait des choses sur son conjoint et cherchait à soustraire son fils ou sa fille aux mauvais traitements. Certains avaient eu affaire au réseau... Ceux-là lui avaient permis de recueillir non seulement des témoignages, mais également de faire des recoupements, de retrouver des similitudes et, peu à peu, un schéma d'ensemble lui était apparu.

Il arrivait qu'Élise fît du bénévolat pour des associations afin de se rapprocher des victimes issues des couches les plus défavorisées. Il avait compris que ces enfants-là ne représentaient qu'une source d'amusement de courte durée pour ces dépravés... C'est pourquoi, quand il avait entendu parler des disparus de la Cité du Toboggan bleu, il avait accepté la requête de Soumyya. Et maintenant, il y avait ça !

Pourquoi maintenant ?

Il avait l'impression que le sol s'était ouvert sous ses pieds et qu'il était en train de tomber dans une crevasse sans fond. Il ne savait pas à quoi s'agripper dans sa chute, à part à cet enregistrement qui, justement l'avait précipité du haut de ses certitudes. Essayant de comprendre, il revisionna le fichier que lui avait envoyé le hackeur. Il s'agissait de l'extrait d'un film intitulé *Dilemme n° 23*.

Le visage tendu, les mains écrasant les bras de son fauteuil, Élise relança la vidéo pour la centième fois, au moins. Cette révélation subite menaçait de le faire basculer dans la folie. Il n'y avait pourtant aucun doute.

270

Comment aurait-il pu la confondre ? Il n'avait jamais aimé qu'elle au monde. Son épouse – oui, c'était bien elle ! –, mais aussi sa fille, encore vivantes ? Toutes les deux ? Qu'en était-il réellement ? Il devait se procurer l'intégralité du film pour en avoir le cœur net... Que représentaient deux mille euros à côté de la douleur qu'il éprouvait ?

Chapitre XXXVII : Géolocalisation

Nuit du 10 au 11 août

« Merci d'avoir confirmé mes soupçons, Mo. Mon logiciel d'identification faciale ne s'est donc pas trompé. Je ne vais pas te cacher que je crains pour la vie de ces enfants, s'ils sont tombés entre les mains d'un malade pareil. Le plus inquiétant, c'est que ce fameux "Ogre" appartient à une organisation qui le protège et semble aussi le surveiller de près. J'ai pu échanger avec lui, mais son site est inaccessible sans invitation et je n'ai pas encore pu en obtenir. Sa méfiance est extrême. Le seul moyen d'avoir accès à ses "productions" - si on peut appeler ainsi ces horreurs ! -, c'est d'acquérir les fichiers via des sites de revente tiers. Eux-mêmes sont difficiles d'accès. La plupart des clients qui gravitent autour de l'Ogre sont des fans inconditionnels !

Depuis que le F.B.I. a fermé plusieurs sites de leur communauté, ces désaxés sont devenus complètement paranoïaques. Tu n'imagines pas le temps et l'énergie qu'il m'a fallu pour gagner leur confiance. Ce n'est pas aussi facile qu'avant, vu que pas mal d'imposteurs comme moi les ont infiltrés par le passé.

Comment ne pas comprendre que ces salauds soient immunisés contre mes tactiques puisqu'ils les utilisent eux-mêmes ? Tu sais ce qu'ils font ? Ils infiltrent des sites de lutte contre la pédocriminalité ou, pire encore, ils les créent de toutes pièces. Cela leur permet d'avoir toujours un coup d'avance sur leurs adversaires. Après, on s'étonne de la difficulté à choper ces monstres ! Vraiment, c'est la guerre, et elle est impitoyable, tu le sais bien, Mo ! À ce propos, je t'envoie une liste de sites infectés en pièce jointe.

J'ai aussi du neuf. Pendant que je rédigeais mon compte-rendu, j'ai remarqué que l'Ogre avait mis en vente de nouveaux fichiers. En cliquant dessus, j'ai reconnu tout de suite l'avis de recherche de Stéphane. Ces fichiers sont extrêmement onéreux et je n'arrive pas à les pirater. Les sites d'hébergement sont super protégés et dangereux. De vraies forteresses ! Quand j'essaie de les craquer, ils détruisent mes proxys un à un. Autrement dit ? Ils remontent ma piste.

C'est flippant. Je t'avoue que je préfère rester prudent avec ces tarés. Il ne faut pas que les rôles s'inversent. C'est pourquoi je te demande d'interroger les familles. Souhaitent-elles acquérir ces fichiers, connaissant leur nature ?

Tu m'as dit qu'il y avait eu des donations importantes pour leur cause. J'espère qu'elles pourront couvrir les frais. Je pense qu'un fichier suffirait. Je te joins une capture d'écran afin que tu te fasses une idée des tarifs et de l'état d'esprit de ce malade qu'on appelle l'Ogre :

Titre	Durée	Tarif	Description
Bande-annonce	1'23"	123 euros	Teaser.
Enlèvement	15'	499 euros	Le frisson de l'enlèvement dans un espace public.
Détention	15'	499 euros	Le quotidien de la pension de l'Ogre.
Tentation	60'	1999 euros	Une séquence diabolique à couper le souffle !

Je te rappelle que l'Ogre – non content d'être un assassin multirécidiviste – est aussi un auteur de *snuff* à succès. Vu les tarifs qu'il pratique, tu te doutes que son commerce est des plus lucratifs. Le grand *final*, autrement dit, la mise à mort, est mis en vente à 5000 euros ! À ce prix-là, il ne fait aucun doute que l'exécution soit inévitable. À ma connaissance, celle-ci n'a pas encore été mise en vente. J'espère que cela signifie que le garçon est encore en vie. Je n'ai pas besoin de te prévenir.

Visionner ces fichiers est une expérience insoutenable dont mon syndrome d'Asperger ne me protège qu'à peine. Malheureusement, il me semble inévitable de le faire. L'acquisition des fichiers nous permettrait d'obtenir peut-être des indices sur l'endroit où l'Ogre filme ses exactions. Je fais confiance à ta perspicacité. Bref ! Aux familles de décider.

Nous savons tous les deux que le temps est un facteur crucial. Pour ne pas en perdre, j'ai privilégié la piste du téléphone de Stéphane. Paradoxalement, il est moins difficile de pirater un opérateur de téléphonie mobile qu'un site du Darknet. Enfin, "moins difficile" ne signifie pas "facile" pour autant. Je ne vais pas t'ennuyer avec les détails. Je sais que la piraterie numérique n'est pas ton truc, aussi serai-je bref ! J'y ai passé deux nuits blanches et j'ai reçu l'aide de la communauté, mais ça y est, je suis dedans.

Nous avons pu obtenir les coordonnées de la ligne 06*******. Cette ligne a été enregistrée pour la dernière fois le 30 juillet 2018 à 18 h 32. Je t'envoie les coordonnées GPS de la borne relais la plus proche.

Pour finir, concernant le fichier que tu me demandes, *Dilemme n° 23*, je comprends les tourments que tu traverses. J'ai traversé la même épreuve lors de la disparition de ma sœur. Ce fichier, je te l'enverrai dès que j'aurai réussi à me le procurer. Malheureusement, bien que vieux de presque quinze ans, ce film est aussi rare qu'onéreux.

Je dois cependant te prévenir. L'extrait aurait dû te mettre en garde. Connaissant l'Ogre, j'imagine mal un dénouement heureux. C'est pourquoi je te recommande d'abandonner l'idée de son visionnage. J'ai moi-même fait un séjour en hôpital psychiatrique durant ma quête de vérité. Crois-moi, il vaut mieux faire ton deuil et avancer...

Je suis bien conscient que ce ne sont que de vaines paroles pour toi et je sais à quel point mes conseils doivent te passer au-dessus de la tête et je le comprends.

Quelle que soit ta décision, je la respecterai. »

J-4

Chapitre XXXVIII : Menaces et suspicions

La sonnette retentit et le dernier invité fit enfin son entrée. C'était M. Degraass, le père de Stéphane, en retard, comme à son habitude. Mais il était présent, ce qui était rare, en raison de ses horaires irréguliers. L'horloge indiquait 20 h 15. Le nouvel arrivant épongea son front brillant de sueur. Comme tous les soirs depuis la disparition des enfants, les familles des victimes étaient réunies dans le salon de Soumyya.

Il faisait lourd, terriblement lourd.

Tandis que la jeune femme servait des rafraîchissements, elle en profita pour observer ses invités. Comme on pouvait s'en douter, le stress avait prélevé un lourd tribut sur les membres de l'alliance. La chaleur étouffante n'arrangeait rien à l'affaire. Des traits tirés, des yeux cernés, des visages au teint cireux, c'était tout ce qu'elle vit autour d'elle. Et elle savait bien que ce qu'elle percevait n'était que le triste reflet de l'image qu'elle-même leur offrait à ce moment-là.

Bien sûr, chacun tentait de soutenir son prochain autant que possible. Même forcés, les sourires valaient mieux que les larmes d'angoisse et de colère frustrée qui restaient cachées derrière les fragiles façades. Malgré la douche qu'elle venait de prendre, Soumyya se sentait déjà poisseuse. Ses vêtements commençaient à coller désagréablement à sa peau. Le ventilateur ne brassait que de l'air chaud et tout le monde cherchait à suppléer la machine surmenée à grand renfort d'éventails improvisés. Cette agitation avait le don de puiser encore un peu plus dans leurs ressources déjà amoindries par l'état d'anxiété perpétuelle qui les privait tous de sommeil.

Pourtant, au-delà de cette fatigue, Soumyya ressentait une impression étrange, presque dérangeante. Elle ne parvenait pas à en identifier la source, mais il s'agissait d'une tension stagnante qui ajoutait à l'atmosphère confinée du salon quelque chose d'étouffant. Elle attribuait celle-ci à la chaleur qui avait le don d'éprouver et d'irriter les nerfs les plus endurcis.

Ah ! Si l'orage pouvait se décider à tenir sa promesse : cela nous rafraîchirait !

Se contraignant à sourire, la jeune femme se pencha pour servir à ses parents un thé parfumé à la menthe.

« Heureusement que la collecte de fonds nous permet de régler les frais du détective », déclara sa mère en étirant les commissures de ses lèvres pour esquisser un rictus qui ne devait tromper personne. « Oui, on peut toujours critiquer Internet, ajouta son père, mais, sans ça, on n'aurait jamais pu payer les honoraires...

— Vous trouvez pas ça un peu cher ? »

C'était le père de Stéphane qui venait de faire cette remarque insidieuse. Soumyya ne put s'empêcher de s'immiscer dans la conversation : « Monsieur Degraass, j'ai accompagné M. Élise et je peux vous assurer qu'il ne chôme pas... Il travaille jour et nuit. Je ne vous cacherai pas que dans notre situation, chaque minute compte !

— Je vais me recycler, moi, ce type gagne mon mois en une semaine... Et son chantier n'avance pas trop pour l'instant... »

Soumyya se tourna vers les sœurs de Suleïman, attendant un peu de soutien de leur part, mais celles-ci arboraient des visages fermés. Elle avait du mal à comprendre leur attitude et se promit d'avoir un entretien privé avec elles. Cela devrait attendre cependant. Il y avait une affaire plus urgente à régler. Elle comptait annoncer un peu plus tard la nouvelle à tout le monde, mais le père de Stéphane devait être mis au courant le plus vite possible. Néanmoins, ce n'était pas une information facile à dévoiler et la jeune femme s'inquiétait de sa réaction. « Il n'y a pas que M. Élise que nous défrayons, mais aussi ses collaborateurs, précisa-t-elle.

— Est-ce que ça sert à quelque chose tout ça ?

— Bien sûr, Monsieur Degraass... D'ailleurs, j'ai une importante nouvelle à vous annoncer. J'attendais que tout le monde soit réuni. (Elle prit une profonde inspiration avant de se lancer.) Maintenant que vous êtes là, je ne peux plus retarder la lecture du compte-rendu du détective Élise, car elle vous concerne directement... Enfin, plutôt Stéphane...

— Comment ça ? Et vous me faites poireauter comme un con ? Vous croyez que je suis venu prendre le thé, alors que mon fils est en danger... Qu'est-ce qui est arrivé ? Qu'est-ce que vous me cachez ? »

Soumyya s'excusa et résuma le compte-rendu du hacker avant de lire le passage concernant les fichiers vidéo. Alors que le père de Stéphane exprimait franchement son scepticisme, elle lui présenta une capture d'écran qui dissipa instantanément ses doutes. « Et dire qu'il y a des malades comme ça sur Terre, c'est à vous dégoûter de l'espèce humaine... »

Sur ces mots, M. Degraass s'effondra en larmes. Le père de Soumyya chercha à le réconforter, mais il semblait inconsolable. « Désolé, s'excusa-t-il d'une voix rauque, c'est la fatigue. »

Malgré leurs coûts extrêmes, le conseil décida d'acquérir les fichiers. Alima, responsable de la trésorerie, leur fit un compte-rendu inquiétant : « Les fonds s'épuisent ! déclara-t-elle dans un soupir amer.

— Comment ça ? s'insurgea le père de Stéphane ! Et les 12 000 euros de la collecte ? Ils ne se sont pas volatilisés quand même ! »

Malheureusement, les ressources s'amenuisaient, car l'appel à la générosité des donateurs trouvait ses limites. De plus, ils subissaient le contrecoup d'une campagne de décrédibilisation qui sévissait sur Internet. « On nous accuse de détourner les fonds et d'abuser de la générosité des Français. Certains malveillants prétendent même que c'est "la nouvelle escroquerie des émigrés" : "Après l'arnaque à la C.A.F, l'arnaque à l'enlèvement" ». Alima lut quelques commentaires trouvés sur Internet d'une voix dégoûtée : « Si ça se trouve, leurs gosses sont tranquilles au bled... ou dans un bordel à Casablanca. »

En entendant ces mots, le père de Soumyya, d'ordinaire placide, explosa : « Quelle honte ! Maintenant, c'est nous les méchants ? Ils nous accusent de prostituer nos propres enfants ?

— Mais que se passe-t-il ? Qu'est-ce qui peut expliquer un tel revirement d'opinion ?

— Oui, c'est incompréhensible, poursuivit Alima, hier encore, nous avions le soutien des gens et maintenant on nous accuse d'être des escrocs ou des proxénètes... Je ne comprends vraiment pas ! Que quelqu'un m'explique le problème ! »

Pendant ce temps, sa jeune sœur, qui naviguait sur Internet tout en prêtant une attention distraite à la conversation, reprit : « C'est à cause du détective, ton fameux Élise... Des blogueurs l'accusent d'être un escroc... Ils affirment que c'est un toxicomane et qu'il utilise les dons pour se payer sa came...

— J'en étais sûr en voyant sa gueule quand il a débarqué chez moi ! s'exclama M. Degraass. C'est quoi, cette histoire ? On a embauché un camé pour retrouver nos enfants ?

— Le hashish est considéré comme une drogue douce...

— Comment ça ? Tu étais au courant qu'il se droguait, Soumyya ?

— Il fume pour calmer ses nerfs et vous auriez besoin de tranquillisants, vous aussi, si vous aviez enduré ce qu'il a vécu lors de ses enquêtes...

— Il devrait changer de métier alors, s'il est si fragile ! vociféra M. Degraass. Un drogué ! Comme s'il avait toute sa tête ! J'étais contre, depuis le début : vous en êtes témoins !

— C'est faux ! Vous ne le connaissez pas. Je l'ai vu à l'œuvre. D'accord, il fume du cannabis, mais cela n'altère pas son jugement, au contraire ! Le détective Élise travaille sans compter ses heures sur cette affaire ! Vous préféreriez qu'il boive pour oublier les atrocités dont il a été témoin ? Comprenez-vous la douleur qu'on peut ressentir en menant ce genre d'investigations ?

— Tu le défends comme une femme amoureuse, reprit le père de Stéphane. En tout cas, moi, je le trouve pas très efficace. Si j'ai bien tout compris, c'est le pirate informatique qui s'est chargé du gros œuvre... Pourquoi on passe pas directement par lui ?

— J'y ai pensé aussi, car j'étais plus que sceptique au sujet du détective Élise. Malheureusement, le pirate informatique ne fait confiance à personne à part lui. C'est un milieu où règne une prudence qui confine à la paranoïa. J'ai eu du mal à le comprendre au début, mais je pense aujourd'hui que les précautions que ces gens prennent sont justifiées. Vous n'imaginez pas de quoi sont capables les malades qu'ils traquent... et nos...

— Soumyya ! T'es vraiment une meuf postiche, tu essaies de nous mettre une disquette ! explosa Ama d'une voix pleine d'une terrible colère.

— Quoi ? Qu'y a-t-il ?

— "Quoi ? Qu'y a-t-il ?" répéta-t-elle d'un ton moqueur. Un tox ? Un toxico ?!! C'est un putain de junky au bout de sa vie que tu paies avec nos sous ?!!

— Mo... enfin, le détective Élise n'est pas un toxicomane. Je vous rappelle que le cannabis est considéré comme une drogue douce, à la différence de l'alcool qui est classifiée en drogue dure...

— Mais on s'en tamponne le minou de tes histoires ! Si ce vieux cramé n'est même pas capable de retrouver sa salle de bain sans boussole, comment tu veux qu'il retrouve nos frères ?

— Le shit, ça coûte cher ! renchérit sa sœur. C'est sûr qu'il s'en met plein les poches avec notre argent !

— Écoutez-moi bien, les filles. Je sais ce que vous pensez mais le travail qu'il accomplit à notre service, il s'y consacre gracieusement. Oui, si ce n'est pas encore clair, je vais vous le reformuler : M. Élise travaille gratuitement pour nous. Ce que nous réglons, ce sont ses frais et notamment les informateurs qu'il emploie... Il faut bien comprendre que leurs services ne sont pas gratuits et que les individus concernés sont extrêmement dangereux... et...

— Oui, mais, ton gars, il sait pas se contrôler ! Je viens de lire qu'il avait été condamné en 2010 pour coups et blessures... con-da-mné ! Tu te rends compte à quel point c'est grave ou t'es hors-sol, toi aussi ?

— C'était il y a huit ans... Le détective traversait une épreuve difficile après la mort de sa femme... Il avait essayé de noyer son chagrin dans l'alcool et le résultat n'avait pas été brillant...

— Ah ! Ça, tu peux le dire ! C'est un fragile, ton détective, il a raison M. Degraass !

— Non ! Il est solide ! Je te l'assure ! Après cet incident, il n'a plus touché une goutte d'alcool... Je l'ai vu à l'œuvre, il connaît son boulot.

— Ouais ! Ouais ! En tout cas, y a rien qui avance...

— Tu te trompes ! Nous sommes sur une piste, là !

— Franchement ? Je vois pas beaucoup de résultats pour notre Soleil... Tu crois que ça me fait plaisir d'entendre ma mère pleurer toutes les nuits ?

— Oui ! Elle arrête pas... Tout ce qu'elle répète, c'est "ils m'ont volé mon Soleil, je vis dans la nuit"...

— Ouais ! Ça me brise le cœur ! Franchement ! On n'en peut plus, renchérit sa sœur.

— Je vous comprends, les frangines ! Nous souffrons tous, mais nous ne devons rien lâcher... Nous nous approchons de nos frères et c'est grâce au détective Élise ! Pour moi, il a fait ses preuves avec nous et il mérite une seconde chance !

— Super ! Et si on attrape le taré qui a enlevé nos frères, tu comptes lui laisser une seconde chance à lui aussi ? »

Soumyya hésita longuement avant de répondre : « Oui. Lui aussi aura droit à une seconde chance. Une fois qu'il aura purgé une peine de prison, suivi des soins appropriés et fait la preuve de sa rédemption...

— Mais tu es trop naïve, ma pauvre ! C'est à cause de gens comme toi qu'il y a tant de récidivistes, à cause de votre philosophie à la con. Les tarés ne changent pas, ils empirent !

— Je ne le crois pas. Les gens peuvent évoluer et apprendre de leurs erreurs. Moïse en est l'exemple parfait. En tout cas, ce qui est certain, c'est que le détective a réussi à faire avancer nos recherches, la preuve, vous tenez une piste entre vos mains, Monsieur Degraass...

— Si ça se trouve, ton détective, c'est lui qui les a enlevés !

Qu'est-ce qu'on en sait ? C'est peut-être la fumette qui lui est montée à la tête ! Y en a que ça rend bancal du bocal ! accusa Ama.

— Il se fout peut-être de nos gueules en nous baladant...

— Arrêtez ! Pourquoi ferait-il ça ? Je suis certaine de la sincérité de M. Élise...

— Si tu savais juger les gens et sentir leur âme, tu ne te serais pas fait violer par ces sales bourgeois, pendant ta soirée de gala ! » conclut Alima d'une voix pleine de venin.

Sous la violence du choc, Soumyya perdit le fil de son raisonnement.

« D'ailleurs, insista la sœur de Suleïman, t'es sûre que c'est pas un détective clandestin, ton Moïse ?

— Ouais, meuf, t'essaierais pas de nous défriser à sec ?

— Un peu de calme, s'il vous plaît ! Pourquoi dites-vous ça ? demanda le père de Soumyya, volant à la rescousse de sa fille.

— Je viens de taper "Détective privé et casier judiciaire" sur Internet et je vais vous lire ce qu'ils disent : "Nul ne peut être employé pour participer à l'activité mentionnée pour des activités de sécurité ou d'agence de recherche privée (...) s'il a fait l'objet d'une condamnation à une peine correctionnelle ou à une peine criminelle inscrite au bulletin n° 2 du casier judiciaire ou, pour les ressortissants étrangers, dans un document équivalent, pour des motifs incompatibles avec l'exercice des fonctions".

— Tu as oublié de nous dire qu'on lui avait retiré sa licence à ton détective ! »

Comment se faisait-il qu'elle n'y eût pas songé ? C'était pourtant logique et conforme au droit français. Un détective ne pouvait exercer avec un casier judiciaire. Conscientes d'avoir marqué un point décisif, les sœurs de Suleïman se turent. Après lui avoir asséné ce coup bas, elles échangèrent un signe de tête, se levèrent et quittèrent l'appartement sans un mot. M. Degraass leur emboîta le pas, le visage grave.

Soumyya voulut leur courir après, afin de les faire changer d'avis, mais un simple regard sur sa mère la retint. Celle-ci tripotait nerveusement ses cheveux, mais il y avait quelque chose de bizarre dans son attitude. La jeune fille se rendit compte avec horreur que cette dernière ne mâchait pas des pâtisseries, mais de longues mèches noires qu'elle s'arrachait par poignées...

Soumyya se leva pour l'arrêter, quand le téléphone sonna. Il était vingt et une heures. Une heure tardive pour un appel. Sa mère bondit pour répondre et son visage s'éclaira quand elle s'exclama : « C'est la police ! » Puis elle ajouta, en aparté : « Je pense qu'ils ont du nouveau ! »

Soumyya et son père prièrent pour qu'ils fussent les émissaires d'une bonne nouvelle, de LA bonne nouvelle qu'ils espéraient tous !

« Oui, hum... Vous avez retrouvé Kader ? »

À ces mots, le silence se fit dans la pièce. Tous guettaient les réactions de la mère de Soumyya qui reprit : « D'accord... Oui, je vois... Demain, oui, demain, neuf heures.

— Qu'ont-ils dit ? Ils les ont retrouvés ? s'enquit son mari.

— Je ne sais pas... Ils ont dit qu'ils ne pouvaient rien révéler au téléphone...

— Mais alors, qu'est-ce qui se passe à neuf heures, demain ?

— Nous sommes convoqués, demain matin, à neuf heures précises, au commissariat central d'Ormal. »

J-3

Chapitre XXXIX : Représailles

L'Ogre s'éveilla avec une terrible migraine. Il n'était pas seul, heureusement. Lillie, la douce, la pure Lillie se trouvait auprès de lui ! Il en éprouva un grand réconfort qui ne dura pas, hélas ! Cette manière de le dévisager n'était pas celle qu'il espérait. La voix n'était pas la même non plus. Il lui ordonna de lui préparer un café. Le manque d'empressement de l'adolescente confirma ses soupçons. Lydia était revenue. Il sirota son espresso tout en observant sa fille du coin de l'œil. Elle peinait à garder les yeux ouverts et s'absentait durant des épisodes de microsommeil de plus en plus fréquents. Il lui enjoignit donc d'aller prendre un peu de repos. Ce qui attendait la pauvrette nécessitait qu'elle fût en pleine possession de ses moyens.

Après avoir hésité sur la conduite à tenir, l'Ogre descendit au sous-sol. Il alluma l'ordinateur afin de consulter les enregistrements vidéo de la nuit précédente. Il prit une profonde inspiration avant de se diriger vers un mur. Là, il actionna un mécanisme caché qui fit apparaître un coffre. Après avoir composé la combinaison, il en sortit un petit livre. La couverture était de cuir noir. Il n'y figurait aucun titre ni mention d'un auteur. Pensivement, le géant étudia son contenu avant de l'emporter avec lui.

Lydia feignait le sommeil. Elle avait entendu l'Ogre descendre au sous-sol. Terrifiée, elle attendait l'inéluctable châtiment qui s'ensuivrait. Comme elle s'y était préparée, son père revint la chercher : « Suis-moi, *mon ange* », articula-t-il d'une voix glaciale. Le fait qu'il eût pris la précaution de revêtir son masque n'augurait rien de bon. Les mains de l'adolescente devinrent moites, sa respiration courte et haletante, lorsqu'elle qu'elle emboîta le pas au géant.

Mon heure est-elle arrivée ?

Lydia redoutait ce moment depuis toujours. La jeune fille était pourtant endurcie. C'était compréhensible. Tout ce qu'elle avait connu durant sa brève existence n'avait été qu'abus et souffrance. Par-dessus tout, la complice de l'Ogre redoutait le dénouement que ceux qui contrôlaient sa vie avaient sans doute prévu pour elle. Celui-ci approchait, elle le sentait. La protection dont elle avait profité jusqu'alors faiblissait. Certains clients ne la traitaient plus avec le même intérêt qu'auparavant. La raison était aussi simple que cruelle : elle devenait trop vieille.

Dans six mois – si elle vivait jusque-là –, elle atteindrait l'âge légal de la majorité sexuelle en France. Quinze ans ! C'était bien jeune pour mourir ! Hélas, ses employeurs ne s'intéressaient déjà plus vraiment à elle et on ne pourrait bientôt plus l'utiliser pour des chantages. Lydia savait ce qui arrivait à celles et ceux qui devenaient trop vieux. Ils connaissaient beaucoup trop de secrets et les révélations qu'ils pourraient faire compromettraient trop de monde. La majorité sexuelle s'accompagnait donc d'un tri sévère. Les plus coopératifs étaient intégrés au Cercle et ceux qui posaient problème... La jeune fille frissonna...

« Suis-moi, *mon ange...* »

C'étaient, sans doute possible, les mots que son père avait employés. D'ordinaire, les anges étaient des êtres bénéfiques, des protecteurs pour ceux qui croyaient en leur existence, mais dans le milieu où évoluait Lydia, la signification de ce concept était beaucoup plus sinistre. Un ange, c'était un enfant parti rejoindre l'au-delà. L'Ogre et les autres ne s'étaient pas privés de lui raconter des histoires terrifiantes sur le sort qui attendait ces êtres déchus de l'autre côté.

« Oh ! Oui ! Dieu voit et entend tout ! Il sait tout ce que tu as fait. Et tu n'as pas toujours été gentille, n'est-ce pas ?

— C'est vous qui m'avez forcée...

— Non ! Tu avais des options ! Tu as toujours eu le choix. Mais tu as compris qu'il valait mieux sauver ta peau, tu as préféré voir souffrir quelqu'un d'autre ! C'est tout à fait normal et humain ! C'est Dieu qui est cruel. Il aurait voulu que tu fasses passer les autres avant toi ! C'est inhumain, ça ! S'il avait souhaité que ses créatures se sacrifient, n'aurait-il pas mieux valu que Dieu les conçoive ainsi ? Au lieu de ça, il nous a donné l'instinct de conservation et cet égoïsme incurable qui en découle...

— Dieu est-il mauvais ?

— Oui, ma petite, tu l'as compris, le faux dieu est cruel et l'horreur est humaine, avait dit la dame qui lui avait mis la lame de rasoir dans la main.

— Que comptes-tu faire ? Mourir pour cette chose qui ne sait rien faire d'autre que brailler et mouiller ses couches ? »

Lydia était au bord de la crise de nerfs lorsqu'elle avait fait son choix. Elle était des leurs. Elle faisait partie de leur groupe depuis ce jour-là : elle était un bourreau, elle aussi. Rien d'autre que l'Enfer ne l'attendait, de l'autre côté. Elle regarda ses mains entachées du sang du nouveau-né. Ce pauvre petit être qui allait devenir un ange par sa faute. Elle hurla jusqu'à ce qu'une gifle la sortît de son délire.

« Reste avec moi, Lydia, tu vas faire peur à tes amis... »

L'adolescente contempla ses mains d'une blancheur immaculée. Elle avait terriblement envie de les laver, de les récurer, jusqu'au sang. Néanmoins, elle n'en avait pas le temps. Elle suivit l'Ogre dans ce qu'il appelait « les loges des artistes ». Un espace qui n'était en fait qu'une prison aux parois translucides. Les enfants fixèrent sur elle leurs yeux désespérés. Pensaient-ils qu'elle était libre, car elle se trouvait de l'autre côté de leurs cages de verre blindé ?

Je suis aussi prisonnière qu'eux.

« Les enfants, je sais que vous vous posez des questions sur vos futurs rôles, surtout toi, mon petit Kader, tu es très curieux et c'est très bien. Tu veux savoir ce qui se passe au château ? Lydia va tout te dire ! Allez ! Raconte-lui ce qui arrive au château... »

Lydia semblait pétrifiée sur place. Ses yeux reflétaient une horreur indicible et ses lèvres s'entrouvrirent avant de se refermer sans qu'aucun son n'en sortît. Alors que l'Ogre insistait, la stridence qui avait retenti durant la nuit revint. Elle était un peu différente de celle que le cinéaste déviant avait utilisée pour les discipliner, les premiers jours de leur détention.

Comme d'habitude, le géant ne sembla pas en souffrir ni même y prêter attention. Toutefois, il se passa quelque chose d'extraordinaire. En l'entendant, la jeune fille eut une réaction qui étonna Kader. Elle regarda son père droit dans les yeux et prononça une série de mots incompréhensibles.

Aussitôt, l'homme masqué se figea avant de quitter la pièce comme un automate, tandis que Lydia, qui arborait alors une expression cruelle, déclara : « Ce serait dommage de gâcher votre surprise. Ce qui vous attend au château, vous l'apprendrez bien assez tôt. Soyez patients, après-demain sera vite arrivé ! »

Après-demain ?

Après le départ de l'Ogre et de sa fille, Kader ne put maîtriser son imagination et l'angoisse le rendit malade. Ces gens-là n'étaient pas normaux, c'étaient des malades mentaux !

Ils ne sont pas seuls dans leurs têtes !

Après-demain !

Chapitre XL : Injustice

Dimanche 12 août

À neuf heures moins dix, Soumyya et ses parents se présentèrent devant le bureau du lieutenant Bertin. Cinq minutes plus tard, la porte s'ouvrit pour laisser passer un homme d'une trentaine d'années. Celui-ci était si grand qu'il dut se pencher pour éviter de se cogner contre l'encadrement. Il traînait dans son sillage une odeur âcre de tabac froid. Soumyya se retint de racler sa gorge irritée par la fumée qui s'échappait du bureau. Cependant, le lieutenant les accueillit avec une poignée de main molle, avant de les inviter à s'asseoir. Sa paume était aussi large que froide et Soumyya eut l'impression qu'elle venait de serrer la main d'un mort. « Vous avez remarqué ? Oui, malheureusement, je suis atteint de la maladie de Raynaud, un problème de circulation sanguine, commenta-t-il, nonchalamment, en avisant l'expression de la jeune femme.

— Alors ? Vous avez du nouveau ? s'enquit la mère de Soumyya avec une note d'espoir dans sa voix nerveuse.

— Non. C'est pourquoi nous vous convoquons. Nous avons besoin que vous répondiez à quelques questions afin de nous aider à faire progresser l'enquête.

— Mais nous avons déjà répondu à toutes vos questions lors de notre déposition...

— Je sais bien. Mais c'est la procédure. J'ai besoin de savoir qui est la dernière personne ayant vu Kader.

— C'est moi, dit Soumyya.

— Très bien. Nous allons donc commencer par vous. Le reste de la famille peut attendre dans le couloir. Il y a du café, si vous voulez. Il n'est pas très bon, mais ça permet de tenir le coup... »

À regret, les parents de Soumyya sortirent du bureau qui empestait le tabac froid. « Ça vous ennuie, si je fume ? demanda-t-il en voyant la grimace de dégoût sur le visage de la jeune fille.

— Je croyais que la cigarette était interdite dans les espaces publics ? répliqua Soumyya entre deux quintes de toux.

— Ce n'est pas un espace public ici, c'est mon bureau.

— Oui, mais vous êtes un fonctionnaire ! Votre bureau appartient à la République et il est destiné à recevoir les citoyens français, je me trompe ?

— Non, mais c'est *mon* bureau, si vous n'êtes pas contente, appelez la police », rétorqua-t-il avec un clin d'œil, en crachant la fumée dans sa direction.

La fumée avait rempli la pièce et l'agent commença son interrogatoire. Après quelques questions, Soumyya comprit la raison de cette convocation. « Vous pensez que nous avons enlevé Kader ?

— Nous n'écartons aucune hypothèse.

— Mais c'est absurde.

— Peut-être, mais c'est la procédure. Quand la piste de la fugue n'aboutit pas, la plupart du temps, c'est la famille qui est mise en cause. Parfois, c'est une dispute qui tourne mal, une claque un peu trop appuyée...

— Personne n'a jamais levé la main sur Kader. Mes parents sont opposés à la violence. "La violence, c'est un aveu d'échec", dit mon père.

— Oui, oui. Je sais ce que c'est. Il y a la théorie et la pratique. Moi aussi, je voudrais vivre en théorie. Vous savez pourquoi ? »

Vexée, Soumyya garda le silence et le lieutenant répondit lui-même à sa petite devinette : « Parce qu'en théorie, tout se passe toujours bien ! La réalité, c'est autre chose. Il fait chaud, le marmot braille, tout le monde est fatigué et le coup part tout seul...

— Mais votre histoire ne tient pas la route ! Trois garçons ont disparu, je vous signale !

— Je vous donnais juste des exemples. Nous étudions différentes possibilités, voyez-vous. Nous n'en écartons aucune. Vous habitez à la Cité du Toboggan bleu depuis combien de temps ?

— Depuis ma naissance, il y a dix-huit ans. »

L'agent pianota sur son clavier d'ordinateur avant de reprendre : « Les enfants étaient censés passer la nuit chez Stéphane Degraass. Pensez-vous que M. Degraass ait pu se rendre coupable de l'enlèvement ?

— Non, je ne le pense pas.

— Nous sommes en train de perquisitionner son domicile. Nous en aurons bientôt le cœur net.

— Pourquoi n'étudiez-vous pas plutôt la piste de cette "Lydia" ? Regardez ! Je suis venue avec une transcription des conversations qu'elle a eues avec Stéphane peu avant sa disparition. »

L'agent étudia avec circonspection les feuillets A4 qu'elle avait imprimés pour l'occasion. « Où est-ce que vous vous êtes procuré ces documents, Mademoiselle ?

— Sur l'ordinateur de Stéphane Degraass...

— Vous avez piraté son compte ?

— Il n'était pas là pour nous donner sa permission...

— C'est illégal, Mademoiselle.

— Nous n'avions pas le choix, Lieutenant, nous devons les retrouver le plus vite possible !

— Oui, mais nous sommes dans un État de droit et il y a des lois, Mademoiselle. »

Soumyya tenta de se calmer avant de contre-attaquer : « Et que faites-vous de ceci ? » demanda-t-elle en déposant sur le bureau le dossier que lui avait fourni le hacker. C'était sa pièce maîtresse : des captures d'écran des films du malade qui avait enlevé son frère. On voyait bien Stéphane qui tenait l'avis de recherche entre ses mains. Bertin examina les pièces en fronçant les sourcils. Soumyya avait bon espoir. Il était grand temps que l'enquête commençât !

« Alors ? le relança-t-elle, ce sont bien des preuves matérielles d'un enlèvement. Mon frère est séquestré, en ce moment même. Dieu sait ce qu'il est en train de subir pendant que nous perdons notre temps !

— Calmez-vous, Mademoiselle. Ce que vous me montrez ne prouve rien.

— Comment ça ? J'ai peur de ne pas vous suivre...

— Qu'est-ce qui me prouve que ce n'est pas un montage ?

— Un montage ? répéta-t-elle, stupéfaite.

— Parfaitement. Certains petits malins sont très forts à ce petit jeu-là... Où vous êtes-vous procuré ces documents ? »

Soumyya ignorait l'identité du hackeur qui lui avait fourni ces documents et elle dut confesser ce fait. « Ah ! Ça vient d'Internet », conclut l'homme en mettant le dossier de côté. Puis il continua d'interroger Soumyya, en lui reposant les mêmes questions, sans se donner la peine de les reformuler. À onze heures, il la congédia enfin. La jeune fille était en larmes. Le lieutenant prit un café et sortit fumer une cigarette avec quelques collègues. La jeune femme expliqua la situation à sa mère qui se pinça les lèvres, plus angoissée que jamais. « Alors, les victimes sont suspectes, maintenant ! » s'étonna cette dernière, outrée.

C'est bien résumé, songea Soumyya avec amertume. Elle resta dans le couloir en compagnie de son père tandis que sa mère était interrogée à son tour. Deux heures plus tard, la pauvre femme sortit du bureau en pleurs. Bertin prit un autre café et fuma une nouvelle cigarette en compagnie de ses collègues. Il revint deux heures plus tard et invita le père de Soumyya à entrer dans son bureau. Deux heures passèrent, puis le même manège se reproduisit. Soumyya fut encore entendue, puis sa mère et enfin son père. À vingt et une heures, ils furent finalement autorisés à rentrer chez eux.

« Je n'arrive pas à y croire, répétait sa mère d'une voix que l'émotion rendait tremblante.

— Maman, je t'en prie, laisse tes cheveux tranquilles, supplia la sœur de Kader.

— Ça me calme, ma fille, je n'arrive pas à y croire, reprit-elle, obsessionnellement, nous sommes suspects. Non seulement j'ai perdu mon fils, mais ils m'accusent de lui avoir fait du mal...

— C'est leur protocole, corrigea son père, toujours conciliant. Je sais que c'est douloureux, mais c'est la preuve qu'ils font leur boulot.

— Harceler les victimes pendant douze heures ? C'est ça, leur travail ? »

La mère de Soumyya était à bout. Sa voix trahissait son épuisement physique, mental et nerveux. « T'as vu, en plus, ils nous ont laissés dans le couloir sans rien nous dire et... » Elle voulut poursuivre, mais sa phrase fut interrompue par une quinte de toux interminable. Inquiet, son époux jetait des coups d'œil sur elle, craignant qu'elle s'étouffât. « Papa ! Regarde devant toi ! l'avertit sa fille.

— Ne t'inquiète pas, Soussou ! » la rassura-t-il en reportant son attention sur la route.

Ils traversaient une longue avenue et la mère de Soumyya était toujours aux prises avec une toux qui ne semblait plus vouloir finir. Son mari lançait des regards affolés dans la direction de son épouse, lorsqu'il entendit le cri strident de sa fille : « Attention ! » hurla-t-elle, alors qu'ils s'apprêtaient à percuter un véhicule qui sortait d'un parking sans faire ses contrôles.

Le père écrasa la pédale de frein en actionnant son avertisseur sonore. Néanmoins, il était trop tard. La collision était inéluctable... et imminente. Horrifiée, Soumyya vit le corps de sa mère précipité vers le tableau de bord. Elle-même fut incapable de garder les yeux ouverts, car elle fut projetée vers le dossier. Elle entendit le bruit de l'impact et son corps se raidit instinctivement. Heureusement, l'*airbag* s'ouvrit devant elle, amortissant le choc. Elle était hors d'haleine, ayant cru sa dernière heure venue. Après avoir recouvré ses esprits, Soumyya s'écria : « Ça va ? Papa ? Maman ? Vous allez bien ? »

Un silence glaçant suivit ses appels angoissés, puis elle entendit sa mère vomir sur le siège passager et les grognements étouffés de son père.

Ils sont vivants !

Elle lutta pour se débarrasser de l'*airbag* qui l'empêchait de voir ce qui se passait devant elle. Quand elle put se dépêtrer du coussin, elle aperçut une grosse touffe de cheveux noirs mêlée à de la bile aux pieds de sa mère. Son père prit une profonde inspiration : « Tout le monde va bien ?

— Oui, je ne suis pas blessée... et vous ?

— Ça va, ma fille ?

— Oui, Dieu merci ! Je n'ai rien ! Et toi, Papa ?

— Je n'ai rien, heureusement !

— Qu'est-ce qui s'est passé ?

— C'est ce gros 4x4 ! Il nous a foncé dessus !

— Il est où ? Ils sont blessés ?

— Je ne sais pas, ma chérie, ils nous sont rentrés dedans et ils ont continué de rouler !

— Quoi ? Mais ce n'est pas possible ! C'est un délit de fuite », déclara Soumyya d'une voix qu'elle s'efforça de rendre calme. « C'est très grave ! Le conducteur risque une amende pouvant s'élever jusqu'à 75 000 euros et un retrait de permis. En plus, le chauffeur ne s'est pas assuré que nous n'étions pas blessés et il peut donc être accusé de "non-assistance à personne en danger"... As-tu eu le temps d'enregistrer sa plaque d'immatriculation ?

— Non ! Soumyya ! Tout est allé trop vite ! J'avais d'autres choses en tête ! J'étais inquiet pour ta m... »

Comprenant à demi-mot, l'intéressée fondit en larmes. Son époux passa une main rassurante autour de son épaule et lui murmura quelques mots dans le creux de l'oreille. Quand elle se fut calmée, il sortit enfin de la voiture pour constater l'étendue des dégâts. À son retour dans l'habitacle, il ne fit aucun commentaire et remit le contact.

« Il n'y avait pas de témoin ?

— Je ne pense pas. Je n'ai vu personne et personne ne s'est manifesté. C'est un quartier bourgeois et nous sommes en plein été... Ils sont tous en vacances... sûrement quelque part sur la côte...

— C'est quand même dingue, ça ! Ils nous rentrent dedans et s'enfuient sans être inquiétés ! Où est l'État de droit ? À quoi sert la police ? s'emporta-t-elle, outrée par cette injustice.

— Bah ! Ce n'est qu'un peu de tôle froissée, et personne n'est blessé, c'est l'essentiel, Soumyya, tu ne crois pas ?

— Oui, Papa, tu as raison, comme toujours. Bon ! Qu'est-ce qu'on fait, maintenant ? On retourne déposer plainte au commissariat ?

— Hum ! J'ai eu ma dose de police pour la journée et je crois deviner ce qu'ils vont nous dire. Je ne veux plus les voir, aujourd'hui. Rentrons tranquillement. On a tous besoin de repos », conclut son père d'une voix presque joviale.

La famille rentra en silence et à bon port à la Cité du Toboggan bleu.

*

Après cette journée d'interrogatoire et l'accident de la route, Soumyya avait grand besoin de réconfort. Elle se rendit donc sur YouTube afin de lire les commentaires qu'elle ne manquerait pas de trouver sous la vidéo du Youtubeur acquis à sa cause. Elle n'attendait pas grand-chose : juste un peu de soutien de la part des internautes. Même s'il lui arrivait parfois de se laisser aller à espérer que quelqu'un évoquât une piste.

Elle cliqua donc sur l'U.R.L. que le vidéaste lui avait fournie, mais le lien n'était plus valable. La vidéo avait disparu. Elle retenta la même manœuvre, croyant à une mauvaise manipulation de sa part et obtint un résultat identique. Elle comprit alors que la capsule avait été supprimée. Quand elle contacta l'activiste, la voix de celui-ci, habituellement enjouée, n'était plus la même. Il semblait très effrayé. « Tout a commencé la nuit dernière. J'ai reçu un message sur mon téléphone. Trop bizarre. Il n'y avait pas de numéro ou quoi que ce soit...

— Qu'est-ce que disait ce message ?

— C'étaient des menaces...

— Quel genre de menaces ?

— Ils ont menacé ma famille de mort... Ils ont écrit qu'ils allaient violer ma mère et ma petite amie, si je ne retirais pas la vidéo.

— C'est grave ! Les menaces sont passibles d'amende et d'emprisonnement, commença-t-elle.

— Vous ne saisissez pas. Ils se foutent des lois ! Ces gens sont dangereux. Ils m'ont envoyé des photos afin de me faire comprendre qu'ils ne plaisantaient pas... Ils m'espionnent... Je ne sais même pas s'ils ne sont pas en train de nous écouter, en ce moment-même ! »

Devant l'insistance de Soumyya, le Youtubeur lui envoya une copie des mails qu'il avait échangés avec les malfaiteurs. Soumyya patienta devant son P.C. Quand le courriel lui parvint enfin, un bref coup d'œil lui suffit pour comprendre l'affolement de son interlocuteur et elle s'effondra. Le découragement déferla sur Soumyya comme une vague gluante de goudron gris. Elle s'allongea et repensa aux évènements de la journée. Tous les éléments se liguaient décidément contre elle et les siens !

Quel étrange enchaînement de coïncidences ! On aurait dit que le Destin lui-même s'acharnait sur sa famille ! Comment expliquer cette longue série de malheurs ? Les larmes coulaient le long de ses joues tandis qu'elle prenait conscience de sa faiblesse et de son impuissance. Elle finit par enfouir son beau visage dans un coussin afin d'étouffer ses hurlements de rage frustrée...

J-2

Chapitre XLI : Dépisté

« QUELQU'UN SE TROUVE SUR TA PISTE. »

L'Ogre relut le message et se demanda ce qu'il devait faire. Ce n'était pas une blague. Son ordinateur s'était allumé tout seul et les mots étaient apparus sur l'écran. Une sueur froide mouilla son front. Oui. Il devait s'en inquiéter. S'agissait-il d'une mise en garde amicale ? Ou d'une menace ? Avertissement ? Menace ? Quelqu'un l'avait retrouvé. Son système de sécurité était pourtant ce qui se faisait de mieux. Il n'avait jamais commis l'erreur de montrer son visage sur le Net (que ce fût sur le visible ou le Darknet) et personne ne connaissait ni son identité ni son adresse. Aucun de ceux capables de l'identifier n'en avait réchappé pour dresser son portrait-robot, il s'en était assuré. Sa prudence faisait sa fierté et sa légende.

L'Ogre éteignit l'ordinateur et s'apprêtait à quitter son poste de travail quand le P.C. se ralluma de lui-même. Une fenêtre apparut et une silhouette s'adressa à lui. Celle-ci portait un masque identique à celui qu'il utilisait dans ses films. La voix était filtrée par un logiciel qui la rendait impossible à identifier, mais également inquiétante, inhumaine : « Tu n'as pas été assez prudent. Maintenant, ils sont après toi. Nous les avons ralentis, mais ils te cherchent... Ils n'abandonneront pas...

— Qui êtes-vous ?

— Des amis de longue date...

— Je n'ai pas d'amis. Je ne connais personne. Je travaille toujours seul... »

Le rire cruel de l'apparition masquée lui coupa la parole : « Mon pauvre Grégory, tu affirmes ne connaître personne et tu ne te rends pas compte à quel point tu dis vrai : tu ne te connais pas toi-même. Penses-tu vraiment travailler seul sur ton projet de *cinéma d'art et décès* ? »

L'Ogre se recroquevilla dans son siège. La mention de son véritable prénom l'avait stupéfait. « Tu travailles pour nous, mon petit Grégory ! Tu l'as toujours fait. Ce n'est pas parce que nous avons donné un peu de mou à ta laisse que tu ne portes pas notre collier... D'après toi, d'où vient le système de sécurité qui vous protège, toi et ton installation ?

— Je n'ai pas de collier. Je ne suis le chien de personne.

— Je sais tout de toi, Grégory. Comme je te le disais, tu oublies beaucoup de choses, tu es très fort pour ça, c'est un de tes talents et c'est aussi celui de celle que tu traites comme ta fille, si tu vois où je veux en venir...

— Vous bluffez... je ne suis pas... un... une... je ne suis pas... comme elle...

— Je suis ton gestionnaire, mon petit Gregory... Tu crois que je n'ai pas *ton* livre de cuir noir ?

— Vous bluffez ! se défendit-il, mais sa voix manquait de conviction, maintenant.

— Si je bluffais, comment saurais-je pourquoi il te manque un téton ? Le gauche... Mais oui, souviens-toi, mon petit Grégory, j'étais là... le jour où tu as pris une caméra pour la première fois... souviens-toi... »

L'Ogre resta silencieux, les yeux écarquillés.

L'homme masqué le fixait en silence. Il semblait prendre plaisir à voir la façade hargneuse et suffisante de l'Ogre s'effriter. L'homme masqué prononça une série de chiffres et de lettres avant de s'adresser à lui sur un ton impérieux. Après cela, l'Ogre se métamorphosa complètement. Il répondait docilement « oui » à tout ce que son interlocuteur lui demandait. Il y avait quelque chose de fragile, d'enfantin même, dans le timbre de sa voix.

« Chaque fois que je ferai silence, tu résumeras ce que je viens de dire : je veux être certain que tu m'aies bien compris.

— Je dois résumer vos paroles pour vous prouver que je comprends.

— Exactement ! C'est très bien, mon petit Grégory. Écoute bien et enregistre. L'homme avec lequel tu as échangé, celui qui s'est présenté à toi sous le nom d'Ours Brun, c'est un imposteur...

— L'Ours Brun est un faux jeton.

— Exactement. Nous avons mené notre enquête sur lui. C'est un infiltré, un de ces hackeurs, soi-disant justiciers. Mais nous avons découvert que ce qu'il cherche n'est pas la justice, c'est venger sa sœur... Enregistre.

— L'Ours Brun est un infiltré qui veut faire tomber le groupe pour venger sa sœur...

— Bien. J'ai des consignes pour toi. Enregistre.

— Enregistrement en cours. Que dois-je faire ?

— Rien. Ne lui réponds plus, nous nous occupons de son cas. Frères et sœurs de victimes ne sont que des vermines héréditaires. S'il s'obstine, il ira danser avec les anges. Résume les consignes.

— L'Ours Brun n'est qu'un traître et il ira bientôt danser avec les anges. Je dois refuser tout contact avec lui, résuma l'Ogre d'une voix monotone.

— Tu as tout compris, c'est bien, mon petit Grégory ! Et une dernière chose, la fête du 14 août est très importante pour nous et nous comptons sur ta livraison. D'ici là, tes petits invités doivent être bien traités et convenablement nourris... Il en manque déjà un et l'autre est dans les vapes depuis trop longtemps. Ce n'est pas impossible de les remettre sur pieds, si tu t'y prends bien. Nourris-les convenablement - pas avec de la bouffe pour chien - et laisse-les se reposer. Les enfants sont pleins de vitalité. Tu disposes de deux jours pour leur rendre la santé... Si tu n'y arrives pas, nous reprendrons ton éducation depuis le commencement... et une dernière chose... Lorsque tu iras au château, tu... »

Chapitre XLII : Courage

Pour la première fois depuis longtemps, ce matin-là, Soumyya ne parvint pas à trouver la force de se lever. Elle n'entendait pas la voix de son père qui l'appelait pour prendre son petit-déjeuner. Perdue dans ses ruminations, elle restait au lit à fixer le plafond. Soumyya connaissait le désespoir. La perte du soutien de la communauté YouTube, les rumeurs qui les accusaient de détourner l'argent et d'autres choses pires encore, tout cela s'accumulait pour accabler la jeune femme. Dans son esprit résonnaient encore les paroles accusatrices des sœurs de Suleïman. Non, elle ne méprisait pas leurs sentiments ! Étaient-elles incapables de comprendre que les gens pouvaient changer et racheter leurs fautes, aussi graves fussent-elles ?

Elle croyait au concept de seconde chance et à celui de rédemption. C'était ce qu'elle admirait le plus dans la philosophie du droit français ! C'était cela, l'essence même de la Justice ! Mais elle prenait de plein fouet la différence entre ses nobles idéaux et la réalité. Quant à Moïse, elle restait persuadée qu'il restait le plus à même de retrouver leurs frères. Son activité était-elle illégale ? Avait-elle fait appel à un hors-la-loi ?

Bien que Soumyya fût farouchement légaliste, ces questions passaient pourtant au second plan face à ses autres préoccupations. Certes, elle aurait pu supporter les rumeurs ainsi que la perte de ses soutiens, et même le différend avec les sœurs de Suleïman, mais le coup de grâce avait été l'interrogatoire de la police. On aurait dit que le gardien de la paix s'était fait le relais des ragots. En y repensant, la jeune fille eut envie de crier sa rage et sa frustration. Elle utilisa son coussin pour assourdir ses hurlements puis enfouit son visage sous les draps. La chaleur cependant ne lui permit pas de rester bien longtemps dans cette position. Elle sursauta en entendant toquer à la porte. C'était son père : « Je me fais du souci pour toi, Soumyya... Tu ne peux pas rester allongée comme ça... Tu vas blanchir tes beaux cheveux, si tu continues à t'angoisser...

— Mais je ne sais plus quoi faire ! La police nous suspecte, les gens qui nous soutenaient nous tournent le dos, quand ils ne nous accusent pas de l'impensable... C'est trop !

— Il faut que tu tiennes le coup, pour Kader, pour ta mère et pour toi aussi, ma fille. Je sais que c'est une terrible épreuve que le destin place sur notre route, mais j'ai le sentiment que tout va s'arranger...

— Qu'est-ce que tu dis, Papa ? Tu n'as pas idée de tout ce que j'ai vu... Ces gens sont fous ! C'est la mafia... Je n'aurais jamais cru qu'ils faisaient ça aux enfants...

— Ma fille, je sais que c'est terrible, mais j'ai le sentiment - j'ignore d'où me vient cette intuition - que Kader est toujours en vie ! Il a besoin de nous, je le sens dans mes tripes et il n'y a que toi qui peux l'aider... Je dois retourner au travail aujourd'hui, j'ai épuisé tous mes congés... Si je n'y vais pas, nous perdrons notre toit et notre avenir... Je t'en prie, Soumyya, ne baisse pas les bras... pas maintenant... »

Soumyya pensa aux familles de disparus qui n'avaient jamais su ce que leurs progénitures étaient devenues et à d'autres qui n'avaient appris le sort de leurs enfants que vingt ou trente ans plus tard. Elle n'osa pas partager cette crainte avec son père. Aussi irrationnelle et injustifiée qu'elle lui parût, elle devait respecter sa foi.

« Et ce... Élise, tu n'as pas eu de nouvelles ? »

Il n'a pas osé dire : détective !

« Il doit me faire un compte-rendu aujourd'hui... mais je n'aurai bientôt plus de quoi payer ses informateurs...

— Tiens, ma fille... »

Les longs yeux en amande de la jeune femme s'écarquillèrent ; son père lui tendait une liasse de billets. Il devait y avoir environ 5000 euros.

« Ce sont nos économies...

302

— Mais..., commença-t-elle.

— Il n'y a pas de "mais" qui tienne, ma fille. À quoi me servira cet argent, si je perds mon fils ?

— Mais le détective Élise est un hors-la-loi...

— Ma fille, il faut parfois un hors-la-loi pour en attraper un autre... »

Elle ne sut que répondre. Clandestin ou pas, Élise avait intérêt à faire son boulot, maintenant ! Après le départ de son père, elle alluma l'ordinateur. Sur sa messagerie, depuis la veille, l'attendait un message du détective. Elle y répondit, lui fixant rendez-vous à onze heures, au lieu B 23, autrement dit au Jardin botanique d'Ormal.

Quand elle le retrouva, Soumyya lui fit part de ses dernières déconvenues, mais contrairement à ce qu'elle attendait, le détective paraissait satisfait de ce qu'il entendait. « Je ne vous suis pas. En quoi est-ce un bon signe ? lui demanda-t-elle consternée par son attitude réjouie.

— La bête se défend. Elle montre les crocs maintenant !

— Que voulez-vous dire ?

— Ces menaces prouvent que nous sommes sur la bonne voie et que ces criminels ont peur. Ils se sentent traqués. S'ils sont effrayés, c'est qu'ils ne sont pas invulnérables...

— Mais... la police !

— C'est un avertissement qu'ils vous signifient.

— Qui ça "ils" ? C'est encore votre paranoïa qui vous reprend !

— C'est une curieuse coïncidence tout de même, vous ne trouvez pas ? Vos frères disparaissent et, au lieu de vous soutenir, ils vous harcèlent et vous interrogent comme des criminels...

— C'est la procédure habituelle !

— Oui, et ce protocole est bien rodé. Son but, c'est de vous mettre des bâtons dans les roues, si vous n'attendez pas, patiemment, dans votre enclos qu'on vous rende les ossements de vos petits...

— Sommes-nous donc des moutons ?

— À vous de me le dire ! rétorqua-t-il. En tout cas, en face de vous se trouvent des loups...

— On ne peut pas avoir raison avec vous ! répartit-elle, excédée. « Votre paranoïa justifie tout !

— Croyez-en mon expérience ! C'est elle qui me dicte cette manière de penser. À force de voir se répéter les mêmes schémas, on finit par anticiper les pièges et les attentes de ceux qui les tendent... Je vous assure que ces gens ont peur !

— De quoi ?

— De la lumière !

— Ce ne sont pas des vampires, quand même !

— Non, ce sont des individus qui se sentent à l'aise dans l'ombre et le secret. Ils aiment tirer les ficelles depuis les coulisses et manipuler les gens comme des marionnettes. Mais ce qu'ils détestent plus que tout, c'est d'être exposés à la lumière malgré eux !

— Nous sommes sur la bonne voie, alors ?

— Leur réaction le prouve. »

Petit à petit, la jeune fille reprenait confiance. La réunion lui semblait fructueuse. Toutefois, elle n'osa pas lui faire part de sa découverte au sujet de son imposture au sujet de son casier judiciaire. « Nous sommes sur la bonne voie, nous avançons », se répétait-elle en rentrant chez elle pour se reposer un peu. À son retour, le téléphone qu'elle avait laissé sur sa table de chevet était saturé par des MMS expédiés depuis un numéro masqué.

Curieuse et inquiète, Soumyya ouvrit les fichiers. Ses yeux s'agrandirent et sa respiration s'accéléra. Les premières photos montraient sa mère et son père au travail. Il y eut ensuite une autre série. Celle-ci décomposait l'accident auquel ils avaient réchappé au retour du commissariat. Ces clichés étaient accompagnés d'une légende qui lui donna un violent frisson :

« JE VOUS VOIS... PARTOUT. »

Chaque fois, qu'elle effaçait un fichier, un autre prenait sa place. La mémoire du téléphone était saturée. La jeune fille poussa un cri et le jeta sur son lit. Elle voulut chasser la terrible image de son esprit, mais plus elle cherchait à l'oublier, plus celle-ci revenait se surimprimer sur l'écran de son imaginaire à jamais souillé...

Non, c'est trop...

Pour la première fois, Soumyya songea à l'éventualité de l'abandon.

La dernière photo représentait un homme masqué qui prenait la pose pour un selfie macabre.

Ces gens sont fous... fous et dangereux !

Devait-elle risquer la vie de ses parents ainsi que la sienne pour sauver celle de son petit frère ?

Tandis qu'elle se débattait dans les affres de ce dilemme, encore une fois, l'image revint...

Et s'il s'en prenait encore à Papa... ou Maman ?

L'homme au masque de cochon avait passé un bras autour des épaules de sa victime. Dans sa grosse paluche, il tenait une petite main potelée qu'il semblait agiter... comme pour un salut ironique...

Que dois-je faire ?

La victime n'était qu'un tronc sanglant.

Cet individu est un désaxé !

Le bras qu'agitait le maniaque avait été tranché et détaché du buste de l'enfant.

Quelle horreur !

Soummya s'effondra, secouée de sanglots incoercibles.

Enveloppant le torse démembré, elle avait reconnu le T-shirt que portait Stéphane sur la photo que lui avait montrée Moïse...

J-1

Chapitre XLIII : Livraison

Comme d'habitude, l'Ogre glissa l'écuelle contenant les repas des enfants par une trappe près du sol. Rien ne sortait de l'ordinaire, sauf qu'il avait pris soin cette fois d'y mêler des somnifères. Il observa ses prisonniers afin de s'assurer qu'ils ingurgitaient bien leur mixture, sans couverts, comme les petits animaux qu'ils étaient. Ceci fait, il ne s'attarda pas en bas et remonta dans sa salle de contrôle. Là, il attendit patiemment que les psychotropes fissent effet. Il étudia le comportement de ses otages avec intérêt, car il avait consulté la notice de ses sédatifs et craignait la manifestation d'effets secondaires indésirables. Quelques précédents fâcheux l'avaient mis sur ses gardes. Notamment, quelques moutards qui s'étaient avérés intolérants au *Zopiclone,* si bien qu'il avait dû essuyer quelques pertes financières à ses débuts. Grâce à ces expériences cependant, il avait désormais une assez bonne idée des dosages appropriés à la constitution physique des enfants.

Kader faisait une petite promenade digestive en longeant les murs de son box tandis que Suleïman poursuivait sereinement son coma artificiel. Bientôt, les jambes du premier commencèrent à trembler. Le morveux parut surpris que ses maigres guiboles ne pussent plus le porter et alla s'asseoir. C'était l'effet myorelaxant. Sous peu, ses muscles seraient si détendus qu'il ne pourrait plus se relever. Ses paupières aussi ne tardèrent pas à se relaxer et le petit couscous ne parvint bientôt plus à les maintenir ouvertes. Encore quelques instants et il retrouverait son mafé de compagnon... dans le coma. Lorsque ce moment arriva, l'Ogre ne perdit pas une seconde pour descendre les rejoindre, muni de grands cartons de déménagement où il plaça leurs corps privés de connaissance.

Après les avoir soigneusement emballés dans du papier

bulle, il les transporta l'un après l'autre jusqu'à son camping-car. Dissimulé derrière les rideaux, il ouvrit les cartons et allongea les deux garçons sur les banquettes, en les disposant de manière à laisser penser qu'ils faisaient une sieste. Ceci fait, il prit la route.

Le volant serré entre ses grosses mains d'étrangleur, l'Ogre sifflotait l'air de *Doo Wah Diddy Diddy* de Manfred Mann. Comme d'habitude, il transitait sans être inquiété. L'été, les camping-cars n'étaient pas rares en cette période de départs en vacances. Sûr de sa tranquillité, il s'engagea sur une départementale et se retrouva rapidement seul sur la route. Il approchait du point de rendez-vous. Tout allait bien donc, jusqu'au moment où il aperçut quelque chose qui lui donna des sueurs froides : un fourgon de la Police nationale.

Que faisaient des flics dans ce coin perdu ? Il était trop tard pour éviter le contrôle. Il ne pouvait faire marche arrière sans éveiller leurs soupçons. Compte tenu de la nature de sa cargaison, il savait que tout contrôle lui serait fatal. D'un geste, il actionna le mécanisme qui lui permettait de changer ses plaques minéralogiques. Ceci fait, il ralentit, attendant un signe des policiers. Résolu à défendre chèrement sa peau, il sortit un révolver de sa boîte à gants et le glissa dans sa manche. Tel un magicien, il n'aurait qu'à baisser le bras pour que l'arme se retrouvât dans sa main, prête à faire feu.

Malgré la présence de son arme, le malfaiteur appréhendait cette rencontre. Il se demandait si ces policiers disposaient d'avis de recherche concernant les deux enfants inconscients à l'arrière du van. La confrontation était imminente, le contrôle inéluctable. L'Ogre se força à déglutir, tâchant d'adopter une posture détendue.

Cependant, les deux agents gardèrent la tête baissée, leurs visages illuminés par les écrans de leurs téléphones portables qui monopolisaient leur attention. Le kidnappeur put donc passer sans être inquiété. Surpris, il fronça les sourcils avant d'appuyer sur la pédale d'accélérateur. Une fois le pseudo barrage hors de vue de son rétroviseur, il éclata de rire. Jusqu'où allait l'incompétence de ces deux poulets ? Regardait-il du porno en ligne ou naviguaient-ils sur une application de rencontres ? L'Ogre ne prit pas le temps de répondre à ces questions. Il avait une mission plus pressante à accomplir. Guidé par le G.P.S, il parvint à l'orée d'un vaste domaine forestier. Il emprunta un sentier et s'enfonça dans une forêt privée. Il roula une dizaine de minutes avant d'arriver enfin à destination. Comme prévu, il arriva en avance au point de rendez-vous. L'argent l'attendait déjà, caché sous une pierre, comme convenu. Il recompta et trouva le compte. Il y avait 50 000 euros. Pas un euro ne manquait. Satisfait, il retourna jusqu'au camping-car, déchargea les enfants, les attacha au tronc d'un arbre et reprit le sentier en sens inverse. Du moins, c'est ce qu'il prétendit. Au lieu de prendre le chemin du retour, il dissimula sa camionnette à l'aide de branchages. Ensuite, il couvrit son visage d'un masque et répandit le contenu d'un jerricane sur le sol. À ses pieds, l'humus qui couvrait la forêt se changea en boue. Il s'en recouvrit de la tête aux pieds. Ceci fait, prudemment, il rampa jusqu'à un épais taillis où il disparut.

Bien caché, l'Ogre attendit. Une heure passa ainsi durant laquelle il s'efforça de rester parfaitement immobile. Muni de jumelles, il guettait l'arrivée de ses commanditaires. Sa patience finit par porter ses fruits lorsqu'il entendit le ronronnement d'un moteur. Il appartenait à un fourgon aux vitres teintées qui se gara près de l'arbre où les enfants étaient attachés.

Deux armoires à glace en sortirent et se mirent au boulot sans tarder. Pendant que les hommes de main chargeaient les enfants, l'Ogre rampa silencieusement vers leur véhicule. Il avait pris soin de réaliser des nœuds serrés et trompeurs, de manière à les tenir occupés le plus longtemps possible. Les nervis ne se méfièrent pas et invectivèrent le « con qui a fait ces nœuds de merde ! »

« Te prends pas la tête ! Tranche-les ! s'impatienta l'un d'eux.

— Oui, mais ils sont trop serrés, je risque de les abîmer et ils ont dit "pas une égratignure"... et tu les connais les boss... J'ai pas envie de les foutre en rogne... »

Sur ces entrefaites, l'Ogre s'était glissé sous le fourgon. Silencieusement, il plaça un traceur G.P.S. aimanté sous la carrosserie. Ceci fait, il s'apprêtait à repartir quand les hommes revinrent chargés des mouflets. Il n'eut pas le temps de regagner son abri et fut donc contraint de demeurer immobile en attendant que le véhicule se décidât à démarrer.

Grâce à la bénédiction du parallélisme, celui-ci partit sans l'écraser. Dès que les brutes se furent éloignées, l'Ogre retourna vers son camping-car prendre quelques affaires. Grâce à son récepteur portatif, il pouvait suivre discrètement le convoi à distance. Au bout de deux heures de marche forcée, il parvint enfin à l'entrée d'une grande propriété entourée de centaines d'hectares de forêt privée. Il était donc là, ce fameux château ! Muni de jumelles, il étudia les lieux ainsi que le rythme des rondes des agents de sécurité. Il savait que le bon moment finirait par venir...

Chapitre XLIV : Abandon

Que faire maintenant ? Son téléphone était inutilisable. Soumyya avait compris que les photos et les menaces qu'elle avait reçues pouvaient constituer des preuves matérielles, mais il était trop tard. Les fichiers avaient disparu. Volatilisés. Elle n'avait pas rêvé ces horreurs, pourtant.

Que faire, donc ? Retourner voir la police ? Il n'était pas certain que ces agents pussent lui venir en aide, étant donné la maigreur des indices dont elle disposait. Quant au lieutenant en charge de l'affaire, ce Bertin ne lui inspirait rien de bon ! Mais ce n'était pas tout. Les tourments de la jeune femme se fondaient sur un dilemme des plus douloureux. Ne rien faire signifiait abandonner son frère et ses amis à leur triste sort, mais agir était encore plus risqué. Ces malades s'en prendraient-ils à sa famille, si elle osait les dénoncer ou poursuivre son enquête ? Qu'est-ce qui pourrait les en empêcher ? Elle ne bénéficiait d'aucune protection concrète et se sentait terriblement vulnérable...

Soumyya venait de toucher le fond. Depuis son altercation avec les sœurs de Suleïman, la jeune femme se sentait bien seule. Leur soutien avait beaucoup compté pour elle au début de cette épreuve et leur bonne humeur lui manquait cruellement. Alima aurait sûrement trouvé quelques paroles réconfortantes pour regonfler son moral défaillant. Quant à Ama, sa sœur, son franc-parler légendaire aurait chassé ses idées noires en un rien de temps. Qu'auraient-elles dit dans des conditions pareilles ? Auraient-elles trouvé la force de plaisanter face à des messages aussi sordides qu'angoissants ? Que faisaient-elles en ce moment, les frangines ? Avaient-elles reçu les mêmes avertissements qu'elle ?

Soumyya hésitait à les contacter, quand elle entendit une alarme l'avertissant de l'arrivée d'un message du détective Élise.

Elle appliqua la clef pour déchiffrer le courriel et voici ce qu'elle put lire :

« RETROUVEZ-MOI AU POINT H63 À 9 h, J'AI DES NOUVELLES IMPORTANTES À VOUS TRANSMETTRE. »

Il était sept heures trente quand Soumyya prit connaissance de ce message. Elle prit une douche rapide et partit sans petit-déjeuner. Vu la teneur des dernières avancées de l'enquête, il ne valait mieux pas encombrer son estomac. La jeune femme arriva au lieu de rendez-vous à huit heures cinquante-cinq. Elle s'étonna de ne pas le trouver déjà là. Malgré son imprévisibilité, le détective avait quelques habitudes. Il arrivait toujours en avance, afin de vérifier si les personnes avec lesquelles il avait rendez-vous n'avaient pas été suivies.

« Précautions élémentaires dans mon travail », disait-il.

Seule dans l'allée, Soumyya ne se sentait pas rassurée. Les messages menaçants qu'elle avait reçus la veille amplifiaient son malaise. Le moindre bruit - que ce fût un craquement de branche ou un petit animal qui prenait la fuite - suffisait à la faire sursauter. Au bord de la crise de nerfs, elle consulta sa montre. Il était neuf heures passées d'une minute. Pour la première fois, Moïse n'était pas là pour l'accueillir. Lui, d'ordinaire si ponctuel, était en retard. La paranoïa du détective était contagieuse et sa manière de penser commençait à déteindre sur elle. Soumyya ne pouvait s'empêcher de jeter des regards anxieux à la ronde. Sa vigilance se mua bientôt en véritable effroi. Et s'il s'agissait d'un piège ?

Comme le lui avait expliqué Moïse, n'importe quel moyen de communication moderne pouvait être piraté. Le chiffrement était juste une façon de « leur » faire perdre un peu de temps.

« Mais à qui doit-on faire perdre du temps ? De qui doit-on se méfier ? »

Comme d'habitude, il s'était montré évasif. Quand il s'agissait d'évoquer leurs adversaires, il n'avait que des termes vagues pour les désigner. C'étaient toujours « eux » ou « les membres des réseaux ». Bien sûr, il avait pris le temps de lui faire étudier certaines affaires afin de mettre des noms sur certains éléments clefs qu'il suspectait : tel lieutenant chargé de mener l'enquête et qui avait un talent certain pour égarer opportunément des pièces à conviction, tel juge qui instruisait les cas les plus gênants dans la direction voulue, tel procureur missionné pour retourner l'accusation contre les victimes.

Soumyya n'avait pas été convaincue par ses allégations. Pour elle, le raisonnement du détective était faussé par son biais de confirmation. Il partait de son hypothèse et cherchait tous les éléments qui la confirmaient. Ce faisant, il ne se rendait même pas compte du processus qui le conduisait à écarter tout ce qui réfutait son raisonnement. C'était un mécanisme inconscient chez lui, comme un angle mort logique.

Aujourd'hui, toutefois, Soumyya doutait. Conclure que tout ce qui était en train d'arriver n'était qu'un ensemble de coïncidences aurait été tout aussi stupide, non ? Comment expliquer les menaces que le vidéaste et elle-même avaient reçues ? Était-ce l'œuvre d'un prédateur isolé ou d'une équipe ? Elle avait tendance maintenant à privilégier la seconde hypothèse. Combien de membres ce groupe comptait-il ? Ça, elle l'ignorait. De toute évidence, ces criminels étaient bien organisés. Ils avaient réussi à obtenir son numéro de téléphone alors qu'elle avait suivi les conseils de Moïse en se procurant une carte prépayée. Comment s'y étaient-ils pris ? Ses compétences technologiques étaient trop limitées pour le comprendre. Mais cela ne s'arrêtait pas là, les fichiers qu'elle avait reçus avaient disparu après lecture. Elle ne pensait même pas que ce fût possible. Ils avaient fait passer leur message et avaient supprimé toutes les preuves de leur piratage. Ces malfaiteurs avaient donc accès à son téléphone et le maîtrisaient mieux qu'elle.

Bien sûr, elle s'en était débarrassée le soir même. Ces appareils pouvaient rapidement se transformer en petits mouchards grâce aux micros et aux caméras qui pouvaient être déclenchés à distance. Et elle était là, maintenant, toute seule, dans ce sous-bois, faisant tourner dans son esprit des pensées anxiogènes.

Et s'il est arrivé quelque chose à M. Élise ? Et si le message n'était pas de lui ? Et si quelqu'un m'a tendu un piège en me faisant venir dans ce lieu isolé, seule ?

Au moment où cette hypothèse effrayante germait dans son esprit, une main se posa sur sa bouche. Elle voulut hurler et se débattre, mais l'odeur de résine de cannabis qui s'obstinait sur les doigts du détective la rassura tout autant que la voix familière de ce dernier quand il déclara : « C'est moi, Soumyya, j'ai du nouveau... »

Il sortit un papier sur lequel étaient griffonnés les mots suivants :

« TU N'AS PAS DE TÉLÉPHONE SUR TOI ? »

Soumyya secoua la tête en signe de dénégation et Moïse l'invita à le suivre. Quand ils arrivèrent à l'abri des oreilles et des regards indiscrets, il lui tendit une chemise plastifiée. Elle l'ouvrit et prit connaissance du dernier rapport d'enquête.

*

« Cher Mo,

Voici mon ultime rapport pour toi. Quand tu l'auras lu, tu comprendras facilement pourquoi je ne peux poursuivre la tâche que tu m'as confiée. Ce soir, j'ai reçu des messages sur mon téléphone mobile. Tu sais à quel degré de prudence mes activités m'ont conduit. Quand j'ai vu qu'il n'y avait aucune mention d'un expéditeur, ni numéro, ni lettres, ni quoi que ce soit, j'ai immédiatement compris que j'avais affaire à des pros. Le contenu des messages était des images morbides de corps démembrés, écorchés vifs et torturés. Ces horreurs se sont imprimées si profondément dans mon esprit qu'elles ne m'ont pas lâché depuis.

Une heure plus tard, alors que je poursuivais mes recherches sur le Darkweb, j'ai reçu un message moins spectaculaire, mais encore plus sinistre. Ce message d'expéditeur non identifiable contenait des clichés de mes parents ainsi que de ma petite amie. Alors que je prenais connaissance des photos et de leur signification, mon téléphone s'est mis à vibrer. Ce dernier texto était aussi bref que glaçant :

« NOUS SAVONS TOUT ! »

Cette phrase m'a retourné le cerveau. Te dire que j'étais au bord de la panique serait un euphémisme. J'ai revérifié tous mes systèmes de sécurité en me demandant : mais qui sait tout ? Et c'est quoi, "tout" ? Tu te doutes qu'avec ma profession, j'ai participé à pas mal de projets en marge de la légalité et je me demandais qui avait bien pu me retrouver. La vibration de mon téléphone m'a repris par surprise et ce que j'ai lu m'a plongé dans une attaque de panique :

« ES-TU VRAIMENT PRÊT À SACRIFIER TA FAMILLE ET TA CHARMANTE FIANCÉE POUR DES INCONNUS ? »

J'ai dû me bourrer d'anxiolytiques pour m'éclaircir les idées et sortir de cette peur primale qui engourdissait mes facultés de raisonnement. C'est en relisant ces mots que j'ai enfin compris leur message caché. La piste que je suivais était la bonne et l'enquête que j'avais entreprise, il y a près de dix ans, était sur le point d'aboutir. Malheureusement, je ne peux poursuivre plus longtemps cette *vendetta*. Tu l'as sans doute compris, Mo. J'ai peur. Non pas pour moi, mais pour les personnes que j'aime.

Comment me résoudre à continuer de les mettre en danger pour poursuivre ma vengeance ? Ce serait trop égoïste ! Et qu'est-ce que cela m'apporterait ? Faire tomber ces salauds me rendra-t-il ma sœur ? Non. Par contre, si je poursuis sur cette voie, des innocents risquent de payer de leur vie le simple fait de me compter parmi leurs proches. Et ça, je ne peux l'accepter. J'ai déjà perdu un être cher et je connais trop cette douleur pour ne pas la redouter plus que tout au monde.

Quand nous avons commencé cette enquête, tu m'as écrit que tu n'avais plus rien à perdre, qu'après la perte de ton épouse et de ta fille, plus rien ne t'attachait au monde, à part ta soif de vengeance. Quand j'ai commencé cette lutte à tes côtés, j'étais comme toi, je pensais n'avoir rien à perdre. Après l'enlèvement de Linda et l'étouffement scandaleux de l'affaire des fichiers de Zandvoort, j'étais prêt à tout sacrifier. Seulement, maintenant, ma vie a changé. J'ai rencontré une compagne que je chéris et je ne veux pas perdre mes parents. Il ne me reste plus qu'eux. C'est comme ça que ces ordures nous tiennent : par nos attachements.

Pardonne-moi mon égoïsme, Mo. Mais je ne te laisserai pas sans un ultime présent. Comme je te l'expliquais, la piste que j'ai suivie semble être la bonne. Il s'agit de ce fameux Ogre du Darknet. J'ai réussi à pirater un fichier daté de 2003. Je pense que c'est celui que tu m'as demandé.

Quand j'ai lu sur un forum le thème de cette vidéo, j'ai tout de suite pensé à toi et à ton histoire qui m'avait bouleversé, comme celle de toutes les victimes de ces dégénérés. Je te joins le fichier en pièce jointe, ainsi qu'un autre fichier plus récent. On y apprend comment ce monstre fait disparaître les corps de ses victimes. Il me semble que c'est très important et que cela peut te mettre sur la piste de l'Ogre.

Voilà, je t'ai tout dit. Je vais disparaître maintenant et me tenir à l'écart de cet univers sordide. Quelles que soient les distances que je prends, je garderai un œil sur toi. On dit que celui qui cherche à se venger creuse deux tombes. Je suppose que tu es prêt à tous les sacrifices. Je t'en prie, Mo, purge le monde de ce déchet ainsi que de ses complices. Ton ami dévoué,

L. »

*

Après avoir lancé un regard interrogateur à Moïse, Soumyya replaça les feuillets dans le dossier et s'empara des photos imprimées au format A4. Ses yeux s'agrandirent et elle se félicita d'avoir le ventre vide. Près d'elle, le détective était agité, anxieux, et il y avait quelque chose d'autre aussi, dans son regard. Une détermination inflexible qui transpirait dans sa voix tremblante de colère : « L'Ogre utilise des porcs pour se débarrasser des corps. J'ai besoin de toi, Soumyya. Pour éviter d'être pistés, nous allons nous rendre dans un cybercafé et nous chercherons tous les élevages porcins, en France, en Suisse et en Belgique...

— Pourquoi pas ailleurs ? Il pourrait être partout dans l'Union européenne, non ?

— Peut-être, mais l'Ogre est francophone. Essaie de te mettre à sa place...

— Comme si je le pouvais ! Je ne suis pas une tarée !

— Je sais, mais essaie de comprendre. Quel est le moment le plus dangereux pour l'Ogre ?

— Pendant l'enlèvement...

— Exactement ! La détention est facile, si ce déséquilibré dispose d'un endroit isolé. Par contre, le moment du transport... Là, c'est une autre histoire. Avec des enfants kidnappés à bord, n'importe qui voudrait écourter au maximum ce trajet.

— Oui, mais ne serait-il pas trop risqué de chasser près de chez lui ?

— Très juste ! Il doit sûrement délimiter son terrain de chasse... Un périmètre qui ne soit ni trop éloigné, ni trop près de chez lui...

— Vu sous cet angle, c'est logique !

— Bref ! Je ne pense pas que ce monstre soit très loin... Allez ! Si tu veux retrouver ton frère, suis-moi, il nous reste du boulot et ces pauvres mômes ne peuvent compter que sur nous deux maintenant... »

Jour J

Chapitre XLV : Souvenirs

15 août

L'enfant s'éveille d'un cauchemar pour plonger dans un autre. Cette fois, il est entouré de créatures monstrueuses. Leurs corps ressemblent à ceux d'humains ordinaires, mais leurs têtes font horriblement peur. Et elles sont bien trop proches... à quelques centimètres à peine. Penchée sur lui, se trouve une bouche de dame, grande comme sa tête. Les lèvres noires et humides sourient largement. Quand la bouche s'ouvre, l'enfant pousse un cri perçant. À l'intérieur, un œil effrayant est apparu pour le scruter. Le globe oculaire se cache maintenant derrière la langue, au fond de la glotte. C'est un œil furtif et cruel qui l'a fixé avec appétit. Dans son dos, une voix de monsieur dit : « Qu'est-ce que tu lui as donné ? Il a l'air terrifié...

— Un petit cocktail de mon cru, répond une autre voix déformée.

— S'il est trop défoncé, il ne pourra pas participer !

— L'effet se dissipera d'ici une heure ou deux... »

Le petit s'interroge tandis qu'il regarde des messieurs vêtus de tabliers blancs penchés sur deux écoliers aux visages livides. Avec horreur, il comprend que les méchants sont en train d'unir les flancs de ces enfants au moyen de points de suture. Ne s'agit-il pas d'un rêve ?

« Alors, mon garçon, le spectacle de ces siamois est-il à ton goût ? le questionne une voix féminine.

— Où est mon frère ? veut-il demander, mais sa bouche est engourdie, comme quand il est allé, un jour, chez le dentiste.

— Quoi ? Qu'est-ce qu'il dit ?

— Il veut voir son frère...

— Ne t'inquiète pas, mon petit, tu le retrouveras bientôt... »

Il tente de se lever, mais son corps est tout bizarre. Quand il essaie de mouvoir un bras, c'est une jambe qui bouge, et lorsqu'il veut tourner la tête, c'est sa main qui répond.

« Il ne peut pas se lever ! Aide-moi à le mettre sur la chaise. »

L'enfant sent qu'on déplace son corps et qu'on le fait s'asseoir.

« Fixe-le bien... Ce petit est plus costaud qu'il en a l'air... »

Des lanières le rivent à un fauteuil roulant qui se met en mouvement.

« Comment fais-tu pour les comprendre ? » commente la voix de la personne qui le pousse. « Tu m'impressionnes. Pour moi, c'est du charabia...

— J'ai l'habitude des gamins, j'ai travaillé dans des écoles maternelles pendant des années... C'est toujours comme ça avec les tout petits, ils n'articulent pas convenablement, surtout quand on les drogue. Du coup, pour ceux qui n'y sont pas habitués, ce qui sort de leurs bouches ressemble à une langue étrangère. Mais je peux te dire une chose, les enfants aiment qu'on les comprenne, pas vrai, mon petit chou ? »

L'œil caché au fond des lèvres noires reste fixé sur lui.

« Notre ami est une personnalité importante... le fils naturel du général... On doit le traiter avec respect. Pas comme ceux-là... Ceux-là, c'est de la vermine, pas vrai ? »

Le garçon vient d'arriver dans une vaste salle qui sent le sang, la sueur, le pipi, le vomi et d'autres odeurs plus bizarres encore. Une fragrance tente de recouvrir cette puanteur, mais sans succès. Il a un haut-le-cœur.

« Écoute ça ! On peut juger de la santé de ces enfants à leurs cris ! Comme celui-ci est vigoureux ! commente la dame alors qu'un hurlement vient de s'éteindre dans un gargouillis horrible.

— Quel gâchis ! Il aurait pu le faire tenir quelques heures encore », remarque l'homme avec une sorte d'amertume.

Les cris jaillis des petites gorges qui l'entourent couvrent temporairement les gémissements de douleur qui constituent le fond lugubre de cette symphonie de terreur. L'enfant a fermé les yeux. Il refuse d'assister aux tortures innommables que subissent ces pauvres victimes. Mais il continue de les voir malgré lui. Le spectacle horrifique se poursuit sous ses paupières. Les petits corps sont écartelés, meurtris, mutilés, brûlés, violés, tandis que d'autres subissent des actes de barbarie indescriptibles. Pendant ce temps, le fauteuil roule au milieu de cette scène infernale, tranquillement, au rythme d'une promenade de santé.

« Ouvre les yeux ! C'est l'heure des retrouvailles ! Ton frère est là ! »

Ils n'ont pas menti. Son jumeau fixe sur lui un regard halluciné. Il est nu et tremblant. Son visage livide et ses traits émaciés témoignent des mauvais traitements qu'il a subis. Son corps est attaché à une croix de fer par des sangles de cuir. Près de lui bourdonne une machine à laquelle il est raccordé par des fils colorés. « De vrais jumeaux... des homozygotes tout droit sortis du programme ! commente la dame avec une note admirative et une certaine fierté.

— Comme quoi, même lorsque l'un des nôtres dévie du plan, le programme reste efficace.

— La génétique ne ment pas », conclut la dame.

En effet, la ressemblance avec le garçon devant lui est frappante. C'est comme s'il se regardait dans un miroir. Les effets de la drogue commencent à s'estomper et l'impression d'être dans un rêve le quitte progressivement. Les lèvres de ténèbres se tordent afin d'allumer une cigarette. Quand il voit d'où sort la fumée, l'enfant comprend que la bouche noire n'est qu'un masque bizarre. L'accessoire a été élaboré dans le but de créer l'illusion qui l'a terrifié tout à l'heure.

La bouche tire quelques bouffées avant d'approcher l'extrémité rougeoyante du torse de son frère jumeau. Les yeux du garçon s'agrandissent et il supplie qu'on l'épargne. La dame semble changer d'avis. Au dernier moment, elle éloigne la cigarette. Puis, vive comme l'éclair, elle pose le bout incandescent juste au-dessus de la clavicule du garçon. Comme le malheureux s'époumone, les deux adultes éclatent de rire. « Il a de la voix, celui-là ! ricane l'homme, on pourrait peut-être le mettre sur le marché de la musique et en faire une vedette... Les vermines l'adoreront...

— On pourrait en faire un castrat pour qu'il garde ce timbre vibrant », poursuit la dame en se penchant entre les jambes du garçon. « Qu'est-ce que tu en penses, on les lui coupe tout de suite ? » Le supplicié émet une plainte étrange, une sorte de « non » qu'il répète en boucle et la dame remarque d'un air rêveur : « Il a le sens du rythme aussi, je pense sérieusement à le castrer, ce ne sera pas le premier que j'opère ici, tu sais que j'adore ça ?

— Non ! Les castrats, c'est passé de mode...

— La mode ? Qu'est-ce que cela peut faire ? La vermine aimera ce qu'on lui dira d'aimer !

— Il y a des limites quand même, il faut que les femelles des vermines puissent fantasmer. Et s'il lui manque l'essentiel, leurs culottes resteront sèches... »

La dame émet un rire cinglant. « Si on le castre maintenant et qu'on lui administre les bonnes hormones avant la puberté, il ne fera pas mouiller les filles, tu as raison sur ce point, ce sont les mâles qui banderont pour lui... ou elle, devrais-je dire !

— Arrêtez s'il vous plaît », implore le garçon dans le fauteuil roulant.

La souffrance de son frère le met au supplice. Il ne comprend rien à la conversation de ces deux adultes, mais il sent bien leur méchanceté.

« On dirait qu'il revient parmi nous, constate l'homme au masque d'insecte.

— Parfait ! Maintenant, l'heure de vérité est venue pour toi, petit bâtard. Nous allons enfin savoir si tu es digne de rejoindre nos rangs ou si tu appartiens à la vermine... »

Le garçon la fixe sans rien dire. La seule chose qu'il comprend, c'est que son frère a obtenu un répit. Il fixe l'adulte avec attention afin de lui montrer qu'il l'écoute. La dame s'approche de la machine et désigne un levier du bout du doigt : « Regarde bien !

Il n'y a rien de plus simple que cette machine ! Si j'abaisse cette manette, un courant électrique va circuler entre ces pinces-là - qu'on appelle électrodes - et le corps de ton petit frère. Ne t'inquiète pas, cela ne fera pas mal, vas-y... »

Rassuré par le ton de la dame, le garçon abaisse légèrement la manette. Aussitôt, le corps de son frère se tend et ce dernier pousse un cri aigu.

« Tu vois ? Ce n'était pas si terrible, pas vrai ? »

Le garçon secoue la tête, en état de choc. Son frère a de la bave aux lèvres, il pleure ! La trahison de cette adulte est odieuse et la rend encore plus détestable.

« Allez ! Vas-y, recommence !

— Non, tu es une menteuse !

— Je n'ai pas menti. J'ai dit que cela ne ferait pas mal. Tu n'as pas eu mal, n'est-ce pas ?

— Si ! J'ai mal quand mon frère a mal, tu es une menteuse !

— Le monde est mensonge, mon petit. Seul celui qui connaît la vérité a le pouvoir de mentir en toute conscience. Tu as le choix entre faire partie de ceux qui connaissent la vérité et mentent sciemment et ceux que nous bernons, c'est-à-dire la vermine. Ceux-là mentent sans arrêt ! Même quand ils croient dire vrai, ils ne font que répéter nos mensonges... »

Le garçon ne comprend pas la logique tortueuse de la dame. Il secoue la tête obstinément lorsque les deux adultes cherchent à le pousser à torturer son propre frère. « C'est un test, insiste le monsieur, si tu réussis, tu nous serviras directement. Si tu échoues, ce sera la même chose, mais avec le statut de vermine. Tu ne seras rien de plus que l'esclave de nos esclaves. Ton rôle sera de grouiller à nos pieds, jusqu'à ce que l'on t'extermine, quand tu n'auras plus de valeur... »

Comme rien ne peut le faire céder, ni les menaces, ni les tortures, la dame finit par déclarer : « À toi de choisir ta place en ce monde, mon enfant ! Seras-tu le marteau ou l'enclume ? La victime ou le bourreau ? L'homme vertical ou le rampant ? Tu étais prêt, tout à l'heure, à risquer ta vie pour ton frère, mais je te démontrerai ton erreur, sur-le-champ. »

La bouche fait un signe à son compagnon qui s'empare des garçons à tour de rôle afin d'intervertir leur position. Le jumeau qui se trouvait l'instant précédent sous la menace de l'électrocution est désormais confronté à un nouveau choix : « Tu sais maintenant ce que cela fait de souffrir en vain. Appuie sur cette manette ou tu retrouveras ta place ! Que préfères-tu devenir ? Le marteau ou l'enclume, la victime ou le bourreau, l'homme vertical ou le rampant ? »

Le garçonnet hésite. Sur son visage peut se lire l'indécision dans laquelle le plonge ce dilemme. Il sait à quel point le courant électrique peut être douloureux. Il est conscient que son frère a refusé de lui infliger cette peine et qu'il a préféré souffrir lui-même plutôt que de le torturer.

D'un autre côté, s'il ne fait rien, ces monstres le placeront à nouveau sur la croix. À cette pensée, une douleur atroce revient dans son entrejambe. C'est la première décharge qu'il a reçue et elle le tourmente encore. À vrai dire, la douleur est encore bien vivace. Détournant le regard de son frère, il obéit à l'adulte. Il abaisse la manette, mais ce n'est pas suffisant. Les monstres l'obligent à recommencer, encore et encore.

Sur la croix, l'enfant connaît un sort atroce. La douleur physique est immense, mais elle n'est rien comparée à l'amertume de la trahison fraternelle.

« Alors ? Comprends-tu, à présent, que c'est chacun pour soi et que tu ne dois compter que sur toi-même en ce monde ? »

L'enfant ne dit rien et n'émet pas une plainte tandis que son jumeau le torture sous la contrainte. Impressionnée par la volonté inébranlable du garçon - qui ne crie ni ne pleure -, la femme interrompt la séance. Le jumeau tortionnaire laisse s'échapper un soupir de soulagement. « Ce n'est pas fini, dit la dame en lui tendant un objet tranchant. Avec ceci, tu vas faire en sorte que l'on puisse vous différencier au premier coup d'œil tous les deux... »

L'enfant fixe la lame brillante sans comprendre ce que l'on attend de lui : « Qu'est-ce que je dois faire ?

« — Rien de bien méchant, le rassure-t-elle, tu vas juste lui couper la tétine gauche... »

Comme le garçon hésite et commence à trembler, l'homme prend un pistolet, l'arme et le pose sur sa tempe : « Vas-y ! l'encourage-t-il. Vas-y ! Si tu ne veux pas retourner sur la croix... »

L'objet est si tranchant que le petit écolier tranche le minuscule bout de chair rose sans difficulté. Pendant cette opération, le jumeau mutilé serre les dents et ne laisse échapper qu'un long soupir. Quand il a terminé, la dame reprend le scalpel dégouttant de sang des mains tremblantes de l'enfant : « Bravo, mon garçon, ta trahison était magnifique ! Que penses-tu de la mienne ? » lui demande-t-elle en passant le fil de sa lame sur sa gorge.

Le garçon entend l'horrible gargouillis produit par le garçonnet tandis qu'il tente vainement de reprendre son souffle. Son frère est en train de mourir sous ses yeux, mais ses larmes voilent le spectacle de son agonie. Il sent alors un liquide chaud et visqueux couler sur sa peau pendant que la dame psalmodie : « Vous étiez du même sang, vous partagiez le même placenta, vous ne faites plus qu'un désormais... Absorbe ton frère, nourris-toi de sa force vitale et rejette sa faiblesse... Par les pouvoirs qui m'ont été conférés, je t'estime digne de participer à la chasse ! »

L'homme n'est pas d'accord. Il contemple ce spectacle en secouant la tête de gauche à droite. « On aurait dû garder l'autre. Il était plus malléable. Regarde-moi ça ! Tout ce sang gâché ! Tu n'es qu'une idéaliste », crache-t-il avant de faire un pas dans la direction du garçon. Ce dernier voit le bistouri s'approcher de sa gorge. Il se pense sur le point de mourir quand la dame au masque étrange retient son acolyte d'un simple signe de tête.

« Tu ne partages pas notre idéal, lui reproche-t-elle, car tu n'as jamais eu la vraie foi. Tu n'es qu'un dilettante, un sadique obtus incapable de comprendre la portée métaphysique de nos actions. Ce garçon a le potentiel pour être des nôtres, fais-moi confiance...

— Mais...

— Silence ! C'est moi qui t'ai initié à nos arcanes, et je suis d'un grade supérieur au tien. Ne l'oublie jamais ou tu t'en repentiras ! »

L'homme baisse la tête en signe de soumission. De la tête aux pieds, le jumeau survivant est couvert du sang de son frère qui commence à refroidir et à sécher sur sa peau. L'homme le détache et il suit docilement les deux adultes dans le château. Ils longent d'interminables couloirs de pierre éclairés par des flambeaux. Sur les murs froids, les flammes dansantes illuminent des tableaux macabres. Un coup d'œil sur ces œuvres qui glorifient la cruauté la plus pure a suffi pour lui faire passer sa curiosité et il regarde maintenant droit devant lui.

Ils finissent par rejoindre un groupe. Il remarque que ces membres sont tous couverts de sang, comme lui. Le plus âgé ne doit pas avoir plus de six ans. Beaucoup ont le regard perdu et semblent absents. La dame au masque buccal attire leur attention en faisant claquer un fouet. La détonation aiguë les fait sursauter, ce qui lui arrache un rire aussi bref que cruel. Puis, en leur montrant les enfants maltraités, elle lance d'une voix forte et sans réplique : « Gare à vous, les petits rouges ! Il y aura bientôt une course, ceux qui seront trop lents finiront ici, torturés pendant de longues heures pour notre bon plaisir. Voilà le sort qui vous attend, si vous nous décevez. Vous supplierez qu'on vous achève, mais il faut que vous sachiez que nous attendons ce moment depuis trop longtemps pour le gâcher. Comptez sur nous ! Nous prendrons notre temps pour savourer chaque instant, nous dégusterons vos cris comme s'il s'agissait de bons vins... »

Les enfants ne comprennent pas les mots compliqués qu'emploie cette méchante dame, mais chacun d'eux est sensible à la malveillance qu'ils expriment. Après cet avertissement, les survivants sont mesurés, puis pesés, avant d'être marqués à l'aide de colliers sur lesquels se trouvent inscrits de drôles de dessins. On leur ordonne de tourner sur eux-mêmes afin que les spectateurs puissent se faire une idée précise des forces et des faiblesses de chacun. Ils défilent ensuite à tour de rôle tandis que des adultes crient des mots bizarres assourdis ou amplifiés par leurs masques effroyables.

« Bien ! conclut un monsieur masqué sur un ton joyeux, les

enchères sont terminées, maintenant. Chaque participant a trouvé acquéreur et nous allons donc poursuivre nos festivités avec le moment que vous attendez tous ! »

Des hourras retentissent dans la grande salle. Les enfants couverts de sang sont conduits hors des murs du château. Il n'y a pas un instant à perdre ! Des coups de fouet pleuvent sur les flancs des traînards. Quand ils arrivent enfin à la lisière de la forêt, la nuit est sur le point de tomber. La lune brille et jette une lumière blafarde sur les silhouettes rassemblées là. Les petits ne sont pas d'humeur loquace, mais les adultes châtient rudement ceux qui osent prendre la parole ou poser la moindre question. Les jappements des chiens excités portent au comble le malaise qu'ils ressentent.

Alors qu'il tâche de se faire oublier, tassé dans un coin, l'enfant voit une silhouette encapuchonnée s'approcher de lui. Il reconnaît le masque de celui qui a crié le dernier quand il est monté sur l'estrade. Ce monsieur est accompagné d'un homme - lui aussi masqué - qui tient par le collier un chien mince et musculeux. La bête approche son long museau afin de le renifler soigneusement entre les jambes.

L'enfant réprime un frisson de dégoût quand l'animal donne un coup de langue goulu sur sa cuisse nue. Son maître le retient et tire brusquement sur le collier. Le cabot glapit et reçoit un coup de fouet sur le flanc : « Depuis quand le chien a-t-il la priorité sur son maître ? hurle la silhouette encapuchonnée.

— Je t'avais dit de ne pas choisir un Bruno du Jura, ce sont des créatures vicieuses, commente une autre figure masquée.

— Qu'est-ce que tu as pris, toi ?

— Un grand bleu de Gascogne. Ils sont vifs et disciplinés et ils connaissent et respectent leur maître... »

L'homme s'approche afin d'étudier son chien, le regarde un moment, puis sort une lame de sa robe. L'enfant détourne le regard, mais il entend les jappements plaintifs de l'animal qui s'étouffent dans un horrible gargouillis. « Qu'on m'en apporte un autre, ordonne l'homme. Je veux un grand bleu de Gascogne comme le tien. »

Ce monsieur doit être très important. Dès qu'il a parlé, un homme masqué passe un coup de fil. Pendant ce temps, les silhouettes font signe à leurs serviteurs qui s'approchent des enfants à tour de rôle. Après avoir examiné leur collier, ils font signe à leur chien qui les renifle longuement.

Peu de temps après, un assistant masqué arrive. Il tient en laisse un chien aux oreilles tombantes et à la robe bleutée. L'homme qui a mis à mort son prédécesseur le confie à son serviteur en grommelant : « J'espère que celui-ci aura le sens de la hiérarchie et de la loyauté. Ce garçon est appétissant, j'en conviens volontiers, mais si cette bête ne sait pas résister à l'attrait du sang, je ne garantis pas sa survie... »

Le chien bleu s'approche du garçon et le renifle longuement avant de s'éloigner prudemment. Son instinct lui a-t-il laissé entrevoir le sort auquel sa gourmandise aurait pu le condamner ?

Une fois les préparatifs terminés, un homme prend la parole et tout le monde l'écoute attentivement : « Les enfants ! Nous allons jouer à un jeu. Dans un instant, une détonation retentira. Ce grand bruit sera le signal. Quand vous l'entendrez, vous courrez de toutes vos forces, le plus loin possible, comme si vos vies en dépendaient. Nous vous accordons dix minutes. Passé ce délai, il y aura un autre coup de fusil tiré en l'air. Ce sera pour vous avertir de vous hâter, les enfants, car ce sera au tour des chasseurs de partir à votre poursuite. Ces messieurs vous donneront la chasse. Pour se guider, ils auront recours aux chiens qui vous ont reniflés tout à l'heure. N'ayez pas peur, vous ne craignez rien... pour l'instant. C'est un sport, un noble art que la chasse et il doit être soumis à des règles. Cette forêt couvre plusieurs dizaines d'hectares. Vous pouvez facilement vous cacher, mais nos chiens vous retrouveront. Si vous avez été choisis, les enfants, c'est à cause de votre condition physique et de votre force mentale, alors courez. Vous êtes vigoureux, athlétiques et votre jeunesse ne peut que susciter l'envie, alors, galopez ! Le dernier debout, dans une heure, survivra, le dernier debout ne sera pas torturé, le dernier vertical sera des nôtres ! Vous ne devez survivre qu'une heure ! Compris ? »

Terrifié par les hurlements de la meute et les masques cauchemardesques des chasseurs, le petit Grégory opine. Il attend le signal, bien décidé à survivre...

Bien des années plus tard, quand la détonation retentit à nouveau, l'Ogre secoua la tête et s'introduisit dans la propriété.

XLVI : Détonation

Mercredi 15 août

Dès le premier coup de feu, nu comme au jour de sa naissance, Suleïman s'élança comme si le diable était à ses trousses. Il ne sentait pas les branches qui meurtrissaient ses pieds ni les senteurs fraîches de la forêt. La terreur lui donnait des ailes... Il courait sans se préoccuper de rien d'autre que de survivre. Il devait se retenir de hurler la joie sauvage qu'il éprouvait à l'idée d'être sorti de sa cage après des jours d'enfermement.

Au loin, les aboiements furieux des chiens le ramenèrent à la réalité. Car les derniers jours ne lui avaient laissé aucun souvenir, le pauvre garçon ne comprenait pas ce qu'il faisait là, mais une chose était certaine : il mourrait s'il cessait de courir. Et Kader, alors ? Suleïman hasarda un bref regard par-dessus son épaule afin de s'assurer que son ami le talonnait. « Attention ! » murmura ce dernier en tendant l'index devant lui. Juste à temps, le fuyard se retourna pour éviter l'arbre qui se dressait face à lui, remplissant son champ de vision.

Malgré son coup de hanche brutal, une branche lui écorcha le visage, manquant l'éborgner. Kader voulut réitérer son avertissement, mais il était presque à bout de souffle. Son ami évitait les arbres à toute vitesse, comme s'il les dribblait. Ce n'était pas facile de le suivre. Ses poumons le brûlaient et il sentait déjà poindre un point de côté. Cela faisait trop longtemps qu'il n'avait pas utilisé son corps, mais la peur agissait comme un fouet, lui donnant une énergie démentielle.

Qu'est-ce qu'il m'arrivera, s'ils m'attrapent ? Le pire, c'est sûr !

Il aurait préféré ne pas assister au triste spectacle de l'agonie des malheureux que ces tarés masqués avaient pris pour cible.

« C'est ce qui vous attend, si vous ne galopez pas assez vite, les petits bleus ! Ne nous décevez pas ! »

En regardant autour de lui, il s'était rendu compte que les autres coureurs étaient tous beaucoup plus petits que lui, alors qu'il n'avait que onze ans et demi. La différence de taille lui avait permis de les distancer rapidement. La plupart suivaient les sentiers. Évidemment ! C'était la solution de facilité, pensa Kader. Dans ce cas, ne valait-il pas mieux bifurquer ? Quand la seconde détonation retentit, il entendit les cris des hommes qui encourageaient leurs limiers et les chevaux qui hennissaient, sauvagement éperonnés par leurs cavaliers sadiques.

Devant lui, des enfants couraient dans la pénombre en poussant des cris suraigus. Impossible de se cacher là où ils allaient, la pleine lune éclairait presque comme en plein jour les chemins dégagés qu'ils empruntaient. C'était l'autoroute de la mort, comprit-il. Ces sentiers étaient ceux que suivraient les chiens, puis les chevaux...

Kader siffla afin d'attirer l'attention de son ami. Quand celui-ci se retourna, il lui fit signe de bifurquer sur sa gauche. Suleïman donna un violent coup de reins et s'enfonça dans le plus épais de la forêt. Son compagnon le suivit. Il réprima un cri quand les branches écorchèrent sa peau nue. La végétation était plus dense là où ils s'étaient engagés. Ils étaient beaucoup moins visibles, certes, mais Kader savait que les chiens ne se fieraient pas à leurs yeux pour les retrouver.

Le garçon plaqua sa main sur sa bouche pour ne pas crier quand il entendit les hurlements hystériques des premiers enfants qui se faisaient attraper. Les deux garçons poursuivirent néanmoins leur course folle, ralentie par les branches et les taillis qu'ils rencontraient sur leur route. Depuis combien de temps couraient-ils ainsi ? Il leur semblait que mille éternités s'étaient écoulées depuis le dernier coup de fusil. Les cris s'espacèrent et Kader entendit distinctement l'un de leurs poursuivants hurler : « Plus que deux ! »

Une goutte tomba sur la tête de Suleïman. Il était si tendu et cette chute fut si soudaine qu'il manqua signaler sa position en hurlant. Il mit sa main devant sa bouche pour étouffer son cri. Une nouvelle goutte suivit, puis une autre. Kader pensa que la pluie pourrait être leur alliée et Suleïman accéléra. Il était en train de le distancer ! Son ami slalomait entre les arbustes, fonçant sans ralentir à travers les buissons. Comment pouvait-il encore avoir du jus dans les pattes, celui-là ? Quant aux guiboles de Kader, elles étaient de plus en plus lourdes. Il avait de plus en plus de mal à les lever...

L'averse accroissait la difficulté de sa progression. Ses pieds s'enfonçaient dans la gadoue, tandis que chaque pas lui coûtait de plus en plus d'énergie. Ses jambes semblaient peser une tonne, si bien que le garçon avait l'impression que des mains l'agrippaient pour le ralentir. Ce n'étaient que les branches griffues qui le meurtrissaient un peu plus lors de chaque contact. Kader haletait. Il mourait d'envie de s'arrêter. Juste un instant, le temps de reprendre son souffle...

Combien de temps restait-il encore avant la fin de cette chasse à l'homme ? Ces sadiques tiendraient-ils parole ? Leur laisseraient-ils la vie sauve, s'ils tenaient jusqu'au bout ? Bien sûr que non !

Allez ! Avance, bordel !

Hors de question de s'arrêter, même une seconde ! Le seul moyen de survivre, c'était de les prendre à leur propre jeu et de s'échapper du château. Il tenta d'accélérer, mais n'eut pas la force d'éviter un taillis qu'il traversa en protégeant ses parties sensibles de ses mains...

Je veux pas crever...

D'autres étaient-ils parvenus à survivre à cette course avant eux ? Il trébucha sur une racine saillante, perdit l'équilibre et manqua tomber. Il se rattrapa *in extremis* et poursuivit sa course éperdue en décidant d'ignorer cette question ! La pluie s'était interrompue et la meute se rapprochait dangereusement, encouragée par leurs maîtres. Les aboiements le galvanisèrent et il trouva la force d'augmenter la cadence de ses jambes qui tricotaient sur le sol meuble. Cette accélération lui permit de revoir le dos de Suleïman, qui slalomait comme un dératé entre les arbres.

Les deux amis étaient parvenus au cœur du domaine forestier. À son grand regret, Kader comprit qu'il s'agissait d'une forêt plantée. Une forêt primaire aurait été dotée d'une végétation beaucoup plus dense, ce qui leur aurait permis de trouver des abris improvisés. Malheureusement pour eux, ce domaine forestier était trop bien entretenu. Pour éviter les incendies, il n'y avait pas de bois mort traînant sur le sol, ce qui signifiait : pas de bâton ni d'armes à ramasser. Mais le pire, c'était que les arbres avaient été plantés à intervalles réguliers, de manière à permettre aux chevaux de circuler facilement. C'était une forêt idéale pour la chasse ! En revanche, les proies devaient redoubler d'attention à chaque instant. Il leur fallait se méfier des traîtresses racines à leurs pieds, tout en regardant devant eux afin d'éviter les branches basses et les troncs inflexibles. Tous ces obstacles les ralentissaient continuellement. Et bien entendu, l'inévitable arriva. À un tournant, Suleïman trébucha et tomba. Aussitôt, le garçon tenta de se relever, mais en fut incapable. « Putain de merde ! » cria-t-il entre ses dents serrées.

Kader qui venait de le rejoindre en eut le souffle coupé. La cheville de son malheureux compagnon faisait un angle bizarre avec son pied. Il lui semblait que celle-ci enflait à vue d'œil... Ce devait être une entorse, à tous les coups... Non, pire encore... une fracture !

Merde !

Kader prêta l'oreille. Les jappements se rapprochaient dangereusement. Un autre son avait retenu son attention. Il se concentra et entendit une détonation, puis une autre, suivie d'un silence. Les chasseurs abattaient-ils leurs proies ? À tout prendre, il préférait une mort instantanée aux sévices que leur avaient promis les sadiques masqués.

Le cœur battant, il hésita, ne sachant que faire devant Suleïman qui se tordait de douleur. Il reprit ses esprits et l'aida à se relever, puis passa le bras de son ami autour de son épaule. Cependant, les hurlements de chiens se rapprochaient inexorablement. Les deux garçons, quant à eux, avançaient au ralenti parmi les arbres de la forêt. Ces derniers tendaient encore leurs racines, comme désireux de les voir trébucher. Kader trouva la force de plaisanter : « Je ne t'ai jamais vu aussi blanc, Sissou...

— On va y passer, si ça continue... Pars devant, Kad...

— Non ! N'oublie pas... un pour tous... »

Kader n'osa pas achever sa phrase. L'Ogre l'avait si bien conditionné qu'il ne put se défendre de penser « tous punis », mais Suleïman sembla l'ignorer. Le blessé lui adressa un sourire qui s'évanouit aussitôt qu'une série de coups de feu retentit. Un chien surgit alors et se posta devant eux. Il grognait et son regard fixe hypnotisa les enfants. Ses poils étaient dressés et ses babines retroussées dévoilaient ses crocs brillants de bave...

Les enfants s'attendaient à voir son maître d'un instant à l'autre. Mais avant que celui-ci ne se montrât, le cador bondit à la gorge de Suleïman. Il avait repéré le plus faible. Kader s'élança, s'empara d'un bout de bois qui avait échappé à la vigilance des sylviculteurs et frappa le clébard, dans l'espoir de le faire lâcher prise. Malheureusement, son bâton était aussi sec que friable. Il chercha à briser une branche pour remplacer son arme de fortune, mais elle résista, pleine de vigueur et de souplesse. Kader maudit la faiblesse de ses bras. Quand il se retourna, il constata avec horreur que Suleïman ne se débattait plus. Il avait perdu beaucoup trop de sang...

L'enfant hurla le nom de son ami, mais celui-ci ne lui répondit pas. Sous le choc, il hésita, incertain. Le chien, qui était en train de se repaître de Suleïman, se tourna dans sa direction, le menaçant de ses crocs sanguinolents. Que faire ? La meute approchait. Ses vociférations féroces faisaient battre son cœur à toute allure. Il était temps de se décider. La prise de conscience s'avérait terrible pour le garçon : il était trop tard pour sauver son ami. Aussi prit-il la fuite en maudissant son « corps de lâche »...

Talonné de près par l'avant-garde de la meute, il se rendit compte que les arbres s'espaçaient, peu à peu, devant lui. Il était enfin parvenu à la lisière opposée de la forêt, mais il était loin d'être hors de danger pour autant. Devant lui se dressait un rempart infranchissable. À perte de vue s'étendait une haie de près de trois mètres d'épaisseur couverte d'épines. Il longea la muraille végétale à la recherche d'une faille, mais les épineux s'entrelaçaient à l'infini, ne laissant aucun espoir d'évasion.

Les abois sinistres de la meute toute proche le firent tressaillir et précipitèrent les battements de son cœur. De nombreux coups de feu retentissaient dans la forêt. Kader se demanda ce que pouvait bien faire la police tandis que des fous masqués tiraient sur des enfants, au fusil, comme s'il s'agissait de lapins. Alors qu'il poursuivait sa fuite éperdue, un son le plongea dans le désespoir. Il s'agissait du piétinement obstiné d'un cheval qui arrivait, guidé par un de ces sales clebs. Un cavalier apparut bientôt. Celui-ci sortit le cor de chasse qu'il portait enroulé autour du cou et lança un signal à l'attention du reste des chasseurs. Un autre lui répondit, non loin. Kader trouvait cet instrument aussi sinistre que le bout du fusil que le cavalier masqué pointait dans sa direction.

Il s'immobilisa, incertain. Les pires tortures l'attendaient, maintenant qu'il avait été pris. Les tarés masqués l'avaient prévenu. Ces sadiques avaient pris soin d'insuffler la terreur au plus profond de son âme afin de le motiver à courir pour sa vie. Et il se retrouvait à leur merci. La lutte était trop inégale : il était nu et sans défense face à un cavalier armé d'un fusil de chasse.

Ne valait-il pas mieux pousser son poursuivant à le tuer d'un coup bien propre ?

« Je sais ce que tu penses, mon petit marcassin... Tu te dis : si je le force à tirer, je le priverai du plaisir de me torturer toute la nuit, je me trompe ? »

Kader garda le silence, puis hasarda une question : « Pourquoi faites-vous ça ?

— Parce que je le peux. C'est dans la nature des choses : manger ou être mangé, chasser ou être chassé. L'ordre du monde m'a placé au-dessus de toi. Je suis à cheval, et toi, petit gibier, tu rampes près du sol, avec la vermine, mais même la vermine la plus infâme doit jouer son rôle en ce monde...

— Quel rôle la vermine joue-t-elle ? demanda Kader qui souhaitait gagner du temps et avait remarqué la tendance du cavalier à s'écouter parler.

— Divertir les puissants, amuser les élus, nourrir le sol, tel est le rôle de la vermine ! »

Sur ces mots, le cavalier masqué souffla une nouvelle fois dans son cor. Cette fois, seul le silence de la forêt lui répondit. Il sonna de nouveau, mais ne reçut pas de réponse. Kader ne pouvait pas lire l'expression du visage de l'homme masqué, mais il devina son irritation. D'un mouvement brusque, il arma son fusil.

Persuadé de l'imminence de sa mort, Kader ferma les yeux et attendit. L'attente ne fut pas longue, et pourtant, elle lui parut une éternité. Il revit une partie de sa vie, le visage des membres de sa famille surgirent dans son esprit. Soumyya le regardait avec tristesse, sa mère pleurait et son père lui souriait avec tendresse, l'encourageant à ne pas abandonner et à survivre coûte que coûte. Mais il était trop tard...

En entendant le coup partir, tout son corps se crispa douloureusement. Le garçon poussa un cri avant de tomber à la renverse. L'humus accueillit tendrement sa petite carcasse percluse, qui trouva là une couche molle et fraîche. Encouragées par son immobilité, les bêtes de la forêt s'approchèrent de sa peau nue, si appétissante...

XLVII : Douleur de l'appât

Mercredi 15 août

Lydia restait prostrée devant l'écran où la femme agonisait face à l'œil froid de la caméra. Son cerveau n'arrivait pas à traiter les informations qu'il venait d'emmagasiner. Elle avait dû rêver, ce n'était pas possible autrement. Mais non ! Ce qui se trouvait devant ses yeux était bien réel. Reprenons depuis le début, pensa-t-elle, cherchant désespérément à mettre un peu d'ordre dans ses pensées. L'Ogre était venu la voir au petit matin. Après l'avoir prise de force, il lui avait annoncé qu'elle était libre et qu'elle pouvait faire de sa vie ce que bon lui semblait. « Et Lucas ? avait-elle demandé, anxieusement, comment je paierai sa rançon, moi ?

— Lucas ? » avait répété l'Ogre, en éclatant d'un rire totalement dépourvu de joie. « Ma pauvre fille, celui que tu prenais pour ton petit frère est mort depuis longtemps... »

Remplie de confusion, Lydia était restée un long moment le regard vide. Puis une lueur meurtrière était apparue dans ses yeux. La jeune fille s'était ruée sur son père pour le frapper de toutes ses forces. Il s'était laissé faire un moment, avant de la repousser rudement. Effondrée contre un mur, sous le choc, elle avait sangloté. « Mais pourquoi est-ce que j'ai fait tout ça, moi ?

— Pour venir en aide à ceux qui l'ont tué, pauvre petite marionnette », avait répondu l'Ogre sur un ton glacial.

Essayant de comprendre le sens de ses paroles, un horrible soupçon avait percé la conscience de l'adolescente, qui avait hésité un long moment avant de poser la question qui la tourmentait. « Lucas... c'est toi qui l'as tué ?

— Non, souviens-toi !

— Quoi ? Me souvenir de quoi ? Mais de quoi ? répétait-elle, au bord de la crise de nerfs, tandis que des fragments épars affleuraient à sa conscience tourmentée. De quoi je dois me souvenir ?

— C'est Lisa qui l'a tué...

— Lisa ? Qui est-ce ?

— C'est toi...

— Lisa ? Qui c'est, celle-là ?

— Tu es Lisa ! »

Pétrifiée par la surprise, Lydia était restée immobile, les paupières écarquillées, à fixer le vide, la main posée sur sa bouche, comme pour réprimer un cri d'horreur. Ce n'était pas vraiment un souvenir, c'était quelque chose de vague et nébuleux comme un rêve lointain.

« C'est là, quelque part en toi, mais ne te tracasse pas trop, ma pauvre fille. Cela ne change rien. Ce gosse est mort. Comme les autres. Tous ceux que tu as conduits ici... Mais ce n'est pas tout... Lucas n'était pas ton petit frère, non, c'était... ton fils... et le mien...

— Quoi ? avait-elle répliqué, abasourdie. Arrête de mentir ! avait-elle hurlé en se précipitant sur l'Ogre qui l'avait repoussée sans ménagement.

— Souviens-toi, petite marionnette ! ne cessait-il de répéter.

— Non ! C'est faux ! »

Un fragment de rêve explosa, telle une bulle à la surface de sa conscience. Elle se vit avec un ventre gros comme un ballon de football.

« Non, ce n'était pas réel, c'était un jeu... je m'amusais à mettre un coussin sous mon T-shirt... »

Puis une autre bulle explosa. Cette dernière la remplit de la douleur de l'accouchement et elle vit une scène différente, plus horrible encore, et c'est alors qu'elle commença à s'arracher les cheveux.

« C'est... J'ai... j'ai... j'ai tué mon propre fils ? C'est encore un de tes jeux ? Tu me tortures mentalement ? C'est parce que j'ai rendu visite aux garçons dans leurs cages ? Je ne voulais pas les libérer, je te le promets, c'est juste que... qu'ils me faisaient de la peine... Et le petit Kader, il me faisait penser à Lucas, tu sais, sa manière de... »

L'Ogre avait soupiré. Il avait asséné une gifle à Lydia qui avait retrouvé ses esprits et le silence. Quand elle se fut calmée, il avait repris : « Puisque c'est l'heure du grand déballage, accroche-toi, ma fille. J'ai des mises à jour pour ton cerveau. Écoute-moi bien, je ne le répéterai pas... Tu m'entends ? »

La jeune fille avait reniflé et hoché la tête.

« Je ne suis pas ton père, avait-il déclaré, en détachant chaque mot, comme s'il s'adressait à une attardée mentale.

— C'est une blague ? Tu ne devrais pas plaisanter avec ça, Papa !

— Tais-toi et écoute ! » l'avait-il interrompue d'un ton péremptoire. « Il y a quinze ans de cela, il y a eu une grande mode des femmes enceintes dans le milieu du *snuff*. Du coup, j'avais beaucoup de commandes. Pour les satisfaire, je faisais des *castings* sauvages du côté des cliniques et des hôpitaux. Pendant que je cherchais ma prochaine vedette, je suis tombé sur une actrice qui sortait du pôle maternité du C.H.U d'Ormal. Elle était seule et enceinte jusqu'aux yeux. J'ai senti qu'elle avait du potentiel. Elle était belle, je devinais que la lumière aimait son grain de peau. Pendant qu'elle marchait lentement, en tenant son ventre énorme dans ses mains, on aurait dit qu'elle parlait à son fœtus. Elle était parfaite. Je l'ai suivie longtemps, attendant le bon moment pour pouvoir lui proposer le rôle. Malheureusement, elle était un peu timide, j'ai dû lui forcer un peu la main...

— Tu l'as kidnappée ?

— Je n'allais quand même pas la supplier, non plus. Pour moi, c'était une prise double. Tu connais mes convictions esthétiques. Pour filmer l'âme de cette future mère, je l'ai soumise au dilemme des dilemmes... Je l'ai conduite au studio et j'ai fait quelques essais préliminaires avec elle. Rien de bien méchant, juste des *teasers* que j'envoyais à mes clients afin de les faire patienter jusqu'au moment fatidique de sa délivrance. Tout a été filmé, comme tu l'imagines. Bref ! Je te passe les détails, tu connais mon travail... »

L'évocation de ses collaborations morbides avec l'Ogre avait fait frémir d'horreur la pauvre Lydia dont les yeux s'étaient voilés. La voix de l'Ogre lui arrivait assourdie, comme s'il s'éloignait peu à peu : « Quand cette pauvre âme a accouché, j'ai tenu une petite fille dans mes bras. Ce bébé, c'était toi. Oui, tu ne t'appelles pas Lydia. Ton vrai prénom, c'est ta mère qui te l'a donné, Élisabeth. Et c'est moi qui t'ai mise au monde. Si tu ne me crois pas, le film de ta naissance est dans ma collection privée... le fichier B 2107... Tu pourras vérifier si tu veux, le code est 6829... »

Il avait sorti une clef USB d'une de ses poches et l'avait posée sur une table devant elle : « Regarde ce film jusqu'au bout, si tu en es capable, c'est lui qui a fait ma réputation... Ta mère était courageuse... elle a résisté au dilemme... Elle devait choisir entre sa vie et la tienne... Je ne l'ai pas ménagée... Je l'ai torturée des plus horribles manières... Il lui suffisait d'un mot pour que je mette fin à ses supplices et c'est toi qui aurais souffert à sa place, mais elle n'a pas cédé. Elle s'est sacrifiée pour que tu vives... »

Les mots s'éteignirent dans le silence de mort qui venait de tomber dans la pièce. Jamais l'adolescente n'avait connu l'Ogre dans un état aussi instable. Un instant, il souriait, le suivant, son visage affichait une douleur et une tristesse comme elle n'en avait jamais vu chez aucun être humain. Vivante énigme, il était parfaitement imprévisible et incompréhensible. Lydia (Élisabeth ?) avait senti que sa vie ne tenait plus qu'à un fil. Lui faisait-il toutes ces révélations avant de l'envoyer rejoindre les anges ?

« Son âme était la plus pure et la plus loyale que j'ai connue », avait-il poursuivi d'une voix que l'émotion rendait tremblante. « Je l'ai filmée au moment où elle passait de l'autre côté. Après son départ au royaume des anges, je n'ai pas pu honorer ma commande... Pas après ce que ta mère avait enduré pour te sauver... C'est en hommage à sa résistance héroïque et à son courage que je t'ai épargnée. »

Le monde de la jeune fille s'écroulait. Tous les mensonges sur lesquels était basée son existence ne pouvaient plus la tenir debout. Mais la vérité l'appelait, elle ne pouvait s'empêcher de l'écouter...

« J'ai supplié l'organisation de ne pas te tuer... Je t'ai gardée auprès de moi, sous ma responsabilité et je t'ai élevée comme ma fille. Je t'ai appris à mentir, à trahir, à torturer, je t'ai inculqué l'oubli pour te protéger, je t'ai enseigné l'art d'être quelqu'un d'autre... Brique après brique, je t'ai aidée à bâtir le mur des amnésies séparant chacune de tes différentes identités... Oui, je t'ai brisée en mille morceaux afin que tu puisses continuer d'exister... Je ne te demande pas pardon, je ne te dirai pas que je t'aime ou que je t'ai aimée, les gens comme moi ignorent la signification de ces mots. Voilà, tu sais tout, Élisabeth. Je vais mettre le feu à cet endroit. J'ai placé un minuteur. Il te reste deux heures avant que tout flambe. Reste jusqu'au bout de ce film, si tu veux rejoindre les anges... »

Ce furent les dernières paroles qu'il lui avait adressées. Il avait allumé l'ordinateur, branché le projecteur et lancé le film avant de claquer la porte, sans un mot ni un regard derrière lui. Elle voulait tout savoir, maintenant, et elle n'avait pas détourné les yeux. Elle avait passé en accéléré de nombreux passages insoutenables. C'était sa mère qu'elle voyait. Cette femme lui avait sauvé la vie et c'est elle qui l'avait appelée Élisabeth.

Longtemps après le départ de l'Ogre, la jeune fille continuait de pleurer. Mais ses larmes ne pouvaient éteindre les flammes qui embrasaient la bâtisse. Elle n'y prêtait pas attention d'ailleurs, car elle désirait mourir, afin de rejoindre sa mère et les êtres célestes. Elle ferma les yeux, attendant la fin. Alors qu'elle suffoquait, croyant sa dernière heure venue, l'adolescente se sentit emportée dans les airs. Elle flottait, légère, si légère ! Il n'y avait pas de quoi avoir peur, si c'était ça, devenir un ange !

XLVIII : Muraille végétale

La forêt était calme à présent. Néanmoins, le silence lourd de menaces laissait présager la survenue prochaine de l'orage dont l'averse n'avait été qu'un signe avant-coureur. L'atmosphère était lourde au point d'en être irrespirable. Les visages des membres de sa famille avaient disparu de son esprit et Kader gisait sur le dos. Des insectes couraient sur sa peau nue comme sur un terrain conquis. Était-ce donc ainsi que tout allait se terminer pour lui ? Instinctivement, le garçon secoua les fourmis qui le chatouillaient, tout étonné d'être encore en vie. Il ne ressentit nulle douleur. Entrouvrant les yeux, il distingua le cavalier. Il était à terre. Le clebs aboyait frénétiquement, en poussant des grognements menaçants...

Un autre coup de feu retentit et la bête mourut avec un jappement plaintif. Apeuré, le cheval s'enfuit sans demander son reste. Du haut de ses deux mètres, une silhouette venait de tourner son attention vers lui. Kader reconnut celui qui le toisait dans un silence de mort. Terrifié, le garçon s'éloigna en rampant à reculons, mais le géant se rua sur lui et le souleva comme s'il ne pesait rien. Kader crut son heure venue. Il ferma les paupières et attendit, encore une fois.

« Ouvre les yeux et accroche-toi ! » lui ordonna l'Ogre avant d'ajouter quelques mots que l'état de choc du garçon ne lui permit pas d'entendre.

Avec une force prodigieuse, le géant prit son élan et le lança comme un projectile. Kader n'eut pas le temps de comprendre ce qui lui arrivait. Il survola la clôture de barbelés végétaux, s'approchant de la muraille d'enceinte que les épineux protégeaient. Malgré l'élan prodigieux imprimé à son petit corps, il sentit qu'il perdait de la vitesse. Au bord de la panique, il tendit les bras en essayant de s'élancer en direction du sommet. Sous ses pieds, les épines menaçantes attendaient de le percer cruellement. La force du désespoir fit qu'il parvint à s'accrocher au mur du bout des doigts.

Il hasarda un bref regard en bas. Ses pieds nus et ses cuisses s'écorchaient contre les épines qui garnissaient l'enceinte. La haie s'avérait beaucoup plus large qu'il ne l'avait estimée ! Seul, il n'aurait jamais réussi à traverser une telle densité de buissons piquants. Certaines épines s'allongeaient sur plus de dix centimètres ! Qui aurait pu dire combien d'enfants s'étaient vidés de leur sang dans cette haie d'épineux ? Il détourna les yeux et chassa cette question de son esprit. Son énergie devait se concentrer sur sa survie...

Au prix d'un effort qui lui ôta jusqu'à ses dernières forces, il se hissa au sommet où il manqua lâcher prise. Une fois là, en effet, un bout de verre entailla vicieusement sa main gauche. Le sang coula, rendant sa prise incertaine. Les muscles de ses avant-bras tremblaient. Leur tension était insoutenable. Son corps allait-il lui faire défaut au pire moment ?

Allez, mes coudes, montez !

Il n'était pas facile de pousser sur ses bras pour faire passer ses épaules au-dessus du mur. Il y parvint pourtant, au prix d'un effort tétanisant. Hélas ! L'enfant n'était pas au bout de ses peines !

Il devait faire passer ses jambes par-dessus le mur. Mais elles étaient si lourdes !

Non !

Il ne pouvait pas abandonner maintenant, pas si près du but...

Il serra les dents, ravala sa douleur, pour se hisser. Parvenu au faîte de la muraille, il regarda avec dégoût les tessons de bouteilles qui avaient été disposés là pour décourager les intrusions.

Et les évasions...

Décidé à survivre, il tenta d'éviter, comme il le pouvait, les éclats de verre qui lui écorchaient cruellement les mains et les pieds, mais il avait bien trop peur pour s'en soucier...

XLIX : Flammes

Mercredi 15 août

Alors qu'il roulait, une odeur particulière chatouilla les narines de Moïse Élise. « On dirait que quelqu'un est en train de faire un barbecue géant quelque part... » Soumyya acquiesça en s'épongeant le front. Il faisait toujours aussi chaud et lourd. L'orage tant attendu n'avait pas encore éclaté. Un mauvais pressentiment la tenaillait et nouait son estomac. Cela ne s'arrangea pas quand elle aperçut l'épaisse fumée noire qui montait paresseusement vers le ciel. Elle espérait que ce n'était pas ce qu'elle craignait.

Malheureusement, le tournant suivant confirma ses inquiétudes. La dernière exploitation porcine de la région était en flamme. Avec un juron blasphématoire, Moïse écrasa la pédale de l'accélérateur et ils arrivèrent enfin aux portes de l'usine. C'était un vaste complexe comprenant un entrepôt jouxté par ce qui semblait être l'habitation de l'éleveur. Le feu avait déjà dévasté le hangar et sa contagion s'étendait à la maison.

« Heureusement qu'il n'y a pas beaucoup de vent, remarqua Moïse, sinon tout serait détruit...

— Les enfants ! hurla Soumyya hystérique. Je les entends ! Ils sont en train de brûler ! »

Ils firent le tour du bâtiment et s'approchèrent du hangar. « Ouvrez la porte ! Il faut les sauver, s'exclama-t-elle.

— Si j'ouvre cette porte, on risque d'y laisser notre peau... L'élevage de porcs produit une quantité importante de méthane... Si on ouvre, on va faire entrer un surplus d'oxygène et tout va exploser...

— Qu'est-ce qu'on peut faire alors ?

— Écoute ! »

Les plaintes étaient pathétiques et la douleur qu'elles

exprimaient les fit paraître presque inhumaines. « Quoi ? C'est insupportable... non ! Je n'en peux plus ! Kader ! Kader ! »

Hors d'elle, la jeune femme appelait son frère en se précipitant vers la porte du hangar. Moïse lui courut après et la retint juste à temps. Il la prit par les épaules pour la contraindre à le regarder, mais celle-ci semblait voir à travers lui et n'avait d'yeux que pour l'incendie qui gagnait en intensité.

« Soumyya ! Écoute ! Ce ne sont pas les enfants qui sont dans les flammes, mais les porcs... peut-être des petits... »

Les mots du détective mirent quelque temps à se frayer un chemin à travers la tempête émotionnelle qui faisait rage dans l'esprit de Soumyya. Elle finit par fondre en larmes en répétant : « Les porcelets ? Les pauvres... »

L'odeur atroce de chair rôtie était intolérable, mais pires encore étaient les couinements des pauvres cochons qui hurlaient, brûlés vifs. Saisie par une vague d'émotions contradictoires, Soumyya secoua la tête. « Oui, c'est atroce, confirma le détective, mais suis-moi, nous n'avons pas une minute à perdre... »

Elle prit une profonde inspiration et suivit le détective qui la reconduisit vers la maison du kidnappeur présumé. Il avait raison, ils n'avaient pas le temps de prendre ces pauvres bêtes en pitié. Leur dernière piste était en train de partir en fumée. Que pouvaient-ils faire, maintenant ?

Indéchiffrable, Moïse contemplait le désastre en fumant un joint. « Tu disais que le temps pressait ! Ce n'est pas le moment de te défoncer, lui reprocha-t-elle.

— Ça me calme et m'aide à me concentrer... et... »

Sans finir sa phrase, Moïse partit en courant et disparut à l'intérieur de la bâtisse. « J'espère que ce n'est pas sa drogue qui le fait halluciner », pensa Soumyya.

Lydia flottait, légère, si légère ! Était-ce l'heure pour elle de devenir un ange ?

Elle riait et toussait, riait et s'étouffait dans cette hilarité toxique. Oh, Oui ! Elle était enfin devenue un ange, mais elle se trouvait en Enfer, prisonnière des flammes qui la consumaient. « Je l'ai tué, Satan, je suis une meurtrière, punis-moi comme je le mérite ! »

Moïse secoua la jeune fille, puis la gifla, afin de l'aider à reprendre ses esprits. Lydia comprit alors qu'elle ne flottait pas. Elle entendait une sorte de duo vocal qui semblait provenir d'une autre dimension. L'adolescente fut prise d'une horrible quinte de toux, quand elle ouvrit les yeux sur le visage buriné d'un homme de petite taille (comparée à celle de l'Ogre).

« Moïse, disait une voix féminine, il n'y a plus rien. Toutes les preuves ont disparu...

— Il reste encore cette jeune fille, fit l'homme avec un léger accent des îles, peut-être qu'elle sait où sont les autres... »

Quand il remarqua qu'elle avait repris connaissance, il la questionna d'une voix douce au sujet de son état. Les yeux écarquillés, la jeune fille le regardait avec perplexité. Elle tremblait, malgré la chaleur infernale qui régnait en raison des effets conjugués de la canicule et de l'incendie.

« Je l'ai tué, Satan, psalmodiait-t-elle, je l'ai tué, punis-moi comme je le mérite !

— Qui as-tu tué ? intervint Moïse, coupant son monologue incohérent.

— Mon petit frère, mon fils... tous... je... Châtie-moi, Satan !

— Elle délire, la pauvre ! Qu'est-ce qu'ils lui ont fait ? murmura Soumyya.

— J'ai besoin de ton aide, Soumyya. Assieds-toi là, je vais l'allonger... Voilà, doucement... »

Avec moult précautions, il déposa la miraculée sur le sol, de manière à ce que sa tête reposât sur les cuisses de Soumyya. Il courut ensuite chercher une couverture de survie. Le temps pressait. Quelqu'un finirait bien par appeler les pompiers. Lorsqu'il revint auprès de la jeune fille, il remarqua chez elle quelque chose qui lui avait échappé jusqu'alors. C'était assez vague, mais il décela une légère ressemblance avec l'Américaine dont le profil avait été utilisé pour appâter les enfants : « Lydia ? » hasarda-t-il, suivant son intuition.

Elle ne répondit rien, mais, au fond de ses yeux, il crut déceler une lueur de compréhension.

« Où sont les enfants ? »

Comme Lydia gardait son regard fixé sur lui, il lui posa la question qui l'empêchait de dormir : « Élisabeth ! Tu connais une Élisabeth ? Qu'est-ce qu'elle est devenue ? »

Il espérait que la jeune démente pût l'orienter ou le délivrer du fol espoir qui le tourmentait, mais la question sembla la plonger dans un délire plus profond encore. « Les anges, répéta-t-elle, ils sont au ciel... comme ma mère et mon fils... Je peux les rejoindre ? »

Moïse soupira douloureusement. La fille avait repris le fil décousu de son monologue insensé ; ce n'était pas bon signe. Il espérait qu'elle retrouverait rapidement ses esprits. Quant à Soumyya, elle était extrêmement nerveuse. Elle n'osait pas demander au détective qui était cette fameuse Élisabeth. Des préoccupations plus urgentes accaparaient son esprit. Elle ressentit une inspiration soudaine et choisit d'entrer dans le délire de la jeune fille plutôt que de le combattre : « Kader, Suleïman, Stéphane... ils sont... au ciel ? »

Surprenant les deux enquêteurs, l'adolescente soupira : « Non ! Pas eux... pas encore... j'espère... Mon père... enfin... l'Ogre... ce monstre les a conduits au château... »

— Où est-il, ce château ?

— Je sais pas... »

Ils eurent beau insister, la jeune fille n'était pas en état de leur révéler son emplacement. Ils se trouvaient dans une impasse. Moïse était dans une colère noire et Soumyya luttait contre la frustration qui était en train de se transformer en une sorte de folie destructrice. Si près du but ! Allaient-ils échouer au moment-même où ils avaient enfin remonté la piste du kidnappeur ? Ce fut à cet instant que le téléphone de Soumyya se mit à vibrer. « Je croyais t'avoir dit de laisser ce mouchard chez toi, si possible dans un micro-ondes ! »

Soumyya secoua la tête : « C'est un message codé... je ne comprends pas !

— Laisse-moi regarder, dit-il en prenant le téléphone, puis il ajouta, c'est notre ami hacker, il nous a envoyé des coordonnées G.P.S...

— C'est un peu trop beau, non ? Et si c'était un piège ?

— C'est notre code secret.

— Après tout ce qui nous est arrivé, tu crois qu'on peut vraiment avoir des secrets face à ces gens ?

— On dirait que tu as été à bonne école, commenta-t-il avec un rire amer. Tu es devenue plus prudente que moi. Mais qu'est-ce qu'on peut faire d'autre ? Notre ami a des ressources, c'est possible qu'il ait pisté le G.P.S. de celui qu'ils appellent l'Ogre... Dieu seul sait comment il s'y est pris : ça me dépasse !

— Justement ! C'est trop beau ! C'est peut-être un piège pour t'attirer là-bas et en finir avec toi... »

Le détective souffla : « Tu as raison, Soumyya. Le mieux, c'est que tu restes ici avec cette fille. Vu l'étendue de l'incendie, les secours ne devraient pas tarder à arriver. »

À ce moment, une sirène se fit justement entendre dans le lointain. « N'y va pas seul, Moïse ! Je t'en supplie ! C'est trop dangereux !

— Qu'est-ce que tu proposes ?

— On appelle la police et on leur dit tout...

— Je n'ai pas confiance. Le temps qu'ils bougent leur derche, les enfants ne seront plus de ce monde et ces ordures les auront fait disparaître.

— Je ne peux pas croire ça ! Ce n'est pas possible ! Ils ne sont pas tous corrompus quand même !

— On a déjà eu ce débat, Soumyya. Une pomme bien placée suffit à pourrir tout le panier », conclut-il en refermant la portière de la voiture.

Soumyya courut le rejoindre. « Et Lydia ? On ne peut pas la laisser là, quand même ! » Moïse poussa un profond soupir et guida la jeune fille à bord de la voiture où il l'installa sur la banquette arrière. Tout le long de la route, cette dernière garda le silence.

Cependant, les coordonnées G.P.S. les menèrent à un point perdu dans une forêt privée. Là, Moïse repéra les traces laissées par les pneus d'un pick-up. Ils les suivirent prudemment à travers un sentier qui déboucha sur une route qui les conduisit aux alentours d'un château dont les tours majestueuses étaient visibles de loin.

PROPRIÉTÉ PRIVÉE
DÉFENSE D'ENTRER

Méprisant l'avertissement du panneau, Moïse poursuivit sa route et s'arrêta devant un mur imposant qui ceignait la propriété tel un rempart imprenable. Il tendit l'oreille. On entendait des détonations d'armes automatiques résonner dans l'enceinte.

« Qu'est-ce qui se passe ? demanda Soumyya en se mordillant les lèvres.

— Je ne sais pas... C'est une fusillade... La soirée a dû mal tourner. »

Alors qu'ils roulaient en direction du château, ils aperçurent une petite silhouette qui courait sur le bas-côté. Ils pensèrent d'abord qu'il s'agissait d'un chevreuil, mais comprirent leur erreur en s'approchant. Moïse n'en croyait pas ses yeux, tant cela semblait trop beau pour être vrai...

L : Évasion

Pierre-Gilles vivait un grand moment. L'un de ceux qu'il attendait toute l'année. Plutôt que de participer à la chasse aux bleus, il avait préféré rester auprès de cette belle adolescente. Ses longs cheveux ondulés – d'une noirceur profonde – ainsi que sa peau aux nuances de caramel l'excitaient beaucoup. Elle lui rappelait quelqu'un. Ou plutôt quelqu'une. Une femme qui lui avait causé beaucoup de peine. Il éprouvait une rancœur tenace à son égard et il n'arrivait pas à lui pardonner les sentiments qu'elle avait osé éveiller en lui alors qu'elle n'était qu'une simple beurette. Cette migrante que le Cercle lui avait fournie avait pu faire illusion quelques heures, mais il commençait à se lasser.

Elle était à sa merci, nue, attachée à une croix de fer munies de multiples articulations sur vérins hydrauliques. Cet ingénieux système, amovible à trois cent soixante degrés, permettait au tortionnaire de varier ses approches et les douleurs qu'il pouvait infliger. Il pouvait ainsi provoquer des fractures chez sa partenaire, mais également des écartèlements sans effort.

Même s'il n'avait pas fait preuve de beaucoup d'imagination, il lui avait déjà fait subir le pire et le résultat n'avait pas tardé : elle s'était absentée de son corps. En dépit de sa jeunesse, Pierre-Gilles avait de l'expérience et savait reconnaître les signes d'une dissociation. Indifférente à ses sollicitations, sa compagne de jeu ne réagissait plus. Les yeux vitreux, fixés sur le vide, l'adolescente ressemblait à un mannequin de cire, ce qui gâchait le plaisir malsain qu'il éprouvait. La suppliciée avait trouvé un moyen de le fuir...

L'évasion mentale de sa petite compagne de jeu lui rappela ce moment où son chemin s'était séparé de celui de cette...

« Salope ! » cracha-t-il en s'éloignant de sa victime avec

dégoût. Il s'empara d'instruments chirurgicaux et décida d'improviser. Souriant, il se pencha sur l'entrecuisse de sa patiente afin d'examiner sa vulve. Il écarta les grandes lèvres, puis les petites, essayant de se souvenir de ce qu'il avait entendu dire de cette pratique cruelle. Il s'imagina que la Syrienne avait apprécié les viols qu'il lui avait fait subir. Pour lui, les cris qu'elle avait poussés n'exprimaient pas une peine indicible, mais une longue série d'orgasmes dévastateurs. Peut-être aurait-elle fini par s'attacher à lui et tomber amoureuse... Pour Pierre-Gilles, toutes les femmes étaient profondément masochistes, nées pour être humiliées et souffrir. Le seul problème, c'était qu'elles aimaient trop le sexe !

« Tu finiras par me trahir avec un autre homme... Je ne veux pas que tu te souilles avec un raton ou un nègre... »

Ayant ainsi parlé, il fit glisser son bistouri à la jonction des lèvres et poursuivit sa mutilation tandis que la jeune réfugiée, qui venait de se réveiller, poussait des hurlements assourdissants, implorant son tortionnaire de cesser de la tourmenter. Néanmoins, loin d'avoir l'effet escompté, les cris le réjouissaient. Il se sentait vivant et exultait, tailladant au petit bonheur la chance, se servant de son instrument tranchant pour explorer l'intimité de l'adolescente. Perdant pied en se fondant – corps et âme – dans la douleur, celle-ci revoyait le village qui l'avait vue naître, ainsi que les amis avec lesquels elle avait passé les premières années de sa vie. Sa mère lui tendait les bras et elle rendit son dernier souffle avec l'esquisse d'un sourire énigmatique pour son persécuteur.

L'étudiant, quant à lui, ne voyait que le sang qui coulait à grands flots et la peau de sa victime d'une pâleur cadavérique. Il se rendit compte que les hurlements qui l'excitaient tant étaient les siens et il se tut. Un silence affreux et pesant lui succéda. C'est alors que Pierre-Gilles Baletta entendit les coups de feu.

Il se figea, l'instrument sanguinolent dans sa main tremblante d'excitation, et prêta une oreille attentive à son environnement. Une autre détonation retentit, étonnamment proche. Le jeune sadique en eut le souffle coupé. Son instinct lui souffla qu'il était en danger. Il savait que la plupart des adeptes, qui avaient préféré s'isoler avec leurs compagnes et compagnons de jeu, ne recouraient jamais – ou presque – aux armes à feu.

C'était trop vulgaire. Ces objets bruyants créaient une distance qui était à l'opposé de l'intimité que recherchaient les véritables esthètes de la souffrance. Rongé par l'inquiétude, Pierre-Gilles sortit de sa petite cellule et se trouva confronté à une apparition terrifiante...

L'individu était couvert de boue de la tête aux pieds. Il devait mesurer plus de deux mètres et tenait un fusil d'assaut dans ses grosses paluches. L'étudiant se figea sur place, tétanisé. Il était désarmé face au colosse. Son bistouri ne lui servirait pas à grand-chose. Sa carrière, pourtant prometteuse, allait donc s'arrêter là. Croyant sa dernière heure venue, il ferma les yeux, tandis que sa vessie se vidait. Le ruissellement honteux fut couvert par une détonation. Il entendit également un cri de douleur, suivi du bruit d'une chute. Baletta eut la surprise de voir le forcené passer devant lui. Or, au lieu de le mettre à mort, celui-ci l'ignora totalement, comme s'il n'existait pas...

LI : Réunion

Mercredi 15 août

« STOP ! C'EST KADER ! » hurla Soumyya.

Élise écrasa la pédale de frein et descendit de la voiture afin de secourir le garçon. Il le rattrapa de justesse alors qu'il tanguait, les jambes flageolantes, prêt à s'effondrer. L'enfant était nu. Ses mains et ses pieds étaient ensanglantés, son corps couvert d'écorchures et d'ecchymoses, son regard absent, comme vide.

Soumyya, qui venait de les rejoindre, était partagée entre la joie d'avoir retrouvé son frère et la détresse provoquée par l'état dans lequel ce dernier se trouvait. Moïse s'écarta légèrement afin de confier le garçon à sa sœur qui le prit dans ses bras et le serra contre elle. Oui, ce n'était pas un rêve ! Kader était bien là. C'était sa chaleur, son odeur ! Les larmes s'écoulaient sans discontinuer de ses beaux yeux en amande. L'inquiétude se lisait néanmoins sur le visage de la jeune femme. En effet, elle n'arrivait pas à capter son attention. Le miraculé appelait son ami dans un murmure continu rempli d'une angoisse contagieuse : « Sissou... Sissou... »

Que s'est-il passé dans ce château ?

Après avoir inspecté les alentours, Moïse se tourna vers Soumyya. Les yeux agrandis par l'horreur, elle inspectait les plaies de son frère en poussant des plaintes amères. Le détective l'appela en vain et dut s'approcher d'elle pour enfin obtenir une réponse.

La jeune femme fut surprise d'entendre son compagnon lui réclamer son téléphone. Quand elle lui demanda quelle personne il souhaitait appeler, le détective répondit qu'il comptait contacter la police ainsi que ses contacts parmi les médias. « Mais tu disais qu'on ne pouvait pas leur faire confiance ! s'étonna-t-elle.

— Cette fois, c'est la bonne, c'est trop gros pour être étouffé. »

Il passa quelques coups de fil tandis que Soumyya tentait d'apaiser le rescapé. Après avoir raccroché, il lui tendit une carte de visite : « Soumyya, si je ne suis pas revenu dans quinze minutes, tu dois partir sans te retourner et conduire Lydia auprès de cette personne... C'est un ancien camarade... un gendarme d'honneur... Un des rares dont l'intégrité ne saurait être mise en doute... Il vous aidera... »

Soumyya frissonna, en proie à une terrible prémonition.

« Reste avec nous, le pria-t-elle, ces gens sont fous et dangereux... C'est du suicide...

— Ma mission n'est pas terminée. Il faut que j'aille chercher Suleïman... et l'Ogre, s'il se trouve sur place... »

En entendant ces mots, Soumyya eut honte de son égoïsme. En effet, la mission du détective n'était pas terminée. Pourtant, elle ne pouvait se départir d'une terrible angoisse à son sujet. La lueur malsaine dans le regard du détective ne lui avait pas échappé quand il avait prononcé le nom du kidnappeur : « Je sais que tu regrettes ta femme et ta fille, mais tu peux... enfin... je veux dire... N'y va pas... Moïse, reste... »

Le détective lui adressa un sourire amer et articula muettement quelques mots qu'elle parvint à lire sur ses lèvres.

Muni d'un révolver et de son appareil photo, il pénétra dans l'enceinte de la propriété privée. Soumyya passa derrière le volant. Elle laissa tourner le moteur afin d'être prête à démarrer au premier signe de danger.

Le temps semblait s'étirer à l'infini.

Le vent s'était levé et le ciel était strié d'éclairs qui l'illuminaient par intermittence.

L'orage approchait.

Tandis qu'elle comptait les intervalles séparant les éclairs des coups de tonnerre, elle vit sortir quelqu'un de la propriété.

Elle n'arrivait pas à en croire ses yeux...

LII : Évasion (suite)

Mercredi 15 août

Une fois remis de son abjecte terreur, Baletta attendit que le géant se fut éloigné avant de quitter l'aile où il se trouvait. Tandis que le massacre se poursuivait, il partit en quête de la salle où étaient entreposés les effets personnels des membres du Cercle. Il se rendit dans son coffre où il récupéra son téléphone. Lorsqu'il voulut prévenir qui de droit, il s'aperçut avec dépit que le château était dépourvu d'accès au réseau de télécommunication. Il fut donc contraint d'abandonner sa cachette, afin de sortir de l'enceinte qui empêchait les ondes d'atteindre une borne relais. Pendant ce temps, la fusillade se poursuivait. Le forcené était en train d'accomplir une boucherie et Pierre-Gilles se demanda par quel miracle il avait pu réchapper à l'hécatombe. Pourquoi l'avait-il épargné ?

Prudemment, il progressa dans les couloirs de l'édifice afin de retrouver l'air libre. Une fois à l'extérieur, il remarqua que le vent s'était levé, annonciateur d'un orage prochain. Le cœur battant contre ses tempes, il examina l'écran de son téléphone. Il venait d'obtenir deux barres de réception. Ce n'était pas parfait, mais cela suffirait pour prévenir des renforts. Son interlocuteur répondit au bout de trois sonneries qui lui parurent s'étendre sur une éternité. D'une voix tremblante, il exposa la situation à une oreille attentive. En sa qualité de sous-préfet, le fonctionnaire l'assura qu'il réglerait le problème rapidement. Il lui conseilla de s'éloigner, ce que son fils comptait faire, évidemment.

En suivant son conseil, Pierre-Gilles fut soulagé d'apprendre que son père allait reprendre les choses en main. Il courut jusqu'au parking et se mit au volant de sa voiture. Le moteur se lança immédiatement, mais lorsqu'il accéléra, la conduite se révéla impossible : les quatre pneus avaient été crevés.

Maudissant l'auteur de cet acte, le fils du sous-préfet sortit de l'habitacle pour constater que tous les véhicules avaient subi le même traitement. Le forcené ne souhaitait pas de survivant, pourtant celui-ci l'avait épargné. Ou peut-être ne l'avait-il pas vu ? Non, ce n'était pas possible. Il était passé devant lui !

Quelle était la clef de ce mystère ?

Ce n'était pas le moment de se tracasser. Alors qu'il parvenait en vue de l'entrée de la propriété, il se dissimula en avisant un nouvel arrivant. C'était un homme de taille moyenne, métisse. Celui-ci portait une arme à feu et observait les cadavres des gardes, tâtant leur pouls afin de s'assurer de leur mort.

L'homme semblait très méfiant, guettant autour de lui, jetant des regards inquiets vers les hautes tours du château. Ne sachant s'il s'agissait d'un complice de l'Ogre ou d'un agent de sécurité, Baletta se cacha et attendit que l'intrus s'enfonçât dans la forêt avant de prendre la fuite...

LIII : Confrontation

Moïse pénétra dans l'enceinte du château par la porte principale. Son cœur martelait sa poitrine lorsqu'il prit la mesure de ce qui était arrivé en ces lieux. Les hommes qui l'accueillirent étaient étendus sur le sol. Le fait qu'ils fussent morts, l'arme à la main, le conduisit à les identifier comme des gardes. En poursuivant son examen, il constata que leurs plaies avaient été produites par des balles de très gros calibre. Il estima leur largeur à plus de 40 millimètres et songea à un fusil d'assaut.

Que s'était-il passé ici ?

En progressant parmi les cadavres, tout en guettant un éventuel *sniper*, l'ancien policier entendit un son suspect. Il se jeta au sol, attendant une rafale mortelle, mais rien ne vint. Près de lui, le bruissement se reproduisit. Il provenait de l'un des gardes qui tentait de mouvoir son corps à l'agonie. Après l'avoir rejoint, Moïse s'accroupit afin d'examiner les plaies du survivant. Celui-ci avait été touché en trois endroits : une balle avait évité son cœur de justesse, l'autre avait déchiré sa clavicule, mais la dernière lui serait fatale, puisqu'elle avait perforé son intestin grêle. Il ne lui restait pas longtemps à vivre. « Que s'est-il passé ici ? Qui vous a fait ça ?

— Vous êtes... des... renforts ? » balbutia le moribond.

Le détective acquiesça et son mensonge rassura le mourant qui lui confia qu'ils avaient été attaqués par « un dingue équipé d'un fusil d'assaut ». Poursuivant ses révélations, il l'informa que l'assaillant avait été identifié sous le nom de « l'Ogre » et qu'il se trouvait quelque part dans la forêt, parachevant son massacre.

En entendant, le nom honni, Moïse revit des scènes de l'atroce fichier que lui avait fait parvenir le hacker. Il secoua la tête afin de chasser les images cauchemardesques de son esprit. Cependant, le garde, qui ignorait tout des tourments de son interlocuteur, poursuivait d'une voix tremblante : « ... Nous avons reçu la consigne de tuer les gamins... Ils pourraient témoigner... J'en ai eu... trois avant qu'ils... mais je n'ai pas pu... achever... ma... mission... Il y en a un... qui... »

Incapable d'en entendre davantage, Moïse, fou de rage, étouffa le tueur d'enfants. Au moyen de son pied, il lui écrasa le nez et la bouche afin de l'asphyxier. Déjà affaibli, le garde ne tarda pas à rendre ce qui lui tenait lieu d'âme. Peu de temps après, confirmant les dires du nervi, retentirent des détonations sporadiques.

Le bruit suscita en Moïse des réminiscences incontrôlables et il revit son épouse, les jambes écartées devant l'Ogre, ainsi que la venue au monde d'Élisabeth. La malheureuse hurlait tandis que le cinéaste sadique enfonçait la pointe d'une épingle dans la chair tendre du nourrisson. « Stop ! » suppliait sa femme, mais le fou ne l'entendait pas de cette oreille...

Un cheval harnaché passa au grand galop près du détective. Il frémit et revint à l'instant présent.

Si tu désires que j'arrête de persécuter ton marmot, tu dois accepter d'endurer ce qu'elle souffre...

La voix de l'Ogre résonnait dans son esprit cependant que, devant ses yeux, s'étalait une hécatombe où des cadavres d'enfants gisaient près de ceux d'adultes masqués en tenues de cavaliers.

Oui, je ferai tout ce que vous voudrez, mais laissez mon bébé !

L'Ogre devait payer pour ses crimes. Plus le veuf inconsolable s'enfonçait dans le domaine forestier, plus les coups de feu s'espaçaient. Son cœur battait à tout rompre, car il prenait conscience d'un fait terrible. L'homme qu'il recherchait, le monstre qui avait ruiné sa vie se trouvait tout près.

Quelques respirations saccadées plus tard, il finit par trouver un individu de haute taille, couvert de boue.

Armé d'un fusil d'assaut, celui-ci achevait les blessés.

Pourquoi es-tu tellement attachée à cet être minuscule ? Ce n'est qu'un chiard ! Tu ne la connais même pas depuis une minute !

Ce devait être lui.

Comment comptes-tu l'appeler ?

Moïse le mit en joue.

Élisabeth !

Le kidnappeur, qui n'avait pas remarqué qu'il était observé par des yeux haineux, avait baissé la tête. Il était concentré sur son chargeur lorsqu'il fut hélé par l'ancien policier. Il se tourna et le nouveau venu fit feu deux fois en visant soigneusement. L'Ogre, ayant reçu une balle dans chaque jambe, s'effondra avant d'avoir eu le temps de recharger son fusil. Il entendit des pas précipités. L'homme était sur lui...

Le faciès déformé par la rage, Moïse lui arracha son arme des mains, luttant de toutes ses forces pour résister à la tentation de tuer sans délai le monstre qui avait fait de son existence un enfer. Il lui ôta son masque afin de contempler le visage de l'objet de sa haine inconditionnelle. Il fut éminemment surpris par ce qu'il découvrit. C'était une gueule étonnamment banale qui s'offrit à son inspection. Contrairement à ce qu'il avait pensé, ce n'était pas le visage du mal, juste un type... normal. La question lui brûlait les lèvres et sortit comme un aboiement : « Où est ma fille ? »

— Au bordel », répondit l'Ogre de ce ton sarcastique que Moïse haïssait tant.

Il leva le pied pour écraser la main gauche du cinéaste déviant.

Je vais lui enseigner les joies de l'amour !

« Où est Élisabeth ? »

Le visage du géant changea d'expression.

Non ! Ce n'est qu'un nouveau-né, vous allez la tuer !

« En quoi ça t'intéresse ? » répliqua l'homme à terre.

Alors, prends sa place...

Cette fois, Moïse écrasa l'autre main. Il maintint son pied, appuyant de toutes ses forces pour broyer, sous ses semelles, les doigts du tortionnaire . « La torture ne fonctionnera pas sur moi », l'avertit le colosse dans un soupir las.

— Par contre, toi tu aimes faire souffrir les innocents ! Espèce de monstre ! J'ai visionné *Dilemme 23* !

— Ne me dis pas que tu es un fan mécontent. J'aurais pu te rembourser...

— Tu as violé ma femme, tu lui as arraché les ongles des mains et des pieds, tu as posé ses membres sur une *plancha* et tu t'es régalé de ses hurlements », vociféra Moïse en le rouant de coups.

Lorsqu'il fut à bout de souffle, la respiration sifflante, l'Ogre rit amèrement : « Déjà fini ? Tu devrais arrêter de fumer, mon vieux... Tu risques de clamser avant de me faire parler, à ce rythme-là... »

Le détective leva son arme et la posa sur le front du géant immobilisé, qui ricana : « Je n'ai pas peur de mourir...

— Où est ma fille, espèce de dégénéré ? »

L'Ogre écarquilla les yeux. « Tu es le géniteur d'Élisabeth ? » Comme Moïse opinait, il poursuivit : « Si c'est cela, tu n'as plus à te faire de souci pour elle. Ta fille est morte. J'ai laissé Élisabeth chez moi. Elle doit être réduite en cendres à cette heure-ci... »

En entendant ces mots, le détective comprit alors que Lydia et Élisabeth n'étaient qu'une seule et même personne et qu'il l'avait sauvée, un peu plus tôt, dans la bâtisse en flammes. Il resta frappé d'étonnement par cette information. Quelques instants lui furent nécessaires pour se remettre du choc, mais il parvint à se ressaisir. Tout n'était donc pas perdu ! Il allait tuer l'Ogre et en finir avec cette histoire. Ce dégénéré ne nuirait plus à personne. Ensuite, Moïse irait retrouver sa fille et Soumyya. Sa vie pourrait enfin reprendre son cours. Ils fonderaient une famille, recréeraient des liens ! De son côté, il avait beaucoup de temps à rattraper. Il apprendrait à connaître sa fille...

Dans l'attente du coup de grâce, l'Ogre avait fermé les yeux. Au moment où il s'apprêtait à le lui donner, le détective entendit une détonation. Il sentit un impact et en fut déséquilibré.

Incrédule, il porta la main à son côté droit.

Une tache rouge s'étendait rapidement sur sa chemise. Quel con ! pensa-t-il, pourquoi j'ai relâché ma garde ?

Le projectile lui avait perforé le foie.

Pendant qu'il se vidait de son sang, il vit s'approcher celui qui l'avait abattu.

Moïse lutta pour garder les yeux ouverts afin d'identifier le salopard qui l'envoyait dans l'autre monde. La dernière image qu'il emporta avec lui fut des plus amères. L'ex-lieutenant stagiaire, son ancien subalterne, le toisait avec mépris.

L'ancien lieutenant de police comprit alors qu'il n'était pas atteint de paranoïa et que ses soupçons avaient été justifiés. L'instant suivant, il reçut une balle dans la tête et tout fut fini pour lui.

LIV : Haine

Visiblement terrorisé, le fuyard venait à sa rencontre en jetant des regards éperdus par-dessus son épaule. C'était la dernière personne que Soumyya s'attendait à retrouver à cet endroit. Lorsque ses yeux se posèrent sur lui, le temps n'exista plus pour la jeune femme...

Elle se revit lors du gala, vêtue de sa belle robe de soirée. Afin de la lui offrir, ses parents avaient dû économiser une année entière. Il fallait qu'elle fût belle pour cette occasion spéciale. « Ma fille, je veux que tu leur montres que la major de la promotion est aussi la plus belle...

— Tu as de la chance, Soumyya ! Ton cavalier est d'une excellente famille », avait ajouté son père avec fierté.

Le téléphone sonna pour l'avertir de l'arrivée du chauffeur. Oui, il avait fait venir une voiture pour aller la chercher à la cité. En la voyant arriver, il lui avait ouvert la portière afin qu'elle prît place à ses côtés, à l'arrière de la limousine. Comme c'est galant ! avait-elle pensé, émue. Il lui avait présenté ses hommages en lui servant une flûte de vin de champagne, puis une autre. La soirée était passée comme un rêve. Un rêve qui avait basculé soudain, pour se transformer en cauchemar.

Était-elle trop sensible à l'alcool ou avait-il drogué son champagne ? Elle l'ignorait. Toujours est-il que lorsqu'elle avait repris ses esprits, un homme se trouvait entre ses cuisses. Le criminel la violait, tout en l'abreuvant d'injures racistes.

« T'aimes ça, la beurette, hein ! » éructa la brute qui venait de se répandre en elle. Il remit sa longue mèche derrière son oreille et céda la place à un de ses semblables.

Son cavalier remit sa chemise haute couture dans son

pantalon taillé sur mesure avant d'avertir son compagnon : « Prends un préso, les beurettes, c'est un nid à infections, c'est bien connu... »

L'homme ricana, suivi par ses acolytes éméchés, qui encouragèrent ce dernier, tout en abreuvant d'injures sa victime désemparée. Son nouvel agresseur empestait l'alcool et la sueur. Elle chercha à le repousser, mais n'y parvint pas. Elle avait l'impression que son corps ne lui répondait plus. Pourtant, elle ne quittait pas des yeux celui qui était censé être son cavalier, son protecteur, lui qui l'avait trompée avec ses manières galantes et raffinées, lui qui s'était présenté à elle comme l'antithèse de celui qu'il était réellement. Il la contemplait avec une expression de mépris incommensurable tandis que ses amis se succédaient entre ses cuisses...

Le calvaire avait duré des heures...

Lorsqu'elle avait tenté de porter plainte, l'affaire avait été classée sans suite. Nul doute que le père de son violeur avait fait pression sur le bureau du procureur. Se sachant protégé par le sous-préfet, il pouvait s'adonner à tous ses vices, sans crainte d'être puni...

Les mâchoires grinçantes, Soummya retrouva ses esprits et le fil du temps. Ce salopard arrogant de Pierre-Gilles Baletta était juste devant elle, à sa merci.

Vraiment ? La coïncidence était trop grande !

Et si elle se trompait ?

Il faisait nuit et elle peinait à distinguer les traits du jeune homme qui se dirigeait vers elle. C'est alors que, tombé du ciel, survint ce qu'elle interpréta comme un signe. Un éclair puissant éclaira la route comme en plein jour...

Quand la foudre retentit, ses doutes se dissipèrent brusquement...

Oui, c'était bien lui ! La haine alimenta son cœur d'un flot de sang bouillonnant. Alors que les sirènes de la police résonnaient au loin... elle appuya sur la pédale d'accélérateur...

J+ 23

Chapitre LV : Circulez !

Lundi 3 septembre

C'était l'heure de la minute de silence. Alors que tous les membres de l'établissement se tenaient debout, silencieux — ou presque — dans la cour du collège, Kader sentait de nombreux regards posés sur lui. La plupart des élèves l'avaient vu à la télévision. Ils savaient qu'il avait réussi à s'échapper des griffes de celui qu'on appelait l'Ogre du Darknet. En raison de sa notoriété soudaine, les avis étaient partagés à son sujet. Certains le dévisageaient avec intérêt, d'autres avec malveillance. Une fois les soixante secondes écoulées, les élèves furent priés de réintégrer leurs classes respectives. Ce fut dans ce moment de bref désordre que Kader entendit jaillir la première injure.

L'insulte revint en échos : « petit pédé », murmuraient-ils, discrètement, pour éviter les réprimandes des professeurs. Tandis qu'il montait les escaliers, son nom passait de lèvres en lèvres. Fataliste, le collégien haussa les épaules. Après ce qu'il avait vécu dans la cave de l'Ogre, les insultes potaches n'étaient rien de plus qu'une promenade de santé. Sur son bureau, il trouva l'inscription suivante : « Tout est O-Gay pour toi ? »

Oui, c'était connu : il était ami avec Stéphane Degraass, alias « Stouf la touffe ». Le pauvre garçon dont les photos des agressions sexuelles qu'il avait subies circulaient sur Internet. L'Ogre avait causé des dégâts irréversibles. Il avait sali la mort de son meilleur ami, et c'était cela, le plus douloureux. Des collégiens avaient-ils les moyens de comprendre que Stéphane avait été contraint à ces actes, que c'était un viol ? Après deux heures de cours, l'heure de la récréation arriva. Lorsqu'il fit ses premiers pas dans la cour, des lascars crachèrent devant lui pour lui exprimer leur mépris. Et la journée passa ainsi. En rentrant chez lui, il n'alluma pas le téléviseur comme il en avait naguère l'habitude.

La couverture médiatique de l'évènement l'avait laissé sans voix. Certes, les journalistes l'avaient interrogé et il avait répondu avec toute l'honnêteté dont il avait été capable. Il avait parlé des tortures psychologiques de l'Ogre, de sa rencontre avec les tortionnaires masqués, sans oublier la terrifiante chasse à l'enfant dans la forêt. Les journalistes l'avaient écouté avec effroi, lui promettant que cela serait « l'affaire du siècle ». Il avait dû attendre plusieurs jours avant que l'histoire passât enfin à la télévision. Toute sa famille s'était postée devant l'écran, toute ouïe.

« C'est un terrible drame qui s'est déroulé dans la nuit du quatorze au quinze août. On déplore la disparition tragique de cent onze personnes. Tout a commencé lors d'une soirée de charité donnée au célèbre Château de Natas. L'association des Enfants de l'Arc-en-ciel tentait de récolter des fonds pour venir en aide aux mineurs en difficulté, quand un désâxé s'est introduit dans l'enceinte du château. L'individu, un éleveur porcin, a ouvert le feu sur le comité de bienfaisance, ôtant la vie à de nombreuses personnalités connues pour leur philanthropie et leur activisme dans le domaine humanitaire. L'éleveur avait pris soin d'annoncer son projet d'attentat sur Internet. Dans une vidéo, le déséquilibré affirmait que "les nantis et les capitalistes étaient responsables de la crise de la viande porcine". En signe de protestation, le forcené avait mis le feu à son exploitation avant de se rendre à la soirée de charité, muni d'armes qu'il s'était procurées sur le Darknet. L'homme a tiré sur les invités, tuant sans distinction tous ceux qui s'étaient présentés devant lui avec une détermination et un sang-froid implacable. L'un des survivants a été retrouvé tandis qu'il échappait au carnage. Il s'agissait d'un garçon de onze ans, trop choqué pour parler. »

Le journaliste continua la lecture de son prompteur : « Le psychopathe arrondissait ses fins de mois en vendant sur Internet des vidéos des tortures qu'il infligeait aux enfants qu'il kidnappait. L'homme recourait aux services de sa fille âgée de quatorze ans qu'il utilisait comme appât afin de gagner la confiance de ses victimes. L'adolescente est actuellement internée dans un institut psychiatrique. Nous sommes en direct avec le directeur de la clinique *Psy-Chic* d'Ormal. »

La caméra montra un homme vêtu d'une blouse d'une blancheur éclatante. Posté devant le perron d'un magnifique édifice, droit comme un « I », il lissait sa barbiche d'un air profond. L'écran fut scindé en deux afin de permettre au journaliste d'apparaître dans le cadre.

« Professeur Deloffie, dans quel état se trouve Élisabeth ?

— Bonsoir. Élisabeth souffre des séquelles de nombreux traumatismes auxquels cette jeune fille a été exposée. Malheureusement, elle se trouve en ce moment dans un état catatonique avancé et il est impossible d'avoir une conversation rationnelle avec elle.

— Merci, Professeur ! Nous espérons qu'elle sortira bientôt de cet état afin qu'elle puisse nous en apprendre plus sur l'Ogre Rouge du Darknet. »

Sur toutes les chaînes de télévision, dans tous les journaux de la presse écrite, l'histoire avait été répétée à l'identique. Grâce au muselage des médias, le grand public (c'est-à-dire tout le monde) était persuadé que l'Ogre avait agi seul et qu'il n'était qu'un « prédateur isolé, un détraqué ».

Quand il s'en était senti capable, quelques jours plus tard, Kader était allé faire une déposition au commissariat. Son témoignage concernant la mascarade sadique avait été traité comme un « délire hallucinatoire résultant de la malnutrition et la déshydratation ».

« Non ! Je ne suis pas fou ! » murmura-t-il. Perdu dans ses pensées, il n'entendait rien de ce qui se passait autour de lui. Il revoyait les masques et la cruauté de ceux qui se cachaient derrière. Quand une main se posa sur son épaule, il poussa un cri aigu. Se retournant en sursaut, il vit Soumyya qui le fixait, les yeux écarquillés. Le cœur du garçon battait à toute allure. Il avait du mal à reprendre son souffle. « Ça va pas, Soumyya ? Pourquoi tu m'as fait peur comme ça ?

— Désolée, Kader ! Je t'appelais depuis tout à l'heure. Tu étais tellement loin que… j'ai eu peur que…

— Que je reparte ? »

Il n'avait aucun souvenir des trois jours qu'il avait passés sans rien entendre. C'était comme s'il avait dormi tout ce temps, mais ceux qui l'avaient vu affirmaient que ses yeux étaient restés ouverts. Quelle sensation étrange de s'imaginer ainsi ! Soumyya posa sa main sur la sienne : « Je voulais faire un tour au cimetière, tu m'accompagnes ? »

Alors que Kader se recueillait sur les tombes de ses amis (les deux étaient vides), Soumyya l'enlaça par la taille : «"Qui paie l'orchestre, choisit la musique." Ce sont les mots qu'utilisait le détective Moïse Élise.

— "Tout se passait sur Internet", poursuivit Kader. C'est ce qu'ils répètent tous, comme des perroquets. Pourtant, ces gens étaient réels... ceux qui portaient des masques de films d'horreur... Une association de bienfaisance ? C'est le monde à l'envers... Pourquoi personne ne comprend ? Qu'est-ce qu'ils ont avec "Internet" ? Ils font comme si c'était une autre planète !

— Je n'y croyais pas non plus, mais après ce que j'ai vu, je suis bien obligée de me rendre à l'évidence. Ces gens sont puissants. Tellement, qu'ils peuvent faire jouer leurs relations pour étouffer une histoire de cette gravité. J'avoue que je n'en reviens pas.

— Les journalistes sont des menteurs, des vendus. Franchement, j'ai perdu la foi. Je rêvais de devenir journaliste, si le foot ne marchait pas pour moi. Mais cela ne m'intéresse plus. Je ne veux pas être complice de ces atrocités. Qu'est-ce que je dois faire ?

— Quoi que tu choisisses, tu dois à Stéphane et Suleïman de défendre les victimes de ces réseaux et de dévoiler la vérité... Pendant que nous parlons, ces gens continuent de torturer et de violer des enfants en toute impunité. Je ne peux supporter l'idée que cela durera éternellement ! Maintenant que nous savons, si nous les laissons faire, nous deviendrons leurs complices par notre silence et notre inaction.

— C'est tellement vrai ! Tant qu'ils pourront le faire sans être inquiétés, ces salauds continueront...

— C'est pour cette raison que j'ai repris mes études de droit. Je compte me spécialiser dans la protection de l'enfance et je ferai tout pour contrebalancer le pouvoir des réseaux pédocriminels. »

Soumyya se recueillit sur la tombe de l'héroïque détective, son premier amour. « À toi, Moïse Élise, je dédie mon combat et te fais le serment solennel de ne jamais abandonner la lutte. Aujourd'hui, c'est moi qui reprends le flambeau, repose en paix. »

FIN DE LA PREMIÈRE PARTIE.

POUR CONTACTER L'AUTEUR

louisiimauboy@outlook.fr

L'OGRE, PARTIE II

La suite tant attendue du best-seller de Louis de Mauboy

RÉSERVÉ À UN PUBLIC AVERTI

Sept années ont passé depuis l'affaire du Château de Natas. Toujours actif, le Réseau continue de s'étendre sans être inquiété. Corentin, un éducateur spécialisé, est devenu sa prochaine cible. Pris dans sa toile, il ne se doute ni de la puissance ni de l'influence de l'Organisation. Manipulation, chantage, intimidation : pour ces criminels endurcis, tout est bon pour arriver à leurs fins et leurs membres sont partout. À qui Corentin peut-il se fier, d'autant plus que le sort de sa famille est en jeu ?

C'est avec un plaisir horrifié que l'on retrouve L'Ogre dans une analyse sociétale époustouflante." Karen de la Kaza de Papel.

"Le Maître du feel bad réitère et nous confirme définitivement son talent." Lou Maël du blogue "Les Dé-lire de Lou".

Printed in France by Amazon
Brétigny-sur-Orge, FR

14575898R00214